Peter Mathys • Unschalks Welt

Peter Mathys

Unschalks Welt

Roman

FRIELING

Im *Frieling-Verlag Berlin* liegt von Peter Mathys des Weiteren der Roman „In Sachen Renner“ (ISBN 978-3-8280-2749-7) vor.

Bibliografische Information der Deutschen Nationalbibliothek
Die Deutsche Nationalbibliothek verzeichnet diese Publikation in der Deutschen Nationalbibliografie; detaillierte bibliografische Daten sind im Internet über http://dnb.d-nb.de abrufbar.
Frieling-Verlag Berlin • Eine Marke der Frieling & Huffmann GmbH
Rheinstraße 46, 12161 Berlin
Telefon: 0 30 / 76 69 99-0
www.frieling.de

ISBN 978-3-8280-2748-0
1. Auflage 2009
Umschlaggestaltung: Gregorio Caruso / a+ caruso kaeppeli gmbh, Basel

Printed in Germany

Klar,
im Rinnstein fließt,
nachdem er alles reingewaschen,
schmutzig der einstige Regen.

Für Jolanta

1

Delarive will United Chemical kaufen“, sagte Thomas Unschalk leise, leicht verunsichert.

Sein Vater starrte ihn an, erst ungläubig, dann durchdringend. Er durchmaß sein Büro mit federnden Schritten. Durch das Fenster fiel Nachmittagssonne. Weit unten plagte sich Vorabendverkehr von Rotlicht zu Rotlicht.

„Was heißt kaufen?“

„Er soll ein Übernahmeangebot unterbreitet haben.“

„Wann?“

„Heute Morgen.“

Unschalk trat vom Fenster weg und setzte sich zu seinem Sohn an den Besuchertisch. Er sah jede Bartstoppel in dessen magerem Gesicht, Farbreste an den Händen, ungebügelte Hosen. Thomas war ihm fremd geworden. Zweifel überwogen, als er weiterfragte.

„Woher weißt du das? Radio und Fernsehen haben nichts berichtet.“

„Von meiner Freundin.“ Thomas spürte die Ungeduld und das Misstrauen seines Vaters.

„Wer ist denn deine Freundin?“

„Sekretärin bei Delarive.“

Unschalk lachte humorlos. „Delarive beschäftigt allein hier in Belleville mehrere hundert Sekretärinnen. Die wenigsten werden in die höchsten Konzerngeheimnisse eingeweiht. – Brauchst du etwas? Geld?“

Ich weiß nicht, ob ich etwas brauche, dachte Thomas. Der Portier in der Eingangshalle, Herr Konrad, hatte ihn gemustert wie ein merkwürdiges Insekt. Er war neu und versnobt und knapp freundlich. Zu Dr. Unschalk, sind Sie sicher? Ja, ich bin Thomas Unschalk, melden Sie mich an, wenn er hier ist. Die Zweifel im Gesicht des Portiers waren geblieben, während er zum Telefonhörer griff. Dann wiederholtes Nicken, den Hörer noch am Ohr. Darf ich Sie bitten, Herr Unschalk; Frau Keller sagt, Sie möchten heraufkommen, jederzeit, selbstverständlich. Hier zum Lift, bitte.

Thomas sagte: „Sie ist Jean Delarives persönliche Sekretärin, seit einem halben Jahr. Sie hat gestern Abend eine verschlüsselte Vororientierung an seinen Niederlassungsleiter in New Jersey übermittelt."

„Oh." Unschalk stockte. „Das wird Delarive sehr freuen."

„Was?"

„Dass seine Geschäftsgeheimnisse so munter ausgeplaudert werden."

„Ich dachte, die United-Geschichte würde dich interessieren."

„Das tut sie, weiß Gott", erwiderte Unschalk. „Aber ich muss sicher sein, dass sie stimmt. Auf welchen Betrag lautet das Angebot? Wurde eine Frist gesetzt?"

„Das habe ich nicht gefragt. Sie hat es nur beiläufig erwähnt. – Eigentlich geht es mich ja nichts an", setzte Thomas nach einer Pause hinzu. Es klang wie eine Entschuldigung. „Ich sollte wohl wieder gehen. Wollte dich bloß informieren."

Er betrachtete abwesend die eingerahmte alte Aktie an der Wand über dem Tisch. ‚Unserem Verwaltungsratspräsidenten zum 75-Jahres-Jubiläum. Die Direktion.' Sein Vater war stolz darauf. Es war die erste je ausgegebene Aktie des Unternehmens. Schwarze Schnörkelschrift auf braunem Grund. ‚Ungültig' war darübergestempelt, denn mittlerweile wurden Aktien nicht mehr ausgegeben, sondern nur noch als Guthaben des Aktionärs in Computern erfasst, wie ihm der Vater einmal erklärt hatte. Zu Hause im Album der Mutter gab es ein Bild, das er mochte. Der Vater im Garten im Liegestuhl, der Sohn, etwa sechsjährig, rittlings auf seinen Knien, und beide lachten zur unsichtbaren Fotografin hin.

*

Als sein Sohn gegangen war, rief Unschalk nach Frau Keller. Sie kam, frisch und gepflegt wie am frühen Morgen. Ein straffer Pagenhaarschnitt umgab ihren runden Kopf wie eine enge Mütze.

„Der neue Portier kannte Thomas noch nicht. Er ließ ihn warten und fragte bei mir nach."

„Jetzt kennt er ihn." Unschalk dachte an seinen Sohn und was aus ihm hätte werden können. Aber er mochte nicht darüber reden. „Geben Sie mir John Billingham in New York. Dringend. Dann bestellen Sie Diggelmann, Kern, Bauer und Koch auf sechs Uhr in mein Konferenzzimmer."

„Bauer ist in Argentinien."
„Dann die Übrigen. Und wenn Sie, für alle Fälle …"
Frau Keller lächelte fein. „In Ordnung. Mein Mann ist heute Abend auch für seine Firma unterwegs."
John Billingham war Börsenanalyst bei einem der führenden Wertschriftenhäuser der Vereinigten Staaten. Die Verbindung klappte auf Anhieb.
„Unschalk! Lange her. Wie geht's? Wann unternehmen wir endlich zusammen die Fahrt auf dem Mississippi-Raddampfer?"
„John, wer vertritt United Chemical? Morgan Stanley, Goldman Sachs oder ein anderer?"
„Das mag ich an dir, Unschalk. Immer gleich zur Sache." Billingham lachte mit tiefer Stimme. Selbst beim Lachen hörte man den Akzent des Südstaatlers. „Goldman Sachs. Warum?"
Unschalk räusperte sich. „Die Angelegenheit ist streng vertraulich. Ich bitte dich um einen persönlichen Gefallen."
„Verstanden. Was?"
„United Chemical. Finde heraus, ob es stimmt, dass Delarive ein Übernahmeangebot gemacht hat. Wie hoch, wie es eingestuft wird, freundlich oder feindselig, Fristen, Meldung an die Aufsichtsbehörde. Wie lange brauchst du dafür?"
„Eine Stunde. Je vertraulicher die Information, desto bereitwilliger wird sie von den Eingeweihten preisgegeben. Was hast du im Sinn?"
„Ein Gegenangebot."
„Das gefällt mir." Billingham lachte wieder. „Zwei Schweizer, die sich um die Beute streiten. United ist tatsächlich verletzlich, die Aktienkurse tief, ein Haufen unterbewerteter Aktiven, eine selbstgefällige Geschäftsleitung. Die sind reif. Das gefällt mir wirklich!"
„Berichte mir wenn möglich vor Ablauf einer Stunde", sagte Unschalk.
„Gut. Bis dann."
„Danke."
Unschalk lehnte sich zurück und erlaubte sich ein kleines Schmunzeln. Er verstand sich gut mit Jean Delarive. Ein wenig beneidete er ihn um seine Eleganz, um die Leichtigkeit, mit der ihm viele Vorhaben gelangen, um die Unbekümmertheit, mit der er Probleme meisterte. Aber er trug

ihm noch immer nach, dass Delarive es vor vier Jahren abgelehnt hatte, über einen Zusammenschluss ihrer beiden Konzerne zu verhandeln. Als Vertreter der dritten Generation der Gründerfamilie gebot Jean Delarive noch über ausreichend Kapitalanteile und Stimmrechte in seinem Unternehmen, um sich im Verwaltungsrat Gehör und Zustimmung zu verschaffen. Aus einer Verbindung der beiden Unternehmen wäre der drittgrößte Pharmakonzern der Welt entstanden.

Pflichtbewusstsein, Ordnung und Klarheit waren Unschalks Triebfedern. Sie waren ihm im Elternhaus eingeimpft worden, zusammen mit einem strengen reformierten Glaubensbekenntnis. Nur wenige Dokumente lagen auf seinem Schreibtisch, stramm ausgerichtet wie Soldaten beim Antrittsverlesen. Wenn man weit oben in der Hierarchie stand, schrumpfte die Zahl der wirklich wichtigen Dossiers. Auf ein silbergerahmtes Bild seiner Frau verzichtete er. Olivia gehörte nicht ins Büro. Ihr fehlte der Sinn für unternehmerische Planspiele. Warum muss ein Unternehmen immer wachsen, hatte sie ihn einmal gefragt, Menschen wachsen auch nur bis zu einer bestimmten Größe.

Es war klar, dass Delarive sein Verhandlungsangebot abgelehnt hatte. Der Vorsitz im verbundenen Konzern hätte ihm, Unschalk, zugestanden, und darauf mochte sich Delarive nicht einlassen.

Der Besuch seines Sohnes irritierte ihn im Nachhinein. Thomas malte. Er hatte leicht gezittert, als er ging, aber sonst einen klaren Eindruck gemacht. Vielleicht verhalf ihm die neue Freundin zu mehr Festigkeit. Unschalk begriff nicht, wie man Malen zum Lebensinhalt machen konnte. Die Kluft zwischen der bescheidenen Lokalgröße und dem arrivierten Talent, um dessen Werke sich die führenden Galerien der Weltstädte rissen, war für ihn größer und unüberbrückbarer als jene zwischen einem Buchhalter und einem Verwaltungsrat.

*

Er studierte die tanzenden Staubpartikel in den schrägen Strahlen der sinkenden Sonne. Die nächste Telefonverbindung wählte er selber.

„DiNero."

„Unschalk. Grüß dich, Vico." Mit dem Direktor der angesehenen Privatbank Panther in Zürich verband ihn eine lange, tiefe Freundschaft.

Sie beruhte auf gemeinsamen Einsichten, erfolgreichen Geschäften und alter Gewohnheit.

„Hallo, Unschalk. Was gibt's?"

„Ich habe für dich einen Auftrag für die Börse New York."

„Gerne. Etwas Besonderes?"

„Ja. Kaufe 100.000 United Chemical."

„Augenblick, ich hole sie auf den Bildschirm. Da. Sie stehen bei 41, der Eröffnungskurs war 40¾. Willst du eine Limite setzen?"

„Nein. Kaufe bestens."

„Verstanden." Lodovico DiNero erlaubte sich keine weitere Frage. Die United-Titel hinkten seit Monaten hinter dem Branchendurchschnitt her. Die Geschäftsleitung war träge und in sich zerstritten. Eine Aktie mit Potenzial, aber risikoreich. „Ich berichte dir persönlich, sobald der Kauf getätigt ist."

„Danke."

Eine knappe Stunde später meldete Frau Keller, dass die drei Direktoren im Konferenzzimmer eingetroffen waren. Billingham hatte kurz zuvor zurückgerufen und Bericht erstattet. Danach hatte die Zeit noch gereicht, Olivia anzurufen. Eine unvorhergesehene Sitzung. Warte nicht auf mich. Ich komme direkt hin. Nein, geh auf jeden Fall. Ich werde kommen. Ein gläsernes ‚Muss das sein?' war ihre voraussehbare Reaktion gewesen. Einen Augenblick lang hatte er sogar vergessen, wohin sie verabredet waren. Klavierkonzert, Solistenabend, hatte sie ihn erinnert. Um Viertel nach acht.

Unschalk trat durch die Verbindungstür in sein persönliches Konferenzzimmer. Er kam gleich zur Sache, als alle sich gesetzt hatten.

„Meine Herren, unsere Freunde von Delarive AG haben heute früh dem Präsidenten des Verwaltungsrates von United Chemical, John Porter, ein Übernahmeangebot unterbreitet. Ich möchte mit Ihnen erörtern, ob Basis Chemie ein Interesse daran hat, ein besseres Gegenangebot zu machen.

Zu den Einzelheiten:

United hat im letzten Geschäftsjahr 12,2 Milliarden Dollar umgesetzt, Gewinn nach Steuern 406 Millionen. Die Aktie wurde vor zwanzig Minuten bei 43 Dollar gehandelt, Tendenz steigend. Im Umlauf befinden sich 135,3 Millionen Aktien, damit bewertet die Börse den Konzern mit 5,8 Milliarden. Das ist viel zu tief im Branchenvergleich. Gibt es dazu Fragen?"

Arthur Koch, der Chef der Konzernfinanzen, meldete sich. „Weiß man schon, wie viel Delarive geboten hat?“

Unschalk nickte. „6,9 Milliarden. 51 Dollar pro Aktie, sofern mindestens 57 Prozent aller Aktien eingeliefert werden. Delarive hat in den letzten Tagen bereits 9,7 Prozent aufgekauft. Er strebt eine Zweidrittelmehrheit an.“

„Ist das Angebot schon veröffentlicht?“, fragte Paul Kern, der Leiter der Rechtsabteilung.

„Vor einer halben Stunde wurde den Medien eine kurze Meldung übermittelt. Die Tatsache des Übernahmeangebotes wird darin bestätigt. John Porter empfiehlt, keine Aktien zu verkaufen, bis der Verwaltungsrat eine Empfehlung an die Aktionäre ausgearbeitet hat.“

Unschalk verzog seine Lippen zu einem dünnen Lächeln. *Keinen interessiert, woher ich all dies weiß. Sie trauen sich nicht zu fragen. Oder ist es ihnen gleichgültig?*

„United hat Probleme mit ihrem neuen Kreislaufpräparat“, erklärte Werner Diggelmann. „Die Umsätze liegen weit hinter den Erwartungen. Und die Versicherungsgesellschaft, die sie vor drei Jahren erworben haben, Western Insurance, passt nicht in den Konzern.“

„Sie beobachten Ihre Konkurrenz“, bemerkte Unschalk.

„United und wir würden uns gut ergänzen. Ihre Sparte Feinchemikalien spart uns drei Jahre Kampf um Markteintritt in Nordamerika. Im Bereich Pharma überschneiden wir uns kaum. Zudem höre ich, dass ihr Aidspräparat gute Chancen hat, von der FDA[1] demnächst zugelassen zu werden.“

Paul Kern hatte unterdessen seinen Notizblock mit Figuren vollgekritzelt. Er lachte entspannt.

„Wir haben sie noch nicht, meine Herren! Denken Sie nicht nur an die Bereiche, in denen wir uns ergänzen. Überlegen Sie, wo wir uns überschneiden, in den USA, aber auch mit den deutschen Tochtergesellschaften. Die Kartellbehörden werden lustvoll über uns herfallen.“

„Das ist bei Delarive nicht anders“, stellte Diggelmann fest.

„Wie viel Liquidität haben wir?“, wollte Unschalk wissen.

„Gegen vier Milliarden“, antwortete Arthur Koch. „Franken. Kein Problem, den Rest von den Banken zu bekommen.“

1 Food and Drug Administration, amerikanische Gesundheitsbehörde

„Wie viel?", fragte Diggelmann.
„Fast beliebig, auch für zweimal United."
„Trotz der Finanzkrise?"
„Ja, weil die Analysten uns sehr gut einstufen."
Unschalk schaltete sich ein. „Und die Auswirkungen auf unsere Aktienkurse?"
„Sie werden ein wenig sinken. Es sei denn, wir können die Leute davon überzeugen, dass die Übernahme unsere Ertragskraft nicht schmälert."
„Und? Wird sie das?", wollte Unschalk wissen.
Koch nickte. Hinter der randlosen Brille wirkte sein Blick etwas abwesend. „Zu Beginn schon. Aber wenn wir Western Insurance verkaufen, erzielen wir vermutlich einen ansehnlichen Gewinn. Diese Versicherungsgesellschaft gehört nicht zu einem Pharmakonzern."
„Dann sind wir uns einig, dass wir ein Gegenangebot unterbreiten?", fragte Unschalk. Es klang wie eine Feststellung. Er musterte die Mitglieder seiner Konzernleitung ungeduldig.
Der Jurist Kern schmunzelte unbeschwert. „Im Prinzip ja. Ich finde die Übung interessant."
„Sie macht Sinn", bestätigte Diggelmann.
Unschalk nickte. „Wir gehen folgendermaßen vor: Auf morgen elf Uhr berufe ich telefonisch den Verwaltungsrat ein. Die Herren Diggelmann und Koch bitte ich, einen Vorschlag auszuarbeiten, um wie viel wir Delarive überbieten können. Die Argumente müssen sitzen. Geografische Aspekte, Management, Produkte, Innovationspotenzial, Finanzierung, langfristige Auswirkungen und so weiter. Herr Dr. Kern sollte uns einen Überblick über die zu erwartenden Rechts- und Steuerprobleme verschaffen." Er schwieg, fuhr aber nach einer kurzen Pause fort: „Herr Koch, versuchen Sie bitte noch heute Abend über Jeffrey in Los Angeles zwei Millionen United-Aktien zu kaufen. Wenn wir uns beeilen, sind wir noch am Anfang des Rummels dabei. Im ungünstigsten Fall verdienen wir damit ein paar Millionen. – Alles klar?"
Er erhob sich. Fragen erwartete er keine. Da räusperte sich Paul Kern und blickte ihn von unten herauf listig an. „Woher wussten Sie eigentlich von der Geschichte?"
„Insider", sagte Unschalk. „Guten Abend, meine Herren."

2

Olivia lächelte reserviert, als er sich neben sie setzte. „Hast du es geschafft?“, bemerkte sie nüchtern. Ihre Augen verrieten nichts, als sie Unschalk ins Gesicht blickte. Nur ein leises Zucken, wie ein nervöser Tick.

„Was geschafft?“

„Doch noch herzukommen. Dich von deinen Sitzungen loszureißen. Das meine ich. Sonst nichts.“

Das Licht im Saal fing an abzudunkeln. Unzählige Kerzenlämpchen an zwölf mächtigen Kristallleuchtern verblassten unmerklich, von Weiß zu Gelb zu Orange. Olivias dunkle Augen schwammen unergründlich zwischen ihren hohen Backenknochen. Unschalk meinte eine Frage auszumachen in ihrem Gesicht. Aber sie schwieg und konzentrierte sich beharrlich auf den ebenholzschwarzen Konzertflügel auf der Bühne mit dem kleinen Schemel davor.

Der Solist, Jean-François Bondel, schien den Begrüßungsapplaus nicht wahrzunehmen. Er blieb hinter dem Schemel stehen, wandte sich zum Publikum, nickte kurz und setzte sich. Die Rockschöße seines Fracks fielen locker beidseitig über den Schemelrand. Er streckte die Arme aus, nahm Maß an den Tasten, und die ersten Klänge einer Haydn-Sonate perlten in den Saal, bevor das letzte Räuspern verstummt war.

Unschalk entspannte sich und erlaubte der Musik, in ihn einzudringen. Der erste Satz war *allegro*, von selbstständig gewordenen schlanken Künstlerfingern präzis und behände dem teuren Instrument entlockt. Auf seinem letzten Langstreckenflug hatte er sich ebenfalls einem Klavierkonzert hingegeben. Er liebte den beschwichtigenden Effekt klassischer Musik, zusammen mit einem Gin Tonic zehntausend Meter über dem Boden wurde alles unbedeutend, alles außer den eigenen Gedanken. Sie dehnten sich aus, getragen vom schwellenden Klangteppich der Musik, gerieten zu Konzepten, enthüllten Unzulänglichkeiten früherer Ideen, rückten ihn der Vollkommenheit einen Schritt näher.

Das flüchtige Gewebe seiner Ideen in die Wirklichkeit umzusetzen, nicht zu versagen, allen zu zeigen, was er konnte, das waren die entscheidenden Herausforderungen seines Daseins. Nicht Macht, nicht Recht zu haben, aber Gedanken mit der Kraft seines Willens zum Leben zu erwecken, war seine Berufung. Wie zum Beispiel United Chemical. Olivia – er spürte ihre Nähe zu seiner Rechten – würde nicht begreifen, dass Basis Chemie ihrem engsten Konkurrenten diese Beute wegschnappen musste. Sie zog friedliche Lösungen vor. Zusammen mit United würde Delarive Basis Chemie überflügeln. Umgekehrt vermochte ein Gespann Basis/United zur Weltspitze aufzurücken und Delarive auf die Plätze zu verweisen.

Wir müssen morgen unser Gegenangebot veröffentlichen, dachte er. Dann bricht der Krieg aus. DiNero wird sich freuen. Die Kurse von United werden steigen.

Vorne war der Pianist beim zweiten Satz angelangt. *Andante*, harmonisch und folgerichtig. Unschalk sog die Töne in sich auf, ohne sie wirklich zu verstehen.

*

Nach dem Konzert, zurück in seinem Haus in Rettingen, zog sich Unschalk, wie stets mit einem Gin Tonic, in sein Arbeitszimmer zurück. „Muss jetzt alles nochmals überdenken", hatte er nur gemurmelt, als Olivia erklärte, sie sei müde und gehe schlafen. Er lehnte sich in seinem Pultsessel zurück und verschränkte die Hände. Bloß eine grüne Tischlampe spendete ein wenig Licht. Olivias Ablehnung, ihr stummer Vorwurf, der nur in ihrem Blick und ihrer Körperhaltung zum Ausdruck kam, irritierten ihn, aber er wusste nicht, wie dagegen angehen. Es störte ihn, dass sie ihm ihre Anerkennung versagte; aber dass sie sich ebenso seit Jahren nach Zuspruch, nach einem kleinen Lob sehnte, fiel ihm nicht ein.

Sein alter Eichenschreibtisch war verschrammt und unansehnlich, ein Überbleibsel aus einer anderen Zeit, das alle Umzüge von einer kleinen in eine größere Wohnung, von der Innenstadt in ein nobleres Außenquartier und schließlich ins stattliche Haus mit Aussicht über den Fluss mitgemacht hatte. Unschalk hatte ihn erstanden, als er vor vielen Jahren, eben zum jüngsten Vizedirektor von Basis Chemie befördert, zu Hause ein Arbeitszimmer einrichtete, um sich jederzeit den Aufträgen seines Arbeitgebers widmen zu können. Auf dem Pult fanden sich, sauber geordnet, eine Schreibunterlage aus Leder, die jüngste Ausgabe der ‚Finanz und Wirtschaft', ein Montblanc-Kugelschreiber aus schwarzem Edelharz, ein Notizblock mit dem Logo von Basis Chemie, eine matt verchromte Tischuhr, die ferngesteuert stets sekundengenau die Zeit anzeigte, und, auf der hinteren linken Ecke, ein Blumengebinde mit kleinen Teerosen und dunkelgrünen Blättern, ein diskreter Gruß seiner Frau, den er nach Belieben beachten oder übersehen konnte.

Unschalk hatte seine Kindheit in Rapperswil am oberen Ende des Zürichsees in einem herrschaftlichen Anwesen verbracht. Der Park mit herrlichen alten Bäumen reichte bis ans Ufer des Sees; hinter einer Mole schaukelten zwei Motorboote aus dunklem Mahagoniholz; Unschalk hatte manchmal, bei seltenen Gelegenheiten, mitfahren dürfen. Auf der Rückfahrt, vom Wasser aus, hatte sich das Uferpanorama mit dem alten Kloster, einer Kirche und dem Schloss im Hintergrund vor ihm entfaltet wie ein schönes Bilderbuch. Sein Vater war als Gärtner und Handwerker für alles Unvorhergesehene, seine Mutter als Köchin und Haushaltshilfe angestellt. Zusammen mit seinem Bruder Anton wohnten sie in einem Nebenhaus auf der Straßenseite des Parks. Ja, ja, unser altes Gartenhäuschen, pflegte der Vater zu sagen, wenn bei schlechtem Wetter der Wind die Fensterläden klappern ließ und den Rauch aus dem Kamin ins Wohnzimmer zurücktrieb. Die Eigentümer lebten leise und zurückgezogen in einer alten Jugendstilvilla, Unschalk und sein Bruder bekamen sie nur selten zu Gesicht. Fünfzehn Räume, berichtete die Mutter, nicht ohne Stolz, dass sie dort ein- und ausging; sieben bewohnen die Herrschaften, vier sind Gästezimmer, und der Rest bleibt verschlossen.

Im Sommer lag Unschalk gerne unter einem der mächtigen Bäume im Schatten und blickte in den Himmel. Dann träumte er davon, weit weg zu sein, an einem fernen Ort, wo alles schön war und gut. Manchmal entdeckte ihn der Vater und schalt ihn aus. Müßiggang ist aller Laster Anfang, belehrte er ihn; hast du keine Schulaufgaben zu besorgen? – Nein, schon erledigt. – Es gibt immer etwas zu tun, geh ins Haus und hilf deiner Mutter.

Eine große Freude seiner Jugendjahre war ihm das Schwimmen. Schon nackt unter der warmen Dusche, dann mit der Schulklasse im Schwimmbad spürte er, wie das Wasser die häusliche Enge und die väterliche Strenge von ihm wegspülte. Später, wenn er im See mit kräftigen

Stößen die Wellen zerteilte, war er frei, wirklich frei; wie ein lebendiger, glitzernder Kokon schützte ihn das Wasser vor aller Unbill des Kinderlebens. Einmal hatte er ein Wettschwimmen von einer kleinen Insel zurück nach Rapperswil als Sieger beendet; das hatte ihm ein Lob des Vaters eingetragen. Gut, mach weiter so!, hatte das Urteil gelautet. Unschalk hatte es, weil Lob selten war, nie vergessen.

Vater Unschalk war streng aber gerecht. Statt nach Wohlstand, der ihm unerreichbar blieb, strebte er nach einem gottgefälligen Leben. Was er sich auferlegte, forderte er auch von seiner Familie. Kleine Vergehen der Söhne oder unpassende Antworten wurden mit einem blitzschnellen Schlag mit dem Fingerknöchel auf den Hinterkopf geahndet. Kopfnüsse hießen diese wohl gemeinten Zurechtweisungen; sie schmerzten nur kurz und hinterließen keine Spuren, in der Schule waren sie verboten.

Ein anderes Glaubenskenntnis des Vaters galt der Ausbildung der Söhne. Du musst lernen, lernen und nochmals lernen, bekam Unschalk immer wieder zu hören; nur wenn du besser bist als die anderen, wird etwas Rechtes aus dir.

Daran dachte er jetzt, während er an seinem Gin Tonic schlürfte. Er hatte schon lange nicht mehr unter einem Baum gelegen. Das Dogma seines Vaters hatte er rasch verinnerlicht, schon allein um den Kopfnüssen zu entgehen; er hatte gelernt und das Gymnasium als einer der Besten abgeschlossen, dann weitergebüffelt und am Ende des Chemiestudiums das Diplom mit dem Prädikat *summa cum laude* aus den Händen des Rektors der Hochschule in Zürich entgegengenommen. *Besser sein als die anderen,* das galt heute ebenso wie damals. Unschalk vermutete, dass der Vater, sofern es ein Leben nach dem Leben gab, einen Weg gefunden hatte, irgendwo aus der Ferne auf ihn herabzuschauen. Er musste besser sein als Delarive, dann würde United Chemical ihm zufallen. Dieser Herausforderung durfte er nicht aus dem Weg gehen.

Einmal, während er sinnierte und die Zeit zerrann, öffnete sich die Türe. Er drehte den Kopf und sah Olivia im Schlafrock, sie hatte ihr nussbraunes Haar gebürstet und trug es offen.

„Möchtest du nicht schlafen gehen? Es ist spät, und morgen hast du sicher einen strengen Tag vor dir."

„Ja, ich komme." Er sah Olivias Umriss im Licht, das vom Gang durch die offene Türe eindrang. „Bald", setzte er hinzu.

Lautlos wie sie gekommen war, zog sich Olivia zurück. Unschalk sah ihr nach, bis sich die Türe hinter ihr wieder geschlossen hatte. Olivia. Andrea. Frauen. Frauen! Andrea war die einzige Liebe seines Lebens gewesen, und diese Liebe war ihnen abhanden gekommen, ohne dass sie oder er daran Schuld hatten. Es versetzte ihm einen Stich, als jetzt ein innerer Film ihm die Bilder des blonden Mädchens zeigte, das ihm vertraut gewesen war wie kein anderer Mensch in seinem Leben. Er hörte ihr silbernes Lachen, blickte in ihre wasserblauen Augen; aber wenn ihr Mund sich zu einer lautlosen Frage verzog, sah es aus, als suche sie Schutz vor unsichtbaren Mächten. Dann nahm er sie in die Arme, sie küssten sich, und danach lachte sie wieder. Sie waren, vor 36 Jahren, in ihren Elternhäusern gegenseitig ein- und ausgegangen, als wären sie Geschwister, ohne Abmachung, ohne Voranmeldung, und sie waren stets willkommen gewesen. Wenn Andrea allein zu Hause war, kochte sie, meist Spaghetti mit Tomatensauce, und sie tranken Wein dazu aus den Vorräten ihres Vaters.

Sie hatten Ausflüge unternommen mit dem kleinen Gebrauchtwagen von Andrea, an den Bielersee, manchmal auch nur bis zum nächsten Waldrand. Unschalk hatte sie begehrt, wenn sie ernste Gespräche führten, wenn sie sich umarmten und auch wenn sie zusammen schwiegen. Oft hatte er sie in Gedanken ausgezogen, ihre festen kleinen Brüste mit beiden Händen liebkost und – jetzt schämte er sich nachträglich seiner lasziven Gedanken – den Rest ihres Körpers langsam entdeckt und sich vertraut gemacht. Das Unglück war geschehen, als sie für ein Wochenende ins Tessin fuhren, in jenem endlosen Sommer, der eigens für sie nur strahlende Tage und milde Nächte bereithielt. Nach einem Tag voller Entdeckungen, langsamer Spaziergänge, kühler Getränke und einem Pilzrisotto in einem Grotto am See hatten sie sich ins Hotel zurückgezogen, in dem Unschalk ein Doppelzimmer reserviert hatte. Ein wenig unsicher zogen sie sich aus, Andrea im Bad, er im Zimmer. Sie kam zurück, in einem leichten Negligé, er trug ein frisches Pyjama. Sie umarmten sich, küssten sich; sie spürten beide seine Erregung. Da löste sich Andrea behutsam von ihm und sagte:

– Ich liebe dich, aber ich kann nicht mit dir schlafen.

– Warum nicht? Ich liebe dich auch.

– Lass mich bitte. Du wirst es später wissen.

– Aber warum, warum denn? Habe ich etwas falsch gemacht?
– Nein, du hast nichts falsch gemacht. Lass uns jetzt schlafen gehen.
– Liebst du einen anderen?
– Nein.

Diese Worte blieben in Unschalks Gedächtnis eingraviert. Sie hatten den Ausflug zu Ende gebracht, traurig und doch voller Liebe. Er spürte, wie Andrea ihm entschwand, wie eine Elfe, deren leiser Tanz endete, wenn im Wald der Morgen anbrach. Zwei Wochen später verreiste sie für drei Monate nach England in eine Sprachschule. Sie schrieb Unschalk jeden zweiten Tag, lange Briefe, er antwortete, und es war fast wie früher, als sie sich alles anvertrauten. Nach vielen Monaten fand er heraus, dass sie sich zu Frauen hingezogen fühlte. Sie hatte es nicht fertiggebracht, mit ihm darüber zu reden. Und sie vermochte nicht, neben Frauen auch ihn als einzigen Mann zu lieben.

Mit Olivia war natürlich alles anders gewesen. Sie stammte aus einer angesehenen Familie aus Belleville. Vico DiNero, sein einziger wirklicher Freund aus der Studienzeit, hatte sie bei einer Party zu seinem 33. Geburtstag einander vorgestellt. Zehn Jahre nach Andrea. Dazwischen hatte es keine Frauenbekanntschaften gegeben; Unschalk wollte keine weitere Enttäuschung. Er konzentrierte sich auf sein Studium und danach auf die Karriere bei Basis Chemie, gehörte keinen Clubs und Vereinen an und war kaum auf Einladungen anzutreffen. An Vicos Fest nahm er teil, weil ihm keine plausible Entschuldigung einfiel. Er beneidete seinen Freund um seinen Charme und die Leichtigkeit, mit der er Zugang zu allen Menschen fand. Aber im Vordergrund stand die Erfüllung seiner Pflichten für die Firma. Olivia war ihm sympathisch gewesen, weil sie ihm zugehört hatte, als er ihr bei einem Glas Weißwein darlegte, wie er die Stufen bis in die Direktion von Basis Chemie zu erklimmen gedachte. Später, als die Musik einsetzte, hatte sie ihn beiläufig gefragt, ob er auch tanze. Ein wenig verlegen hatte er genickt und sich von ihr zur Tanzfläche führen lassen. Takt und Rhythmus bereiteten ihm Mühe, aber Olivia hatte nur freundlich gelacht, wenn er stolperte. Er sah die Lachfältchen in ihren Augenwinkeln, und die Berührung mit ihren Brüsten beim Tanzen erschien ihm angenehm. Er überwand seine Schüchternheit und lud sie zu weiteren Begegnungen ein. Sie besuchten ein paar Theaterstücke, speisten in gepflegten Lokalen und unterhielten sich über Politik und

Wirtschaft. Einmal lud sie ihn zum Abendessen in ihre kleine Wohnung ein, mit Kerzen auf dem Tisch und leiser Musik im Hintergrund. Nachher verführte sie ihn; vom Wein entspannt machte er mit und dachte dabei an Andrea.

Unschalk leerte sein Glas und verscheuchte die Reminiszenzen, denen er sich hingegeben hatte, statt sich auf die Gespräche des nächsten Tages vorzubereiten. Morgen ging es darum, seinen Verwaltungsrat von der Notwendigkeit einer Gegenofferte für United Chemical zu überzeugen.

3

Thomas Unschalk war Stammgast im ‚Metropolis', dem ältesten Jazzlokal Bellevilles. Er saß mit Heidi B. an seinem üblichen Tisch, an der Wand rechts vom Eingang. Es herrschte mäßiger Betrieb, wie stets am frühen Abend, Gymnasiasten, Studenten, Jugendliche jeglicher Herkunft und aller Altersstufen. Das Orchester war verwaist, die Instrumente in ihren Hüllen verpackt; der Nachtbetrieb hatte noch nicht eingesetzt. Wuchtige Holzbalken stützten links die Galerie; Neugierige vermochten von dort aus das ganze Lokal zu überblicken.

Heidi trank von ihrem Kaffee. „Was sagt dein Vater zur United-Geschichte?"

„Zuerst nicht viel. Er hatte Mühe, sie zu glauben, wahrscheinlich weil sie von mir überbracht wurde."

„Ja, das verstehe ich."

„Weshalb verstehst du das?", fragte Thomas, irritiert.

Sie lachte hell. Ihr breiter Mund öffnete sich etwas zu weit, ein Mundwinkel verzog sich spöttisch nach oben, der andere nach unten. „Dein Vater ist wie Delarive, nur umgekehrt. Er glaubt und vertraut dir nicht, weil du ihm nahestehst – das Geschäft ist ja schließlich seine Domäne. Und Delarive vertraut allen in seiner nächsten Umgebung, bloß weil sie sich mit denselben Dingen abzugeben haben wie er. Und beide irren sich bisweilen."

Ihre Bemerkung schmerzte Thomas, weil sie zutraf. Aber wie stets nahm ihn ihr helles Lachen gefangen. „Dein Haar gefällt mir. Es liegt so wohlanständig an." Er strich leicht darüber. „Wie dein Kleid und deine Bluse."

„Danke", sagte sie. Ihre linke Hand bewegte sich über den Stoff seiner Jeans. „Das heißt, dass es dir überhaupt nicht gefällt."

„Es passt nicht zu dir."

„Was? Das Wohlanständige?"

„Das hast du gesagt." Sie lachten beide.

„Das ist nur meine Arbeitsuniform", erklärte sie. „Sie verhüllt den wahren Kern."

„Ich weiß", erwiderte er. „Ich mag den Kern lieber unverhüllt."

Heidi schwieg, doch ihre Augen leuchteten zustimmend. Thomas dachte an Spanien und Sonne und den letzten Sommer. Er hatte Heidi noch nicht gekannt, aber es war ein guter Sommer gewesen. Zwei Monate im Fischerstädtchen Rosas, wo vor ihm schon Picasso und Joan Ponç gemalt hatten. Ein Lastwagenfahrer, der die Gasflaschen auslieferte, mit denen alles beheizt und gekocht wurde, hatte ihm den Kontakt zu dem alten Ehepaar hergestellt, nachdem er ihn fast drei Stunden lang als Autostopper mitgenommen hatte. Der Alte fischte, und sie führte das kleine Fischlokal gleich beim Hafen. Die Zweizimmerwohnung im ersten Stock war alt wie ihre Eigentümer, und es gab keinen einzigen rechten Winkel in den Räumen. Aber man blickte auf den Hafen, und die Sonne brannte jeden Tag.

„Woran denkst du?", fragte Heidi. „Du bist weit weg."

„An Rosas im letzten Sommer. Ich habe gut gearbeitet und gute Leute kennengelernt."

„Ich hätte dabei sein wollen." Heidi strahlte.

Thomas lehnte sich zurück. „Kein Stoff", sagte er. „Zwei Monate lang kein Stoff, und ich war zufrieden. Glücklich eigentlich. Die erste Woche war scheußlich, die zweite nur wenig besser. Ein Lastwagenfahrer, José hieß er, hat mir geholfen. ‚Tu immer etwas, denke nicht. Bringe dich fast um, dann bringt es dich nicht um. Auf einmal ist es vorbei.' Es hat genützt."

„Für mich tönt das wie Chinesisch", sagte Heidi.

„Du kennst das Ergebnis: Sieben Bilder und viele Zeichnungen und Skizzen. Am Anfang ging ich fischen mit dem alten Miguel. Aufbruch drei Uhr morgens, mit seinem Kutter. Es ist ein Gemeinschaftsgefühl eigener Art. An die dreißig Fischerboote fahren gleichzeitig aus, kaum ein Ton, nur die kleinen Lampen, niemand spricht ein Wort. Ich habe gekotzt, immer wieder, und allein schon damit Miguel die Fische ins Netz gelockt. Aber nach zwei Wochen war ich geheilt."

„Und jetzt?", fragte Heidi zärtlich.

„Vier Tage", sagte Thomas. „Und es geht. Ich fühle Käfer im Bauch und im Kopf. Sie surren und zwacken, und nachts ist mir, als würde ich schrumpfen. Aber es geht. Dank dir."

„Du wirst es schaffen. Ich helfe dir, auch nachts."

„Ich weiß. Bis zu meiner Ausstellung habe ich es hinter mir." Seine Stimme klang leise, bestimmt, sehr entschlossen. „Keine Spritzen, keine Tabletten, kein Alkohol. Ich habe alle Flaschen ausgeleert und dann zertrümmert heute Mittag, bevor ich zu meinem Vater fuhr. Wein, Whisky, Gin, was weiß ich. Es war eine rituelle Handlung. Wahrscheinlich bereue ich es, sobald es mir wieder einmal beschissen geht."

„Nein, das wirst du nicht."

Es war nicht seine erste Ausstellung, aber die erste Einzelausstellung seiner Bilder. „Junge Retrospektive. Thomas Unschalk." Die Galerie Rozzo, eine der führenden in Belleville, hatte den Mut, Künstler am Anfang ihrer Karriere prominent herauszubringen. Oft kaufte sie die markantesten Bilder früh und preisgünstig für ihre eigenen Bestände, begnügte sich dafür bei den Verkäufen der übrigen mit einer anständigen Kommission und verhalf ihren Künstlern zu weiteren Ausstellungen. Thomas wünschte sich, sein Vater würde begreifen, wie viel Arbeit, Mühe, Verzweiflung, Rückschläge und Glück es brauchte, das Vertrauen irgendeiner Galerie, geschweige denn einer anerkannten, zu gewinnen. Er hätte ihn gerne zur Vernissage eingeladen.

Er verscheuchte den Gedanken an die fast sichere Absage. „Lass uns gehen", sagte er zu Heidi, „ich brauche deine Hilfe."

*

Unschalk war zufrieden. Die Verwaltungsratssitzung hatte das erwünschte Ergebnis gebracht. Sieben Mitglieder hatten der kurzfristigen Einberufung Folge geleistet; er hatte mit weniger gerechnet. Ein Mitglied, der Vertreter eines Nahrungsmittelkonzerns, lag nach einer Gallensteinoperation noch im Spital. Und Bethmann, der Generaldirektor einer der Großbanken, war unabkömmlich. Er hatte Unschalk am Telefon seine ernsten Bedenken zum Ausdruck gebracht: warum die Liquidität aufs Spiel setzen, Integrationsprobleme unvermeidbar, Verdauungsbeschwerden bei einem doch stattlichen Brocken, Rückgang der Ertragskraft, Streit mit Management, Behörden und Öffentlichkeit der USA vorprogrammiert, Insidertransaktionen …

Die größte Tageszeitung der Schweiz, mit der rot-schwarzen Titelseite nach oben auf dem Sitzungstisch ausgebreitet, half möglichen Zweiflern, ihre Unsicherheit abzustreifen. ‚Delarive will United Chemical: 6,9 Milliarden Dollar', lautete fünf Zentimeter hoch die Überschrift. Und darunter etwas kleiner: ‚Fachleute und Spekulanten schließen höheres Gegenangebot nicht aus'.

„Dr. Bethmann lehnt ein Übernahmeangebot ab", sagte Unschalk, nachdem die Herren Diggelmann, Koch und Kern alle Chancen und Risiken dargelegt und den Nutzen einer Übernahme von United durch Basis Chemie begründet hatten. „Ein weiteres Mal steht der Bankier dem Industriellen gegenüber. Dürfen wir dennoch zur Beschlussfassung übergehen? Liegt noch ein Wortbegehren vor?"

Othmar Spielberg, der Vizepräsident des Verwaltungsrates und Hauptaktionär des verschwiegenen Handelshauses Gebrüder Spielberg, meldete sich.

„Alle Bankiers haben Minderwertigkeitskomplexe, weil sie nur mit Geld handeln und nicht mit richtigen Waren und Produkten, die einen sichtbaren Nutzen bringen. Jedes Mal, wenn sie eine Transaktion finanzieren, müssen sie zusehen, wie der Erfolg nicht ihrem Geld, sondern der Weitsicht der beteiligten Unternehmer zugeschrieben wird. Das muss zu Magengeschwüren führen! Deshalb umgeben sie sich mit luxuriösen Büros, teuren Sekretärinnen und modernen Limousinen mit Chauffeur und trösten sich mit hohen Erfolgsprämien – selbst wenn sie Verluste eingefahren haben." Er unterbrach sich und verzog sein braun gebranntes, faltiges Gesicht zu einem maliziösen Lächeln. „Ich unterstütze ein kraftvolles Gegenangebot in der Form, wie es vom Vorsitzenden und der Konzernleitung skizziert wurde."

Die anderen Verwaltungsräte schmunzelten und schlossen sich Spielbergs Zustimmung an.

Unschalk fasste zusammen: „Ich danke Ihnen, meine Herren. Wir offerieren 56 Dollar je Aktie. Die Finanzierung ist sichergestellt. Dr. Bethmann hat mir die Unterstützung seiner Bank ausdrücklich zugesagt für den Fall, dass der Verwaltungsrat sich ungeachtet seiner Bedenken gleichwohl für ein Gegenangebot entscheiden sollte.

Herr Dr. Kern nimmt Verbindung auf mit unseren Anwälten in New York. Gleichzeitig geht eine Medieninformation mit dem vollen Wortlaut unseres Gegenvorschlags an alle großen Agenturen, außerdem direkt an die wichtigen Zeitungen in den USA und bei uns. Es ist jetzt", er blickte auf die alte englische Standuhr neben der Tür, „dreizehn Uhr. Um sechzehn Uhr sollten die Meldungen bei den Redaktionen eintreffen. Ist das machbar, Herr Kern?“

„Selbstverständlich.“ Paul Kern strahlte entspannt. Er hatte alles genau so kommen sehen. „Unsere Anwaltsfirma, Baldwin Smith und Alexander, führt als eine der großen Kanzleien einen durchgehenden Betrieb rund um die Uhr. Außerdem habe ich noch gestern Abend Tom Alexander vorgewarnt, ohne Einzelheiten natürlich. Ein Übernahmespezialist, Gerry MacKenzie, steht seit einer halben Stunde einsatzbereit zu unserer Verfügung.“

„Danke.“ Unschalk schien zufrieden. „Übrigens“, fuhr er fort und musterte die Mitglieder seines Ausschusses der Reihe nach, „wir haben noch gestern Nacht zwei Millionen United-Aktien zu 46½ Dollar gekauft – als Finanzanlage! Wir haben damit bereits zwanzig Millionen gespart.“

„Sehr gut“, brummte Spielberg. „Die brauchen wir locker für Bankgebühren und Anwaltskosten.“

„Und für Prozesse“, ergänzte Paul Kern nüchtern. „Machen Sie sich keine Illusionen. Diese Aktien werden uns noch Kopfzerbrechen bereiten.“

„Weshalb?“, wollte Unschalk wissen.

„Transaktionen im Vorfeld eines öffentlichen Übernahmeangebotes. Irgendeine Bestimmung des Börsengesetzes lässt sich immer finden, die wir verletzt haben. Delarive, die übrige Konkurrenz, die amerikanischen Zeitungen, die Börsenaufsichtsbehörde werden jeden Stein umdrehen, den wir berührt haben, um zu sehen, was darunter krabbelt.“

Unschalk wurde ungeduldig. „Lassen wir das. Gibt es weitere Wortmeldungen? – Nein. Dann beenden wir die Sitzung. Ich danke Ihnen, meine Herren. Ich habe im Direktionsrestaurant zum Essen reservieren lassen.“

*

Die Operation lief generalstabsmäßig ab. Der Entwurf der Übernahmeofferte wurde bereinigt und zusammen mit der vorgesehenen Medieninformation um vierzehn Uhr über Telefax an Gerry MacKenzie zur Begutachtung übermittelt. Dieser bestand darauf, bereits in der Offerte – und erst recht in der vorgeschriebenen Meldung an die Börsenaufsichtsbehörde – den Erwerb von zwei Millionen United-Aktien offenzulegen. Für die Begründung einigte man sich auf die Bezeichnung „zu Anlagezwecken", und zwar angesichts der offenkundigen Unterbewertung von United Chemical an der Börse von New York. Damit ließ sich auch ohne Mühe die Gegenofferte zu Delarives Übernahmeangebot begründen: Basis Chemie mochte nicht dem Konkurrenten vor der eigenen Haustür die attraktive Beute kampflos überlassen.

Genau um sechzehn Uhr – zehn Uhr New Yorker Zeit – übermittelte das Sekretariat der Rechtsabteilung von Basis Chemie das Gegenangebot an John Porter von United, alle großen Presseagenturen, die führenden Schweizer Tageszeitungen und die internationalen Wirtschaftsblätter.

Beim Beginn des Handels an der New York Stock Exchange eröffnete die United-Aktie bei 48¼, nachdem bereits am Vortag das Angebot Delarives bekannt geworden war. Der Kurs stieg bis um zehn Uhr auf 52. Um fünf nach zehn fing die Neuigkeit des Gegenangebotes von Basis Chemie aus den Zeitungsredaktionen an durchzusickern, und die lokalen Radio- und Fernsehstationen verbreiteten die Mitteilung im vollen Wortlaut. Der Handel in United-Aktien nahm zeitweise hektische Formen an, der Kurs stieg vorübergehend auf über 57 und pendelte sich bei 55½ ein.

Um 16.52 Uhr meldete sich das Lokalradio von Belleville und fünf Minuten später die größte Tageszeitung telefonisch beim Pressesprecher von Basis Chemie. Dem Radio wurde ein Kurzinterview mit Werner Diggelmann auf achtzehn Uhr zugestanden, die Zeitung zu einer Pressekonferenz zusammen mit anderen Medien auf 18.30 Uhr eingeladen.

Gegen siebzehn Uhr klingelte Unschalks Telefon. Es war sein direkter Anschluss.

„Hallo."

„John Billingham. Ich gratuliere dir."

Unschalk entspannte sich und lehnte sich zurück.

„Weshalb?", wollte er wissen. „Wir stehen erst am Anfang."

„Sicher, sicher." Billingham lachte, amüsiert, wie es Unschalk schien. „Ihr habt Wall Street ganz schön Dampf aufgesetzt. Euer Schachzug wird hier ja erst über die Informationsdienste an den Bildschirmen verbreitet, abgesehen von Radio und Fernsehen. Warte ab, bis morgen die Zeitungen erscheinen."

„Weshalb?“, fragte Unschalk erneut.

„Man fragt sich, wie ihr es fertiggebracht habt, weniger als 24 Stunden nach Bekanntwerden des Übernahmeangebots von Delarive ein höheres Gegenangebot zu machen.“

„Wir schalten schnell.“

„Nicht ausreichend als Erklärung. Man wittert Unrat. Es war immerhin klug, den Erwerb eurer zwei Millionen Titel gleich in der ersten Meldung bekannt zu geben. Aber sag mal: Verfügt dein Übernahmetrupp schon über einen Investmentbanker? Falls nicht, darf ich dir im Namen unserer Partner unser Interesse an der Unterstützung von Basis Chemie signalisieren.“

Unschalk gab ein kurzes Geräusch von sich, das Lachen oder Husten bedeuten mochte. „Ich fliege am Sonntag nach New York. Unser Angebot ist vorerst bloß John Porter übermittelt worden. Wenn er und sein Verwaltungsrat ihren Aktionären Ablehnung empfehlen, machen wir eine öffentliche Übernahmeofferte. Dann brauchen wir eure Hilfe.“

„Wir sind bereit“, erklärte Billingham. „Lass mir deinen Flug und die Ankunftszeit mitteilen, dann hole ich dich ab.“

„Abgemacht. Bis dann.“

Unschalk lehnte sich zurück in seinem Ledersessel. Für einen Augenblick vermochte er sich auf nichts zu konzentrieren. Dann fiel ihm ein, Olivia anzurufen, um sie über seine Reise zu informieren. Bestimmt würden sie deswegen eine Einladung absagen müssen. Er versuchte sich zu erinnern, was es war, aber es gelang ihm nicht.

Er schloss die Augen, um sich zu entspannen. Seine breiten Schultern sackten ein wenig nach vorne, und zwischen den Schößen seines Jacketts wurde deutlich der Ansatz zu einem Altmännerbauch sichtbar.

Das Telefon klingelte erneut. Unwillig öffnete Unschalk die Augen. Beim dritten Klingeln hob er ab.

„Ja.“

„DiNero.“

„Vico, was gibt’s?“

„Das fragst du mich! Den ganzen Tag versuche ich dich zu erreichen, um dir die Ausführung deines Kaufauftrags zu melden. Oder hast du deine 100.000 United Chemical etwa vergessen?“

„Nein“, sagte Unschalk, „ich habe gearbeitet.“

„Das kann ich mir vorstellen“, erwiderte DiNero. „Wir haben bei 42 gekauft. Noch gestern Abend, nach deinem Anruf. Und zehn Minuten später explodieren die Kurse.“

„Schön“, sagte Unschalk. Er war wieder wach und aufmerksam. „Und wo stehen sie jetzt?“

„56¼.“

„Gut.“

„Gut!“, rief DiNero ungeduldig aus. „Was heißt hier ‚gut‘? Als ich kurz nach deinem Kauf von Delarives Übernahmeofferte hörte, dachte ich, du hättest einen heißen Tipp gekriegt. Und jetzt schwirrt dein Gegenangebot über alle Bildschirme, und alles spielt verrückt. Das gefällt mir nicht.“

„Warum denn? Ist doch alles nicht dein Problem.“

„Eben doch“, stöhnte DiNero.

„Wieso?“

„Wir haben uns an deinen Kauf angehängt und per Juni Optionen auf weitere 300.000 United gekauft. Ausübungskurs 45.“

„Wer ist wir?“

„Wir – die Privatbank Panther. Das gibt Ärger mit der Börsenaufsicht.“

„Wieso eigentlich? Hast du etwas gewusst?“

„Nein.“

„Eben“, sagte Unschalk. „Da liegt doch wohl der entscheidende Punkt.“

„Und was soll jetzt mit deinen Aktien geschehen?“, wollte DiNero wissen, nur halbwegs beschwichtigt. „Sollen wir sie verkaufen?“

Unschalk lachte. „Tue nichts. Warte ab, wie sich die Dinge weiterentwickeln.“

4

Jean Delarive führte den Übernahmekampf um United Chemical mit distanzierter Neugier von seinem Landgut in der Charente im Westen Frankreichs aus. Durch einen Feldweg mit der Landstraße nach Angoulême verbunden, grenzte das Gut auf drei Seiten an schnurgerade, endlose Reihen von Rebstöcken. Bloß im Südwesten öffnete sich der Blick vom Wohntrakt aus auf eine parkähnliche Landschaft, die allerdings bald in eine Halbwildnis von Buschwald, kleinen Bächen und Wasserrinnen überging, am Horizont gesäumt von einer Zeile Pappeln.

Der Wohntrakt und der Gutsbetrieb bestanden je aus einer viereckig um einen Hof zusammengebauten weiß getünchten Häusergruppe mit Ziegeldächern; die beiden Komplexe waren miteinander über eine Durchfahrt in der mittleren Häuserzeile verbunden. Auf dem Kopfsteinpflaster vor dem Eingang zu Delarives Wohnräumen standen ein alter Peugeot und ein offener schwarzer Porsche. Delarive saß auf der gedeckten Gartenlaube, als man ihm Besuch anmeldete.

Er sprang auf und eilte dem Hausdiener, der seit über zwanzig Jahren für den Unterhalt von Haus, Garten und Fahrzeugen sorgte, voraus in die geräumige Eingangshalle. „Danke, Guy. Ich öffne selber."

Es war Claude Morat, der 39-jährige Chef der Abteilung Recht und Administration der Delarive AG, einer der jüngsten Direktoren des Unternehmens.

„Herr Morat, willkommen in Jarnac. Ich hoffe, Sie sind gut gereist. Dies ist Herr Guy, er hat mich schon verwöhnt, als ich noch ein Junge war und viel Zeit hier verbrachte. Ohne ihn würde das Haus nicht funktionieren. – Guy, das ist Herr Morat, unser Chefrechtsberater, der sich Mühe gibt, mich vor den schlimmsten Fehltritten zu bewahren."

Morat blickte sich in der Halle um. Dunkle Holztreppen führten zu beiden Seiten über fünf Stufen zu den Gängen ins Gebäudeinnere. Der weiße Marmorboden glänzte. Vor den geöffneten Türflügeln aus Glas, die den Blick in den Garten freigaben, stand, umflutet vom Frühlingslicht, eine fast mannshohe, zierliche Statue aus polierter Bronze.

„Ihr Refugium gefällt mir. Warum verlegen wir nicht das Hauptquartier des Unternehmens hierher?"

Delarives schmales Gesicht verzog sich zu einem Lächeln. Eine braune Haarsträhne fiel in seine Stirn. „Aus steuerlichen Gründen, unter anderem", erklärte er. „Aber davon verstehen Sie mehr als ich. Außerdem habe ich andere Interessen, die ich nicht mit dem Unternehmen in Belleville vermischen möchte. Delarive AG ist 98 Jahre alt, dieses Anwesen über 200. Hier sind meine Wurzeln. Aus unseren Weintrauben entsteht Cognac vom Feinsten, außerdem erlesener Champagner, seit Generationen. Was ist dagegen die Chemie, die wir herstellen! Ich werde Sie morgen ein wenig herumführen. – Aber kommen Sie, trinken wir etwas Kühles. Guy bringt unterdessen Ihr Gepäck in Ihr Zimmer. Ist der Wagen offen?"

„Ja."

„Gut. Ich gehe voraus. Wir können uns ein wenig unterhalten. Zum Abendessen leistet uns meine Frau Gesellschaft. Wir essen um halb acht. Es bleibt Ihnen vorher reichlich Zeit, sich auszuruhen und zu erfrischen."

Morat folgte Delarive an der Bronzestatue vorbei in die Gartenlaube. Er kam sich deplatziert vor in seinem Geschäftsanzug und sehnte sich nach einer Dusche. Sein Gastgeber trug ein offenes Hemd und eine Freizeithose; er hätte sein älterer Bruder sein können.

Sie setzten sich an einen weißen Gartentisch. Die Stühle waren aus weiß lackiertem Eisen mit weiß-gelb gestreiften Sitzkissen.

„Ihr Garten hat die Dimensionen eines Golfplatzes", bemerkte Claude Morat anerkennend.

Delarive lachte. „Es *ist* ein Golfplatz, neun Loch. Allerdings völlig verwildert. Mein Vater hat ihn anlegen lassen."

„Ich verstehe nichts von Golf", bekannte Morat.

„Ich auch nicht, darum habe ich mich nie um die Anlage gekümmert. Kunst, das ist etwas anderes." Delarive beugte sich vor. „Haben Sie die Statue in der Eingangshalle bemerkt?"

Morat nickte. „Oh ja. Bezaubernd. Muss ein Charpentier sein."

„Sie kennen Charpentier?" Delarive strahlte. „Das freut mich. Er ist einer der Besten Frankreichs. Die Statue verkörpert eine Mutter, die ihr Kind an sich drückt. Haben Sie den Lichteffekt bemerkt? Sie zieht das

Licht aus dem Garten auf sich, bündelt es, und der weiße Marmorboden verstärkt es. Die Halle wirkt so viel heller."

Der Hausdiener Guy betrat die Gartenlaube mit einem Silbertablett. Er stellte es auf den Tisch. In zwei schlanken Gläsern zischelte goldener Champagner, die angebrochene Flasche stand daneben.

„Danke, Guy." Delarive reichte Morat ein Glas und hob das andere. „Unsere Erfrischung – aus eigenen Trauben, ein Dom Verigan. Nochmals willkommen."

„Danke. Auf Ihr Wohl", erwiderte Morat und trank. Er war durstig und spürte die Kühle in seiner Speiseröhre. „Ausgezeichnet."

Delarive lehnte sich zurück. Aus einer zerdrückten Schachtel nahm er eine Zigarette. Er verspürte Sympathie für seinen Chefjuristen und freute sich über dessen Besuch.

„Ich habe Sie hierher eingeladen", begann er, „damit wir uns entspannt unterhalten können. Ich möchte gerne Ihre Meinung zu Unschalks Gegenangriff kennenlernen. War es möglicherweise ein Fehler, dass wir überhaupt ein Angebot für United Chemical gestartet haben?"

Claude Morat schüttelte den Kopf. „Nein, auf keinen Fall. Ich habe gestern Abend Diggelmanns Interview im Lokalradio gehört. Er wurde gefragt, wie es zu erklären sei, dass Basis Chemie praktisch bei Bekanntwerden unseres Übernahmeangebotes zwei Millionen United-Aktien kauft und weniger als 24 Stunden später ein Gegenangebot veröffentlicht."

„Und, wie lautete seine Erklärung?"

„Dass die Vorgänge auch umgekehrt hätten ablaufen können. Es sei ein Zufall, dass nicht das Angebot von Basis Chemie vor dem unseren unterbreitet worden sei. Es sei fast zu erwarten, dass zwei ungefähr gleich große, gleich gut geführte Unternehmen, die sich weltweit überwiegend in denselben Geschäftsfeldern betätigen, zum gleichen Zeitpunkt ein Konkurrenzunternehmen übereinstimmend beurteilen."

„Eine überzeugende Antwort", sagte Delarive.

„Ich glaube ihm kein Wort. Es tönt nur gut."

„Was glauben Sie denn?"

„Eine undichte Stelle bei uns. Irgendjemand hat geplaudert. Das Gegenangebot ist eine direkte Reaktion auf unseren Vorstoß und nicht etwas sorgfältig Geplantes."

Jean Delarive sog an seiner Zigarette. „Haben Sie konkrete Anhaltspunkte?"

„Nein. Der Verwaltungsrat, die Konzernleitung, das Sekretariat, unsere Anwälte – trotz aller Geheimhaltung sind es viele Eingeweihte, die in Frage kommen."

„Eine Schweinerei", erklärte Delarive heftig. „Ich hoffe, Sie haben nicht recht. Aber ich werde meinen Beraterstab verkleinern."

„Und was haben Sie im Sinn?"

„Erstens: Wir werden kämpfen. Irgendetwas wird dabei für uns herausschauen. Zweitens: Ich möchte, dass Sie für mich nach Florida reisen. Aber", Delarive unterbrach sich, „ich hatte eigentlich nicht vor, Sie unmittelbar nach Ihrer Ankunft in geschäftliche Diskussionen zu verwickeln. Das möchte ich morgen Vormittag tun. Lassen Sie uns den Champagner trinken, bevor er warm wird. Dann will ich Ihnen ein wenig über meine persönlichen Pläne berichten."

Jean Delarives Großvater Maurice, ein brillanter Chemiker aus Frankreich, hatte sich kurz vor dem Ersten Weltkrieg als gleichberechtigter Partner im Unternehmen in Belleville eingekauft. Zusammen mit einem Arzt hatte er eine Heilsalbe entwickelt, die bei Gelenkschmerzen dauerhafte Linderung verschaffte. Damit gelang es dem Unternehmen, nun Hotz & Delarive genannt, sich von der einseitigen Abhängigkeit von Farbstoffen für die Seidenbandindustrie zu lösen; der Grundstein für die Herstellung pharmazeutischer Produkte war gelegt. Wenige Jahre später verlor Seniorpartner Hotz sein Vermögen durch Spekulationen in Südamerika. Maurice Delarive kaufte seine Anteile. Anschließend wandelte er das Geschäft in eine Aktiengesellschaft um, nannte es Delarive AG, platzierte ein Drittel der Aktien an der Börse und benutzte einen Teil des Erlöses dazu, die Schulden zurückzuzahlen, die er zur Ablösung seines Partners eingegangen war. Das Geschäft gedieh, es wurden Vertretungen im Ausland eröffnet; weitere Kapitalaufnahmen über die Börsen erwiesen sich als notwendig. Nach dem Zweiten Weltkrieg übernahm Delarives Vater die oberste Leitung und baute die Verankerung des Unternehmens auf allen Kontinenten aus.

Vor vier Jahren schließlich trat Jean Delarive selber als Präsident des Verwaltungsrates an die Unternehmensspitze, „aus Freude am Experiment", wie er betonte, und nicht aus innerer Berufung.

„Ich habe Betriebswirtschaft studiert und abgeschlossen“, erklärte er und fixierte Morat, zwischen den Fingern der rechten Hand eine Zigarette. „Aber die Nebenfächer Politologie und Kunstgeschichte haben mich stets mehr fasziniert. Wissen Sie“, fuhr er fort, „Personen sind viel interessanter als Sachen. Und Kunst spiegelt das Innenleben ihrer Urheber wider, meist ein verpfuschtes.“

„Und ein Unternehmen dasjenige seiner Leiter“, warf Claude Morat ein.

Delarive nickte. „Mein Vater und ich besitzen heute noch 22 Prozent der Kapitalanteile, vorwiegend Namenaktien. Damit kommen wir, dank der viel geringeren Stimmkraft der Inhaberaktien, auf 53 Prozent der Stimmrechte. Ich werde die Aktien meines Vaters eines Tages erben, ebenso dieses Anwesen hier und schließlich auch seine Beteiligung am französischen Getränkekonzern Chamot-Durand. Das ist alles geregelt. Meine Schwestern erhalten bedeutenden Grundbesitz in Paris und Bargeld.“

Er unterbrach sich und trank von seinem Champagner. „Warum erzähle ich Ihnen all das? Weil Sie Jurist sind. Weil Sie einen Menschenberuf ausüben. Weil Sie gelernt haben, Menschen zu beurteilen, auf Menschen einzugehen. Weil Sie wissen, dass allen Dingen nicht um ihrer selbst willen Wichtigkeit zukommt, sondern nur dank der Bedeutung, die ihnen ein Mensch oder viele Menschen beimessen – oder eben nicht. Verstehen Sie, was ich meine?“

„Ja“, sagte Morat.

Jean Delarive lehnte sich zurück und legte die Beine übereinander. In einem Anflug von Ungeduld schnippte er seine Zigarette in den Garten. Die Sonne stand bereits tief über der Pappelreihe am Horizont und kündete vom anbrechenden Abend.

„Ich will meine Angelegenheiten neu ordnen. Delarive AG beansprucht zu viel von meiner Zeit. Ich liebe das Unternehmen, aber ich lebe nicht, wenn ich mich nicht meinen Kunstobjekten widmen kann.“ Seine Augen glänzten, und es schien, als spräche er zu sich selber, als er fortfuhr: „Ich bin im Begriff, ein Beraterteam zu bilden, das mich in allen wesentlichen Dingen unterstützt. Dazu gehören ein führender italienischer Industrieller, Mario de Benedanti, ein weiterer italienischer Unternehmer und Investor, den Sie kennenlernen werden, Pasquale DiNero, ein Original, und schließlich mein Privatbuchhalter Jacques Baguette. Baguette ist Leiter einer kleinen Bankfiliale in Angoulême. Ich habe ihm ein zinsfreies Darlehen zum Kauf eines Hauses gegeben und zahle ihm monatlich eine kleine Summe. Dafür kontrolliert er meine persönlichen Finanzen. – Und dann natürlich", er unterbrach sich und schaute Morat in die Augen, „Sie selber als unbestechlicher Analytiker, der mich vor größeren Fehlentscheidungen bewahrt. Ich hoffe, Sie nehmen meinen Vorschlag an!"

Der Jurist wählte seine nächsten Worte sorgfältig. „De Benedanti hat sehr weit verzweigte unternehmerische Interessen, wie man immer wieder der Presse entnehmen kann. Haben Sie mit ihm schon gesprochen?"

Delarive nickte. „Wir treffen uns alle paar Monate bei Auktionen, auf Einladungen, an Aktionärsversammlungen. Er hat zugesagt. Wahrscheinlich hofft er, sich eines Tages bei Delarive AG einkaufen zu können. Vielleicht kommt es auch dazu. Aber zurück zu Ihnen. Machen Sie mit?"

„Gerne. Wenn die Aufgabe nicht mit meinen Pflichten bei Delarive AG kollidiert."

Diesmal lachte Delarive richtig. „Machen Sie sich keine Gedanken. Ich werde dafür sorgen, dass Sie über Ihre Zeit noch besser verfügen können."

„Gut. Dann bin ich neugierig, was Sie vorhaben."

Delarive streckte ihm die Hand entgegen. „Danke. Ich freue mich sehr. Wir werden auf freundschaftlicher Basis zusammenarbeiten. Lassen Sie uns jetzt ins Haus gehen. Ich bringe Sie auf Ihr Zimmer."

5

Morats Zimmer lag im ersten Stock im linken Flügel des Wohntrakts. Das Fenster war geöffnet und gab den Blick frei auf den Park. Von oben sah man noch einzelne Bahnen des Golfplatzes mit ihren halb zugewachsenen Löchern. Am hinteren Ende des Raumes, auf der Seite zum Innenhof, führte ein Durchgang zu einem drei Stufen tiefer liegenden Badezimmer. Im Spiegel sah Claude die Narbe über seiner rechten Schläfe rot leuchten; sie stammte von einer unsinnigen Mutprobe im Militärdienst vor vielen Jahren. Früher hatte er versucht, sie zu verdecken, indem er eine Locke seines braunen Haares darüberlegte, meist erfolglos; heute akzeptierte er die kleine Verunstaltung widerwillig. Er duschte ausgiebig, zog sich an und streckte sich in einen Sessel vor dem Fenster. Die untergehende Sonne und die hereinwehende Abendkühle versetzten ihn in Ferienstimmung, aber die behutsam offerierte Vertraulichkeit seines obersten Konzernchefs verwirrte ihn. Es wurde ihm bewusst, dass ihn außer der französischen Muttersprache und der Herkunft aus einer Winzerfamilie nichts mit Jean Delarive verband. Seine Eltern produzierten jedes Jahr ein paar zehntausend Flaschen Wein, Delarives Familienunternehmen mehrere Millionen.

Um halb acht klopfte Guy, der Hausdiener. „Herr Jean hat mich gebeten, Sie zum Esszimmer zu führen“, sagte er. „Ich hoffe, Sie haben alles gefunden, was Sie benötigen.“

„Ja. Vielen Dank.“

Unten empfing ihn Delarives Frau. „Ich bin Jacqueline.“ Sie streckte ihm eine große Hand mit langen, schönen Fingern entgegen. „Ich freue mich, dass Sie zu uns gekommen sind. Hoffentlich fühlen Sie sich ein wenig wohl.“ Sie trug eine offene weiße Baumwollbluse und einen weiten dunkelgrauen Faltenrock, der kurz oberhalb ihrer Knie endete. In ihrem Ausschnitt ruhte ein Brillant an einer feinen Weißgoldkette. „Bitte setzen Sie sich. Jean kommt jeden Augenblick.“

Der Esstisch bestand aus einer orangefarbenen ovalen Marmorplatte auf zwei zierlichen Säulen. Er bot Platz für acht Personen und war gedeckt für drei. Ein Utrillo mit einer Abwandlung seines Bajazzomotivs hing an der Wand gegenüber der Fensterfront. Der Raum war spärlich eingerichtet; einige Abstellmöbel aus Kirschenholz kontrastierten mit den weiß getünchten Wänden.

„Ich mag Ihre Kunstgegenstände", bemerkte Morat. „Wenig, auserlesen und gut platziert. Wer ist der Fachmann?"

„Wir beide. Mein Mann und ich haben zusammen in München Kunstgeschichte studiert. Vor drei Jahren haben wir geheiratet. Der Utrillo ist Jeans Liebling."

Jean Delarive, eben eingetreten, fasste seine Frau mit einer kurzen, vertraulichen Geste bei der Hand. „Herr Morat kennt Charpentier." Die Feststellung klang wie ein Kompliment. „Aber wir wollen uns zu Tisch begeben. Ich hoffe, wir können unseren Gast davon überzeugen, dass der Westen Frankreichs nicht nur hervorragenden Cognac anzubieten hat."

„Ich zweifle nicht daran."

Eine untersetzte, schwarzhaarige Angestellte reichte Kaviar und Toast. „Unsere Köchin Marie-Claire", stellte Jacqueline Delarive vor.

Guy, der Hausdiener, erschien und goss Weißwein in die kleinen Kristallgläser. „Ein Chardonnay", erklärte Delarive. „Er passt ausgezeichnet zur Vorspeise, die meine Frau zusammengestellt hat."

Jacqueline Delarive fuhr fort: „Marie-Claire und ich haben uns für eine *salade de fruits-de-mer* entschieden. Ich hoffe, Sie mögen Fischspeisen. Wir haben alles heute Vormittag auf dem Markt in Angoulême eingekauft."

Das Essen dämpfte den Redefluss der Gastgeber nur unmerklich. Claude Morats Blick kehrte wiederholt zu Utrillos Bajazzo zurück, der in trunkener Umarmung mit seinem Mandoline spielenden Freund eine spanische Landstraße entlangschritt, ohne Ziel und ohne Ursprung. In den Gesichtszügen des Mandolinespielers entdeckte er Ähnlichkeit mit Jean Delarive. Sein Gastgeber und der Unternehmensleiter schienen zwei verschiedene Personen zu sein. Welche davon echt war, ließ sich schwer ausmachen.

„Ich verstehe, dass Sie sich gerne hierher zurückziehen", sagte er zu Delarive, „aber dieser schöne Ort ist fast zu schade für geschäftliche Aktivitäten."

„Es gibt uns Gelegenheit, Sie bald wieder hier als unseren Gast zu begrüßen", erwiderte Jacqueline Delarive mit der Sicherheit aller schönen Frauen. „Nicht wahr, Jean?"

„Ja“, sagte Delarive. „Sehen Sie, Unschalks Einmischung schmälert unsere Chance, United zu gewinnen, ganz erheblich.“

„Sie meinen, er wird es schaffen?“

„Nein. Wir werden es vermutlich beide nicht schaffen. Mit dem Gegenangebot Unschalks ist United zum Streitobjekt zweier Ausländer geworden. Das ist unerträglich. Man wird alles daransetzen, dass ein amerikanischer Konzern uns beide überbietet.“

Morat nickte zustimmend. „Klingt überzeugend“, sagte er. „Leider.“

„Nein, nicht leider!“, erwiderte Delarive. Er beugte sich vor und fuhr intensiv fort: „Wir müssen nur unsere Strategie ändern.“ Sein Gesicht hatte jede Ähnlichkeit mit dem Mandolinenspieler verloren. „Aus der Operation United wird die Operation Basis Chemie. Wir starten einen Übernahmeangriff auf Basis Chemie.“

Der Jurist schmunzelte. „Spannend! Aber es lässt sich nicht geheim halten. Beteiligungen ab drei Prozent sind der Zielgesellschaft und der Börsenaufsicht zu melden.“

„Das macht nichts. Unschalk wird an zwei Fronten zu kämpfen haben. Da hat er alle Hände voll zu tun.“

*

Am nächsten Morgen empfing Claude Morat präzise Anweisungen. Auf einem Spaziergang, der weit über den alten Golfplatz hinaus bis zur Pappelreihe führte und ihm an einem Rinnsal von Bach nasse Füße eintrug, lernte er die Absichten seines Chefs kennen.

„Eine Übernahme von United würde für uns viel Sinn machen. Unsere Präsenz in den Vereinigten Staaten ist noch dünn. Es stört mich, dass sich Unschalk jetzt einmischt.“

„Das verstehe ich. Aber warum Basis übernehmen? Aus Rache?“

Delarive lachte und schüttelte den Kopf. „Nein. Sie kennen mich schlecht. Rache ist nie ein Beweggrund meiner Handlungen.“ Er blieb neben einer Pappel stehen und zündete sich eine Zigarette an. „Logik schon eher. Reine, klare Logik. Schauen Sie: United und wir würden gut zusammenpassen, weil wir mit gleichartigen Produkten in geografisch verschiedenen Märkten stark sind. Basis Chemie und wir jedoch passen zusammen, weil wir in den gleichen Märkten stark sind, aber mit unterschiedlichen Hauptprodukten. Mit dem kombinierten Produkteangebot könnten wir uns fast schlagartig auch in den Ländern eine Position schaffen, in denen wir heute noch schwach sind."

„Klingt einleuchtend", sagte Morat.

Delarive fuhr fort, als spräche er vor einem unsichtbaren Auditorium. „Ich verstehe Unschalk. So gut Basis und wir einander ergänzen würden, so gut trifft dies auch auf Basis und United zu. Unschalk weiß das. Vor vier Jahren hat er mir unter vier Augen einen Zusammenschluss angeboten. Ich habe abgelehnt."

„Warum?"

„Ach …" Delarive zögerte kurz. „Es ist letztlich eine Frage der persönlichen Chemie. Ich könnte mit ihm nicht zusammenarbeiten. Seine Motivation basiert nicht auf industrieller Logik sondern auf Freude am Schachspiel. Unternehmensschach sozusagen. Das ist nicht meine Art."

„Und dennoch wollen Sie ihn übernehmen."

„Ja, aber nicht mit ihm zusammenarbeiten. Wenn wir Erfolg haben, muss er gehen."

Claude Morat antwortete nicht sofort. Delarives Pläne bargen bedeutendes unternehmerisches Potenzial, hin zum Erfolg, aber auch hin zum Misserfolg. Dem Juristen Morat, der es gewohnt war, mit ausgewogenen Vertragsklauseln Sicherheit zu schaffen, widerstrebte diese Art Risiko ohne Auffangnetz. Daneben aber wuchs Verständnis für das ehrgeizige Vorhaben. Die Entwicklung eines neuen pharmazeutischen Produktes verschlang bis zur Marktzulassung mit Leichtigkeit ebenfalls viele hundert Millionen, ohne dass Gewähr bestand, über ausreichende Verkäufe den Aufwand wieder auszugleichen und Gewinne zu erzielen.

„Sie sind schweigsam", setzte Delarive das Gespräch fort. „Habe ich Sie erschreckt?"

„Nein", sagte Morat.

Delarive nickte zufrieden. „Dann lassen Sie uns zurückgehen und uns mit den Einzelheiten der Operation Basis Chemie beschäftigen."

Schweigend spazierten sie zurück. Claude Morats Hosenstöße waren nass und schmutzig, als sie bei der Gartenlaube anlangten. Die unbeschwerte Stimmung des Vorabends war verflogen. Er fühlte sich erneut unpassend gekleidet, diesmal ohne Krawatte in Jeans wie sein Gastgeber, als sie sich an den Gartentisch setzten und Delarive nach einem bereitliegenden Notizblock griff.

Aus dem Haus tauchte Marie-Claire, die Köchin, auf, schwarz gekleidet mit weißer Schürze, eifrig trippelnd wie eine Elster. Sie brachte Kaffee in einem Silberkännchen. Umständlich stellte sie zwei Porzellantässchen auf den Tisch und goss ein, schweigend, als folge sie einem uralten Ritual.

„Danke, Marie-Claire", sagte Delarive freundlich.

„Keine Ursache, Herr Jean", erwiderte sie. Sie bedachte ihren Arbeitgeber mit einem opferbereiten Blick, während sie Morat so selbstverständlich übersah wie einen Einrichtungsgegenstand. Ihre Jahre waren schwer zu schätzen: Die Vorzüge der Weiblichkeit waren bereits abgeklungen, aber die Nachteile des Alters traten noch nicht zutage.

Claude Morat wurde plötzlich gewahr, dass seine Gedanken zu seiner Frau Florianne abgeschweift waren. Das Bild ihrer letzten Umarmung, schon einige Zeit zurückliegend, schob sich in sein Bewusstsein, noch während er der unalten Köchin nachblickte. Floriannes Wärme bei geöffnetem Fenster, ihre Umklammerung auf zurückgeschlagenen Laken, die Erinnerung an ihre leise Freude an der Lust. Irgendwann war ihnen diese Freude abhandengekommen, und die Lust war schal geworden.

Delarives Stimme zerriss das Gespinst seines kurzen Tagtraums.

„Ich habe mich gestern mit der Kapitalstruktur von Basis Chemie beschäftigt. Ihr Aktienkapital beträgt 600 Millionen. Es ist eingeteilt in 600 Millionen Namenaktien zu einem Franken Nominalwert. Die Börse bewertet den Konzern derzeit mit 18 Milliarden. Eine Mehrheit würde somit 9,1 Milliarden kosten."

„Brauchen Sie überhaupt eine Mehrheit für die Kontrolle?", fragte Morat .

„Nein." Delarive zündete sich eine Zigarette an. „Aber ich denke, wir werden es schaffen, eine Stimmenmehrheit auf unsere Seite zu bringen."

„Wie?"

Jean Delarives Augen leuchteten auf. Mit kräftigen Strichen unterteilte er das oberste Blatt seines Notizblocks in drei gleich große Abschnitte. „Meine Strategie beruht auf drei Säulen", erklärte er temperamentvoll. „Erste Säule: Ab Montag beginnen wir so viele Basis-Aktien als möglich zu kaufen. Zweite Säule: Es gibt zwei Großaktionäre, die zusammen über

25 Prozent von Basis Chemie kontrollieren. Sie müssen wir auf unsere Seite bringen. Dritte Säule: Zwei Wochen vor der Generalversammlung veröffentlichen wir ein Übernahmeangebot für alle ausstehenden Aktien von Basis Chemie. Was halten Sie davon?"

„Ihre Strategie braucht Zeit und Geld. Wie viel haben wir von beidem zur Verfügung?"

Delarive schrieb zwei Daten ins dritte Feld seines Notizblocks. Von seiner Zigarette fiel Asche auf den Tisch. Die Aprilsonne fing an zu wärmen. Morat folgte den hart und ungeduldig hingekritzelten Zeichen.

„Samstag, 5. April – heute. Donnerstag, 15. Mai – Jahresversammlung von Basis Chemie in Belleville. In den vierzig Tagen dazwischen spielt sich alles ab."

„Gut. Und wie steht es um unsere Kriegskasse?"

„Wir verfügen über gut fünf Milliarden Franken kurzfristig greifbare Mittel. Dazu kommen feste Kreditzusagen unserer Banken von weiteren fünf Milliarden, macht zusammen zehn Milliarden. Aber so viel brauchen wir in keinem Fall. Unser Übernahmeangebot für Basis Chemie müssen wir um den 2. Mai veröffentlichen. Bis dann wissen wir, was mit United geschieht."

„Es scheint, als hätten Sie an alles gedacht." Morat griff nach seiner Kaffeetasse und trank abwesend. Der Kaffee war mittlerweile kalt geworden. „Wer sind die Großaktionäre mit zusammen über 25 Prozent der Stimmen?"

„Die Helvetische Bank und Pasquale DiNero. Die Bank kontrolliert über einen Anlagefonds fünfzig Millionen Aktien. Und noch einmal so viel vertritt sie über das Depotstimmrecht für die Basis-Aktien in den Wertschriftendepots ihrer Kunden.

Pasquale DiNero habe ich bereits gestern erwähnt. Seine verstorbene erste Frau entstammte der Gründerfamilie von Basis Chemie, von ihr hat er über 45 Millionen Namenaktien geerbt. Durch spätere Zukäufe hat er seinen Bestand auf 67,5 Millionen vergrößert. Dazu hat ihm vor Jahren sein Bruder Vico verholfen, Direktor bei der Privatbank Panther in Zürich und ein naher Freund Unschalks. Sein Aktienpaket ist heute über zwei Milliarden Franken wert."

„Warum glauben Sie, Sie könnten diese beiden Aktionäre für sich gewinnen?", wollte Morat wissen.

Jean Delarive lachte unbeschwert. „Psychologie, nichts anderes. Die Helvetische Bank wartet nur auf eine Gelegenheit, ihre Unabhängigkeit unter Beweis zu stellen. Sie hat es schlecht aufgefasst, dass Unschalk wohl der Unionsbank, aber nicht ihr einen Sitz im Verwaltungsrat eingeräumt hat."

„Und DiNero?"

„Auch Psychologie. Pasquale DiNero ist in Italien aufgewachsen, studierte in der Schweiz, lebt aber seit über zwanzig Jahren in Südflorida. Er ist nach seiner zweiten Heirat Amerikaner geworden, während sein Bruder in Zürich als Bankier Karriere gemacht hat. Er würde gerne in die Schweiz zurückkehren, hat jedoch irgendwie den Anschluss verpasst. Sein Bruder Vico hat keinen Finger gerührt, um ihm dabei zu helfen, wohl aus Neid."

„Wie wollen Sie vorgehen?" Claude Morat war fasziniert, aber seine Stimme verriet noch immer Skepsis.

„Ganz einfach", sagte Delarive. „Ich übernehme die Bank, und Sie reisen nach Florida, um meinen Freund DiNero zu überzeugen."

6

Unschalk liebte den Mittagsflug nach New York. Es gefiel ihm, in den Minuten vor dem Start entspannt nichts zu tun, höchstens in einer Zeitung zu blättern – noch nicht richtig zu lesen – und am Begrüßungschampagner zu nippen. Er schätzte es, verwöhnt zu werden, genug Platz zu haben, sich weit zurückzulehnen, mit niemandem reden zu müssen, Musik zu hören, seine Projekte zu überdenken. Noch behaglicher waren allerdings früher die Flüge mit Swissair gewesen; schade, dass man die Gesellschaft zugrunde gerichtet hatte.

Die Maschine fing an, rückwärts aus ihrem Platz am Fingerdock zu rollen. Die Stewardess überprüfte die Sitzgurte ihrer Erste-Klasse-Passagiere. Unter ihrem dunkelblonden Haar lächelte sie Unschalk einfühlsam an. Er kontrollierte, ob sie den anderen dasselbe Lächeln zuteilte. Sein Blick prüfte ihre blau-weiß-lila gemusterte Bluse. Sie hieß B. Escher.

Nach dem Videofilm mit den Sicherheitshinweisen erschien die Europakarte auf dem Bildschirm vorne; der Spielzeug-Airbus stand noch in Kloten, die Nase nach Frankreich gerichtet. Die Rollgeschwindigkeit betrug 19 km/h, die Flugzeit bis New York sieben Stunden vierzig Minuten. B. Escher und ihre Kolleginnen waren verschwunden, die Beschleunigung nahm zu: 146 km/h. Unschalk fühlte, wie er nach hinten kippte; der Andruck verschmolz ihn mit seiner Rücklehne, das leise Holpern endete abrupt, die Erde hatte sie freigegeben. Noch sieben Stunden 37 Minuten. *Gute Idee von John Billingham, mich abzuholen. Er weiß, wie diese Übernahmekämpfe in Amerika ablaufen.* John Porter hatte bereits vorgestern nach seiner Verwaltungsratssitzung beide Angebote als nicht im besten Interesse der Aktionäre von United Chemical bezeichnet.

Unschalk freute sich auf den Gin Tonic vor dem Essen. United passte gut zu Basis Chemie. Mit zusammen 41 Milliarden Franken Konzernumsatz würde Basis zur unverwundbaren Nummer eins in der schweizerischen Pharmaindustrie. Aber es blieben noch viele Probleme zu lösen. Steuerfragen, kartellrechtliche Stolpersteine, Börsengesetze. Und wenn es klappte, die Integration von United in Basis Chemie. *Vico DiNero will wissen, was er mit meinen 100.000 United-Aktien und seinen 300.000 Optionen machen soll. Ich weiß es auch nicht.* Unschalk war nicht mehr sicher, ob dieser spontane Aktienkauf vom vergangenen Mittwoch, kurz vor dem Gegenangebot, so klug gewesen war.

B. Escher tauchte wieder auf. Sie brachte seinen Drink und strahlte ihn verschwörerisch an; seinem Nachbarn stellte sie ein Bier auf die breite Lehne zwischen den Sitzen. Unschalk versuchte zurückzustrahlen, da griff sein Nachbar zum Bier und wandte sich ihm zu.

„Zum Wohl!" Er hatte dunkelbraunes Haar und trug eine randlose Brille. Unschalk nahm sein Glas in die Hand. „Zum Wohl!" Er wollte keine Unterhaltung. Er griff zum Kopfhörer, den B. Escher schon vor dem Start verteilt hatte. Er überging ein Klavierkonzert von Chopin und verharrte bei bodenständiger *Swiss Folk Music*, eine Handharmonika spielte eine muntere Polka, begleitet vom klagenden Schmelz einer Klarinette. Unschalk fühlte sich beschwingt, fast ein wenig glücklich. Sein Gin Tonic fing endlich an, ihm zu schmecken.

*

B. Escher stand am Ausgang und verabschiedete sich von ihren Passagieren. Unschalk nickte ihr zu und machte sich auf den Weg durch die hässlichen, langen Gänge. Eine übergewichtige Beamtin in blauer Uniform wies ihn zu den Beamten für die Körperdurchsuchung. Man gab allen Besuchern die tödliche Beleidigung des 9. September 2001 zu spüren. Nach einer knappen Stunde endete Unschalk in einer Schlange auf dem achten Platz vor einem Schalter für die *non-US passports*. Es war kurz vor zwei Uhr. Er fühlte sich zerknittert, sehnte sich nach einer Dusche. Sechs Personen trennten ihn noch von der gelben Linie, ein Passagier stand dem Einreisebeamten Rede und Antwort. Das Tor zum mächtigsten Land der Erde bestand aus einer scheußlichen Halle mit einem guten Dutzend Pförtnerinnen und Pförtnern, die Zutritt gewähren oder verweigern konnten. Die vielen Menschen, die hinter der gelben Linie warteten. Die Zeit, die stillstand. New York beeilte sich nicht, die Fremden einzulassen. Wichtig war hier niemand.

Nach einer halben Stunde händigte Unschalk dem Beamten hinter dem brusthohen Pult Pass und Einreisekarte aus. Dieser befragte ihn nach dem Zweck seiner Reise, stempelte das Formular und gab ihm den Pass zurück.

Nach der Gepäckausgabe und den Zollformalitäten fand sich Unschalk in der Eingangshalle des Kennedy-Flughafens, Koffer und Aktenkoffer in der Hand, umströmt von eiligen Menschen. Alle schienen zu wissen, wohin sie strebten. Neben einem kleinen, dicken Mann entdeckte er John Billingham.

Der groß gewachsene Südstaatler aus Alabama im blauen Nadelstreifenanzug strahlte wie ein Lottogewinner. „Unschalk! Willkommen im großen Apfel! Gut gereist?"

„Ja. Danke."

„Prächtig. Lass uns gehen." Er ergriff den Koffer, überging Unschalks Widerspruch und dirigierte den Schweizer aus der Eingangshalle des Flughafens, vorbei an der Taxischlange, hin zu einer dunklen, übergroßen Limousine auf der anderen Seite der gedeckten Zufahrtsstraße. Ein livrierter Fahrer erwartete sie. Der hintere Teil des Fahrzeugs war als fahrbarer Konferenzraum mit vier Ledersitzen, Fernseher und Minibar eingerichtet worden.

„Gibt es Neuigkeiten?", fragte Unschalk.

Billingham nickte. „Ja. Die Zeitungen ergötzen sich an eurem Übernahmekampf. Man rätselt nach wie vor, wieso ihr innerhalb von 24 Stunden nach der Offerte von Delarive habt nachziehen können. Die meisten Börsenanalysten sind überzeugt, dass United Chemical ihre Unabhängigkeit nicht wird bewahren können."

„Das gefällt mir", sagte Unschalk. „Das Problem scheint sich auf die Frage des Preises zu reduzieren und darauf, wer die besseren Nerven hat."

John Billingham erhob beschwörend beide Hände. „Sachte, sachte", mahnte er in seinem breiten Alabama-Dialekt. „Freue dich nicht zu früh. Die Beute ist zwar verlockend, aber du stehst erst am Anfang eines mühsamen Hindernislaufs. Da gibt es übrigens noch zwei wesentliche Informationen."

„Welche?"

„Erstens: Auf einer Party gestern Abend traf ich einen Verwaltungsrat von United, mit dem ich befreundet bin. Man hat gegen die Stimme von John Porter beschlossen, den Aktionären die Annahme einer Übernahmeofferte zu empfehlen, sofern der Preis stimmt. Die beiden bisherigen Offerten werden jedoch als völlig ungenügend bezeichnet. Zweitens: Die Börsenaufsichtsbehörde hat eine Untersuchung über alle Transaktionen in United-Aktien in den Tagen vor dem Bekanntwerden von Delarives Offerte angeordnet. Außer eurem eigenen Kauf von zwei Millionen Titeln wurden aus der Schweiz noch zwei weitere bedeutende Transaktionen durchgeführt. Die Behörde wittert Insiderinformationen und will mehr wissen, die übliche Routine."

„Davor hat mich Kern, mein Chefjurist, auch schon gewarnt", sagte Unschalk. „Wie ernst ist das zu nehmen?"

Billingham lachte. „Ernster als eine Verkehrsübertretung."

Unschalk lehnte sich zurück und blickte aus dem Fenster, zum ersten Mal, seit sie vom Flughafen weggefahren waren. Mäßiger Sonntagsverkehr bewegte sich in beiden Richtungen auf der Autobahn. Eine fahle Nachmittagssonne tauchte alles in braungoldenes Licht. Draußen glitten hässliche Lagerschuppen vorbei, sie näherten sich dem Rand der Großstadt. Die Limousine ruckte und holperte über die Belagsschäden. Keine Behörde hatte das Geld, sie zu reparieren.

„Ich will Porter kennenlernen", erklärte Unschalk, „falls er dazu bereit ist."

„Gute Idee. Er wird dich empfangen, da besteht kein Zweifel. Und er wird dir aufmerksam zuhören. Du könntest sein nächster Chef sein."

„Das werde ich." Unschalks Bestimmtheit ließ keinen Widerspruch zu. „Ich hätte dich gerne in meiner Mannschaft als Berater. Du hast die Dienste deiner Firma angeboten."

„Stimmt." John Billingham lachte fröhlich. „Und dabei bleibt es auch. Wer sind eure Anwälte?"

„Baldwin Smith und Alexander."

„Erstklassige Firma. Wie sieht dein Fahrplan aus?"

„Heute Abend um sechs Uhr Treffen mit den Anwälten, Tom Alexander und Gerry MacKenzie, in meinem Hotel. Um sieben Uhr Nachtessen. Du bist eingeladen, zu beidem."

„Danke. Ich komme. Meine Zeit gehört dir – vorausgesetzt, unsere lange geplante Mississippi-Fahrt kommt noch dieses Jahr zustande. Abgemacht?"

Unschalk erlaubte sich ein Lächeln. „Abgemacht. Olivia wird sich freuen." Im Innersten zweifelte er daran. Eine Spielwelt, hatte sie kürzlich ihren Widerstand begründet. Ich kann mit deinen Geschäftsfreunden nichts anfangen. Das sind keine Freunde. Er fuhr fort: „Am Montag will ich unsere USA-Direktion besuchen. Der Niederlassungsleiter wartet darauf; ich habe ihn auch zum Nachtessen eingeladen für heute Abend. Er darf unsere Absichten mit United nicht nur übers Fernsehen und aus den Zeitungen erfahren."

„Richtig. In welchem Hotel hast du reservieren lassen?"

„Im ‚Drake'. Es gehörte früher der Swissair."

„Gut." Billingham drückte auf einen Knopf an der Seite seines Sitzes und nannte dem Fahrer den Namen des Hotels.

John Billingham genoss Unschalks Vertrauen. Sie kannten sich seit fünfzehn Jahren, er hatte Basis Chemie schon früher beraten. Unschalk fühlte sich wohl in seiner Gegenwart. Es entging ihm, dass dies vor allem Billinghams milder Toleranz zuzuschreiben war. Ebenso wenig war ihm bewusst, dass er sich noch nie für Billinghams Familie interessiert hatte. Und zu Hause hatte er keine Ahnung, woran Olivia Freude hatte. Freude war ein Luxus, den sich nur leisten durfte, wer alle Pflichten getreulich erfüllt hatte. Und die Kette von Pflichten riss nie ab.

Die Einfahrt nach Manhattan erfolgte in sonntäglicher Apathie. Nur wenige Fußgänger und Taxis belebten die Straßen. Die Bürohochhäuser ragten ziemlich vernachlässigt in den Himmel. Unschalk mochte die glitzernde Wucht der Fassadenschluchten aus Stahl und Glas. Sie verkörperten Leistung und Erfolg. Er freute sich darauf, zu duschen und seine Strategie für die nächsten Tage festzulegen. Aber es gefiel ihm nicht, dass die Börsenaufsicht bereits eine Untersuchung eingeleitet hatte.

*

Die Vorbesprechung um sechs Uhr fand in einem kleinen Konferenzraum im ersten Stock statt; Frau Keller hatte die nötigen Arrangements getroffen.

Die Zeitplanung war einfach. Der Montagmorgen gehörte der Direktion der amerikanischen Niederlassung von Basis Chemie. Unschalk legte Wert darauf, die Herren persönlich von den Vorzügen einer Übernahme von United Chemical zu überzeugen. Darauf verstand er sich. Sie mussten die Verbindung wollen, gierig wie Bluthunde, um den höchsten Nutzen daraus zu ziehen. Am Nachmittag stand er den Anwälten für die Erörterung rechtlicher Fragen zur Verfügung. Für Dienstag wünschte er ein Treffen mit John Porter. Am Gegner Maß nehmen nannte er das. John Billingham war zuversichtlich, diesen Kontakt herstellen zu können. Auf den Mittwochvormittag setzten sie eine Telefonkonferenz mit dem Verwaltungsratsausschuss von Basis Chemie an; so konnten kurzfristig Entscheidungen getroffen werden.

Unschalk fühlte sich in seinem Element. Die beiden Anwälte gefielen ihm. Gerry MacKenzie sah aus, als hätte er schon manche Schlacht geschlagen. Seinen irischen Vorfahren machte er Ehre mit einem mächtigen rotblonden Schnurrbart, und sein heißes Blut ließ ihn Unschalk so unbekümmert widersprechen wie einem Trinkgefährten in der Spelunke. Wie ein Terrier biss er zu, als John Billingham die Untersuchung der Börsenaufsichtsbehörde aufs Tapet brachte.

„Insidertransaktionen? War zu erwarten. Was wissen Sie davon?"

„Ich habe davon gehört." Unschalk blieb vage.

„Damit ist nicht zu spaßen. Einzelheiten?"

Da griff Tom Alexander ein. Er witterte eine Schwachstelle im Dispositiv seines Auftraggebers. „Darüber reden wir morgen Nachmittag. Während Dr. Unschalk am Morgen seine Direktoren trifft, klären wir den Stand der Untersuchung der SEC[2] ab."

„Gute Idee", hörte sich Unschalk sagen. Dann verlor er plötzlich den Anschluss ans Gespräch. Während die Konturen des Konferenzraums an Schärfe gewannen, verkamen die Stimmen um ihn herum zu einem inhaltslosen Geplätscher. Ihm entfiel, wo er sich befand und weshalb. Er atmete tief ein, versuchte sich zu erinnern. Vergeblich. Sein Blick verharrte ratlos auf dem Rahmen mit der verschlossenen Tür an der gegenüberliegenden Schmalseite des Zimmers. Die Wand schien zu leben, zu wachsen und langsam in den Raum hineinzukippen. Er zwang sich wegzusehen und griff nach dem Wasserglas, das vor ihm auf dem Tisch stand. Er hob es hoch und neigte es, fünf Zentimeter vom Mund entfernt, um zu trinken. Das Wasser floss ihm auf die Hemdbrust, er ließ das Glas fallen.

Endlich rief jemand seinen Namen: „Unschalk!"

---

2 SEC = Securities and Exchange Commission, amerikanische Börsenaufsichtsbehörde

Das fremde Gewebe zerriss mit dem Empfinden feuchter Kälte auf Brust und Bauch, der Spuk verflog, und Unschalk erkannte John Billingham. Er fing sich.

„Entschuldigen Sie, meine Herren. Ich wollte trinken, und etwas lenkte mich ab. Zu dumm."

7

Claude Morat flog am Montag, dem 7. April, über Miami nach Fort Lauderdale. Am Sonntag war er von Jarnac in die Schweiz zurückgekehrt. Die Zeit hatte gerade gereicht für eine Dusche, ein Abendessen mit seiner Frau Florianne bei „Jacky's", das Umpacken seines Koffers, kurze Erklärungen, die nicht zu viel verraten durften. Florianne hatte ihm zugehört und dann von ihrem Kurs über themenzentrierte Interaktion berichtet. Später, zu Hause, war sie erst einsilbig, dann schläfrig. Irritiert hatte er sich zu Bett gelegt. Wirre Träume beschwerten seinen Schlaf; er sah Jacqueline Delarive mit dem großen Brillanten an der Weißgoldkette im Ausschnitt, sie spielte damit, der Brillant und die Kette wuchsen hinunter in ihren weichen Schoß, sie spielte weiter; er erwachte schwitzend, schlief wieder ein und versank in einem Traumsee voller Aktien von Chemiekonzernen.

Er trug als einziges Aktenstück in fünffacher Ausfertigung eine notariell beglaubigte Vollmacht der Delarive AG auf sich, die ihn ermächtigte, von Pasquale DiNero dessen Namenaktien von Basis Chemie AG zu erwerben, alle erforderlichen Vereinbarungen abzuschließen und den Kaufpreis bei der Helvetischen Bank in Zürich zu bezahlen. Voraussetzung war, dass die Vereinbarung bis zum 11. April unterzeichnet wurde. Damit wollte Jean Delarive DiNero wohl Zeit einräumen, um das Angebot zu überdenken, aber nicht so viel Zeit, dass es ihm womöglich gelang, einen anderen Käufer mit einem besseren Angebot zu finden. Als oberste Preisgrenze hatte er 2,2 Milliarden Franken bewilligt.

Der Landeanflug über Fort Lauderdale um neun Uhr abends hatte Claude beeindruckt. Es war bereits dunkel. Wie ein rechtwinkliges Netzwerk von leuchtenden Perlenschnüren erstreckte sich die Stadt den Ozean entlang, durchschnitten von ihren vielen Kanälen und den Autobahnen, die vom Nordosten des Landes her nach Miami strebten. Rote, grüne, blaue Farbflecken ließen einzelne Quartiere, einzelne Bauten aufscheinen, enthüllten Lagerareale, Swimmingpools, Tennisplätze, Parkplätze, die Hafenanlage von Port Everglades und schließlich die Start- und Landepisten des Flugplatzes von Hollywood – Fort Lauderdale. Claude Morat registrierte die neuen Eindrücke, die wohltuende Kühle im klimatisierten Flughafengebäude, draußen die feuchte, fast klebrige Wärme der subtropischen Luft, die Taxifahrt zum ‚Harbor Beach Marriott', dem führenden Hotel der Stadt direkt am Ozean, vorbei an Verkehrssignalen und Neonreklamen, die jegliche Art von Schnellimbiss, Bootszubehör, Banken und Sparkassen, Kinos mit Filmen für Erwachsene, Automarken und kleine Motels anpriesen. Er fühlte sich müde und überdreht zugleich, als er schließlich im Hotel ankam. Die Hast der letzten Tage holte ihn ein: zwei Tage bei Jean Delarive in Jarnac, eine Nacht zu Hause in Belleville, achtzehn Stunden Reise in den Süden Floridas, die Aussicht auf Verhandlungen mit einem unermesslich reichen Mann, der als skurril galt.

Er kehrte zur Hotelbar zurück, nachdem ihn der Hotelboy zu seinem Zimmer im zwölften Stockwerk geleitet und sein Gepäck abgestellt hatte. Es ärgerte ihn, dass Florianne am Sonntag nicht mit ihm geschlafen hatte. Ihm wurde plötzlich bewusst, dass er wenig Ahnung hatte, womit sie ihre Tage ausfüllte, während er sein Unternehmen vor Fehlern bewahrte.

*

Claude Morat schlief unruhig und erwachte früh am nächsten Morgen. Er duschte und trat auf den kleinen Balkon, in ein Badetuch gewickelt, unrasiert. Er sah die Sonne bleich noch tief über dem Ozean, den weiten Sandstrand in beiden Richtungen, von winzigen flachen Wellen bespült, einige frühe Jogger hart an der Wasserlinie, wo der Sand fest war, rechts den Swimmingpool des Hotels mit den wartenden Liegestühlen. Ein künstlicher Wasserfall plätscherte in ein überdimensioniertes Planschbecken, üppige Rhododendronbüsche säumten kleine Gehwege, und eine Reihe von Palmen markierte die Abgrenzung von den drei dahinter liegenden Tennisplätzen. Vom Meer her wehte ein kühler Luftzug landeinwärts. Die Zeit stand still, der Tag wollte noch nicht beginnen.

Später, nach dem Frühstück, rief er Pasquale DiNero an. Eine mächtige Stimme dröhnte aus dem Hörer zurück.

„Morat! Hatten Sie eine gute Reise? Jean hat Sie angekündigt. Ihr habt große Dinge im Sinn. Kommen Sie vorbei, wir müssen einander kennenlernen. Haben Sie einen Wagen?"

„Nein."

„Dann holt meine Tochter Sie ab. Tony. In welchem Hotel sind Sie?"
„Im ‚Harbor Beach Marriott'."
„Seien Sie um zehn Uhr in der Halle. Tony wird Sie finden. Sie trägt eine große weiße Tasche, niemand weiß wozu."
Um fünf vor zehn setzte sich Morat auf eines der breiten Rattansofas auf dem großen Podest in der Mitte der Empfangshalle. In der flachen Aktentasche trug er ein Exemplar seiner Vollmacht, außerdem die Geschäftsberichte von Delarive, Basis Chemie und United Chemical. Um zwei Minuten vor zehn sah er ein rotes BMW-Coupé vor dem Haupteingang vorfahren. Eine junge Frau in dunkelblauen Tennisshorts, weißem T-Shirt und mit langem schwarzem Haar stieg aus. Sie ließ den Wagen stehen, betrat die Halle und steuerte auf die Sitzgruppe zu. Sie hatte keine weiße Tasche bei sich.
„Claude Morat?", fragte sie.
„Ja." Sie war nicht ganz so jung, eher gegen dreißig, aber ihre schwarzen Augen sprühten munter.
„Guten Morgen, ich bin Tony."
„Guten Tag. Ich habe nach einer weißen Tasche Ausschau gehalten."
Sie stutzte, dann schmunzelte sie. „Ich habe sie im Wagen gelassen. Hat Vater davon geredet? Er zieht mich immer damit auf. Kommen Sie, gehen wir."
Im Auto plauderte sie unbeschwert weiter, während er sich auf dem Beifahrersitz einrichtete. Es war bereits warm. Morat spürte den Fahrtwind, der Luftzug war angenehm, aber es störte ihn, dass er ihm die Haare zerzauste. Sie fuhren den Ozean entlang, links und rechts standen Hotels, Motels und kleine Wohnhäuser, umgeben von gepflegten Gartenanlagen. Das tiefe Blau des Meeres und das hellere Blau des Himmels mit dem fast weißen Glutauge der Sonne rückten den Zweck seines Besuchs in weite Ferne. Morat musterte Tonys schlanke braune Beine bei ihrem Auf und Ab an den Pedalen. Ihre rechte Hand packte kräftig zu, wenn sie den Schalthebel betätigte.
Er empfand das Unwirkliche der Situation, wie er mit einer fremden Frau durch eine fremde Stadt fuhr. Tonys Selbstsicherheit steckte an. Er gab sich Mühe, an sein bevorstehendes Gespräch mit Pasquale DiNero zu denken. Sie ließ es nicht zu.
„Waren Sie schon einmal in Fort Lauderdale, Claude?" Ein Rotlicht ließ sie anhalten.

„Nein, es ist mein erster Besuch in Florida."

„Dann müssen wir Sie ein wenig herumführen."

„Gerne."

Beim nächsten Lichtsignal bogen sie links ab, und nach einer Weile überquerten sie eine eiserne Brücke, die einen breiten Kanal überspannte. Später erblickte er zu beiden Seiten der Straße rechtwinklig eingeschnittene kleine Kanäle mit Gärten, vom Wasser durch solide Mauern geschützt, schmucken Wohnhäusern und weißen, an Holzpfosten vertäuten Motoryachten.

„Ihre Stadt gefällt mir, obwohl ich noch nicht viel davon gesehen habe."

Sie nickte ernsthaft. „Fort Lauderdale ist wundervoll. Die amerikanische Ausgabe von Venedig. Wir haben hier fast ebenso viele Motorboote wie Autos. Die wertvollsten Grundstücke sind die, die vorne an eine Straße und hinten an einen Kanal grenzen. Der Yachthafen, an dem wir eben vorbeigefahren sind, Bahia Mar, ist der größte der Ostküste; unser Port Everglades liegt mit Miami im Wettstreit, wer mehr Kreuzfahrtpassagiere abfertigt."

„Ein bisschen viel Wettbewerb, will mir scheinen", warf Morat ein.

„Es ist alles eine Illusion." Tony DiNero wandte ihm kurz den Kopf zu. „Die Illusion vom Erfolg. Keinen Erfolg zu haben ist hier verboten."

„Meinen Sie das ernst?"

„Ja."

Sie steuerte ihren Wagen jetzt mit der linken Hand, die rechte ruhte auf ihrem Oberschenkel. Claude Morat sah winzige dunkle Härchen auf ihrer Haut.

„Sagen Sie – Tony, das ist ein Männername. Wofür steht er?"

„Antonia. Ich bin Italienerin. Mein Vater hat mich immer Tony gerufen. Wahrscheinlich hätte er lieber einen Sohn gehabt."

„Haben Sie keine Geschwister?"

„Nein. Meine Mutter starb ein Jahr nach meiner Geburt, in Zürich übrigens. Ich bin in der Schweiz aufgewachsen, zu Hause wurde jedoch stets nur italienisch geredet. Ich war sieben, als wir nach Florida zogen – vor 22 Jahren. Vater hat wieder geheiratet, Jane, als ich dreizehn war. Ich hasste sie leidenschaftlich, weil ich Vater mit ihr teilen musste. Später haben wir uns recht gut vertragen, aber vor fünf Jahren hat sie uns verlassen.

Ich habe Vater im Verdacht, dass er froh war darüber. Sie hat seinen Zoo nie gemocht."

„Seinen Zoo?"

Tony DiNero lachte über Morats Verwunderung. „Vater besitzt einen kleinen Zoo bei Homestead, südlich von Miami. Warum auch nicht? Er hält darin vor allem Amphibien und Schlangen, die in Südflorida vorkommen. Außerdem gibt es eine Abteilung mit Meerestieren; sein derzeitiger Liebling ist ein kleiner Hammerhai. Er wird ihn jedoch bald abgeben müssen, wenn der Hai zu groß wird. Janes Problem waren die Tiere, die er gelegentlich nach Hause brachte. Sie verabscheute sie, und er verspottete Jane, weil sie sich vor ihnen fürchtete."

„Ich bin nicht ohne Verständnis für Jane."

„Ich auch nicht, aber ich habe mich an die Tiere gewöhnt." Tony zeigte auf eine große Kreuzung vor ihnen. „Der Federal Highway Nummer 1. Noch zwei Meilen in südlicher Richtung bis zu Vaters Geschäft. Es ist eine der größten BMW-Vertretungen Floridas. – Bitte, Claude, behalten Sie für sich, dass ich Ihnen die Familiengeschichte verraten habe."

*

‚DiNero's Autohaus' nahm, von der Straße zurückgesetzt, eine Frontfläche von über hundert Metern ein. Die Schaufenster des einstöckigen Gebäudes gaben den Blick frei auf Dutzende von neuen Modellen aller Größen und Farben. Auf der Parkfläche davor standen weitere Reihen sauber geputzter Fahrzeuge, Gebrauchtwagen für den Wiederverkauf.

Tony DiNero stellte ihr Kabriolett auf eines der Parkfelder vor dem Bürotrakt am linken Ende des Gebäudes. Morat knöpfte die Jacke zu, fuhr sich mit der Hand durchs Haar und folgte ihr in ein kühles Büro mit einem großen, aufgeräumten Schreibtisch aus dunklem Holz.

„Vaters Reich", sagte Tony, „kommen Sie." Sie führte ihn am Schreibtisch vorbei durch eine Tür in der Rückwand des Büros in einen angrenzenden Raum. „Das Heiligtum. Hier werden nur sehr wichtige Besucher empfangen – Zoodirektoren aus allen Teilen des Landes, die ihre Bestände an Giftschlangen Floridas oder Alligatoren vervollständigen möchten, Bankiers, Anwälte." Sie lachte verschmitzt. „Vater hat großen Respekt vor Anwälten. – Sie sind doch auch Anwalt, Claude?"

„Ja. Ich leite die Rechtsabteilung meines Unternehmens."

Sie wies auf eine Sitzgruppe aus schwerem Leder. „Bitte nehmen Sie Platz. Vater kommt gleich. Ich bringe Ihnen etwas zu trinken. Kaffee oder etwas Kaltes? Coke?"

„Am liebsten Wasser oder Mineralwasser."

Claude Morat blieb wenig Zeit, um seine Gedanken zu ordnen. Die Vorstellung, dass möglicherweise in diesen vier Wänden der Entscheid über Erfolg oder Misserfolg der Übernahme von Basis Chemie durch Delarive fallen würde, erschien ihm unwirklich. Belleville war weit entfernt, Delarive desgleichen.

Tony DiNero kam zurück mit Getränken, stellte ein Mineralwasser vor ihm auf den Tisch und einen Pappbecher mit Kaffee vor den Platz ihm gegenüber. Sie sagte nichts, aber ihre Augen zwinkerten ihm zu, und ihr Mund lachte lautlos. Hinter ihr trat Pasquale DiNero ein, nicht zu überhören und nicht zu übersehen.

„Claude Morat – willkommen in Fort Lauderdale. Ich freue mich, dass Sie hier sind. Hat Tony Ihnen unterwegs den Kopf vollgeschwatzt?" Seine Stimme klang wie aus einem Lautsprecher. Er wandte sich seiner Tochter zu, fasste sie liebevoll am Arm und strahlte sie an. „Tony wird uns allein lassen, damit wir unsere Geschäfte besprechen können. Später ist Zeit für Vergnügen, Essen und Trinken."

DiNero streckte Morat eine kräftige Hand entgegen. Er war nicht groß, aber sehr beleibt. Ein Bauch wie eine Trommel spannte den Bund seiner rohseidenen Hose bis zum Äußersten. Über dem weißen Hemd thronte ein mächtiger Kopf mit schwarzem Schnurrbart, die Glatze umgeben von einem dunklen Haarkranz mit vielen silbrigen Strähnen.

„Ich freue mich, hier zu sein", erwiderte Claude Morat und erhob sich. „Herr Delarive lässt Sie herzlich grüßen."

„Danke, Claude, danke. Setzen Sie sich." DiNero lachte einladend. „Machen Sie es sich bequem. Wollen Sie die Jacke ausziehen? Wir sind unter uns!"

„Gerne." Morat legte seine Jacke neben sich auf die Lehne seines Sessels. „Sie haben einen beeindruckenden Betrieb, Pasquale. Sieht sehr neu aus."

DiNero winkte ab. „Ein Zeitvertreib, sonst nichts. – Aber Sie haben recht, wir haben neu gebaut, vor gut einem Jahr." Ein Anflug von Selbstzufriedenheit schwang mit, als er fortfuhr: „Als ich das Geschäft übernahm, waren unsere Fahrzeuge noch Exoten. Wir verkauften dreißig Autos im ersten Jahr und waren stolz darauf. Heute ist alles anders. Wenn wir zehn Fahrzeuge die Woche verkaufen, verlieren wir nichts, bei zwanzig verdienen wir gut. Im Augenblick liegen wir bei sechzehn. Den Handel mit den Gebrauchtwagen, die Sie draußen sehen, führen wir, weil wir müssen. – So, jetzt wissen Sie schon fast alles. Was will mein Freund Jean von mir?"

„Ich gehe davon aus, dass Sie meinen Auftrag kennen: mit Ihnen über den Erwerb Ihrer Beteiligung an Basis Chemie durch Delarive AG zu verhandeln und – falls wir Einigkeit erzielen – die Transaktion sofort abzuwickeln."

„Ja. Reden Sie weiter."

„Hatte Herr Delarive auch Gelegenheit, Ihnen seine Motive zu erläutern?"

„Nein." DiNero trank vom Kaffee im Pappbecher. Er runzelte die Stirn, bis sie aussah wie gebleichter Wellkarton. „Scheißbrühe. Daran habe ich mich in zwanzig Jahren nicht gewöhnt. Es geht nichts über einen italienischen Ristretto. Es gibt nur ein einziges Lokal in dieser Stadt, wo man einen anständigen Ristretto braut. Und Tony natürlich, sie macht ihn perfekt. – Fahren Sie fort, bitte."

Morat nickte. Er machte sich nicht viel aus Kaffee. „Vor sechs Tagen haben wir ein Angebot für United Chemical unterbreitet; 51 Dollar pro Aktie. Einen Tag später hat Basis Chemie 56 Dollar pro United-Aktie geboten. Damit verteuert sich der Kauf auf 4,7 Milliarden Dollar für das ganze Unternehmen."

„Ich lese Zeitung", erklärte DiNero. „Ihr sorgt für hübsche Schlagzeilen. Normalerweise liest man in Florida nicht viel über die Schweiz; sie wird ohnehin meistens mit Schweden oder Swaziland verwechselt. Aber diesmal habt ihr es geschafft. Man schreibt und redet über euch."

„Wir veröffentlichen heute ein nochmals höheres Angebot für United."

„Wie hoch?", wollte DiNero wissen.

„60 Dollar." Claude Morat musterte den Italiener. Sein Interesse schien geweckt. „Herr Delarive hat betont, dass wir uns auf Ihre absolute Diskretion verlassen dürfen." Der Jurist wollte seine Feststellung als Frage verstanden wissen. „Er zählt Sie zu seinen nächsten Freunden."

„Das will ich doch sehr hoffen!“, erwiderte DiNero, fast eine Spur beleidigt. „Er ist wie ein jüngerer Bruder für mich.“

„Gut.“ Morat schmunzelte. Der Italiener gewann allmählich an Kontur; er war offensichtlich an Delarives Vorschlag interessiert. „Also.“ Der Jurist lehnte sich zurück. „Ebenfalls heute haben wir in der Schweiz angefangen, Aktien von Basis Chemie aufzukaufen.“

„*Dio buono* – warum?“

„Mit dem Gegenangebot Unschalks für United sind unsere Chancen, dieses Unternehmen zu erwerben, stark geschmolzen. Aber auch Unschalk wird kaum zum Ziel kommen. Die Amerikaner werden wohl einen dritten Anbieter in den eigenen Reihen suchen, der uns beide aussticht. Und inzwischen übernehmen wir Basis Chemie!“

DiNeros Reaktion entsprach nicht Morats Vorstellung. Der Italiener kreuzte seine feisten, kurzen Oberschenkel, und ein feines Strahlen überzog sein rundes Gesicht. Endlich sagte er: „Ihr seid verrückt geworden. Das Spiel gefällt mir, aber ihr seid verrückt. Ihr habt die amerikanische Krankheit. Hier kauft auch jeder jeden.“

„Es ist kein Spiel“, erwiderte Claude Morat, ein wenig indigniert. „Herr Delarive hat sachliche Gründe für seinen Schritt.“

„Kein Zweifel, Claude, kein Zweifel“, sagte DiNero versöhnlich. „Ich kenne doch meinen Freund Jean.“ Er trank seinen Kaffee aus und fixierte Morat. „Sie reden von einem öffentlichen Übernahmeangebot für Basis Chemie?“

Morat nickte. „Schlussendlich ja. Jetzt noch nicht. Zuerst sprechen wir mit einigen Großaktionären – wie mit Ihnen.“

„Ich verstehe.“ Pasquale DiNero schien zufrieden. „Dann sind also meine Aktien mehr wert!“

Der Schweizer antwortete nicht sofort. Er begann zu ahnen, dass ihm ein harter Kampf bevorstand. Er wusste, dass DiNero verkaufen wollte, aber um welchen Preis, war die entscheidende Frage.

„Unter Umständen“, sagte der Jurist.

„Was heißt das?“

„Was ich schon sagte“, erklärte Morat gedehnt. „Zuerst verhandeln wir mit einigen Großaktionären. Nur wenn diese Verhandlungen zu positiven Ergebnissen führen, kommt es zu einem öffentlichen Angebot, andernfalls eben nicht.“

„Wie lauten Delarives Vorschläge?“ DiNeros glückliches Strahlen war lauernder Ungeduld gewichen.

Claude Morat schwieg zunächst. Seinem Aktenkoffer entnahm er Delarives Vollmacht und die Geschäftsberichte. Ohne Eile stellte er den Koffer auf den Boden zurück und schob die Vollmacht zu DiNero über den Tisch.

„Hier – meine Ermächtigung. Delarive AG bietet Ihnen für Ihr Aktienpaket von Basis Chemie 1,8 Milliarden Franken, zahlbar in New York oder wo immer Sie wollen, gegen gültige Übertragung der Aktien und eine schriftliche Vollmacht an die Helvetische Bank zur Stimmrechtsvertretung in der kommenden Generalversammlung vom 25. Mai – wir wollen uns ja nicht vorzeitig als Aktienkäufer zu erkennen geben. Einzige Bedingung ist, dass wir uns bis zum Freitag dieser Woche einig werden.“

Der Italiener sprang auf. Er schritt heftig zur Tür, drehte sich abrupt um und kehrte zurück. Das Hemd klebte ihm am Rücken, auch seine Hose war hinten feucht geschwitzt.

„1,8 Milliarden, was soll das?“, fragte er. „Ich höre Ihnen zu, was Sie sagen, weil mein Freund Jean Sie geschickt hat. Aber ich verstehe Sie nicht. Ich kann auch rechnen. Die Namenaktie von Basis Chemie wurde gestern zu dreißig gehandelt. Mein Paket ist damit über zwei Milliarden wert, und Sie reden von eins Komma acht. Ist das Ihr Ernst?“

„Ja.“

DiNero schritt zur Seitenwand, die den Konferenzraum vom Rest des Gebäudes trennte. Er machte sich an einem Paneel zu schaffen, an dem Fotografien der ersten BMW-Modelle befestigt waren. Ein Teil des Paneels ließ sich zur Seite schieben; es gab ein großes Fenster frei, das einen umfassenden Blick über den riesigen Ausstellungsraum von ‚DiNeros Autohaus‘ gewährte.

„Ich sprach vorhin von Zeitvertreib, Claude. Was Sie hier sehen, habe ich über zwanzig Jahre aufgebaut, Wagen für Wagen, ohne einen Dollar Schulden. Dieses Geschäft kann gut gehen oder schlecht; es ist mein Alltag, abgesehen von einigen Hobbys.“ Schlangen und Alligatoren, dachte Morat respektlos, aber er schwieg. „Demgegenüber sind die Aktien der Basis Chemie so etwas wie eine Rückversicherung für mich, das Familiensilber, wenn Sie wollen. Warum sollte ich es um über 200 Millionen zu billig weggeben?“

Warum überhaupt weggeben? Morat begriff, trotz DiNeros Lamento, dass es nicht finanzielle Erwägungen sein konnten, die den Italiener über sein Aktienpaket verhandeln ließen. Delarives Beraterteam. Sein Chef verstand es, kunstvoll Abhängigkeiten zu schaffen und auszunützen. Der Bankangestellte Baguette, den er mit monatlichen Zahlungen bestach. DiNero, steinreich und unbeachtet im fernen Florida. Ihn mochte die Aussicht auf eine Rückkehr zum alten Kontinent und engere Tuchfühlung mit Delarive und Mario de Benedanti, dem anderen erfolgreichen Großindustriellen, locken. Und de Benedanti liebäugelte mit einer Beteiligung an Delarive AG.

Claude Morat wandte sich DiNero zu, der noch immer durch sein Privatfenster den Verkaufsraum seines Geschäftes beobachtete.

„Pasquale, Ihr Aktienpaket ist heute keine zwei Milliarden wert, und Sie wissen es genau."

„Weshalb nicht?"

„Weil Sie keinen anderen Käufer haben, der am ganzen Paket interessiert ist. Auf den Markt werfen können Sie die Aktien auch nicht einfach, sonst bricht ihr Kurs zusammen. Wenn Sie das vermeiden wollen, dauert ein sorgfältiger Verkauf mehr als ein Jahr. Deshalb sind die eins Komma acht, die wir Ihnen heute anbieten, gleich viel wert wie vielleicht zwei Milliarden in einem Jahr!"

Pasquale DiNero wandte sich um, ging zum Tisch zurück und setzte sich. Er wirkte entspannt.

„Kommen Sie, wir besprechen das weitere Programm. Heute Nachmittag um fünf Uhr gebe ich Ihnen meine Antwort. Bis dahin kann Tony Ihnen die Stadt zeigen, vom Boot aus – wenn Sie Lust dazu haben. Es ist etwas ganz anderes, die Straßen und Häuser über die Gärten kennenzulernen statt von vorne über die Zufahrten und Garagen. Viel persönlicher!"

8

Am selben Morgen, um 11.28 Uhr, entstieg Unschalk vor dem Bürohochhaus, in dem die Hauptverwaltung von United Chemical untergebracht war, der Limousine der amerikanischen Niederlassung seines Unternehmens. Es war ein älteres Gebäude, mit hellen Steinplatten verkleidet, links und rechts von modernen Blöcken schlank und stählern überragt. Fünf Stufen aus Sandstein führten in die Eingangshalle.

Er meldete sich an einem hufeisenförmigen Empfangspult in der Mitte der Halle. Es war 11.29 Uhr. „Unschalk. – Ich bin mit John Porter verabredet."

Der Portier geriet in Bewegung. „Willkommen, Dr. Unschalk. Ich bin beauftragt, Sie sofort zu Mr. Porter zu begleiten."

Unschalk nickte schweigend. Er fühlte nichts, keine Spannung, keine Aufregung, keine Erwartung, nur ganz tief in seinem Innern die Entschlossenheit zu siegen. Niemand durfte ihn daran hindern, Jean Delarive nicht und ganz gewiss nicht John Porter, der glücklose Bürokrat. Das Beziehungsnetz Billinghams hatte sich bewährt. Auf Anregung seines Freundes im Verwaltungsrat von United hatte Porter gestern Vormittag rasch eingewilligt, Unschalk heute, Dienstag, zu empfangen. Seine einzige Bedingung lautete, dass die Begegnung in seinem Büro und unter vier Augen stattzufinden habe.

Im Lift sah sich Unschalk einer grau getönten Spiegelwand gegenüber. Der Portier drückte den Knopf für das 29. Stockwerk. Unschalk stand reglos vor dem Spiegel und musterte sich. Sein stahlgraues Haar war straff nach hinten gekämmt, es deckte nur noch knapp den runden Haarboden. Wasserhelle blaue Augen mit kleiner Pupille durchbohrten alles, was in ihren Blickwinkel geriet. Seine schmalen Lippen formten einen disziplinierten geraden Strich, und der breite Unterkiefer zeigte erst geringe Ansätze eines Doppelkinns. Sie verschwanden, sobald er den Kopf ein wenig anhob. In einem schmalen Aktenkoffer aus speckig gewordenem Schweinsleder trug Unschalk eine Zeitung, seinen und Porters jüngste Geschäftsberichte und einen kleinen Notizblock. Allmählich spürte er, wie Vorfreude sich in ihm regte. Vor fünf Tagen erst hatte sich dank einer

Indiskretion der Weg zu einer Maßnahme von strategischer Tragweite eröffnet. United dem Rivalen Delarive zu überlassen, kam nicht in Frage. Dies zu verhindern, war nicht nur Chance, sondern Pflicht. Eine der wichtigsten Regeln der Unternehmensführung lautete, einen einmal gefassten Entschluss umsichtig, aber ohne zu zögern in die Tat umzusetzen. So handelte er in allen Dingen – es stimmte alles, er hatte keinen Fehler gemacht, Basis Chemie hatte ein Anrecht auf die Beute.

Der Lift entließ Unschalk in eine mit Spannteppichen ausgelegte Empfangsfläche. Der Portier führte ihn an eines von zwei Pulten.

„Dr. Unschalk, Wendy bringt Sie gleich zu Mr. Porter."

„Mr. Porter erwartet Sie, Dr. Unschalk."

„Danke, Wendy." Der Portier zog sich zurück.

Genau in der Mitte des Gangs, durch den ihn das Mädchen geleitete, kam ihm John Porter entgegen. Unschalk erkannte ihn sofort vom Bild auf der ersten Seite des Geschäftsberichtes von United.

„Guten Tag, Dr. Unschalk."

„Guten Tag, Mr. Porter."

Unschalk ergriff die ausgestreckte Hand. Sie war weich, aber der Griff dennoch fest. „Wir gehen in mein Büro."

Der Raum war groß, dunkel getäfelt, auf dem Parkettboden lag in der Mitte ein blau gemusterter Teppich. Die Fensterfront gegenüber dem Eingang öffnete den Blick in eine der Straßenschluchten Manhattans; es gab keine richtige Aussicht. Rechts stand ein zierlicher Schreibtisch, und am linken Ende des Raums fand sich ein kleiner Tisch mit vier stoffbespannten Stühlen.

Sie setzten sich. Aus dem Geschäftsbericht wusste Unschalk Porters Alter: 49. Sein braunes Haar war zurückgekämmt, aber ein kleines Büschel über der Stirne stand senkrecht ab. Sein Gesicht war jugendlich und zeigte keine Falten. Er sagte: „Ich frage Sie nicht, was Sie zu mir führt. Es stand schließlich in der Zeitung."

Porter lachte vorsichtig, aber Unschalk reagierte nicht auf den dünnen Scherz. Er eröffnete die Kraftprobe: „Ich bin vor allem hergekommen, um herauszufinden, ob ich mit Ihnen zusammenarbeiten kann, Mr. Porter."

„Und wie wollen Sie das tun, Dr. Unschalk?"

„Indem ich mich umsehe und mit Ihnen rede. Ich halte viel von ersten Eindrücken. Sie bestätigen sich meist hinterher."

„Und welches ist Ihr erster Eindruck?“

Unschalk antwortete nicht. Er beobachtete John Porter lauernd, tastete seinen Blick, sein Profil, seine Handbewegungen ab auf erste Unsicherheiten, feine Risse in der glatten Fassade. Endlich fragte er: „Wie viele Personen beschäftigen Sie hier am Hauptsitz?“

„Etwa 900.“ Porter ließ sich nicht aus der Ruhe bringen. „Knappe 400 für die Konzernleitung mit ihren Stabsaufgaben, der Rest verteilt sich auf zentrale Dienste wie Recht, Steuern, Patentverwaltung, Information, Kommunikation, Werbung, Öffentlichkeitsarbeit – Sie wissen, was alles dazugehört – und auf die Koordination der weltweiten Verkaufsaktivitäten.“

„Glauben Sie nicht“, fuhr Unschalk fort, „dass dies einige zu viel sind? Schließlich liegen Ihre Gewinne deutlich unter dem Durchschnitt der pharmazeutischen Industrie. Dagegen sollte man doch etwas unternehmen, Mr. Porter. Etwas Fett wegschneiden!“ Er schwieg abwartend. Dann fiel ihm ein: „Oder gibt es dafür besondere Gründe, die aus Ihrem Geschäftsbericht nicht hervorgehen?“

John Porters Gesicht blieb unverbindlich, knapp freundlich. „Glauben Sie nicht, Dr. Unschalk, dass Sie über viel zu wenig Informationen über unser Unternehmen verfügen, um sich ein solches Urteil zu erlauben?“

„Dann geben Sie mir die Informationen. Ich vertrete einen sehr großen Aktionär Ihres Konzerns.“

Der Amerikaner beugte sich vor und blickte Unschalk in die Augen. „Ich weiß nur von zwei Millionen Aktien. Das sind keine drei Prozent. Ihr Konkurrent Delarive hält bedeutend mehr, fast zehn Prozent.“

„Zusammen bereits über zwölf Prozent, Mr. Porter! Keine Kleinigkeit.“

Das Gespräch verlief erwartungsgemäß nahe dem Gefrierpunkt. Im Unterschied zu Vertragsverhandlungen, wo Forderungen und Gegenforderungen gestellt, Angebote und Gegenangebote ausgetauscht wurden, hatte hier kein Gesprächspartner dem anderen etwas zu offerieren. Unschalk liebte solche ersten Begegnungen. Es ging zumeist darum, wer sich am Ende dem Willen des anderen beugte oder zumindest auswich. Er registrierte, dass John Porter sich noch keine Blöße gegeben hatte, und fuhr fort mit seinen Fragen.

„Wie trägt eigentlich Ihr Versicherungsunternehmen zum Gesamtgewinn bei?“

„Wir haben Western Insurance sehr günstig vor drei Jahren erworben und im letzten Jahr reorganisiert, Dr. Unschalk."

„Also nur Kosten bis heute, sehe ich das richtig, Mr. Porter?"

„Western ist Marktführer in Kalifornien, Nevada und Arizona. Wir erwarten für dieses Jahr einen positiven Abschluss." Porter räusperte sich. „Unser Bericht zum ersten Quartal dieses Jahres wird einiges darüber aussagen."

Unschalk bohrte weiter: „Finden Sie es richtig, Mr. Porter, dass ein Pharmakonzern ein Versicherungsunternehmen erwirbt? Wo liegt der gegenseitige Nutzen? Wer hat den Entscheid über diese Akquisition gefällt?"

„Unser Verwaltungsrat."

„Auf wessen Antrag?"

„Auf meinen. Worauf wollen Sie hinaus?"

„Ich weiß immer gerne, wo die Verantwortlichkeiten liegen."

John Porters Stimme nahm einen scharfen Klang an, als er antwortete. „Ich leite dieses Unternehmen, Dr. Unschalk."

„Noch, Mr. Porter, noch."

Porter stand auf, trat hinter seinen Stuhl, stützte sich mit beiden Händen auf die Rücklehne und beugte sich vor. Sorgfältig abwägend fixierte er Unschalk wie ein Boxer seinen Gegner. Er sagte sehr ruhig: „Ich habe in diese Begegnung eingewilligt, weil ein Verwaltungsrat unseres Unternehmens, den ich sehr schätze, mich darum gebeten hat. Die Dauer des Gesprächs war nicht Gegenstand seiner Bitte. Ich werde es deshalb beenden, sobald ich es für angezeigt erachte. Ich bin nur bereit, mich weiter mit Ihnen zu unterhalten, wenn Sie sich dazu entschließen können, unseren Gedankenaustausch als Gespräch und nicht als Verhör zu führen.

Sie haben ein Übernahmeangebot für United Chemical unterbreitet, wie auch Mr. Delarive. Ob Sie – oder er – damit Erfolg haben, ist jedoch äußerst zweifelhaft. Inzwischen aber gedenke ich weiterhin, meine Aufgabe genau so zu erfüllen, wie es mein Verwaltungsrat von mir erwartet. Und noch etwas: Auch ich überlege mir, ob ich je mit Ihnen zusammenarbeiten könnte. Im Augenblick kann ich es mir nur schwer vorstellen. – Also?"

Es fiel Unschalk schwer, gleich zu antworten. Ihm ging durch den

Kopf, dass er am Nachmittag seinen Beratern über die Begegnung mit Porter irgendetwas würde berichten müssen, und er begriff mit einem Mal, dass ihm nichts anderes übrig blieb, als einzulenken. Das widerfuhr ihm sehr selten.

Er lehnte sich zurück, setzte ein strahlendes Lächeln auf und erklärte entspannt: „Sie beeindrucken mich, Mr. Porter. Sie bringen es fertig, in einer schwierigen Begegnung und unter beträchtlichem Druck ruhig zu bleiben und Ihre Position dennoch nicht preiszugeben. Meine Anerkennung."

John Porter überging die Bemerkung. „Ich habe eine Frage an Sie, Dr. Unschalk." Er blieb hinter seinem Stuhl stehen.

„Ja, bitte."

„Wo liegt aus Ihrer Sicht der Nutzen einer Verbindung unserer beiden Unternehmungen?"

„Bei den Produkten und bei den geografischen Schwerpunkten unserer Tätigkeiten", erklärte Unschalk, ohne zu zögern. „Sie sind in Europa schwach, aber einige Ihrer Produkte ergänzen unsere Palette. Wenn wir sie über unsere Verkaufsorganisation einführen, lassen sich die Umsätze erheblich steigern. In den Vereinigten Staaten hingegen sollten wir uns nach einer Anlaufphase auf eine einzige Absatzorganisation für die Produkte beider Konzerne beschränken – die Ihre. Und in Asien verstärken wir gemeinsam das Vertriebsnetz für unser kombiniertes Produkteangebot. Eine klare Strategie; wie gefällt sie Ihnen?"

„Nicht sonderlich, wie Sie sich vorstellen können", erwiderte Porter. „Sie wissen, dass wir ein Aids-Präparat in der Schlussprüfung haben. Das öffnet uns alle Türen, nicht nur in Europa, sondern in der ganzen Welt – auch ohne Ihre Hilfe."

Unschalk streckte beide Arme aus, als gelte es, ein Unheil abzuwenden. „Und wenn in den Massenversuchen Nebenwirkungen auftreten, die bei den klinischen Versuchen verborgen geblieben sind?"

Es klopfte, und die Frage blieb unbeantwortet. Ein Mitarbeiter in dunklem Anzug stand in der Tür. Porter wandte seinen Blick von Unschalk ab. „Ja?"

„Eine dringliche Mitteilung, Mr. Porter. Entschuldigen Sie die Störung."

John Porter durchmaß wortlos den großen Raum, als habe er die Unterbrechung erwartet. Unschalk sah ihm zu, wie er bei der Tür das Papier von seinem Mitarbeiter entgegennahm. Dann kehrte er langsam zu Unschalk zurück.

„Da – lesen Sie!“

Unschalk griff nach dem Zettel. Er las: „Vertraulich. – Delarive hat sein Angebot auf 60 Dollar pro Aktie erhöht. Ausführlicher Brief von Jean Delarive liegt in Ihrem Sekretariat.“ Er gab das Papier zurück.

Ich muss Vico DiNero anrufen, war sein erster Gedanke. Es reizte ihn, den Gewinn auf seinem persönlichen Paket United-Aktien zu realisieren. Es war ein Impulskauf gewesen. Ihm wurde plötzlich bewusst, dass er die Erinnerung an die Transaktion in den letzten Tagen beiseite geschoben hatte. Die Informationen über die Untersuchung der SEC irritierten ihn, obwohl man ihm versichert hatte, dass es sich um einen Routinevorgang handelte.

Von weit her vernahm er die Stimme John Porters: „Nun, was sagen Sie dazu? Ihre Freunde in Belleville scheinen es ernst zu meinen.“

„Das war zu erwarten“, erklärte Unschalk besonnen. Er hatte sich wieder völlig in der Gewalt.

„Vielleicht – aber es verändert Ihre Position.“

„Nein, es verteuert sie nur. Wir haben den längeren Atem als Delarive. Die Tage der Unabhängigkeit von United sind gezählt. Wir sollten uns wirklich weiter über gemeinsame Strategien unterhalten, Mr. Porter.“

John Porter schüttelte den Kopf. „Ich habe Ihnen meine Auffassung dargelegt, Dr. Unschalk.“ Es klang bestimmt, fast trotzig; doch eine winzige Spur von Unschlüssigkeit schwang in seiner Antwort mit.

Unschalk witterte eine Schwachstelle. Man wiederholte sich nur, wenn der Vorrat an neuen Argumenten erschöpft war. Er hakte nach. „Stecken Sie nicht den Kopf in den Sand. Vielleicht möchten Sie bei der Auswahl Ihrer künftigen Partner mitwirken. – Hat sich Jean Delarive schon einmal hier blicken lassen?“

„Nein.“

„Eben.“ Unschalk dehnte das kleine Wort genüsslich. Er öffnete den Knopf seiner Jacke. „Aber wir sitzen hier an Ihrem Tisch und reden. Rasseln zwar mit dem Säbel, bemühen uns jedoch auch herauszufinden, ob es konstruktive Berührungspunkte gibt. Finden Sie es eigentlich normal, dass Delarive innerhalb einer Woche zwei Übernahmeofferten macht, aber keine Anstalten trifft, den Chef seines Zielobjektes kennenzulernen?"

Unschalk sah befriedigt, dass Porter jetzt aufmerksam zuhörte. Der Amerikaner legte die Mitteilung, die man ihm eben gebracht hatte, vor sich auf den Glastisch, dann lehnte er sich zurück und legte seine Hände zusammen, Fingerspitze auf Fingerspitze. Er blickte Unschalk in die Augen und sagte: „Sie haben Ihre Sicht der möglichen Vorteile einer Verbindung unserer Unternehmen dargelegt. Ähnliche Vorteile lassen sich auch für eine Verbindung mit Delarive anführen."

„Basis Chemie ist stärker", erwiderte Unschalk knapp. Das Gespräch fing an ihm zu gefallen. Sein Instinkt verriet ihm, dass Porter soeben Verhandlungsbereitschaft signalisiert hatte. „Und zusammen nehmen wir den vierten Platz ein auf der Weltrangliste der Pharmakonzerne."

„Größe allein besagt wenig, Dr. Unschalk", erklärte John Porter fest, „das wissen Sie auch. Eine solche Verbindung erfordert zunächst sehr viel Aufwand. Und zwar hier in erster Linie für mich. Zumindest bis eine Transaktion abgeschlossen ist – ungeachtet dessen, wer der Partner ist."

„Kein Zweifel", bestätigte Unschalk. „Aufwand besteht aus Zeit, Arbeit und Geld. Man muss rechtzeitig über alle drei Elemente nachdenken, finden Sie nicht, Mr. Porter?"

„Ja."

John Porter schob seine linke Manschette zurück und warf einen Blick auf seine goldene Rolex. „Es ist kurz nach zwölf Uhr, Dr. Unschalk. Wir haben hier im Haus ein Restaurant mit verschiedenen Salons, in denen wir uns mit unseren Gästen ebenso ungestört unterhalten können wie in irgendwelchen Büros. Darf ich Sie zu einem Drink einladen und – wenn Ihre Zeit es erlaubt – zum Lunch?"

Unschalk nickte beifällig. „Mit dem größten Vergnügen, Mr. Porter."

*

Etwas weniger als zwei Stunden später verließ Unschalk gut gelaunt das Hauptquartier von United Chemical. Er roch den Staub und den Gestank der Straße, als er auf den Gehsteig trat. Es war warm, er stand im Schatten, aber die Sonne filterte durch den Dunst und tauchte die obere Hälfte der Fassadenfront gegenüber in mildes Nachmittagslicht. Von links nahte die blaue Limousine mit dem weißen Firmensignet von Basis Chemie. Der Wagen hielt neben einer Abfalltonne, Unschalk setzte sich auf den Rücksitz und nannte dem Fahrer sein Hotel. Ein heruntergekommener Bursche mit einer Wollmütze und einer Segeltuchtasche über der rechten Schulter versetzte dem Fahrzeug im Vorbeigehen einen Schlag mit der flachen Hand auf den hinteren Kotflügel. „Flegel", brummte der Fahrer. Unschalk kümmerte sich nicht darum.

Im weiteren Verlauf des Gesprächs hatte sich herausgestellt, dass Porters Anstellungsvertrag keinen goldenen Fallschirm vorsah, eine Klausel, die ihn vor kurzfristiger Entlassung im Falle einer Übernahme seiner Firma geschützt hätte. Beim Nachtisch hatte Porter bestätigt, dass im Verwaltungsrat von United eine Tendenz zugunsten eines Verkaufs auszumachen sei. Hingegen ließ er sich nicht entlocken, welches Preisgebot erwartet wurde. Unschalk lud ihn ein, ein weiteres Gespräch mit Werner Diggelmann zu führen, dem Chef der Konzernleitung von Basis Chemie. Porter versprach, darüber nachzudenken.

Gegen drei Uhr kamen sie beim ‚Drake' an. Unschalk begab sich auf sein Zimmer. Er entledigte sich seiner Jacke, löste die Krawatte und öffnete den obersten Hemdenknopf. Er musste pinkeln, seit längerer Zeit, wie ihm unvermittelt bewusst wurde. Im Bad richtete er seinen Strahl in die Mitte des hellbraunen Ovals, und von Sekunde zu Sekunde wich die Spannung der Begegnung mit John Porter von ihm. Sein Einsatz hatte sich gelohnt: Er hatte viel erfahren, ohne selber allzu viel von seinen Absichten preisgeben zu müssen. Nun galt es noch, in der Telefonkonferenz mit dem Ausschuss des Verwaltungsrates die Zustimmung zu einem höheren Angebot an die Aktionäre von United zu erwirken. Bethmann von der Unionsbank würde erneut große Bedenken äußern. Spielberg, der risikogewohnte Handelsherr, würde zustimmen, ihn zu seiner Weitsicht beglückwünschen und die übrigen Ausschussmitglieder auf seine Seite bringen. Wirklich auszuhandeln war eigentlich nur noch die Höhe des neuen Gegenangebotes.

Einem Impuls folgend, zog er sein Handy aus der Tasche. Olivia. Die Verbindung klappte sofort. In Belleville war es neun Uhr. Sie wird zu Hause sein, Musik hören, Briefe schreiben, dachte er.

„Hallo." Ihre Stimme klang klar und leise, sehr nahe.

„Grüß dich – ich bin's", antwortete er spröde. „Wie geht es?"

„Gut. Ich hatte eben Besuch von Thomas. Seine Ausstellung wird am Samstag eröffnet, am Freitagabend findet die Vernissage statt. Er ist ein wenig nervös."

„Ausstellung?" Unschalk wusste von nichts. Er fühlte sich ausgeschlossen, seine Familie schien an ihm vorbei zu leben.

Olivias kleines Lachen klang fein, ein wenig vorwurfsvoll durchs Telefon. „Ja, seine erste Einzelausstellung. In der Galerie Rozzo. Es ist ein Meilenstein in seiner Karriere. Ich habe dir davon erzählt, am Sonntag, vor deiner Abreise. Aber du warst wohl in Gedanken bereits in Amerika. Wir sollten hingehen, es wäre wichtig für Thomas."

Er räusperte sich. „Ich glaube nicht, dass dies so kurzfristig möglich sein wird. Ich habe meinen Rückflug erst für Freitagabend gebucht."

„Schade. Unser Sohn hat nicht viel von dir." Sie wechselte das Thema. „Wie geht es dir? Kommt ihr voran mit eurer Transaktion?"

„Ja, glänzend. Ich sprach heute mit Porter. Harter Kerl, aber ich werde ihn kriegen. Delarive hat eben sein Angebot auf sechzig Dollar erhöht. Morgen rede ich mit dem Ausschuss. Konferenzgespräch. Ich denke, wir werden auch nochmals höher gehen." Unschalk geriet in Fahrt bei seinem Lieblingsthema. „Porter hat Angst. Er weiß, dass United nicht unabhängig bleiben kann. Sein Verwaltungsrat will verkaufen. Seine Position ist nicht mehr sicher."

„Da verstehe ich seine Angst", sagte Olivia. „Er wird auch eine Familie haben."

„Das weiß ich nicht. Aber ich werde ihn kriegen!"

„Sieh zu, dass ihr euch nicht verschluckt dabei. Ich habe kein gutes Gefühl."

„Es muss sein", erklärte Unschalk mit Festigkeit, „sonst überholt uns Delarive. Das darf nicht geschehen." Er glaubte, was er sagte. Basis Chemie war seine Lebensaufgabe.

Ein weiteres Telefongespräch war zu erledigen. Die Nummer fand er in seinem Taschenkalender.

„DiNero."

„Unschalk. – Vico, verkaufe alles."

Zunächst erfolgte keine Reaktion. Dann tobte der Bankier: „Himmel noch Mal, Unschalk! Weißt du, wie spät es ist? Ich bin bei mir zu Hause und habe Gäste."

„Ich telefoniere aus New York", antwortete Unschalk ungeduldig. „Für den Zeitunterschied kann ich nichts. Verkaufe alles. Morgen früh."

„Was soll das? Gebt ihr auf?"

„Kein Kommentar. Verkaufe. Auf Wiedersehen." Unschalk klappte das Handy zu.

Er fühlte sich erleichtert. Es war Viertel nach drei. Er setzte sich aufs Bett, streifte die Schuhe ab und legte sich hin. In anderthalb Stunden würde John Billingham ihn und Diggelmann abholen zu einer Lagebesprechung bei den Anwälten. Mit geschlossenen Augen überlegte er, ob er nichts vergessen hatte, ob er sich die Ruhepause leisten durfte. Unschalk war kein Mensch, dem das Leben leicht wurde; zu vieles musste bedacht werden.

Unter dem leisen Rauschen der Klimaanlage döste er ein und versank sogleich in einem Netz wirrer, schwerer Nachmittagsträume. Als kleiner Junge litt er auf einem Spaziergang mit seinen Eltern. Steck die Hände nicht in die Hosentaschen, mahnte die Mutter, es ist nicht anständig, und die Taschenränder werden schmutzig. Die Frage, wozu denn die Taschen nütze seien, trug ihm eine Ohrfeige des Vaters ein. Er spürte die schwere Hand so deutlich in seinem Gesicht, dass er dadurch halb aus seinem Schlummer hochschreckte, das Hotelzimmer mit dem Kinderzimmer seiner Jugendtage verwechselnd. Er drehte sich zur Seite und tauchte wieder ein in den See voller Erinnerungen. Unschalk war in einem ausgeklügelten Gefüge von Geboten und Verboten aufgewachsen, alles ausgerichtet auf das eine Ziel, aus ihm einen brauchbaren Menschen zu machen. Sprich nur zu Erwachsenen, wenn du gefragt wirst. Mache deine Schularbeiten. Spiel nicht an dir herum.

Als er das nächste Mal erwachte, war seine Stirne feucht von Schweiß. Er trocknete sich am Kissen ab, und ihm war, als habe er etwas Wichtiges vergessen.

9

Am Dienstagnachmittag, kurz vor fünf Uhr, steuerte Tony DiNero das Boot an die kleine Anlegestelle in der Mauer, die den Garten des väterlichen Hauses zum Middle River hin abstützte. Claude Morat machte es mit einem Nylonseil an einem der beiden Holzpfosten fest, gegen die es unter dem Druck leise plätschernder Wellen rhythmisch anschlug. Eine Reihe widersprüchlicher Empfindungen und Eindrücke hatte an diesem Nachmittag seine schweizerische Bodenständigkeit auf die Probe gestellt. Tonys Temperament forderte ihn heraus, ließ ihn im Hotel Anzug und Krawatte gegen helle Hose und Freizeithemd austauschen; an der Gartenbar neben dem Swimmingpool bestellten sie bunte Salate und Leichtbier, und ihr fröhliches Lachen steckte ihn an. Ein Hauch von Unbeschwertheit umfing ihn, als sie ihm auf dem Intracoastal Waterway die verschiedenen Zugbrücken zwischen dem Uferstreifen und dem Festland von Fort Lauderdale erklärte. Aber er erschrak, als er ihre Nähe im Boot unvermittelt bewusst wahrnahm, als ihr schwarzes Haar über den Ohrmuscheln, die Poren neben den Nasenflügeln, die sanfte Rundung zwischen Hals und Schultern, ihr manchmal spöttisches, manchmal kindliches Lachen, ihre von Parfum überdeckte leichte Ausdünstung ihm plötzlich zum Eindruck einer vertrauten, anziehenden Persönlichkeit verschmolzen. Seine Fassung schwand vollends, als sie seine rechte Hand berührte und ernsthaft erklärte: „Wissen Sie, Claude, ich fahre Sie gerne spazieren. Es gibt noch so vieles zu sehen. Ich freue mich über Ihren Besuch."

Er bedauerte es, als sie ihn durch den Garten begleitete, zurück zur Gegenwart. Der dicke Italiener empfing ihn auf einer gedeckten Veranda hinter dem Haus, die auf drei Seiten von einem feinmaschigen Insektengitter umrahmt war.

„Wir bleiben im Freien, Claude. Setzen Sie sich." DiNero führte ihn zu einer großen Sitzgruppe mit rosafarbenen Kissen. „Jetzt kennen Sie ein wenig die Atmosphäre, in der wir leben."

Morat nickte. „Ihre Tochter hat mich erfolgreich vom geschäftlichen Grund meines Besuchs abgelenkt."

DiNero strahlte. „Tony ist ein ausgezeichneter Gastgeber." Sein schwarzer Schnurrbart zuckte auf und ab, während er sprach. „Halten Sie am Vorschlag fest, den Sie mir heute Morgen unterbreitet haben?"

„Ja", antwortete Claude Morat, bevor er sich gefasst hatte.

„Gut. Ich habe nichts anderes erwartet."

Der Jurist schwieg. DiNero sagte: „Ich habe Ihre Vollmacht überprüfen lassen. Sie ist korrekt."

„Was soll das heißen?", fragte Morat.

„Dass Sie tatsächlich in Zürich über 1,8 Milliarden Franken verfügen."

„Erstaunt Sie das?" Claude Morat unterdrückte die andere Frage, wie DiNero zu dieser Information gekommen war. Sein Respekt vor dem leutseligen Sonderling stieg.

„Nein", erklärte DiNero, „ich habe nichts anderes erwartet. Aber gute Konten machen gute Freunde. Ihre Konten sind sehr gut."

„Sie sprechen von den Konten von Delarive AG, Pasquale."

„Ich weiß. Aber Sie sind berechtigt, darüber zu verfügen. Allein. Mein Freund Jean bringt Ihnen außerordentliches Vertrauen entgegen."

„Es gehört zu meinem Beruf und zu meiner Stellung, dass man mir vertrauen darf."

Der Italiener fuhr fort: „Ich habe auch Ihre Offerte überprüfen lassen. Sie ist ebenfalls korrekt."

„Danke."

Claude Morat spürte plötzlich, wie sein Kopf glühte. Pasquale DiNero hatte vom ersten Moment an die Gesprächsführung an sich gezogen. Er selbst war der Schüler, dem man jeden Augenblick die Note verkünden würde. Seine Gelassenheit war verpufft, seit er begriffen hatte, dass die Verwirklichung von Jean Delarives Strategie jetzt, in dieser Sekunde, einzig und allein in den Händen des Garagisten, Zoobesitzers und Aktionärs DiNero lag. Würde er wirklich abstrakte, nicht fassbare 1,8 Milliarden Franken im Tausch gegen 67.500.000 ebenso abstrakte, ebenso wenig fassbare Aktien von Basis Chemie entgegennehmen? Was war das für ein Spiel der Titanen, in das er als kleiner Jurist sich eingelassen hatte, freudig, ohne mit der Wimper zu zucken?

Inzwischen war Tony aus dem Haus in den Garten zurückgekehrt. In großen Gläsern brachte sie Getränke. Eisschnitze schwammen obenauf. Sie trug jetzt Jeans, eine Hemdbluse mit hochgerollten Ärmeln und Turnschuhe. Pasquale DiNero fasste sie am Arm. „Tony, setz dich bitte zu uns. Was wir jetzt zu besprechen haben, geht auch dich an."

Das kleine Intermezzo gab Morat Gelegenheit, seine Fassung zurückzugewinnen.

„Es geht um Folgendes", begann der Italiener, gänzlich an seine Tochter gerichtet. „Jean Delarive will unsere Beteiligung an Basis Chemie kaufen. Zusammen mit weiteren Käufen hofft er, seinen Konkurrenten so unter Kontrolle zu bringen. Claude Morat hat den Auftrag und die Vollmacht, mit mir zu verhandeln und – falls wir uns einig werden – die Transaktion abzuschließen und zu vollziehen. Dazu gehört insbesondere auch die Auszahlung des Kaufpreises, über den er allein verfügen kann. Claude hat mir heute Morgen eine Offerte unterbreitet. Wir reden von fast zwei Milliarden Franken."

„Das ist so viel Geld, dass ich mir nichts Konkretes darunter vorstellen kann."

DiNero fuhr fort: „Aus Gründen, die ich verstehe, muss die Transaktion, wenn es dazu kommt, bis zum kommenden Freitag vollzogen sein. Ich habe deshalb heute Nachmittag längere Zeit mit meinem Freund Oskar Huberti telefoniert. – Huberti ist seit fünf Jahren in Miami Repräsentant der Helvetischen Bank", fügte er, an Morat gewandt, bei. „Das trifft sich ausgezeichnet, da auch Delarive mit dieser Bank arbeitet. Huberti also hat mir einige wichtige Auskünfte gegeben.

Erstens ist es kein Problem, innerhalb kürzester Zeit den Kaufpreis hier gutgeschrieben zu erhalten. Zweitens ist es ein Kinderspiel, meine Aktien, die jetzt noch bei der Privatbank Panther meines Bruders Vico in Zürich liegen, zur Helvetischen Bank zu transferieren. Die Bankiers brauchen dazu zwei Werktage. Eine andere Frage ist, wie Vico reagieren würde. Er ist mit Unschalk, dem Präsidenten von Basis Chemie, befreundet. Außerdem bringen ihm meine Aktien über eine Million Franken jährlich an Depotgebühren ein.

Drittens hat mir Oskar bestätigt, dass es unsinnig wäre zu versuchen, unsere Beteiligung an Basis Chemie kurzfristig über die Börse zu verkaufen. Eine massive Kurseinbuße wäre die Folge. Diesen Umstand hat Claude dazu benützt, seine Offerte deutlich unter dem heutigen Kurswert der Aktien anzusetzen. Er ist ein guter Geschäftsmann, und ich verstehe, dass Jean Delarive ihn beauftragt hat."

Er verstummte. Schweißperlen standen auf seiner Stirne, obwohl es allmählich kühler wurde. Claude Morat räusperte sich. „Dann nehmen Sie also unser Angebot an?", fragte er.

„Müssen wir die Aktien überhaupt verkaufen?", warf Tony ein, bevor ihr Vater antworten konnte. „Sie stammen doch von meiner Mutter."

„Größtenteils", korrigierte Pasquale DiNero, „zu zwei Dritteln, um genau zu sein. Den Rest habe ich über die Jahre zugekauft." Auf die Frage des Schweizers ging er nicht ein.

Claude Morat erschrak. „Wir müssen gar nichts verkaufen", fuhr DiNero fort. „Es geht darum, ob wir Jean Delarive dabei helfen wollen, die Kontrolle über seinen Konkurrenten Unschalk zu erringen. Verschiedene Faktoren sind dabei zu bedenken. Mein Bruder Vico ist mit Unschalk befreundet, ich mit Delarive. Wenn Jean überzeugt ist, dass eine Verbindung der beiden Unternehmen nützlich ist, dann bin ich geneigt, ihm zu glauben. Ob Unschalk gute Gründe dagegen hat, weiß ich nicht. Vico wird toben, wenn ich mit Jean zusammenspanne. Fragt sich, wie sehr ich darauf Rücksicht zu nehmen habe; denn getan hat er nichts für uns in all diesen Jahren, außer fette Depotgebühren zu kassieren. Sein Familiensinn ist verkümmert. Für die vorgeschlagene Transaktion spricht, dass die Aktien einen miserablen Ertrag abwerfen, dagegen, dass ich das Geld, das man mir offeriert, nicht brauche."

„Gibt es nicht andere, wichtigere Argumente dafür?", fragte Morat, als DiNero verstummt war.

„Das ist eben die Frage, Claude", erwiderte DiNero. Er faltete die Hände vor seinem Bauch. „Wir wollen sehen, ob sich welche finden lassen."

Claude Morat antwortete nichts. Er spürte, dass seine Einflussmöglichkeiten erschöpft waren. Sein Blick fiel auf das vornehme Boot, das am fernen Ende des Gartens leise schaukelte. Unterwegs am Nachmittag hatten sie ein anderes, langsam tuckerndes Boot mit vier jungen Leuten gekreuzt. Die beiden Mädchen hatten ihnen zugewinkt, frech und ungeniert ihre entblößten Busen zur Schau stellend; die beiden Burschen tranken Bier aus Dosen. Er und Tony hatten zurückgewinkt und so getan, als wäre nichts. Wenig später hatte sie ihn auf einen blauen Klumpen von der Größe eines Tennisballs aufmerksam gemacht, der in einem Kanal zwischen dem Intracoastal und dem offenen Meer schwamm. Schauen Sie, dort, ein *portuguese man o'war*, hatte sie ausgerufen, mit kindlicher

Freude im Gesicht. Es hatte eine ganze Weile gedauert, bis er den blauen Fleck zwischen Plastikfetzen und Ölflecken entdeckte. Eine seltene Art von Quallen, erklärte sie. Sie lieben die Wärme des Golfstroms, der hier vorbeizieht, und manchmal verirren sie sich in die Kanäle. Woher der merkwürdige Name, wollte er wissen. Keine Ahnung, hatte Tony erwidert, aber manche Leute behaupten, sie bringen Glück.

Pasquale DiNeros kräftige Stimme zerschnitt das schwere Gewebe des warmen subtropischen Spätnachmittags, in dem sich nichts mehr bewegte außer ein paar Gedanken.

„Sie haben recht, Claude. Es waren andere Argumente, die mich veranlasst haben, in unser Gespräch einzutreten. Es fällt nur schwer, sie zu formulieren und auszusprechen."

„Ich bin sicher, sie sind wohlbedacht", antwortete Morat. Er griff nach dem Glas und trank, um seine innere Unrast zu zügeln.

„Wissen Sie, ich bin Europäer geblieben", sagte DiNero. „Auch nach über zwanzig Jahren in den Vereinigten Staaten. Mein Bruder und ich sind in Italien aufgewachsen, unser Vater war Industrieller in der Lombardei. Ich hatte gehofft, das Unternehmen eines Tages weiterzuführen. Aber es geriet in den 60er-Jahren in Konkurs, während ich noch mitten in meiner Ausbildung zum Ingenieur steckte. Vico und ich haben dann beide in die Schweiz geheiratet. Er wurde Bankier und Schweizer; ich wanderte aus, wenige Jahre nach dem Tod meiner ersten Frau, und wurde Amerikaner. Sie gehörte zum Zürcher Ableger der Gründerfamilie von Basis Chemie. Mit ihrem Hinschied schwand meine zweite Chance, mich industriell zu betätigen. Für einen Italiener war damals kein Platz in den Führungsreihen eines großen Schweizer Konzerns."

„Dafür haben Sie hier ein beeindruckendes Unternehmen aufgebaut, und zwar im Alleingang", warf Claude Morat ein.

Der Italiener hob abwehrend beide Hände. „Mag sein, aber wen interessiert das schon. – Immerhin ließ man mich die Namenaktien meiner Frau erben und war bereit, mich im Aktienregister als Großaktionär einzutragen. Das war damals keine Selbstverständlichkeit. Ich habe danach während Jahren jeden Dollar, den ich erübrigen konnte, in Basis-Aktien investiert."

Verschiedene Fragen gingen Claude Morat durch den Kopf, aber er schwieg. DiNero hatte sich zu einer Art Rechenschaftsablage über die letzten 25 Jahre seines Lebens entschlossen. Obwohl größter Einzelaktionär, hatte er auf einen Sitz im Verwaltungsrat verzichtet. Aber es verletzte ihn, dass man ihm den Sitz nie angeboten hatte. Unschalk kannte er seit dessen Zeit als junger Direktor des Unternehmens, er war ihm gelegentlich bei Einladungen begegnet. Eine nähere Beziehung war nicht zustande gekommen, wohl wegen der nüchternen Wesensart Unschalks und auch wegen der Vorrangstellung seines Bruders Vico. Er beschrieb Unschalk als korrekten Schweizer, der lebte, um zu arbeiten, unfähig zu einer tieferen Bindung, und der sich damit jeden echten Kontakt zu anderen Menschen verbaute. Er räumte ein, dass dieses Urteil auch falsch sein mochte. Jedenfalls ziehe er selber es vor zu arbeiten, um zu leben, und dazu werde Südflorida nach all diesen Jahren für einen Europäer doch zu eintönig.

Tony fügte bei, im Unterschied zu dieser Beschreibung Unschalks seien die Menschen Floridas offen und liebenswürdig, aber es bedeute nichts, weil sie nur selten Einblick in die Tiefe ihres Wesens gewährten. Dann beugte sie sich vor, und in ihren Augenwinkeln bildeten sich kleine Lachfältchen, als sie fragte: „Leben Sie auch, um zu arbeiten, Claude?"

„Im Augenblick arbeite *und* lebe ich, und beides macht Spaß."

Das kleine Wortpingpong schuf eine Spur von Vertraulichkeit zwischen ihnen. Morat verstummte und konzentrierte sich auf seinen Gastgeber. Seit einiger Zeit träumte Pasquale DiNero von einer Rückkehr nach Europa. Rom und andere Stätten christlicher Kultur, Opernpremieren, die man im dunklen Anzug besuchte, die staubigen Hügel der Toskana im Sommer, anständig gedeckte Tische mit weißen Tischtüchern in gepflegten Lokalen und – zum Erstaunen Claude Morats – der jahrhundertealte Jakobsweg für bußfertige Pilger vom Nordwesten Frankreichs über die Pyrenäen bis nach Santiago di Compostela im Nordwesten Spaniens waren die Eckpfeiler eines starken Heimatbewusstseins des korpulenten Italieners.

Schließlich wurde er förmlich und erklärte: „Ich nehme Jean Delarives Angebot an, Claude – unter zwei Bedingungen. Jean verhilft mir zu einer Position, die es mir ermöglicht, meine Ausbildung und Erfahrung als Ingenieur und Unternehmer sinnvoll zu nutzen. Und zweitens erwarte ich, dass Jean und Sie mich bei der Wiederanlage des Kaufpreises für meine Aktien beraten. Einverstanden, Tony?"

„Ja."

„Einverstanden, Claude?"

„Ja, Pasquale, für meinen Teil gerne. Für Herrn Delarive kann ich nicht reden. Aber so, wie ich ihn kenne, wird er Ihre Bedingungen als Vertrauensbeweis auffassen und sie akzeptieren. Bis morgen Mittag kann ich Ihnen seine Antwort übermitteln." Der Jurist hatte begriffen, dass DiNero nicht mehr zurücktreten würde. Die Bedingungen dienten nur dem Italiener selber als Rechtfertigung. Europa lockte ihn, sehr viel Geld, eine offene Rechnung mit seinem Bruder Vico. Claude Morat streckte ihm die Hand entgegen und erklärte: „Ich gratuliere Ihnen und Delarive AG zu Ihrem Entscheid. Er ist für beide Teile von großem Nutzen."

„Hoffentlich", sagte DiNero und schlug ein. Seine Hand fühlte sich ein wenig feucht an, und sein Blick verriet den seelischen Marathon, den er hinter sich hatte. „Wir wollen darauf anstoßen, wie es sich gehört. – Tony, bringst du uns eine Flasche *spumante*, bitte."

Während sich die junge Frau entfernte, spürte der Schweizer plötzlich, dass ihm sein Hemd schweißnass am Rücken klebte. Langsam sickerte das Bewusstsein des Erfolgs in seinen Verstand. Erleichterung folgte, dann Müdigkeit. Der Rest des frühen Abends in DiNeros Garten dehnte sich endlos. Man legte die notwendigen weiteren Schritte für die Abwicklung der Transaktion fest. Die Unterhaltung wurde zusehends von Morats Gastgebern bestritten, seine Schweigsamkeit schien sie nicht zu stören. Der schwere Duft der Blumen und Blüten – Kamelien, Oleander und Hibiskus, wie Tony beiläufig erläuterte – umfing ihn süß und fremdartig und erinnerte ihn an namenlose Szenen aus Stücken von Tennessee Williams, deren Titel er vergessen hatte.

10

Am folgenden Morgen, Mittwoch, ließ sich Claude Morat um Viertel vor sechs wecken. Dank einer Beruhigungspille hatte er tief und traumlos geschlafen; er war noch leicht benommen, als das Telefon ihn ins Bewusstsein zurückholte. Er wählte die direkte Nummer von Jean Delarive in Belleville. Sein Konzernherr war am Platz und nahm den Anruf entgegen. Morat berichtete ihm über den erfolgreichen Verlauf der Verhandlungen. Sein Freund habe seine Vorstellungen überprüft und begnüge sich nun mit einer Fläche von 1800 *acres* für die vorgesehene Überbauung, anstelle der ursprünglichen 2200.

Delarive beglückwünschte ihn zum raschen Durchbruch und sagte: „Ich veranlasse von hier aus, dass Huberti sich bei Ihnen meldet. Er wird alles daransetzen, eine gute Beziehung zu uns herzustellen. Sie werden sehen."

„Noch etwas: Es müssen zwei Bedingungen erfüllt werden", ergänzte Claude Morat. „Unser Freund sucht eine Position, in der er sich als Unternehmer und Ingenieur betätigen kann. Und er wünscht Ihre und meine Hilfe bei der Anlage seiner nicht unbeträchtlichen finanziellen Mittel."

Delarive verstand sofort und beauftragte Morat, zu beiden Bedingungen Zustimmung zu übermitteln. Dann forderte er den Juristen auf, den Rückflug am Freitagabend über Paris zu buchen und ihn am Samstag zur Mittagsstunde im ‚Jules Verne' zur Berichterstattung zu treffen.

*

Ungefähr zur selben Zeit telefonierte Pasquale DiNero mit seinem Bruder Vico in Zürich. Er litt an chronischen Schlafstörungen, die ihm Nacht für Nacht viele Stunden einsamen Grübelns bescherten. Fahle Morgendämmerung kroch durch das Fenster in sein Schlafzimmer. Mit dem Gefühl, vieles im Leben falsch gemacht zu haben, machte er Licht und wählte die lange nicht mehr benützte Nummer. Er freute sich nicht auf die Stimme seines Bruders, aber auf dessen voraussehbare Reaktion auf die Mitteilung, die ihm bevorstand.

„DiNero."

„Auch DiNero."

„Pasquale! Wie gut, von dir zu hören. Geht es euch gut?" Es trat eine Pause ein. Dann: „*Mamma mia* – du rufst mitten in der Nacht an! Was führt dich dazu?"

Pasquale DiNero wollte nichts von Wohlergehen wissen. Er würde sich auch nicht nach Vicos Familie erkundigen. Zu Weihnachten hatten sie sich seit Jahren nicht geschrieben. Nur die vorgedruckte Grußkarte der Bank – *Unseren geschätzten Kunden und Geschäftsfreunden …* – mit der handschriftlichen Floskel „In herzlicher Verbundenheit" fand jeweils den Weg über den Atlantik.

„Kommen wir zur Sache, Bruder. Ich habe eine Bitte."

„Ja?"

„Übertrage meine Aktien Basis Chemie an die Helvetische Bank in Zürich, zu meinen Gunsten. Noch heute, bitte."

Im Hörer blieb es eine Weile still. Sie hörten beide den Atem des anderen. Dann sagte Vico: „Ich verstehe nicht ganz. Wie viele Aktien willst du an die Helvetische Bank übertragen?"

„Alle."

„*Porca miseria* – warum, Pasquale?"

„Warum ‚warum', Vico? Frage ich denn meine Kunden, warum sie ein Auto kaufen wollen? Nein. Sie wollen kaufen, und damit *basta*. Ich will die Aktien bei der Helvetischen Bank haben, und damit *basta*."

„Was soll das? Willst du sie verkaufen? Das kann ich auch für dich tun." Die Stimme des Bankiers tönte jetzt besorgt.

Pasquale sagte: „So viel Anteilnahme nach so vielen Jahren des Schweigens. Übertrage bitte die Aktien, oder steht dem etwas im Wege?"

„Nein – du brauchst ein Wertschriftendepot bei der Helvetischen Bank. Hast du das?"

„Ja. Es ist in den letzten zwei Stunden eröffnet worden. Was brauchst du noch von mir?"

„Einen schriftlichen Auftrag."

„Bekommst du – über Fax, um 15 Uhr, Schweizer Zeit. Dann die Originalbestätigung per Kurier. Aber zieh die Ausführung nicht in die Länge, Vico. Ich erwarte, dass die Helvetische Bank morgen früh eure Bestätigung besitzt – richte sie an Herrn Paul Langenegger, Direktor."

„Zu Befehl, Majestät! – Pasquale, warum tust du mir das an?"
„Was tue ich dir an?"
„Das größte Wertschriftendepot meiner Bank! Ich sehe dich jahrelang nicht, ich höre nichts von dir, und jetzt das! Warum?"
„Geht es dir um die Depotgebühren, Vico?", fragte Pasquale DiNero leise.
„Nein, Teufel noch mal! Was scheren mich die paar Franken. Aber du bist mein Bruder. Vertraust du mir nicht mehr?"
Pasquale DiNero wartete lange mit seiner Antwort. Der Hörer in seiner Hand schien zu knistern. Sein Bruder hielt sich häufig in den Vereinigten Staaten auf. Zu einem Besuch war es nie gekommen. Er sagte: „Lassen wir das, Bruderherz. Führ meinen Auftrag aus, bitte. *Arrivederci.*" Er legte auf. „*Cretino*", sagte er zum toten Telefon, mehr traurig als verärgert. „Mistkerl."

*

Am gleichen Mittwochvormittag beim Frühstück, noch im ‚Drake', legte Diggelmann Unschalk wortlos ein Formular auf den Tisch. ‚*Subpoena*' lautete der Titel in verschnörkelter Schrift. Das Dokument forderte Werner Diggelmann auf, am Dienstag, dem 2. Mai, Punkt 9.15 Uhr vormittags, in der Angelegenheit „Transaktionen in Aktien United Chemical, Inc." vor der *Federal Grand Jury* des südlichen Distrikts von New York als Zeuge zu erscheinen. Ausgestellt war es von der *Securities and Exchange Commission* der Vereinigten Staaten. Unschalk runzelte die Stirn und fragte: „Was ist das?"
„So habe ich gestern Nacht um elf Uhr auch reagiert, als mir zwei Beamte in der Hotelhalle das Papier unter die Nase hielten", erwiderte Werner Diggelmann grimmig. „‚Die zwei Herren dort drüben warten schon lange auf Sie', begrüßte mich der Nachtportier. ‚Sind Sie Werner Diggelmann?', wollte einer der beiden wissen, kaum dass ich mich ihnen zugewendet hatte, ahnungslos und todmüde. Sie wiesen sich aus und erklärten, es handle sich um eine Untersuchung mit dem Ziel herauszufinden, ob bei den beiden Übernahmeangeboten gesetzwidrige Aktientransaktionen stattgefunden hätten. Solche Untersuchungen würden bei den meisten großen Firmenübernahmen eingeleitet, weil es fast immer

Personen gäbe, die vertrauliches Wissen unerlaubt zum eigenen Vorteil ausnützten. Man habe gestern Nachmittag bei der Einreisekontrolle meinen Namen festgestellt, und die SEC sei natürlich daran interessiert zu erfahren, was ich als Chef der Konzernleitung über die verschiedenen Aktienkäufe durch Basis Chemie wisse. Mein Hinweis, ich hätte eigentlich nicht im Sinn, mich am 2. Mai in Amerika aufzuhalten, interessierte sie nicht im Geringsten. Die Vorladung habe amtlichen Charakter, meinte einer, und ich hätte mich darauf einzurichten."

Er griff nach seinem Glas Orangensaft und leerte es in einem Zug.

„Wir müssen es nachher den Anwälten berichten", sagte Unschalk. „Sie werden wissen, was zu tun ist."

Er beendete sein Frühstück einsilbig und indem er das meiste stehen ließ. Seine Gedanken kreisten unablässig um seine 100.000 Aktien von United, die er noch gestern Nachmittag zum Verkauf aufgegeben hatte. Die Frage stellte sich ein, ungebeten und bohrend, ob er damit möglicherweise gegen irgendwelche Bestimmungen verstoßen hatte. Bilder von Verhören, durchgeführt von bösartigen Männern in hässlich kahlen Räumen, entstanden in ihm und ließen sich nicht mehr verscheuchen.

Eine gute Stunde später brach im Anwaltsbüro bei Tom Alexander geschäftiges Treiben aus. Der Kern der Beratergruppe – Tom Alexander, sein Partner Gerry MacKenzie und John Billingham – hatte sich eingefunden, um mit Unschalk und Werner Diggelmann die weiteren Schritte zu planen und umzusetzen. Noch am späten Dienstagnachmittag hatte Unschalk in allen Einzelheiten über seine Begegnung mit John Porter berichtet. Bei der Analyse hatte Übereinstimmung geherrscht, dass Porter dazu gebracht werden konnte, den Aktionären von United Chemical die Annahme eines nochmals verbesserten Übernahmeangebotes von Basis Chemie zu empfehlen. Man hatte sich in gehobener Stimmung getrennt, überzeugt, die wichtige Sache einen bedeutenden Schritt vorwärtsgebracht zu haben.

Die gute Laune des Vorabends verflog auch bei den anderen, als Werner Diggelmann im Sitzungszimmer der Anwälte seine *subpoena* vorlegte.

„Sie haben schneller geschaltet als sonst üblich", bemerkte Tom Alexander. Durch seine Brille musterte er Diggelmann abschätzend. „Es ist ein purer Zufall, dass sie Dr. Unschalk im Einreisecomputer noch nicht entdeckt und ebenfalls mit einer *subpoena* beglückt haben."

„Die beiden Herren haben mir erklärt, solche Untersuchungen würden in praktisch allen größeren Übernahmekämpfen eingeleitet. Vielleicht besteht nicht wirklich Grund zur Sorge."

„Ihre Standfestigkeit ehrt Sie, Werner", erklärte der Anwalt. „Die beiden Herren, wie Sie sie nennen, sind Bluthunde. Wer Wertschriften kauft oder verkauft, ist für sie ein Wild, das es zu erlegen gilt, vor allem, wenn kurz nach der Transaktion besonders gute oder besonders schlechte Nachrichten über das Unternehmen bekannt werden. Da ist nichts Persönliches mit im Spiel: Wie beim Tontaubenschießen kommt es nur auf die Trefferquote an. Lassen Sie sich von ihren guten Manieren nicht einlullen; die Burschen wissen, wie man mit führenden Persönlichkeiten der Wirtschaft umgeht."

Inzwischen hatte sich Unschalk wieder unter Kontrolle. Er blickte auf seine Armbanduhr. „Meine Herren, wir dürfen wegen dieser SEC-Untersuchung unser Hauptziel nicht aus den Augen verlieren." Seine Stimme klang präzis und klar, er war der Kommandant der Aktion United Chemical. „Es ist fünf nach neun. In zehn Minuten beginnt das Konferenzgespräch mit dem Ausschuss meines Verwaltungsrates." Er wandte sich zu Tom Alexander. „Ich hoffe, die Verbindungen klappen?"

Der Anwalt nickte. Er sagte: „Die Schaltung wird in dieses Konferenzzimmer gelegt. Wir ziehen uns in mein Büro zurück und lassen Sie allein, Dr. Unschalk. Aber gleich danach wünsche ich Sie zu sprechen, allein, und ich bitte die anderen Herren um Verständnis, dass ich diese Maßnahme als Anwalt und Berater von Dr. Unschalk für erforderlich erachte."

„Danke, Herr Alexander, ich schätze Ihre Aufmerksamkeit." Zu John Billingham gewandt fuhr Unschalk fort: „Wie reagiert die Börse? Ich habe gehört, Delarives neues Angebot sei bereits veröffentlicht worden."

Der große Südstaatler nickte. „Delarive hat es gestern um halb vier Uhr bekannt gegeben. Die Zeitungen gehen davon aus, dass United nicht selbstständig bleibt. An der Börse haben die United-Papiere gestern kurz vor Sitzungsschluss auf 61^{7}/8 angezogen. Das heißt, dass man an eine Fortsetzung des Duells glaubt. Damit liegt der Ball bei deinem Ausschuss."

„Wie wäre es, wenn wir unser Angebot auf 65 Dollar pro Aktie erhöhen?"

Diggelmann bearbeitete schweigend seinen Taschenrechner und warf ein paar Zahlen auf seinen Notizblock. „Angemessen. Es lässt Spielraum für eine weitere Runde."

Unschalk sagte: „Ich stelle fest, dass Herr Diggelmann und ich uns einig sind. Ich werde also beim Ausschuss 65 Dollar beantragen."

„Erwähnen Sie vor Ihrem Ausschuss die *subpoena* nicht", warnte Alexander.

Das Konferenzgespräch klappte auf Anhieb. Othmar Spielberg erkundigte sich nach Unschalks Eindrücken von John Porter, ob er bei Erfolg der Übernahmeaktion mit ihm zusammenarbeiten wolle und – falls ja – ob er glaube, dass sich Porter werde führen lassen. Unschalk bejahte die Fragen, und Diggelmann begründete die Angemessenheit des höheren Angebotes. Der Bankier Bethmann wuchs über sich selbst hinaus und signalisierte vorbehaltlose Zustimmung. Er fügte hinzu, die Börse reagiere positiv auf die Initiative von Basis Chemie; ihr Aktienkurs habe heute Vormittag kräftig angezogen, während Delarives Papiere um einige Punkte gefallen seien. Daraus sei zu schließen, dass die Börse das Vorhaben günstig beurteile und Basis Chemie bessere Chancen einräume als Delarive. Niemand widersprach ihm, nur Werner Diggelmann verzog sein Gesicht zu einer verächtlichen Grimasse und schüttelte den Kopf; der Ausschuss stimmte der vorgeschlagenen Erhöhung des Übernahmeangebotes auf 65 Dollar pro Aktie telefonisch und einstimmig zu.

„Was hat Ihnen nicht gepasst?", wollte Unschalk wissen, als das Konferenzgespräch beendet war.

„Bethmann liegt falsch. Heute Vormittag wusste man in der Schweiz an der Börse erst von Delarives verbessertem Angebot. Man glaubt, dass *er* das Rennen macht, und stuft seine Aktien im Kurs zurück, weil die Übernahme zunächst die Ertragskraft des vereinigten Konzerns verschlechtern wird."

Unschalk nickte. „Bethmann irrt sich immer. Ich habe den Verdacht, man delegiert ihn in Verwaltungsräte wie den unseren, weil er seiner Bank weniger Schaden zufügen kann, solange er anderswo an Sitzungen teilnimmt."

Es war ein seltener Moment völliger Übereinstimmung zwischen den beiden Leitern von Basis Chemie. Sie freuten sich gemeinsam über die

Dummheit des Bankiers, und für Augenblicke schwanden die Schranken, die sie über die Jahre zwischen sich aufgebaut hatten.

Der Anwalt Tom Alexander holte sie in die Gegenwart zurück. „Ich verstehe kein Wort von Ihrer Unterhaltung. Aber darf ich aus Ihrer guten Laune schließen, dass Ihr Verwaltungsrat Ihren Anträgen gefolgt ist?"

„Ja, das dürfen Sie", erklärte Unschalk, noch immer unüblich fröhlich. „Wir machen weiter wie geplant."

„Dann schlage ich vor, dass Werner sich mit Gerry zusammensetzt, um das weitere Vorgehen festzulegen. Unterdessen könnte Dr. Unschalk mir für ein paar Minuten in mein Büro folgen." Er stand schwungvoll auf. „Kommen Sie bitte, Dr. Unschalk." In der Hand hielt er Diggelmanns *subpoena*.

11

Unschalk staunte über die Enge von Tom Alexanders Büro. Es hätte dreimal in John Porters Herrschaftsraum gepasst. Der Anwalt dirigierte ihn zu einem Stuhl, der vor einem überladenen Holzschreibtisch stand. Links davon, am Boden unter dem Fenster mit Blick in tiefe Häuserfluchten, standen reihenweise Aktenordner. An der Wand hinter dem Stuhl hing eine Vergrößerung einer Familienaufnahme; sie zeigte Tom Alexander in der Badehose mit einer blonden Frau und zwei Jungen und einem Mädchen; rechts von ihm hing ein Riesenfisch an einem wackligen Gestell; der Anwalt zeigte auf das Meerestier, und seine Augen leuchteten stolz.

„Selber gefangen?", fragte Unschalk.

„Ja, vor zwei Jahren." Der Anwalt lachte und wirkte sehr jugendlich dabei. „Ein Marlin. Ich habe ihn mit einem kleinen Fischerboot im Atlantik südlich von Key West gefangen. ‚Auf den Spuren Hemingways' hieß dieser Tagesausflug unter der Leitung eines Berufsfischers. Meine Frau und die Tochter sind an Land geblieben. Wir fuhren um vier Uhr morgens los und blieben fast zwölf Stunden draußen. Nach zwei, drei Stunden vergisst man alles andere, sieht nur noch das Wasser, die fest eingeklemmte Rute mit der Leine, trinkt gelegentlich ein Bier, redet kaum, wartet auf den berühmten Ruck an der Leine – aber das können Sie alles im ‚Alten Mann' nachlesen, nur war es damals wohl noch nicht so bequem. – Bitte setzen Sie sich, Dr. Unschalk."

Unschalk setzte sich; der Stuhl war unbequem, die Lehne zu gerade, sie zwang ihn zu einer unangenehm aufrechten Haltung.

„Wissen Sie, was eine *subpoena* ist, Dr. Unschalk?", fragte der Jurist.

„Nein."

„Es ist ein eigenartiges Instrument unseres Justizsystems, mit dem jemand unter Strafandrohung aufgefordert wird, bei einer gerichtlichen Abklärung mitzuwirken. In unserem Fall hat Werner Diggelmann als Zeuge vor einer *Federal Grand Jury* zu erscheinen."

„Was ist eine *Federal Grand Jury*?"

„Ein Gremium von 24 Bürgern dieses Landes, das einzig die Aufgabe hat, dabei zu sein, wenn Zeugen einvernommen werden. Sie verkörpern das Volk. Unser Gerichtswesen ist tief im Volk verwurzelt. Es hat das Recht, dabei zu sein, wenn Recht gesprochen wird. Aber hier haben wir es nur mit einem kleinen Verfahrensschritt zu tun, der es ermöglicht zu beurteilen, ob ein Strafverfahren eingeleitet werden muss. Wenn der Zeuge vor der *Grand Jury* lügt und dabei ertappt wird, droht ihm strenge Bestrafung. Bei einer informellen Befragung jedoch darf er die Agenten der SEC oder den Staatsanwalt beliebig anlügen. Also ist die Aussage für die Behörde viel wertvoller, wenn sie vor der Grand Jury erfolgt."

„Muss man aussagen?"

„Im Prinzip ja. Aber niemand ist verpflichtet, zu seinem eigenen Nachteil auszusagen oder sich selber einer strafbaren Tat zu bezichtigen. Aber die Untersuchungsbehörde kann ihm Schutz vor Strafverfolgung zusichern. Sobald eine solche Zusicherung abgegeben wird, darf der Zeuge die Aussage nicht mehr verweigern."

Unschalk fing an zu verstehen, worum es ging. Ein System, das kleine Übeltäter belohnte, um große an die Angel zu bekommen. Er wurde ungeduldig; er wollte hören, weshalb Alexander ihn zu sprechen wünschte. Im Innersten wusste er es allerdings.

„Was bedeutet dies alles für Herrn Diggelmann?"

Der Jurist machte eine wegwerfende Handbewegung. „Nicht viel, Dr. Unschalk. Man wird ihn am 2. Mai fragen, wie bei Basis Chemie der Entschluss zustande gekommen ist, Delarive im Übernahmekampf um United zu überbieten. Man wird wissen wollen, ob er von Transaktionen in United-Aktien Kenntnis hat, die vor der Veröffentlichung Ihres Gegenangebots stattgefunden haben. Was weiß Werner Diggelmann darüber?"

Unschalk dachte nach, um die Vorgänge, die ihn beschäftigten, in seinem Kopf zu ordnen. Es war nicht leicht, das pausenlos drehende Rad zum Stillstand zu bringen. „Am letzten Mittwoch, bei der Sitzung der Konzernleitung, habe ich Herrn Koch, unseren Finanzchef, beauftragt, zwei Millionen United-Aktien zu kaufen. Davon hatte Herr Diggelmann Kenntnis; wir haben die Transaktion ja – auf den Rat Ihrer Kanzlei hin – sofort offengelegt. Das ist alles."

„Sehen Sie." Der Anwalt hatte seine Brille abgenommen und spielte damit, während er Unschalk fixierte. „Um Diggelmann brauchen wir uns nicht zu sorgen. Er muss nochmals nach New York reisen, aber das ist auch alles. Mich interessiert viel mehr Ihre eigene Position, Dr. Unschalk. Wir müssen damit rechnen, dass über kurz oder lang auch Ihnen eine *subpoena* präsentiert wird. Und dann will ich wissen, was Sie allenfalls wissen. Am Sonntag, bei unserer Vorbesprechung im ‚Drake', war die Rede von weiteren Transaktionen in Aktien von United Chemical, und Sie haben angedeutet, davon zu wissen. Worum geht es dabei?"

„Ich habe am letzten Mittwoch, vor der Sitzung mit meiner Konzernleitung, für mich 100.000 Aktien von United erworben."

„Zu welchem Preis?"

„42 Dollar. Gestern Abend habe ich sie wieder zum Verkauf aufgegeben."

Der Anwalt setzte seine Brille wieder auf. „Was hat Sie zu Ihrem Kauf von 100.000 Aktien United Chemical bewogen?"

Unschalk lehnte sich zurück, um nachzudenken. Sein Blick fiel auf die Aktenstapel links beim Fenster, dann nach draußen auf die Front eines anderen Büroblocks und weiter über eine Kreuzung in eine andere Straßenschlucht Manhattans. Er versuchte, den Nachmittag des letzten Mittwochs, das Gespräch mit seinem Sohn Thomas, in sein Gedächtnis zurückzurufen. Was hat mich dazu bewogen, United-Aktien zu kaufen? Ehrgeiz, Geldgier, Neid auf Delarive? Unschalk realisierte, dass er im Begriff war, sich in einem Ausmaß mit den Motiven seiner Handlungen auseinanderzusetzen, das ihm fremd war und ein wenig unheimlich. Der große, professoral wirkende Anwalt ihm gegenüber war bloß der Katalysator; mit seinen Fragen hatte er nur aufgebrochen, was Unschalk seit Tagen beschäftigte. Endlich sagte er: „Ich habe am letzten Mittwochnachmittag durch eine Indiskretion von Jean Delarives Übernahmeangebot erfahren. Darauf erteilte ich den Kaufauftrag."

„Erzählen Sie mir bitte mehr über diese Indiskretion", bat der Anwalt freundlich.

Unschalk gab sich einen Ruck. „Mein Sohn Thomas suchte mich in meinem Büro auf, um mir die Neuigkeit mitzuteilen. Er wusste davon von der persönlichen Sekretärin Jean Delarives. Sie ist seine Freundin."

Tom Alexander runzelte die Stirn, und Unschalk begriff, wie unglaubwürdig seine Aussagen klingen mussten. Der Anwalt fragte weiter: „Wie kam es zum Entschluss, das Übernahmeangebot von Delarive zu überbieten?"

„Bei mir ebenfalls aufgrund der Indiskretion", erklärte Unschalk ohne zu zögern. „Eine Kombination von Delarive und United würde Basis Chemie auf den zweiten Platz verweisen. Das darf nicht geschehen. Bei der Konzernleitung allerdings – das stellte sich in unserer Sitzung vom letzten Mittwoch heraus – hat man United seit einiger Zeit unter dem Aspekt einer Verbindung mit Basis Chemie beobachtet."

Der Anwalt nickte bedächtig.

„Das verstehe ich, Dr. Unschalk. Aber als Anwalt muss ich mich mit allen Tatsachen befassen, die die Erfüllung meines Auftrages beeinträchtigen können. Wenn ein Staatsanwalt Sie vor einer Grand Jury befragt, will er jede Menge Einzelheiten wissen. Ich möchte Ihnen aufzeigen, worauf Sie sich gefasst machen müssen, Dr. Unschalk. Und ich muss mich eingehend mit der Frage beschäftigen, ob Basis Chemie es sich im Übernahmekampf um United leisten kann, dass ihr Präsident in eine SEC-Untersuchung verwickelt wird, und was für ein Schaden daraus entstehen könnte."

„Schaden für wen – für Basis Chemie oder für mich?"

„Gute Frage, Dr. Unschalk. Für beide. Kein Zweifel, für beide. – Nun aber zu Ihrer Situation. Nehmen Sie die Freundschaft Ihres Sohnes mit Delarives Sekretärin – solche Geschichten lieben die Zeitungen! Wie wollen Sie je beweisen, dass Sie nicht Ihren Sohn aufgefordert haben, Delarives Absichten zu erkunden?"

Der Schweizer fühlte, wie das Gerüst seines inneren Haltes ins Wanken geriet.

„Ich habe meinen Sohn nicht aufgefordert, irgendetwas zu erkunden", erklärte er mit Festigkeit.

„Ich weiß, Dr. Unschalk, ich weiß", sagte der Jurist gleichmütig. „Aber denken Sie an die Agenten der SEC! Tontaubenschießen – nur die Treffer zählen. Und Sie haben immerhin Ihre United-Aktien weiterverkauft, mit stattlichem Gewinn, wie ich annehme. Sie haben mich nach dem möglichen Schaden gefragt."

„Und was lässt sich dagegen unternehmen?"

„Den Schaden nach Möglichkeit nicht entstehen lassen. Kehren Sie sofort in die Schweiz zurück. Noch heute! Geben Sie den Agenten der

SEC keine Gelegenheit, Ihnen eine *subpoena* zu überreichen. Fahren Sie nicht mehr ins Hotel, vielleicht warten sie dort auf Sie."

Unschalk spürte einen Druck in seinem Kopf. Die Umrisse des Anwalts fingen an zu zerfließen, lösten sich auf. Ich muss weiterkämpfen, zwang er sich zu denken. Seine Sicht klärte sich wieder. „Ich habe kein Ticket", sagte er. „Mein Rückflug ist erst für Freitag gebucht."

„Kein Problem, Dr. Unschalk. Meine Kanzlei besorgt Ihnen ein Ticket – über London, Paris oder Frankfurt, wenn nötig. Kehren Sie sofort zurück."

„Ich habe meinen Pass im Hotelsafe liegen. Und mein Bargeld."

„Ärgerlich, Dr. Unschalk, aber nicht zu ändern. Dann fahren wir gleich anschließend zusammen zum Hotel. Die Agenten werden Sie dort nicht mitten am Vormittag erwarten."

Unschalk begriff plötzlich, dass er mit dem Anwalt nicht mehr beriet, sondern verhandelte. Noch einmal unternahm er einen Anlauf. „Ich muss hier nach dem Rechten sehen. Die Übernahme darf nicht scheitern!"

Tom Alexander winkte ab. „Lassen Sie Diggelmann machen. Er kann das auch. Wir helfen ihm. Und John Billingham. Sie haben ein gutes Team. Reisen Sie zurück."

*

Nach der Unterredung am Morgen hatte Tom Alexander Diggelmann und die anderen informiert, dass Dr. Unschalk aus taktischen Erwägungen vorzeitig das Land verlassen werde. Es sei mit der Ausstellung einer weiteren *subpoena* zu rechnen, und man wolle dieser Maßnahme zuvorkommen. Niemand stellte Fragen, als Unschalk Diggelmann beauftragte, das zweite Gespräch mit John Porter wie vorgesehen zu führen und danach in Abstimmung mit den Beratern die weiteren Schritte zu unternehmen.

Es folgte eine Reihe von Telefongesprächen: Unschalk benachrichtigte zuerst Paul Kern, den Chef seiner Rechtsabteilung, und danach seine Frau Olivia über die vorgezogene Rückreise, Tom Alexanders Sekretärin bemühte sich um eine Flugverbindung nach Belleville, und Werner Diggelmann telefonierte aus Gerry MacKenzies Büro mit John Porters Sekretariat, wurde unerwartet mit Porter selbst verbunden und kam nach drei Minuten mit der Meldung zurück, dieser freue sich auf seinen Besuch und erwarte ihn morgen Donnerstag zum Lunch. Paul Kern reagierte gelassen auf Unschalks Mitteilung. „War zu erwarten", lautete sein Kommentar. „Alexander hat recht, dass er Sie heimschickt, nehmen Sie's nicht tragisch. Dafür werden Sie entzückt sein, wenn Sie sehen, wie die Börsenkurse von Basis seit Beginn dieser Woche steigen."

Schwieriger gestaltete sich das kurze Gespräch mit Olivia: „Ihr solltet United in Ruhe lassen", befand sie, „hättest du es denn gerne, wenn jemand einen derartigen Überfall auf Basis Chemie unternähme?"

Unschalk blieb knapp in seiner Antwort: „Das steht nicht zur Diskussion." Er fühlte sich behindert durch die Anwesenheit der Berater und von Diggelmann; mit Olivia zu argumentieren, kam unter diesen Umständen nicht in Frage. Stattdessen versprach er, ihr seinen Flug und die Ankunftszeit durch Tom Alexanders Büro melden zu lassen, sobald eine Buchung erfolgt sei.

Der Rest des Vormittags entwickelte sich für Unschalk zu einer neuen Erfahrung. Tom Alexander eröffnete ihm, dass sie in fünf Minuten zum ‚Drake' aufbrechen wollten, um seinen Pass und sein Gepäck abzuholen. Nachher bleibe im Büro Zeit für eine Erörterung der nächsten Maßnahmen. Gerry MacKenzie, John Billingham und Diggelmann fingen an, den geeigneten Zeitpunkt zu erörtern, zu dem das verbesserte Gegenangebot John Porter und den Medien bekannt zu machen sei. Unschalk schickte sich an, mit Alexander den Raum zu verlassen. Sein Leben war im Begriff, zu einer Veranstaltung ohne Unschalk zu werden. Andere bestimmten über ihn, bemächtigten sich seiner Angelegenheiten, fingen an, auf ihn zu verzichten.

Er trug seinen schmalen alten Aktenkoffer, während sie der Aufzug ins erste Stockwerk brachte. Von dort führte ein Verbindungsgang ins angrenzende Parkhaus. Der Anwalt schritt voraus und erzählte von einem bevorstehenden Theaterbesuch, der selten gespielten Opernfassung von Werner Egk zu Ibsens „Peer Gynt". Unschalk versuchte sich darunter etwas vorzustellen, aber sein Gedächtnis gab nicht mehr her als eine verschwommene Erinnerung an eine melancholische Stimmung mit viel Alkoholkonsum und allerlei unbefriedigenden Liebeshändeln. Olivia wüsste mehr, kein Zweifel. Sie hatte Zeit, sich auf Theater- und Konzertbesuche vorzubereiten, er absolvierte sie. Sie fand Zugang zur

Gedanken- und Gefühlswelt der Künstler und Interpreten, und auch zu Thomas, während sein Turnierplatz streng rational von geschäftlichen Vorgängen und ihren Folgen beherrscht war. Deshalb trug er schwer an der Erkenntnis, dass ihm nun auch bei der Gestaltung der Zukunft seines Unternehmens die Zügel zu entgleiten drohten.

Beim ‚Drake' bestand der Jurist darauf, das Hotel zuerst allein zu betreten. Als er zurückkam, wirkte er zufrieden.

„Keine verdächtigen Personen. Sie können eintreten. Zwei alte Damen, eine Familie mit übermütigen Kindern und ein Zigarre rauchender Lateinamerikaner. Niemand wird Sie behelligen. Ich schlage vor, dass wir zusammen auf Ihr Zimmer gehen. Sie packen, ich warte, dann fahren wir hinunter, Sie gehen zum Safe und lassen sich Pass und Geld aushändigen, und ich begleiche inzwischen Ihre Rechnung."

„Wie Sie meinen", erwiderte Unschalk. Der Vorgang bedrückte ihn.

Oben im Zimmer sagte Alexander: „Wenn das Telefon läutet, nehmen wir nicht ab. Wenn jemand an die Tür klopft, gehe ich hin und schicke ihn fort."

Damit setzte er sich in einen Sessel beim Fenster und fing an, in einem Gästemagazin zu blättern. Unschalk machte sich ans Packen, aber es gelang ihm nicht, seine übliche Kofferordnung herzustellen, die gebrauchten Hemden verschwanden rasch und unordentlich im einen Abteil, der Schlafanzug folgte ungefaltet nach, die gebrauchte Unterwäsche in der Schublade erschien ihm fast als obszön; er hätte sie am liebsten liegen lassen. Als er im Badezimmer seine Toilettenartikel und den Rasierapparat einpackte, verspürte er den Drang, sich zu erleichtern. Er unterließ es, denn es war undenkbar, in Hörweite des anderen Mannes, selbst bei verschlossener Tür, seinem natürlichen Bedürfnis nachzugeben. Stattdessen kämmte er sich sorgfältig, rückte seinen Krawattenknopf zurecht und kehrte zu seinem Koffer zurück.

Fünf Minuten später brachte der Aufzug sie wieder nach unten. Tom Alexander ging voraus. Nach weiteren fünf Minuten saßen sie im Auto des Anwalts und fuhren zum Büro zurück. Oben lagen die Dokumente für Unschalks Rückflug bereit: ein Flugschein erster Klasse der British Airways nach London, von dort ein Anschlussflug mit Swiss direkt nach Belleville, Ankunft Donnerstagmorgen 11.25 Uhr, und eine Einladung in die VIP-Lounge am Kennedy-Flughafen.

Gerry MacKenzie, der rothaarige Anwalt, fuhr ihn zum Flughafen, auf dem ganzen Weg munter plaudernd. Unschalk schwieg und zog sich in die Vergangenheit zurück. Auf die Bemerkungen und Fragen MacKenzies antwortete er mit Kopfnicken, unverständlichen Grunzlauten oder gar nicht.

Von der jungen Frau am Schalter ließ er sich den Weg zur VIP-Lounge erklären; dort angelangt, setzte sich mit einem Gin Tonic in eine Ecke und beschäftigte sich mit der Frage, ob es vor vier Jahren richtig gewesen war, Werner Diggelmann zum Vorsitzenden der Konzernleitung zu befördern. Peinigendes Unbehagen bereitete ihm die Befürchtung, Diggelmann werde sich mit John Porter glänzend verstehen und gemeinsam mit diesem gegen ihn intrigieren. Der Ausweg war klar: Sofort nach der Übernahme musste Porter gehen.

Unschalk griff nach einer Zeitung und fing an zu lesen. Ein Artikel über die Rettung des größten Automobilkonzerns durch die amerikanische Regierung. Seine Augen glitten von einer Zeile zur nächsten, doch sein Kopf hatte den Inhalt des letzten Satzes bereits vergessen. Er ließ die Zeitung in seinen Schoß sinken und wartete.

12

Am Donnerstag frühstückte Thomas Unschalk bei seiner Mutter im Vorort außerhalb Bellevilles, nahe der Landesgrenze zu Deutschland. Es war erst halb acht Uhr. Das Haus überblickte ein kleines Tal, in der Ferne wand sich träge der Fluss in silbrigen Schlaufen, der kleine Hügel im Osten warf noch lange Schatten über den Dorfkern bis tief ins Tal hinein. Die Vorbereitungen für die Eröffnung seiner Ausstellung in der Galerie Rozzo waren weit fortgeschritten. Thomas steckte voll Begeisterung, er musste sich mitteilen.

„Rozzo hat es geschafft, den Präsidenten des Kunstvereins für eine Eröffnungsansprache morgen Abend zu gewinnen."

Olivia Unschalk lächelte fein. „Das freut mich für dich. Bedeutet es viel?"

„Oh ja! Rozzo rechnet mit drei- bis vierhundert Gästen und einem Artikel in der Zeitung. Er glaubt auch, dass einige Bilder verkauft werden."

„Heidi wird auf dich stolz sein", sagte Olivia. „Ich bin es auch."

„Danke, Mutter." Der Gedanke an Heidi B. löste in Thomas zwiespältige Empfindungen aus. Sie war als Freundin nahezu perfekt: Sie sprach, was er hören wollte; sie schwieg, wenn er schweigen wollte; sie liebte die Musik, die er liebte. In ihren Umarmungen verführte sie ihn, wenn er es brauchte, und ließ sich verführen, wenn ihm danach zumute war. Sie kleidete sich teuer, aber dezent, benutzte die richtigen Parfums und verwendete einen Teil ihrer Freizeit darauf, Spanisch zu lernen, um ihn das nächste Mal nach Rosas begleiten zu können. Ihre Eltern waren geschieden, ihr Vater arbeitete in leitender Position in der Stadt, die Mutter war weggezogen, ebenso ihre beiden älteren Brüder. Mehr wusste er nicht von ihr, mehr schien sie nicht bereit preiszugeben. Er wusste nicht, ob sie ihn liebte, und seit sie ihm Delarives Übernahmeplan enthüllt hatte, wusste er es noch weniger.

„Vater kommt früher zurück, bereits heute Mittag, um halb zwölf Uhr." Olivias Stimme zerriss das Gespinst von Thomas' Grübelei. „Ich hole ihn ab."

„Dann könnte er dich morgen Abend zur Eröffnung begleiten."

„Ich bezweifle es", sagte Olivia traurig. „Ich glaube, es hat Schwierigkeiten gegeben. Man hat eine Untersuchung eröffnet, und er reist vorzeitig ab, um nicht darin verwickelt zu werden. Er wird alle Hände voll zu tun haben. Es war wohl keine gute Idee, ihm den Plan Delarives zu enthüllen."

„Ich wäre mir schlecht vorgekommen, hätte ich es nicht getan", erwiderte Thomas heftig. „Er ist mein Vater."

„Ja", sagte Olivia, „und er ist mein Mann. Wir müssen zu ihm halten. Vielleicht braucht er unsere Hilfe. Aber er hätte die Hände von United Chemical lassen sollen."

Thomas zuckte die Achseln. „Das kann ich nicht beurteilen. Bis jetzt hatte er stets Erfolg."

„In geschäftlichen Dingen, ja."

„Die Ausstellung kann er auch später besuchen. Sie dauert drei Monate."

Olivia nickte schweigend. Sie schenkte ihrem Sohn Kaffee nach. Draußen verkürzte die allmählich steigende Sonne die Schatten im Tal. Der Wintergarten, in dem sie das Frühstück einnahmen, war einer ihrer Lieblingsplätze im Haus. Aber der aufgehende Tag bedeutete ihr nichts, die Sonnenstrahlen erreichten sie nicht. „Ich freue mich gar nicht auf Vaters Heimkehr", sagte sie leise. „Ich habe Angst."

*

Jean Delarive hatte recht gehabt. Am Donnerstagmorgen um neun Uhr, Morat hatte bereits gefrühstückt und bereitete sich auf die Fahrt nach Miami vor, läutete das Telefon.

„Huberti, Helvetische Bank. Spreche ich mit Herrn Claude Morat?"

„Ja. Guten Tag." Morat wurde neugierig auf den Bankier, dessen Anruf ihm Delarive vorausgesagt und den DiNero als Freund bezeichnet hatte.

„Guten Tag, Herr Morat. Ich habe das Vergnügen, Sie heute um halb elf zusammen mit Herrn Pasquale DiNero in Miami empfangen zu dürfen. Herr DiNero hat mir Ihre Transaktion erläutert. Zudem hat mich unsere Generaldirektion in Zürich darüber unterrichtet, dass damit eine enge Zusammenarbeit zwischen Delarive AG, aber auch zwischen Ihnen persönlich und Herrn DiNero ihren Anfang nimmt. Es ist mir ein Anliegen, mit Ihnen schon vor unserer Begegnung einen ersten Kontakt aufzunehmen. Vor allem aber gratuliere ich Ihnen und Delarive AG zu Ihrem Beteiligungserwerb."

Morat zögerte kurz, dann sagte er unverbindlich: „Danke, Herr Huberti, ich freue mich auf unsere Begegnung." Die Stimme des Miteidgenossen klang voll und einschmeichelnd. Sie verriet den Makler des Wohlstands, der an vorderster Front Beziehungen herzustellen, Interessensbereiche auszuloten und geschäftliche Anknüpfungspunkte zu identifizieren hatte.

Huberti fuhr fort: „Ich höre von Herrn DiNero, dass Ihr Aufenthalt in Südflorida zeitlich stark begrenzt ist. Wir können heute bereits alle Dokumente ausfertigen, die für den Vollzug Ihrer Vereinbarung erforderlich sind. Ich möchte Ihnen vorschlagen, dass wir – sofern Ihr Programm es erlaubt – für morgen Vormittag eine weitere Begegnung vorsehen. Ich könnte Ihnen dann alle Quittungen und Bestätigungen aushändigen."

„Ja, warum nicht", erwiderte Morat. „Woran hatten Sie gedacht?"

„Ich bin gerne bereit, Sie in Fort Lauderdale in Ihrem Hotel zu treffen. So brauchen Sie nicht im Morgenverkehr nach Miami zu fahren. Wäre Ihnen elf Uhr angenehm?"

„Durchaus. Vielen Dank."

Nach dem Telefongespräch trat Claude Morat für einige Augenblicke auf seinen Balkon. Die Sonne wärmte bereits kräftig vom Ozean her, im Swimmingpool tummelten sich die ersten Kinder. Er nahm aber nichts von alledem wahr, seine Gedanken waren gefangen vom Milliardenbetrag, den er in Kürze an Pasquale DiNero zahlen, und von den Aktien, die er dafür erhalten würde. Er kehrte der Ferienwelt den Rücken, ergriff Aktenkoffer und Jacke und begab sich nach unten. Vom Portier ließ er ein Taxi herbeirufen. Der Fahrer war entzückt angesichts der Aussicht auf eine lange Fahrt, in spanisch durchtränktem Englisch bezifferte er strahlend den Fahrpreis bis zur Brickell Avenue in Miami auf über 70 Dollar.

Morat ließ sich auf dem Rücksitz nieder und legte seine Jacke sorgfältig neben sich. Mehr im Hintergrund seines Bewusstseins irritierte ihn die Frage, was ein Mensch, ein ausgewanderter Italiener, kurz vor dem Empfang eines so bedeutenden Geldbetrages fühlen und denken mochte.

Draußen glänzte das unglaublich satte Grün der Hecken und Büsche entlang den Straßen im gepflegten Stadtteil Harbor Beach, und unzählige Blüten erstrahlten in Weiß und Rosa, als stünde ein Fest bevor. Pasquale DiNero machte nicht den Eindruck eines Mannes, dem der Umgang mit sehr viel Geld zur Herzenssache wurde. Vielmehr suchte er wohl noch immer nach der besten Verwendung dafür, um seiner Person zu Achtung und Respekt zu verhelfen.

Sie überquerten auf einer der vielen Ziehbrücken den Intracoastal, und nach weiteren gut fünf Minuten bogen sie rechts in die Zufahrt zur Interstate 95, der großen Nord-Süd-Autobahn nach Miami, ein.

Claude Morat schaffte es nicht, seine Blicke auf die Gegend zu konzentrieren, die sein kubanischer Taxifahrer in dichtem, aber noch flüssigem Autobahnverkehr durchquerte. Die inneren Bilder in seinem Kopf kreisten in wildem Durcheinander um Tony, seine Frau Florianne, Pasquale DiNero, den servilen Bankier Huberti und die Übernahmeattacke auf Basis Chemie. Bis sie in Miami in die Brickell Avenue einfuhren, nahe der Bucht und dem Hafen, war er überzeugt, einen entsetzlichen Fehler zu begehen. Die telefonische Bekräftigung Jean Delarives wog wenig; misslang die Operation Basis Chemie, würde sein Konzernchef sich nicht mehr daran erinnern wollen. Claude Morat fühlte sich in der Falle; im Augenblick hätte er gerne seinen Posten als Leiter der Rechtsabteilung eines Weltkonzerns gegen eine harmlose Stelle, vielleicht als Schreiber bei einem Bezirksgericht in der Westschweiz, eingetauscht. Aber ein anderer Teil seines Gehirns erinnerte ihn daran, dass keine Umkehr möglich war; verpatzte er die Transaktion, so war sein Schicksal noch endgültiger besiegelt.

Erst als sich der Taxifahrer vernehmlich räusperte, wurde ihm bewusst, dass sie standen. Nervös bezahlte er den Fahrpreis, stieg aus und betrat den glänzenden Glaspalast. Es war zehn vor elf. Der Informationstafel in der Halle entnahm er, dass sich die Repräsentanz der Helvetischen Bank im 48. Stockwerk befand.

*

Oben empfing ihn Huberti überschwänglich. Auf dem grünen Emblem der Bank im Vorraum schüttelte er ihm die Hand wie einem alten Schulfreund, dem er seit 25 Jahren erstmals wieder begegnete. Er war klein mit vorstehendem Spitzbauch, auf zu kurzem Hals thronte ein runder Kopf mit schwarzen Knopfaugen und straff zurückgekämmtem, schütterem Haar, schwarz mit silbernen Strähnen durchsetzt. Er glich einem Pinguin, als er während des Händeschüttelns mehrmals kleine Verbeugungen andeutete.

„Ich freue mich sehr, Sie kennenzulernen, Herr Morat. Darf ich Sie hereinbitten? Wie war die Fahrt nach Miami? Nicht zu viel Verkehr, hoffe ich."

Claude Morat war fasziniert von der Intensität des Bankiers. „Danke, die Fahrt war angenehm, keine Probleme."

„Das ist schön. Kommen Sie. Herr DiNero ist bereits eingetroffen; wir haben eben Kaffee bestellt, mögen Sie auch welchen?" Vor einem Eckbüro hielt er an. „Treten Sie bitte ein, Herr Morat."

Pasquale DiNero saß an einem kleinen Besprechungstisch vor dem Fenster, das zwei Wände einnahm und einen atemberaubenden Blick in die Brickell Avenue und über die Biscayne Bay freigab. Draußen, einige Meter tiefer, zogen drei große dunkelgraue Vögel mit weit offenen Schwingen und langen Hälsen zwischen den Hochhäusern ihre Kreise. Es war das erste Mal, dass Claude Morat auf fliegende Riesenvögel hinabblicken konnte; zu Hause gab es nur Schwärme von Spatzen, die sich in den Baumwipfeln balgten und davonstoben, sobald Amseln oder Krähen auftauchten. DiNero stand auf, um den Juristen zu begrüßen.

„*Benvenuto*, Claude. Willkommen zu unserem feierlichen Akt."

„Guten Tag, Pasquale."

„Setzen Sie sich hierher", fuhr der Italiener fort. „Genießen Sie die Aussicht. Mein Freund Oskar weigert sich, den Champagner herauszurücken. Stattdessen offeriert er Kaffee. Stellen Sie sich vor, Kaffee – hier in Florida!"

„Ich weiß – die reine Brühe", sagte Morat und setzte sich.

„Scheißbrühe", bestätigte DiNero zufrieden.

Oskar Huberti sagte nichts, sondern nahm mit energischen Bewegungen ein Aktenbündel von einem mächtigen Schreibtisch und trat zu ihnen. Claude Morat schaute fasziniert zu, wie er die Akten vor sich hinlegte, zurechtrückte, dann den Stuhl zurückzog, sich steif zwischen Tischkante und Stuhl hineinwand und setzte, sich danach nochmals halb erhob, beide Hosenbeine gleichzeitig oberhalb der Knie leicht anzog und sich dann mit gestrecktem Rücken endgültig hinsetzte, ohne sich anzulehnen. Dann sagte er: „Meine Herren, ich begrüße Sie in meiner Repräsentanz der Helvetischen Bank. Es ist uns eine Ehre, Ihnen bei der Abwicklung Ihrer Geschäfte dienen zu können."

„Das ist schön, Oskar", unterbrach ihn DiNero. Auf seiner Stirn wurden Schweißperlen sichtbar. „Nun aber zur Sache. Hat mein Bruder die Aktien an euch ausgeliefert?"

„Ja." Huberti fischte zwei Blätter aus seinen Akten. „Hier." Er schob das erste Blatt über den Tisch zu DiNero. „Die Auslieferungsanzeige der Bank Panther an uns."

„So – und?", fragte der Italiener.

Oskar Huberti legte das zweite Blatt neben das erste. „Die Einlieferungsanzeige der Helvetischen Bank, adressiert an dich. Hier steht: ‚… haben für Sie in Verwahrung genommen, Valuta 14. April'. Das ist unsere Quittung an dich, das Original ist mit Kurier unterwegs zu dir. Zufrieden?"

„Ja."

Pasquale DiNero lehnte sich zurück und verschränkte die Arme über seinem Bauch. Dort, wo seine Hände auf der polierten Tischplatte gelegen hatten, blieben feuchte Flecken zurück; sie wurden rasch kleiner und verschwanden nach wenigen Sekunden. Draußen hatten sich die grauen Vögel höher geschraubt und zogen jetzt ohne sichtbare Bewegungen ihrer Schwingen vor der Fensterfront vorbei. Claude Morat empfand die Spannung, die sich allmählich aufbaute. Alle waren bereit, aber noch war nichts unterschrieben, jeder konnte davongehen oder mit einer unbedachten Bemerkung den anderen zum Rückzug veranlassen. Noch beruhte die Beziehung zwischen ihm und dem rundbäuchigen Italiener auf völliger Freiwilligkeit beider Seiten, keiner vermochte den nächsten Schritt zu erzwingen.

Auch Huberti, der Bankier, wusste um die Wichtigkeit der letzten Augenblicke vor der Unterschrift, keine unnötige Pause durfte eintreten.

Er reichte DiNero und Morat je ein vorbereitetes Formular. „Pasquale, dies ist dein Auftrag an uns, deine Aktien der Basis Chemie AG gegen Zahlung von 1,8 Milliarden Franken Valuta 21. April auf die Delarive AG, Belleville, zu übertragen. Und für Sie, Herr Morat, haben wir einen Zahlungsauftrag über diese Summe vorbereitet, zahlbar an Herrn Pasquale DiNero gegen Aushändigung von 67,5 Millionen Namenaktien Basis Chemie an die Delarive AG. Beide Dokumente sind datiert, Sie brauchen bloß zu unterzeichnen."

Claude Morat unterschrieb seinen Zahlungsauftrag. Er sah, dass auch DiNero umständlich einen dicken Füllfederhalter aufschraubte und sich anschickte, sein Dokument zu unterzeichnen. Eine Viertelstunde später waren alle Dokumente bereinigt und unterschrieben.

Der dicke Italiener lehnte sich zurück und verschränkte die Arme über seinem Bauch. Er sagte: „So. Jetzt ist es endgültig." Er seufzte, dann fuhr er fort: „Mit Unschalk verbindet mich nichts, mit Jean Delarive sehr viel. Mein Bruder hat mich enttäuscht. Er ist der Sünde der Geldgier verfallen und hat deswegen seine Familie vernachlässigt und beiseitegelegt wie ein getragenes Hemd. Er könnte auf den Knien angerutscht kommen, ich würde ihn nicht empfangen."

Der Italiener schwitzte. Morat studierte die Furchen in seinem Gesicht; zum ersten Mal sah DiNero alt aus, die Mundwinkel zeigten nach unten, und seine Haut war von einer ungesunden, gelblichen Blässe.

Der Bankier erhob sich und schüttelte zuerst DiNero und danach Claude Morat feierlich die Hand. „Meine Herren, dies ist gewiss der Augenblick, da ich Ihnen zu Ihrer bedeutenden Transaktion herzlich gratulieren darf. Delarive AG hat damit über elf Prozent des Kapitals und der Stimmrechte von Basis Chemie erworben. Meine aufrichtige Anerkennung! Unsere Bank schätzt sich glücklich, bei der Realisierung Ihres wegleitenden Unterfangens von Anfang an mitwirken und helfen zu dürfen."

Die Miene DiNeros hellte sich auf, und Morat staunte erneut, wie Huberti seine Wörter flüssig und routiniert wie ein Nachrichtensprecher zu Sätzen fügte und wie in seiner Rede selbst Floskeln Bedeutung und Berechtigung gewannen. Er empfand mit einem Mal Respekt für den stelzigen Miteidgenossen.

Nun stand auch Pasquale DiNero auf und trat zu Morat. Er streckte ihm die Hand entgegen und erklärte: „Das war die schnellste Transaktion meines Lebens, Claude. Ich freue mich, dass mein Aktienpaket auf meinen Freund Jean Delarive übergeht, und ich freue mich, mit Ihnen die Verhandlungen geführt zu haben."

Claude Morat schüttelte die feiste Hand des Italieners. „Ich danke Ihnen, Pasquale, und ich freue mich auf die weitere Zusammenarbeit."

DiNero strahlte nun. Er ging im hellen Büro des Bankiers auf und ab, dann klopfte er Huberti wuchtig auf die Schulter.

„Es ist sehr nüchtern hier, Oskar", sagte der Italiener. „In der Schweiz war es zu meiner Zeit Ehrensache, dass der Verkäufer den Käufer zu einem Umtrunk einlud. Die Amerikaner hingegen gehen weg, bevor die Tinte trocken ist. Und kaum haben sie einander den Rücken gekehrt, fangen sie an zu überlegen, ob sie den anderen nicht verklagen können, um ein paar Dollar mehr herauszuholen. – Ist es nicht so, Oskar?"

Der Bankier nickte, ein wenig unglücklich, wie es Morat schien. „Ja, manchmal schon."

„Aber nicht bei mir", fuhr Pasquale DiNero fort. „Nicht bei mir. Ihr seid meine Gäste morgen Abend in meinem Haus. Ich lade eine Anzahl Freunde ein, und dann stoßen wir an, bei Essen und Trinken und Musik. Und danach wird nicht mehr vom Geschäft geredet! Sind Sie dabei, Claude?"

„Natürlich, gerne. Vielen Dank, Pasquale." Kaum hatte Morat zugesagt, fiel ihm die Verabredung mit Jean Delarive ein. Samstag in Paris, im ‚Jules Verne' zum Mittagessen und zur Berichterstattung. „Vielen Dank." Das Rendezvous im eleganten Restaurant des Eiffelturms würde warten müssen.

„Und du, Oskar? Bringe deine Frau mit." Der Gedanke, dass die Eheleute Huberti für ihren Freitag bereits Pläne haben mochten, kam überhaupt nicht auf im Überschwang der Erleichterung über die glücklich besiegelte Transaktion.

Huberti zupfte seine Jacke zurecht. „Danke, wir kommen gerne." Zu Morat sagte er: „Pasquales Feste sind berühmt, Herr Morat. Man trifft dort immer interessante Leute."

DiNero brach in lautes Lachen aus. „Schräge Typen meint er, Claude. Spinner. Und ein paar echte Amerikaner. Aber wir werden es lustig haben. So ein Fest kann alles ändern."

13

Unschalks Flug von London nach Belleville näherte sich seinem Ende. Die Landung war für 11.25 Uhr vorgesehen. Reglos, den engen Sitz so weit als möglich zurückgelehnt, wartete er in halbem Dämmerzustand, unfähig zu zusammenhängenden Gedanken. Er vermisste die Bequemlichkeit des breiten Erste-Klasse-Sessels auf dem Flug von New York nach London. Den Grund seiner Rückreise nach Belleville hatte er vergessen, aber was zu tun war, hatte sich in seinem Kopf unverrückbar eingeprägt: Die offenen Fragen wegen United Chemical mussten so rasch als möglich mit John Porter geklärt werden. Ihm schien, der Übernahme des amerikanischen Konkurrenten stünde nichts Entscheidendes mehr im Weg, und er war überzeugt, das Wenige ließe sich im bevorstehenden Gespräch mit Porter beseitigen.

Auf dem langen Nachtflug nach London hatte er zu viel gegessen. Nach dem ereignislosen Aufenthalt in der VIP-Lounge im Kennedy-Flughafen hatte ihm eine mütterliche Stewardess, eine mollige Mittvierzigerin in dunkelblauer Schürze, Trost gespendet, indem sie ihm nach dem Start sämtliche Gänge des Luftnachtmahls schmackhaft machte. Vom Nachtisch – Karamelleis mit Erdbeeren – war ein Klecks auf seiner Krawatte gelandet. Er ärgerte sich unverhältnismäßig darüber, aber die Stewardess war rasch zur Stelle und brachte den Fleck mit einem in Mineralwasser befeuchteten Tüchlein zum Verschwinden. „So, Dr. Unschalk, kein Grund zur Sorge mehr. Darf ich Ihnen Kaffee und Cognac bringen, einen feinen Hennessy XO?"

Nachher hatte er die Augenblende übergestreift und war in einen oberflächlichen Schlummer versunken, der ihn durch die verkürzte Nacht bis zur britischen Insel trug. Als er erwachte, rührte sich nichts in der Kabine, nur das Dröhnen der Triebwerke übertrug sich über die Flügel auf den Flugzeugrumpf und wandelte sich im Innern zu beruhigendem, gleichförmigem Rauschen. Er schob die Augenblende zur Stirne hoch, und mit der Zeit gelang es ihm, im fahlen Dämmerlicht die reglosen Umrisse einiger Mitpassagiere in ihren zu Betten verwandelten Sesseln auszumachen; sie sahen aus wie urweltliche Ungetüme.

Unschalk stand auf und stemmte sich unbeholfen in den Gang. Er suchte die Toilette, fand sie aber nicht. Im letzten Moment tauchte aus dem Nichts eine Stewardess auf und wies ihm hilfreich den Weg. Wieder zurück an seinem Platz, hatte er alles vergessen: das Nachtessen, die Stewardess, den Gang zur Toilette.

*

Olivia erwartete ihren Mann in der Empfangshalle des kleinen Flughafens von Belleville. Der sonnige Aprilmorgen hatte ihr Gemüt nicht aufzuhellen vermocht. Schlank und zerbrechlich schritt sie hin und her, unfähig, sich entspannt hinzusetzen und zu warten. Alle paar Augenblicke glitt ihr Blick zur Anzeigetafel für die ankommenden Flüge. Sie empfand Ungeduld und Angst, ohne genau zu wissen wovor. Der Gedanke an die vorzeitige Rückkehr ihres Mannes erschreckte sie, obwohl sie seine Hinreise missbilligt hatte. Unschalk hatte nicht die Gewohnheit, seine geschäftlichen Unternehmungen mit ihr zu erörtern; er informierte sie über das, was sie zu wissen brauchte oder was er loswerden musste. Allmählich breitete sich dieser Grundsatz über sämtliche Bereiche ihres Familienlebens aus, sie lernte, schweigend zuzuhören. Ihre eigene Meinung kleidete sie allenfalls in sanfte Fragen oder kleine Randbemerkungen, die er hinnehmen, ablehnen oder schlicht übergehen konnte. Bei alledem kam Thomas zu kurz; in seinem Elternhaus wuchs er ohne Geschwister und weitgehend auch ohne Vater auf. Und dennoch liebt er ihn, stellte Olivia zum wiederholten Mal fest, ungläubig und nicht ohne einen leisen Stich Eifersucht, liebt ihn wie eine ferne Gottheit, deren Glanz und Ausstrahlung durch nichts zu beeinträchtigen waren.

Die Ankunft des Fluges wurde auf der Anzeigetafel und über den Lautsprecher gleichzeitig angekündigt. Die Maschine war mit drei Minuten Verspätung gelandet. Olivia stellte sich neben das knappe Dutzend Leute, die sich vor dem Ausgang der Zollkontrolle eingefunden hatten. Nebenan trommelte ein kleiner Junge begehrlich auf einen Geldwechselautomaten, ohne Verständnis, dass der breite Schlitz seinem Werben nicht stattgab. Dann erschienen die ersten Passagiere.

Unschalk befand sich unter ihnen. Eine Strähne seines sonst straff nach hinten gekämmten grauen Haares stand seitlich ab, auf seinen Wangen lagen dunkle Schatten vom nachgewachsenen Bart. Er wirkte müde und ging weniger aufrecht als sonst, fast schleppend, in der rechten Hand seinen alten Aktenkoffer tragend. All dies registrierte Olivia im Bruchteil eines Augenblicks. Sie empfand Erleichterung und Freude, ihn zu sehen, und sie dachte: Er kommt doch gerne nach Hause; auf seinen Reisen benutzt er immer wieder freie Momente, um zu telefonieren.

Unschalk erblickte sie erst, als sie sich ihm in den Weg stellte. Olivia strahlte ihn an, eine Umarmung mochte sie ihm inmitten der Leute nicht zumuten.

„Hallo, schön, dass du wieder da bist."

Olivia neigte sich ihm entgegen und schaffte es, ihm einen knappen Willkommenskuss zu entlocken. „Wie war die Reise?"

Er zögerte. „Die Reise?" Es fiel ihm nichts ein. „Nicht Besonderes – wie immer", sagte er schließlich. Nach einer kleinen Pause wiederholte er: „Die Reise war wie immer."

Sie stutzte kurz wegen der Unverbindlichkeit seiner Antwort, schrieb sie dann aber seiner Müdigkeit zu. Sein Blick wirkte matt und unstet, glitt an ihr vorbei ins Leere. Dann sah sie, was nicht stimmte.

„Wo hast du dein Gepäck?"

„Welches Gepäck?"

„Deines", sagte sie leise, ein wenig verängstigt. „Deinen hellbraunen Koffer. War er nicht bei der Gepäckausgabe?"

„Ich war nicht bei der Gepäckausgabe", erwiderte Unschalk. „Ich habe keinen Koffer."

„Oh, du meinst, du hast ihn nicht aufgegeben in New York. Wird er nachgeschickt?" Sie standen jetzt allein vor dem Ausgang der Zollkontrolle. Ein Flughafenarbeiter sammelte leere Gepäcktrolleys ein. Die weite Ankunftshalle wirkte sehr leer und abweisend.

Unschalk schüttelte verständnislos den Kopf. „Was heißt New York? Was heißt aufgegeben? Ich habe keinen Koffer, und ich brauche keinen Koffer. Lass mich damit in Ruhe."

Olivias Augen füllten sich mit Tränen, sie wandte sich von ihrem Mann ab.

„Warum tust du mir das an?" Ihre Stimme klang dünn und ratlos. „Was ist das für ein Spiel? Ich verstehe dich nicht. Lass uns gehen. Ich verstehe dich wirklich nicht."

Als Unschalk die feuchten Augen seiner Frau sah, legte er unbeholfen einen Arm um ihre Schulter. „Es tut mir leid, ich wollte dich nicht verletzen. Wir wollen gehen, du hast recht." Sie lehnte sich an ihn, erschöpft und bereits halb versöhnt durch seine freundlichen Worte. Er fügte hinzu: „Aber ich habe keinen Koffer."

Sie verließen das Flughafengebäude und traten in die helle Aprilsonne. Beide schwiegen; Unschalk, weil es nichts zu sagen gab, und Olivia, weil sie Angst vor dem unbegreiflichen Zustand ihres Mannes verspürte und – mehr noch – davor, dass sie sein Verhalten als besonderen Zustand zu werten begann. Er ging links von ihr, ihre linke Hand ruhte leicht in der Beuge seines rechten Arms, und für Außenstehende sahen sie aus wie ein aufeinander eingespieltes, wohlhabendes Ehepaar im letzten Lebensdrittel.

Als sie den weitläufigen Parkplatz zur Hälfte überquert hatten und das Schweigen unerträglich wurde, sagte Olivia: „Thomas freut sich auf seine Ausstellung, die morgen eröffnet wird. Er hofft, dass du sie auch einmal besuchst."

„Ah – Thomas." Unschalk nickte vor sich hin. Teilnahmslos fügte er hinzu: „Er malt immer noch."

„Natürlich malt er immer noch", bekräftigte Olivia, erleichtert darüber, dass seine Bemerkung zu ihrer letzten Äußerung passte. Die Tatsache, dass sie miteinander sprachen, gewann plötzlich ungemein an Bedeutung; die Fähigkeit zum Gespräch wurde mit einem Mal zum Ausweis ihrer ehelichen Zusammengehörigkeit.

„Jetzt haben wir es geschafft. Dort steht mein Auto."

„Das ist schön", sagte Unschalk. Er schien zufrieden.

Sie erreichten den dunkelblauen Wagen. Während Olivia aufschloss, fragte sie beiläufig: „Macht ihr Fortschritte mit United Chemical?"

„Ja", erwiderte Unschalk, lebhafter als zuvor. „Wir werden sie kriegen. Ich muss noch einmal mit John Porter reden, dann klappt es." Er legte seinen Aktenkoffer auf den Rücksitz und stieg ein.

Neben ihm ließ Olivia den Motor an. „In zwanzig Minuten sind wir zu Hause. Dann kannst du dich ein wenig ausruhen."

„Zu Hause?", fragte Unschalk.

„Ja. Wir fahren nach Hause. Freust du dich?"

Unschalk schüttelte den Kopf. „Nein. Ich will nicht nach Hause. Fahr mich bitte zu John Porter. Ich bin mit ihm zum Lunch verabredet. Er erwartet mich um zwölf Uhr."

Olivias Hände sanken in ihren Schoß. Ungläubig wandte sie ihren Kopf, blickte zu ihrem Mann, scheu, als sei er eine zu echtem Leben erwachte Filmfigur. Seine silbrige Haarsträhne stand noch immer seitlich ab, und aus der Nähe waren die Bartstoppeln auf seinen Wangen sichtbar. Er saß teilnahmslos da und schien zu warten, bis etwas geschah. Sie verstand nicht, was geschah: Selbst in Zeiten größter Anspannung blieben seine Bemerkungen knapp, aber korrekt, nie hatte er sie gequält, verspottet oder ausgelacht. Olivia wünschte sich weit weg, zurück an den Anfang des Tages zum Frühstück mit Thomas, als die Welt noch in Ordnung war. Die Bilder ihrer Trauungszeremonie in der kleinen Landkirche im Sommer vor 31 Jahren wuchsen in ihrer Erinnerung, machtvoll, schwollen an zur zweiten Gegenwart, füllten ihren Kopf und ihr Herz, machten sie jung und zuversichtlich. In guten und in schlechten Tagen, hallte die Stimme des gütigen Pfarrers in ihr nach. Bis dass der Tod euch scheidet. Das hatte so theoretisch und fern geklungen damals wie die Schilderung eines Unglücks in einem fremden Land, das man mit kurzem Erschauern zur Kenntnis nahm und gleich wieder beiseiteschob, weil es nie zur eigenen Wirklichkeit werden konnte. Und jetzt? War heute der Beginn jener schlechten Tage, auf die sie der Pfarrer hatte hinweisen wollen?

Sie beschloss, einen weiteren Versuch zu unternehmen, nicht nachzugeben, bis sich die Verwirrung entwirrte und Unschalk wieder Unschalk wurde.

„Ich habe dich nicht verstanden, Lieber. Du sprachst von einer Verabredung. Soll ich dich in dein Büro fahren?"

„Nein", erklärte Unschalk fest. „Ich bin mit John Porter verabredet, im Hauptquartier von United Chemical. Warum fahren wir nicht?"

„Wie du meinst", erwiderte Olivia. „Wir werden fahren."

Sie legte den Gang ein und setzte zurück, dann verließ sie das Parkfeld auf der Ausfahrtspur. Bei der automatischen Kasse am Ausgang schob sie das Parkbillett in den Schlitz. Tränen rannen über ihr Gesicht. Als die Schranke sich öffnete, fuhr sie weiter, die Straße vor ihrem Wagen verschwamm zu einem diffusen dunkelgrauen Klecks.

„Warum weinst du, Olivia?", fragte Unschalk nach einer Weile. „Habe ich dich wieder gekränkt? Bitte weine nicht."

Olivia fuhr sich mit dem linken Ärmel ihrer eleganten beigefarbenen Frühlingsjacke energisch über die Augen. „Ich weine nicht“, sagte sie tapfer. „Ich fahre. Siehst du das nicht?“

„Doch, ich sehe es“, antwortete Unschalk. Dann versank er wieder in Schweigen.

Mehr als alles andere erschreckte sie der Tonfall seiner letzten Worte, eine Zärtlichkeit und Besorgtheit, die sie von ihm seit ihren frühen Ehejahren nicht mehr erfahren hatte. War er krank? Wusste er, was um ihn vorging? Wo war sein Gepäck? Warum wollte er zu Porter gebracht werden? Olivia beschleunigte unwillkürlich, um dem Abgrund zu entrinnen, der sich in ihr auftat. Seit sie Unschalk im Flughafen begegnet war, hatte kein Wort, kein Satz ihrer Konversation gestimmt. Eine fremde Person, die ihm äußerlich glich, war zu ihr zurückgekehrt. Nicht zu mir, korrigierte sie sich in Gedanken. Irgendwohin.

Sie steuerte ihren Wagen über die neue Brücke, eine zweistöckige Betonstruktur ohne Schönheit. Das Lenkrad in ihren Händen, das Gaspedal unter ihrem Fuß verliehen ihr Kraft und wiegten sie in trügerischer Sicherheit: Noch bewegte sie die Dinge, ließ sie sich nicht aus der Bahn werfen. In ihrer stillen Art wusste sie, was sie wollte. Wenn Unschalk seinen strengen Grundsätzen nachlebte und Wochenende um Wochenende die Dringlichkeiten von Basis Chemie über die Bedürfnisse seiner Familie stellte, dann lebte sie mit ihrem Sohn Thomas um ihn herum, schuf neue Lebensinhalte, von denen er nichts ahnte, knüpfte Freundschaften, an denen er keinen Anteil hatte. Ihr Haus war ihr Königreich, ihr Werk vom Keller bis zum Dach, der Garten ein Kleinod eingefangener Natur mit 34 verschiedenen Grassorten und dem brackigen Tümpel, in dem sich Seerosen und Wassermücken wohlfühlten und die Frösche gerade jetzt in ihrem jährlichen Laichfestival jubilierten und in großer Zahl ihre nächste Generation sorglos der Welt anvertrauten.

Der Gedanke an ihr Heim erfüllte Olivia mit tröstlicher Wärme. Aber ein verstohlener Blick seitwärts zu ihrem Mann ließ sie erschaudern. Sie hatte keine Ahnung, was zu tun war, wenn sie zu Hause eintrafen. Ebenso wenig wusste sie jedoch, wohin sie sonst mit ihm hätte fahren können.

Unschalk verhielt sich still auf der restlichen Wegstrecke. Olivia sah, dass er müde war, und war instinktiv froh darüber. Kurz nach zwölf Uhr hielt sie auf dem Vorplatz ihres Hauses. Sie nahm sich zusammen.

„Wir sind da. Komm – steig aus."

Er stemmte sich umständlich aus dem Wagen. Olivia trat rasch auf seine Seite und griff nach dem Aktenkoffer auf dem Rücksitz; Unschalk hatte ihn vergessen.

„Hier, dein Aktenkoffer."

„Ja, danke. Danke sehr."

Die Aprilsonne stand senkrecht am Himmel und gab ihnen ihre gleißende Kraft fast feindselig zu spüren. Erleichtert sah Olivia zu, wie Unschalk die paar Schritte zum Haus zurücklegte, aufschloss und in die kühle Halle eintrat. Er zeigte keine Anzeichen von Entfremdung. Sie folgte ihm, hoffend, er werde nicht wieder auf John Porter zurückkommen.

„Es ist Mittag", sagte sie, bemüht, ihrer Stimme einen heiteren Klang zu geben. „Wir sind allein. Soll ich uns einen leichten Imbiss bereiten? Oder möchtest du zuerst etwas trinken?"

„Nein, ich möchte nichts essen und nichts trinken."

Die Wand zwischen ihr und Unschalk war immer noch da, unsichtbar und unverrückbarer denn je. Olivias Anspannung stieg wieder, und sie fühlte die Ohnmacht, in einer anderen Welt zu leben als ihr Mann, der in der Halle stehen geblieben war, den Aktenkoffer in der Hand, und nicht zu wissen schien, was nun zu geschehen habe.

„Vielleicht solltest du dich erst ein wenig hinlegen. Du bist sicher müde."

„Ja. Ich bin müde."

Sie ging ihm voran ins obere Geschoss; er folgte ihr dichtauf. Im Schlafzimmer nahm sie ihm den Aktenkoffer aus der Hand, und als er sich im Anzug und mit den Schuhen aufs Bett legen wollte, hinderte sie ihn mit einem Scherzwort daran und brachte ihn dazu, sich zu entkleiden. Jacke, Krawatte, Hose, Hemd fielen neben den Schuhen zu Boden, von Unschalk achtlos weggeworfen wie leeres Schokoladenpapier. Olivia sammelte die Kleidungsstücke ein und ordnete sie, während er sich wortlos hinlegte und die Augen schloss. Wenig später war er eingeschlafen, er atmete flach mit halb offenem Mund. Sie stand neben dem Bett und sah ihn in Unterhose und Unterhemd daliegen, von ihr abgewandt zur Seite gedreht; sein Bauch stand schlaff vor, und seine weißen Beine wirkten sehr hilflos und ein wenig abstoßend zugleich.

Olivia verließ das eheliche Schlafzimmer und schloss leise die Tür. Ohne zu denken überquerte sie den Gang und begab sich ins gegenüberliegende Zimmer, das sie stets für Thomas bereithielt. Kraftlos ließ sie sich aufs Bett fallen und brach in Schluchzen aus. Ihre kleine Familienwelt, mühsam aufgebaut und über viele Ehejahre aufrechterhalten, war an diesem Morgen zerbrochen. Ihr Mann war ihr unerreichbar geworden; sie wusste nicht, ob er den Verstand verloren oder sich nur in eine fremde Welt zurückgezogen hatte, in der andere, ihr unverständliche Spielregeln galten.

Allmählich verebbte ihr Schluchzen, sie weinte nur noch leise vor sich hin. Sie hatte keine Ahnung, wie es weitergehen sollte.

14

Jean Delarive war sofort einverstanden gewesen, als ihn Claude Morat – noch am Donnerstag – über den Abschluss und den Vollzug der Vereinbarung mit Pasquale DiNero unterrichtete und um eine Verschiebung des Treffens vom Samstag im ‚Jules Verne' in Paris gebeten hatte. „Ich beglückwünsche Sie zu Ihrem Durchbruch", hatte er enthusiastisch erklärt, „das bringt uns unserem Ziel einen wichtigen Schritt näher. Bleiben Sie, hören Sie sich Hubertis Wünsche an und unternehmen Sie alles, was nötig ist, um meinen Freund DiNero bei Laune zu halten. Besuchen Sie sein Fest und schauen Sie sich die Leute an. Ich will, dass Sie Pasquale so gut als möglich kennenlernen."

„Wissen Sie, dass er einen Privatzoo mit Schlangen und Meeresgetier besitzt?", hatte Morat spontan eingeworfen. „Und dass er nicht gerne darüber redet?"

„Ja. Passt doch zu ihm, finden Sie nicht?" Delarives Worte waren von leisem Lachen begleitet gewesen. „Verstehen Sie sich gut mit Tony?"

„Ja. Bis jetzt."

„Gut. Achten Sie auf sie." Delarive hatte plötzlich ernst geklungen. „Pasquale hört mehr auf seine Tochter, als es scheint. Sie ersetzt ihm Ehefrau und Haushälterin. Und er benutzt sie als Köder, um einen geeigneten Schwiegersohn zu angeln."

„Was heißt geeignet?"

„Jemand, der es versteht, mit seinem Vermögen dereinst richtig umzugehen."

Der Jurist wechselte das Thema. „Wir müssen diesen Aktienerwerb melden, der Börsenaufsicht und Basis Chemie selber."

„Ja, sobald Sie zurück sind", erwiderte Delarive.

Sie hatten alsdann vereinbart, sich erst am Sonntag in Paris zum Mittagessen zu treffen. Den Rest des Donnerstagnachmittags hatte der Jurist am Swimmingpool zugebracht; das Wasser erfrischte ihn nicht, es war zu warm und roch nach Sonnenschutzmitteln. In der kurzen Abenddämmerung unternahm er einen Spaziergang den Strand entlang zwischen Muscheln suchenden Kindern. Ein sanfter Wind vermittelte endlich willkommene Kühle, und jetzt erst fiel ihm ein, dass er die Änderung des Reiseprogramms auch Florianne mitteilen sollte. Er fühlte sich ein wenig schäbig, weil ein Fest mit Essen, Trinken und Musik, wie sich Pasquale DiNero ausgedrückt hatte, den Grund für die Verzögerung hergab, vor allem aber deshalb, weil er sich darauf freute. Er beschloss, sie morgen früh anzurufen; für heute war es bereits zu spät.

Das Abendessen nahm er allein im Restaurant seines Hotels ein. Auf den dunklen Tischplatten standen kleine Vasen mit Hibiskusblüten. Vor dem Essen, als Morat sich im Zimmer umzog, hatte sich Tony gemeldet. Mit ihrer perlenden Stimme, die ihm bereits warm und vertraut klang, erkundigte sie sich nach seinem Wohlbefinden und entschuldigte sich, ihn diesen Abend nicht unterhalten zu können. „Ich bin eine schlechte Fremdenführerin", hatte sie erklärt, „aber Vater benötigt mich im Haus. Er hat den halben Nachmittag mit dem Geschäftsführer eines Wasserzoos aus Kalifornien verbracht. Der Bursche hat es sich in den Kopf gesetzt, Vaters jungen Hammerhai zu erwerben, und Vater hat sich in den Kopf gesetzt, ihm stattdessen eine Goldschwanzmuräne aufzuschwatzen." Dann hatte sie vorgeschlagen, am Freitagnachmittag – noch vor der Party am Abend – etwas zu unternehmen. Ob sie nicht für Vorbereitungen gebraucht werde, erkundigte sich Claude. „Nein, das besorge ich alles am Vormittag, und am Abend haben wir Personal zur Verfügung, ich will mich schließlich auch unseren Gästen widmen können."

Das kurze Gespräch hatte mit der Verabredung geendet, sich um halb zwei beim Swimmingpool des Hotels zu treffen.

*

Oskar Huberti erschien am Freitag pünktlich um elf Uhr zur Verabredung mit Claude Morat. Sie setzten sich an einen weißen Tisch hinter dem Hotel mit Blick zwischen Palmen hindurch zum Strand. Geschäftig legte er einen dicken gelben Umschlag neben sich. Huberti kam gleich zur Sache.

„Herr Morat, ich danke Ihnen, dass Sie sich die Zeit für dieses Gespräch nehmen. In Anbetracht Ihres kurzen Aufenthaltes weiß ich es besonders zu schätzen."

„Keine Ursache."

„Ich gratuliere Ihnen nochmals zu Ihrer Transaktion mit Herrn DiNero. Dass Sie innerhalb von zwei Tagen sein Einverständnis gewonnen haben, spricht für Sie und für ihn. Und offensichtlich brauchten Sie bei den Preisverhandlungen Ihren Spielraum nicht einmal voll auszuschöpfen! Man darf gespannt sein auf die Reaktionen der Börse, der Wirtschaftspresse und der Öffentlichkeit, wenn die Angelegenheit bekannt wird. Die Kurse von Basis Chemie haben seit Anfang dieser Woche um fünfzehn Prozent zugelegt."

„Ja, weil wir kaufen, was wir bekommen können. Über Ihre Bank übrigens."

„Ich weiß", erwiderte der Bankier. „Man hält mich von Zürich aus auf dem Laufenden." Nach einer kleinen Pause, während der er mit seinen schwarzen Kugelaugen flink herumblickte, ob niemand zuhöre, fügte er an: „Man ist außerordentlich beeindruckt vom großen Vertrauen, das Sie sowohl bei Herrn Delarive wie auch bei Herrn DiNero genießen."

„Das ist tatsächlich angenehm", bestätigte Claude Morat. Erneut fiel ihm auf, wie Huberti es verstand, leichte Konversation und wichtige Informationen übergangslos ineinander zu verweben. Der Schweizer Bankier aus Miami hatte ihm in den ersten drei Minuten ihrer Begegnung taktvoll zu verstehen gegeben, dass die Helvetische Bank in Zürich jede seiner Bewegungen genau beobachtete und analysierte.

Huberti griff nach dem gelben Umschlag. „Hier finden Sie die versprochenen Belege über Ihren Aktienkauf, Herr Morat."

Der Jurist nahm den Umschlag entgegen. „Danke."

„Sie finden verschiedene weitere Unterlagen darin", fuhr Oskar Huberti fort, „die Ihnen zeigen, worin die Hauptaktivitäten unserer Bank in den Vereinigten Staaten bestehen. In Miami steht die Beratung wohlhabender Privatkunden im Vordergrund. Selbstverständlich offerieren wir alle einschlägigen Hilfsmittel zur Vermögenserhaltung bei Nachfolgeproblemen, vor allem Stiftungen und Trusts in Liechtenstein, auf den Bahamas und an anderen Orten."

„Hochinteressant, Herr Huberti, hochinteressant!" Claude Morat lächelte höflich. Er dachte an Pasquale DiNeros Milliarden und wusste, dass auch Huberti daran dachte. Die Auslegeordnung des Bankiers war noch nicht vollständig. Er sagte: „Herr DiNero hat mich darüber unterrichtet, dass er Sie und Herrn Delarive um Ihre Hilfe bei der Anlage seines Verkaufserlöses gebeten hat. Ich darf Ihnen dazu die Dienste unserer Bank anbieten. Es wäre mir auch persönlich eine Freude, die bereits bestehende freundschaftliche Beziehung zu vertiefen und mit Ihnen zusammen seinen Bedürfnissen entsprechende Lösungen zu erarbeiten." Die Augen des Bankiers leuchteten in echter Vorfreude; das Potenzial an neuen Geschäften, das sich da auftat, war immens.

„Sind Sie sicher, dass Herr DiNero in Florida bleiben will?", erkundigte sich Claude Morat. „Mir schien im Verlauf unserer Gespräche, es ziehe ihn zurück nach Europa."

Oskar Huberti lachte. Als er weitersprach, war er mehr Schweizer denn Bankier. „Das wäre nicht das erste Mal. Aber vielleicht ist es ihm diesmal wirklich ernst und er hat deshalb seine Aktien verkauft. Und natürlich will er es seinem Bruder Vico zeigen. Außerdem kann einem Florida auf die Nerven gehen."

„Warum?"

Huberti rückte näher und senkte die Stimme. „Immer schönes Wetter oder lauwarmer Regen. Kein Herbst, kein Winter. Und die Stadt, Miami, ist völlig verrückt. Über siebzig Prozent der Leute reden spanisch. Spanisch sprechende Nichtamerikaner, wohlgemerkt. Aus Kuba, aus Haiti, aus der Dominikanischen Republik. Sie bestehlen einander, bringen sich um oder schmuggeln Rauschgift ins Land. Miami ist schlimmer als Los Angeles, Chicago oder New York."

Claude Morat begann sich zu wundern, weshalb ihm der Bankier all dies erzählte. „Und Fort Lauderdale?", fragte er.

„Ein wenig zivilisierter", antwortete Huberti, „aber mit einer bemerkenswerten Sammlung ausgeflippter Europäer. Gestrandete Schweizer Geschäftsleute, hochstapelnde Deutsche, Homosexuelle, bankrotte Existenzen." Der Bankier räusperte sich und fuhr sachlich fort: „Jetzt wissen Sie, wohin Sie geraten sind, Herr Morat."

„Ja, und ich fange an zu begreifen, warum Pasquale DiNero sich nach Europa sehnt", bemerkte der Jurist trocken.

Der Bankier Huberti fixierte Claude Morat, bis er sich seiner Aufmerksamkeit gewiss war, dann sprach er leise weiter. „Noch etwas, Herr Morat. Die Geschäftspolitik unserer Bank basiert auf dem Prinzip der fairen Zusammenarbeit. Wer uns zu einer interessanten Geschäftsbeziehung verhilft, muss an unserem Erfolg angemessen beteiligt werden. Das ist eine Weisung unserer obersten Geschäftsleitung, und sie hat sich bisher stets bewährt."

„Eine einleuchtende Geschäftspolitik", bemerkte der Jurist unverbindlich. Er sehnte sich unvermittelt nach der klaren Welt industrieller Beziehungen, in der sich der größte Teil seines beruflichen Alltags abspielte. Oskar Hubertis Welt hingegen war ein Karussell in voller Fahrt. Claude Morat verstand, dass man ihn eben eingeladen hatte mitzufahren. Florianne würde ihn ohne Zweifel ermuntern, die Einladung anzunehmen.

Huberti erhob sich. „Ich darf mich verabschieden, Herr Morat. Ich freue mich, Sie heute Abend in Pasquales kleiner Gesellschaft wiederzusehen. Es wird bestimmt nicht langweilig bei unserem Freund!"

Der Bankier zog sich zurück, behände und doch würdevoll, wie er gekommen war. Die Zeitung, den ‚Miami Herald', hatte er liegen lassen. Morat ergriff sie zusammen mit dem gelben Umschlag und begab sich auf sein Zimmer. Er legte beides auf den Schreibtisch neben dem Fernseher.

Florianne hatte nicht gut reagiert am Morgen vor dem Frühstück auf seine telefonische Mitteilung, dass er statt am Samstag erst am Sonntagabend über Paris zurückkehren werde. „Erwartest du eigentlich, dass ich mich freue, wenn du Wochenende um Wochenende für deine verdammte Firma unterwegs bist?", hatte sie ätzend gefragt. – „Nein, gewiss nicht", hatte er sie zu beschwichtigen versucht. „Es wird sich alles normalisieren, sobald unsere Übernahmegeschichten vorbei sind." – Das brachte sie noch mehr auf. „Oh ja, eure Übernahmegeschichten! Ich kann mich ja in den Zeitungen unterrichten. Du brauchst mich deswegen nicht mehr anzurufen. Im Augenblick sind euch die anderen wieder um eine Nasenlänge voraus. Ich habe genug. Weiß ich denn überhaupt, ob du für deine Firma unterwegs bist?"

Sie hatte aufgelegt, und Morat blickte ratlos auf das stumme Telefon in seiner Hand. Sie stritten sich eigentlich nie, und das machte ihren Ausbruch umso schlimmer. Seine erste Reaktion war gewesen, sie nochmals anzurufen, aber nach kurzer Überlegung ließ er es bleiben. Ihre letzte Frage schmerzte; zum einen war sie unberechtigt, zum anderen weckte ihr versteckter Vorwurf unversehens den Wunsch, sie hätte recht damit. Floriannes Weigerung am letzten Sonntag, mit ihm zu schlafen, gewann plötzlich an Bedeutung. Die Woche davor hatten sie aus dem einen oder anderen Grund auch an keinem Tag zueinandergefunden, das ergab bereits gegen zwei Wochen ehelicher Abstinenz.

*

Olivias Alptraum endete am Freitagmorgen. Unschalk hatte am Donnerstag nach seiner Rückkehr bis gegen Abend geschlafen. Olivia traute sich nicht, Thomas anzurufen; ebenso wenig wagte sie, das Haus zu verlassen, aus lauter Angst vor weiteren unberechenbaren Reaktionen ihres Mannes. Als sie ihn im Schlafzimmer rumoren hörte, eilte sie sofort nach oben. Unschalk saß mit zerzaustem Haar und eingefallenen Schultern schlaftrunken auf dem Bettrand, die Hände auf die Knie gestützt, die weißen Füße mit den blauen Äderchen hilflos auf den Teppichboden gestemmt.

„Hast du gut geschlafen?"

„Ja."

„Bist du noch müde? Möchtest du weiterschlafen?"

„Ja." Unschalks Stimme klang sehr entfernt, und Olivia zweifelte, ob er sie überhaupt wahrnahm.

„Soll ich dir eine Schlaftablette bringen?"

„Ja, gerne, eine Schlaftablette."

Sie brachte ihm die Tablette mit einem halben Glas Wasser und sah zu, wie er beides schweigend schluckte. Dann legte er sich wieder hin und schloss die Augen. Olivia legte ihm die Hand auf die Stirn; er regte sich nicht, atmete bloß tief aus. Durch das Fenster fiel ein breiter Strahl heller Abendsonne über das Ehebett und dahinter auf die weiß getünchte Wand mit einer Radierung von Varlin. Olivia zog sich leise zurück und schloss die Tür hinter sich. Dann endlich riskierte sie es, ihren Sohn anzurufen.

Thomas hörte sich die ganze Geschichte von der Rückkehr seines Vaters schweigend an. Als Olivia geendet hatte, sagte er langsam: „Das ist schrecklich. Es wird wahrscheinlich wiederkommen."

Olivia verlor beinahe die Fassung. „Wieso wiederkommen?", fragte sie zurück. „Ich weiß ja noch nicht einmal, ob es vorbei ist. Woher nimmst du deine Gewissheit?"

„Bloß eine unmotivierte Befürchtung“, erwiderte Thomas. „Ich hätte sie nicht aussprechen sollen. Entschuldige. Vermutlich haben die Anstrengungen der Reise und die Müdigkeit eine vorübergehende Gedächtnislücke ausgelöst.“

„Ja, vielleicht. Hoffentlich hast du recht.“

Thomas versprach vorbeizukommen. Er hatte seinen Vater seit dem Besuch in dessen Büro vor anderthalb Wochen nicht mehr gesehen.

Das strahlende Frühlingswetter hielt den ganzen Morgen an; die ersten Sonnenstrahlen filterten durch die Glasscheiben des Wintergartens und brachten die Blätter des alten Gummibaums zum Glänzen. Olivias stille Energie war zurückgekehrt, dank einer Beruhigungstablette hatte sie die Nacht in tiefem, traumlosem Schlaf hinter sich gebracht. Während sie zu einem späten Frühstück aufdeckte, erzählte Thomas von den letzten Vorbereitungen für die Eröffnung seiner Ausstellung.

Kurz vor halb elf erschien Unschalk, wie stets sauber rasiert, gekämmt, mit sorgfältig geknüpfter weinroter Krawatte. Er begrüßte Olivia mit einem Kuss auf die Stirne und schüttelte seinem Sohn die Hand. Nach wenigen Augenblicken beherrschte er die Konversation mit knappen Fragen, kurzen Erklärungen über die Notwendigkeiten seines Arbeitstages und einem Ausblick auf den weiteren Verlauf des Übernahmekampfes.

Olivia hörte eine Zeit lang schweigend zu. Sie trank einen Schluck Kaffee, dann stellte sie ihre Tasse hart ab, Steingut auf Steingut, der Löffel daneben klirrte leicht, danach herrschte Stille. Olivia hob den Kopf und blickte ihrem Mann in die Augen.

„Lieber, ich bin froh zu sehen, dass es dir gut geht heute Morgen“, sagte sie, kühler als üblich. Der Schock vom Vortag wirkte noch nach.

„Ja, danke.“

„Gestern ging es dir nicht gut, als du zurückkamst von deiner Reise. Erinnerst du dich?“

Unschalk blickte erstaunt auf. Es geschah sehr selten, dass Olivia die Gesprächsführung an sich zog. Er sah das fein geschnittene Oval ihres Gesichts, die hohen Backenknochen, ihre dunklen Augen, die ihn jetzt reglos musterten, und die noch immer ungefärbten schwarzen Haare.

„Erinnerst du dich an gestern?“, wiederholte Olivia.

„Ja – unklar.“

Olivia sah sich wieder auf dem Parkplatz beim Flughafen. Wieder bat

Unschalk sie, ihn zu John Porter zu fahren. Das Entsetzen seiner Veränderung entstand ihr von Neuem. Sie war nicht bereit, ihm unklare Erinnerungen zu gestatten.

„Versuche dich genauer zu erinnern. Du hast mich sehr erschreckt."

„Das tut mir leid", sagte Unschalk. „Das war nicht meine Absicht."

„Du hast Äußerungen gemacht, die mich glauben ließen, du seiest nicht du selber." Olivia blieb hartnäckig. „Entsinnst du dich? Obwohl du von New York zurückkamst, erklärtest du, keinen Koffer zu haben. Und du wolltest, dass ich dich zu John Porter fahre."

Unschalk erinnerte sich. Obwohl ein kräftiger Esser, verging ihm die Lust auf Brötchen, Butter, Weichkäse, Marmelade, Orangensaft und Kaffee. Er sah Thomas, der seit der Begrüßung kein Wort gesagt hatte, und Olivia, die ihn an Vorfälle erinnerte, welche ihm peinlich im Gedächtnis festsaßen. Er räusperte sich.

„Ich kann es mir nicht erklären", begann er. „Ich war in New York, und es erschien mir völlig logisch, dass du mich abholtest, um mich zu John Porter zu bringen. Ich weiß, dass wir uns über einen Koffer stritten, aber ich begriff gestern nicht weshalb. Dann waren wir zu Hause, hier, und ich hatte keine Ahnung, wie ich hergekommen war. Mir fehlen Teile meiner Erinnerung."

„Ist dir so etwas schon früher widerfahren?", fragte Olivia.

Unschalk schüttelte den Kopf. „Nein. Nicht in der Weise."

„Aber …?"

Unschalk schluckte. Es fiel ihm schwer, Bekenntnisse abzulegen. „Am Montag, in New York", sagte er leise, wie zu sich selber. „Während der ersten Sitzung im Hotel. Ich kam mir vor wie an einem anderen Ort. Ich sah alle Dinge verzerrt. Ich verschüttete ein Glas Wasser. Aber es war mehr wie eine Konzentrationslücke. Nicht zu vergleichen mit gestern."

Olivia schüttelte ratlos den Kopf und sagte: „Ich glaube, du bist völlig überarbeitet. Du solltest dir mehr Zeit gönnen für dich selber – und für deine Familie."

„Vielleicht hast du recht", erklärte Unschalk. „Aber ich habe auch meine Verpflichtungen im Unternehmen. Die kann ich nicht einfach abschütteln."

„Möchtest du sie denn abschütteln – wenn du könntest?"

„Ich – ich weiß es nicht“, sagte Unschalk, ungewöhnlich milde. „Man gewöhnt sich so an alles.“

„Weißt du eigentlich, wo sich dein Koffer jetzt befindet?“, fragte Thomas.

Unschalk nickte. „Immer noch am Flugplatz, ohne Zweifel.“

„Ich hole ihn, wenn es dir recht ist.“

„Gerne. Vielen Dank.“ Unschalk rückte seine Krawatte zurecht und straffte die Schultern. „Ich muss jetzt gehen.“

„Ich verstehe das“, sagte Olivia geduldig. „Ich besuche heute Abend die Eröffnung der Ausstellung unseres Sohnes in der Galerie Rozzo.“

„Ja. Gut. Ich finde sicher ein anderes Mal Zeit dafür. Ich muss jetzt gehen.“

Olivia erhob sich. Es drängte sie plötzlich, den fruchtlosen Dialog zu beenden. Unschalk hatte die Erinnerung an seine Schwäche vom Vortag, die sie mit ihren Fragen an die Oberfläche seines Gedächtnisses gezerrt hatte, verscheucht wie eine lästige Fliege. Er war wieder eingetaucht in seine Feldherrenexistenz aus Planen, Befehlen und Kontrolle. Sie wandte sich zum Gehen und sagte: „Denk bloß daran, dass du eine Familie hast. Eine Familie ist nicht so fest gefügt wie ein Haus. Denke daran.“

15

Pasquale DiNeros Gäste waren auf sieben Uhr eingeladen. Die Sonne war im Westen bereits untergegangen; die letzte Helligkeit des Tages vor der rasch einbrechenden Dämmerung tauchte den Vorabend in verführerische Ruhe, in den Gärten roch man den Duft vieler Blüten. Claude Morat traf kurz nach sieben ein. Auf einer langen Taxifahrt hatte er endlich ein Blumengeschäft gefunden und eine Aufmerksamkeit für Tony, die Gastgeberin, erstanden. Vor ihm bog ein Cadillac in Lila und Altrosa in die halbrunde Einfahrt des Hauses am Middle River Drive ein. Während er seinen Fahrer bezahlte, entstieg dem vorderen Wagen ein Paar Anfang fünfzig, der Mann im dunklen Anzug, die Frau mit strohigem, rot gefärbtem Haar.

Im offenen Hauseingang erschien Tony und winkte fröhlich. Sie trug ein enges Kleid aus schwarzem Seidenchiffon, um den Hals hatte sie ein winziges weißes Tüchlein geknüpft, und ihr Haar war zu einem eleganten schwarzen Knoten hochgesteckt.

Am Nachmittag beim Swimmingpool des Hotels hatten sie Belangloses geplaudert, nach dem Bad in der Sonne gelegen und kühlen Fruchtpunsch getrunken. Er hatte gedankenverloren die Wassertropfen auf ihrer Haut gemustert, bis sie wissen wollte, was an ihr so bemerkenswert sei. Alles, hatte er geantwortet, ohne zu überlegen. Danach schwiegen sie. Später erkundigte sie sich, ob er Kinder habe. Er blickte von ihr weg zu den Palmen neben dem künstlichen Wasserfall, während er von seiner zwölfjährigen Tochter und seinem zehnjährigen Sohn erzählte. Die Erinnerung an die Auseinandersetzung mit Florianne hatte sich eingestellt, ungebeten und quälend, und die Freude am unbeschwerten Temperament Tonys hatte sich verdüstert. Er wurde gewahr, dass er noch nie Verlangen nach einer anderen Frau verspürt hatte; aber plötzlich tauchten wie Risse im Gebälk leise Zweifel an der weiteren Gültigkeit dieser Feststellung auf. Bevor er sich jedoch festfahren konnte, hatte Tony mit sicherem Instinkt seine Gewissenserforschung unterbrochen. Sie verriet ihm, dass sie an der Universität von Florida in Miami Soziologie und Wirtschaft studiert und abgeschlossen habe, dass sie aber aus Rücksicht auf ihren Vater auf eine Berufsausübung verzichte. „Er hat sich daran gewöhnt, dass ich jederzeit zur Stelle bin", hatte sie erklärt, „und er gerät ins Grübeln, wenn er allein ist." – „Wie das", hatte Morat gefragt, „bei seinen vielfältigen Aktivitäten?" – „Die Aktivitäten sind eben die Therapie, nicht deren Ergebnis."

Das Paar mit der rothaarigen Frau wurde ihm zuerst vorgestellt: Paul Labatz, Pasquale DiNeros Rechtsanwalt, mit Ehefrau Vivien, breitschultrig und selbstbewusst, mit schwach überschminkten Fältchen in den Augenwinkeln, an der Nase und am Hals.

Tony strahlte, als Morat ihr die Blumen überreichte.

„Wie reizend, Claude! Vielen, vielen Dank. Wir leben hier zwar inmitten von Blumen und Blüten, aber ich erhalte sehr selten welche geschenkt."

Vivien Labatz sagte: „Charmant. Siehst du, Paul, typisch europäisch." Zu Morat gewandt fuhr sie fort: „Bei uns kommen die Männer nicht auf die Idee, einer Dame Blumen zu schenken."

Claude Morat fiel nichts ein auf die Klage der Amerikanerin; er beschränkte sich auf ein stilles Lächeln. Sie durchquerten das Haus und erreichten die gedeckte Veranda, die zum Garten führte. Tony blieb zurück. Auf der Veranda standen zwei Tische mit weißen Tischtüchern und je acht Gedecken. Im Garten wurden sie von Pasquale DiNero empfangen, laut und herzlich, im weißen Dinnerjacket. Er umarmte Vivien Labatz, klopfte ihrem Mann auf die Schulter, packte Morats ausgestreckte Hand und schüttelte sie lange und heftig.

„Claude, willkommen. Ich bin entzückt, dass wir unsere Verhandlungen mit dieser Party abschließen können. – Und ich sehe, Sie haben bereits Ihren Berufskollegen getroffen."

Labatz lachte gemessen und erklärte: „Ich bin beeindruckt von Ihnen, Claude. Sie sind der erste Mensch seit undenklichen Zeiten, der es fertiggebracht hat, Pasquale zu einer Transaktion zu verführen, ohne dass er sich auf Schritt und Tritt von seinen Beratern leiten lässt. Sicher ein Riesengeschäft! Gratulation."

DiNero streckte in theatralischer Geste beide Arme aus, als gelte es, eine Lawine zu bremsen. „Reine Neugier. Lassen Sie sich nicht erwischen, Claude! Kommen Sie, ich stelle Sie den anderen vor."

Im Garten, den er vor drei Tagen nach der Bootsfahrt mit Tony erstmals von der Wasserseite her durchquert hatte, traf Morat Oskar Huberti im Gespräch mit dem Dirigenten Larry Woodstein, flankiert von einer korpulenten Frau mit rötlichen Hängebacken. Ein zweites Ehepaar bestach durch seine Gegensätzlichkeit: Der Mann, in gelb karierter Hose und roter Jacke, überragte alle um Haupteslänge, seine Frau, zierlich und grauhaarig, mit spitzer Nase, spitzem Kinn und vorstehenden Schlüsselbeinknochen, lauschte gebannt den Ausführungen des Dirigenten über die Kosten des neuen Konzertsaals, den Miami anscheinend benötigte. Den beiden gehörte eine Schnellimbisskette in Florida, erklärte DiNero zur Einführung, die dürre Frau war Italienerin wie ihr Gastgeber und wurde liebevoll als seine *cara amica* Rosalia aus Palermo vorgestellt. Alle hielten Getränke in der Hand, sie unterbrachen ihr Gespräch, ein Kellner tauchte mit einem Silbertablett auf, und Morat bediente sich mit einem Glas rosa Champagner.

Der Restaurantbesitzer stellte mit lauter Stimme fest: „Sie sind also der *dealmaker* aus der Schweiz. Willkommen!“ Er hob das Glas, alle folgten ihm, dann schloss sich der Kreis, und das Gespräch nahm rund um Claude Morat seinen Fortgang, als wäre er einer der ihren. Pasquale DiNero watschelte glücklich strahlend davon.

Während sich Dunkelheit über DiNeros Garten senkte, verstetigte sich die Geräuschkulisse der Gäste und ihrer Unterhaltungen zu gleichförmigem Plätschern, nicht unähnlich dem leisen Schlagen und Schlürfen des Middle River an der Ufermauer des großen Grundstücks. Vier gelbe Laternen kennzeichneten das Ende des Rasens zum Wasser hin; vorne rechts sah man das hochgehievte Schnellboot geduldig zwischen den Armen des Bootskrans hängen. Einmal wurde ein helles Lachen laut. Claude Morat erkannte Tony dahinter, aber er vermochte sie nicht zu identifizieren zwischen den schwarzen Konturen der übrigen Partybesucher vor der hellen Veranda. Gleichwohl schien ihm, sie spreche zu ihm.

Wenig später bat Pasquale DiNero zu Tisch. „Es ist angerichtet, liebe Freunde“, rief er mit dröhnender Stimme, und mit seinem runden Kopf mit schwarzem Haarkranz und dem angespannten Jackett sah er aus wie ein übersättigter Cherubim im Sonntagsstaat. Neben ihm stand Tony, elegant und selbstsicher, und wies nach vorbereiteter Ordnung den Gästen ihre Plätze zu. Morat fand sich am linken der beiden Tische, rechts von ihm, nach einem unbesetzten Stuhl, ließ sich der Dirigent Woodstein nieder. Zu seiner Linken richtete sich Vivien Labatz ein und zupfte umständlich an ihrem orangefarbenen Rock. Ihr Ehemann, ihr gegenüber, gab sich als überzeugter Anhänger der Todesstrafe zu erkennen.

„Wir haben Florida, den Sonnenscheinstaat, und wir haben das Florida des kriminellen Abschaums", erklärte er, hinter seiner getönten Brille milde lächelnd.

Der Schweizer nickte höflich, ohne jegliche Lust auf kriminellen Abschaum. „Als eiliger Besucher nimmt man nur das Erste wahr."

„Gott sei Dank. Aber der Schein trügt!"

Neben den Anwalt setzten sich Rosalia aus Palermo und ihr Mann Marco Donatelli und neben ihn Janet, die langhaarige blonde Tochter von DiNeros Nachbarn. Sie strahlte Larry Woodstein an und entlockte ihm mit Charme seine musikalischen Absichten und persönlichen Zukunftspläne, während Labatz Claude Morat in eine düstere Welt von Verbrechen, Sinnlosigkeit und Verzweiflung entführte. Er sprach monoton vom jugendlichen Fahrer eines Kleinlasters, der eine fast stehende Kolonne auf der Gegenfahrbahn überholte, ohne jede Aussicht, rechts wieder einspuren zu können, vom korrekt entgegenkommenden Sportwagen, vom Aufprall, wie der Kleinlaster den Sportwagen nahezu überrollte und unter sich platt drückte, wie der Student darin von der Stoßstange enthauptet wurde und seine Begleiterin ebenfalls sofort tot war. Die Polizei fand heraus: Der 17-jährige Täter war leicht alkoholisiert, er führte ein halbautomatisches Gewehr, zwei geladene Revolver sowie eine angebrochene und zwei ungeöffnete Sechserpackungen Dosenbier mit sich. Das Jugendgericht befand: vier Wochen Gefängnis, zur Bewährung ausgesetzt, da der Unfall zwar grob fahrlässig, aber nicht mit böser Absicht verursacht worden war; am Waffenbesitz war nichts zu beanstanden, da der Täter bis auf eine Verkehrsbuße nicht vorbestraft war und keine Hinweise auf eine Absicht unerlaubter Benutzung auszumachen waren. Der Kleinlaster wurde als Schaden verursachendes Unfallwerkzeug eingezogen.

„Ich sehe, ihr langweilt euch nicht." Tonys fröhliche Stimme zerschnitt den nüchternen Unfallrapport von Paul Labatz. Sie hatte den freien Platz zwischen Woodstein und Morat für sich reserviert.

„Wir sind entzückt, uns mit eurem Schweizer Gast unterhalten zu können", erklärte Rosalia; sie hatte bis jetzt kein Wort gesprochen.

„Ich hoffe, ihr lasst etwas von ihm für mich übrig“, sagte Tony und legte in vertraulicher Geste ihre Hand auf seinen rechten Arm.

„Klar“, erwiderte Rosalia. „Habt ihr in den Nachrichten diese Nutte gesehen, die man in Miami Beach verhaftet hat? Aids in fortgeschrittenem Stadium, ein dreijähriges Kind, holt sich reihenweise ahnungslose Freier ins Bett. Fragt ein Reporter, warum sie das tut. ‚Irgend so ’n Schuft hat mir das Zeugs gegeben. Ich geb’s ihnen zurück, sollen alle was haben davon, alle!‘, sagt sie ungerührt. Weit haben wir es gebracht. Auch das ist Florida.“

Claude Morat entdeckte, dass er nichts zum Tischgespräch beizutragen brauchte. Er fühlte sich von den makabren Geschichten bekleckert. Noch spürte er Tonys Berührung auf seinem Arm, roch schwach ihre herbe Ausdünstung, durchwoben von einem abendschweren Rosenparfum, versuchte sich ihre wenigen gemeinsam verbrachten Stunden ins Gedächtnis zurückzurufen zum Schutz der Erinnerung an gute Momente, da fasste Vivien Labatz nach mit dem Fall zweier 14-Jähriger, die aus Neugier auf einem leeren Feld mit Messern einen elfjährigen Spielgefährten umgebracht hatten.

Der Anwalt Labatz hatte die ganze Zeit in Gedanken versunken vor sich hin genickt, und als seine Frau geendet hatte, stimmte er fugenlos ein: „Wir brauchen die Todesstrafe, Claude. Anders lässt sich nicht der geringste Rest von Ruhe und Ordnung aufrechterhalten.“

„Aber nicht für Jugendliche!“, wandte der Jurist ein.

„Oh doch.“ Labatz blieb unversöhnlich wie ein Sektenprediger. „Das sind nicht eure wohlerzogenen Kinder, das sind schlaue Bestien. Der elektrische Stuhl Floridas ist für alle gut, nicht nur für die sogenannten Erwachsenen! Das Böse kennt keine Altersgrenze.“

Wieder spürte Claude Morat sanft Tonys Hand auf seinem rechten Arm. Er wandte sich ihr zu, er sah ein Zwinkern in ihren Augen, und der Bann des Schreckens, dem sich die Gäste an seinem Ende des Tisches fast lustvoll hingaben, fiel von ihm ab. Sie neigte ihren Kopf nahe zu ihm, eine kleine Strähne ihres schwarzen Haares streifte elektrisierend sein Ohr. Sie flüsterte, als wollte sie ihn trösten: „Man muss Paul und Vivien verstehen, Claude. Der Student mit dem Sportwagen war ihr Sohn, der Unfall geschah Mitte letzten Jahres. Und Rosalia hat vor Jahren Palermo verlassen, um der Umklammerung der Mafia zu entkommen – nur um festzustellen, dass Florida zwar anders ist, aber nicht besser. – Ah, hier kommt Vater!", fügte sie laut hinzu, an alle gewandt.

Pasquale DiNero trippelte zwischen den beiden Tischen hindurch. Bei Claude Morat hielt er kurz an und legte ihm den linken Arm um die Schulter. „Ich freue mich, dass alles so gekommen ist, Claude", sagte er strahlend und ging weiter. In zwei Metern Entfernung von den Tischen hielt er an und wandte sich zu seinen Gästen, beide Arme weit ausgestreckt. Sein Dinnerjacket stand offen und erlaubte seinem Bauch die notwendige Entfaltung.

Morat verspürte unvermittelt eine warme Woge der Sympathie für den dicken Italiener, der sein Leben lang von Hoffnung zu Hoffnung geeilt war, von Italien in die Schweiz, von der Schweiz nach Florida, der fern von seiner Heimat ein Riesenvermögen zusammengetragen hatte und der nun innerhalb von wenigen Tagen ohne zu zögern das Beweisstück seines Erfolgs veräußerte, nur weil ihn eine neue, späte Hoffnung auf Geltung und Achtung in den Kreisen, die er als maßgeblich erachtete, beflügelte.

Der Italiener sagte: „Meine lieben Freunde, während der erste Gang gereicht wird – ein *vitello tonnato* –, heiße ich euch alle herzlich willkommen. Ich gebe diese Einladung zu Ehren von Claude Morat aus Belleville in der Schweiz. Er ist hergereist, um mit mir eine bedeutende Transaktion abzuschließen. Er hat fair und klug verhandelt, und wir sind uns einig geworden. – Nein, Paul, den Inhalt der Transaktion gebe ich noch nicht bekannt! – In diesen Tagen haben meine liebe Tony und ich Claude nicht nur als kompetenten Geschäftsmann, sondern auch als liebenswürdigen Menschen kennengelernt; mit anderen Worten – er passt perfekt in unsere heutige Runde. Ich hebe mein Glas auf ihn und auf euch!"

Die Gäste klatschten und lachten, jemand hatte Pasquale DiNero ein Glas gereicht. Sein schwarzer Schnurrbart zitterte, als er trank. Er stellte das Glas zurück auf den Tisch vor sich zu seiner Linken und wischte sich mit einem großen blütenweißen Taschentuch den Schweiß von der Stirne.

Neben Morat fasste Tony nach ihrem Glas und wandte sich ihm zu. „Nochmals willkommen", sagte sie leise, „und danke. Sie haben Vater ein neues Lebensgefühl vermittelt; ich habe ihn lange nicht mehr so gelöst und glücklich gesehen." Ihr Blick ruhte für einige Sekunden auf ihm, ihre schwarzen Augen schwammen groß im hellen Oval ihres Gesichtes; ihre Gläser stießen federleicht aneinander und gaben nicht viel mehr her als einige zarte, fast geräuschlose Schwingungen.

Claude Morat spürte den kühlen Wein aus den Hügeln der Toskana; er sah zu, wie die junge Frau trank und dabei unmerklich den Kopf nach hinten anhob, er sah den Abdruck ihres Lippenstifts am Glasrand, bevor sie sich anschickte, ihr Glas wieder hinzustellen, dann sah er, wie sie mit der Spitze ihrer Zunge rasch über ihre Lippen fuhr, und die kleine Vertraulichkeit erfüllte ihn mit derselben Wärme, die er eben für ihren Vater empfunden hatte.

Während zwei Kellner die Vorspeise auftrugen, stellte Pasquale DiNero für seinen Ehrengast die anderen Gäste einzeln vor, fand lobende Attribute für alle, als seien ihre Vorzüge sein persönliches Verdienst. Morat nickte am Nachbartisch zwei ungleichen Männern zu: dem kräftigen österreichischen Autobauer Felix Vallerossa und seinem feingliedrigen Freund Leo Thaler. Ihnen gegenüber nippten Oskar Huberti und seine Frau an ihren Gläsern. Die Namen der restlichen Personen am anderen Tisch vergaß Claude Morat, kaum dass sie ausgesprochen waren.

Über dem Middle River war mittlerweile ein blasser Mond aufgegangen; links fehlten einige Tage bis zum vollen Kreis, und von rechts schob sich eine Wolke ins Oval, die hellgelbe Scheibe sah aus wie angeknabbert.

Während des Essens senkte sich der Geräuschpegel der Unterhaltung, und Claude Morats Gedanken eilten der Gegenwart voraus zum Augenblick seiner Rückreise in die Schweiz. Dazwischen lag das Treffen zur Berichterstattung mit Delarive in Paris, danach die Heimkehr zum unerledigten Disput mit Florianne. Er hatte wenig Erfahrung im Streiten mit seiner Frau, und als er sich ihrer unberechtigten Vorwürfe entsann, wurde er erneut unsicher, was er sich eher wünschte, die Auseinandersetzung oder ihre Beendigung. Später, als eine dampfende *minestrone* serviert wurde, traten drei Musikanten auf, und die Unterhaltungen an den Tischen erstarben von Neuem wie das Geschnatter einer Schulklasse beim Auftauchen des Lehrers. Der eine, untersetzt, mit pausbackigem Gesicht und schwarzem Kraushaar, entlockte seiner Klarinette die leicht klagenden Klänge einer Polka, die anderen beiden unterlegten seine Melodie mit fröhlich tändelndem Handharmonikaspiel. Die Musik umwehte Claude Morats Gemüt wie ein zarter Schleier, und mit einem

Mal nahm er die schwere, würzige Luft der subtropischen Nacht wahr, und der Kreisel seiner Gedanken drehte langsamer und langsamer, bis er Tony, die anderen Gäste, das Essen und Trinken vor sich nur noch fühlte, hinnahm und allmählich verstand.

„Ich mag diese Musik", erklärte er leise, fast für sich.

„Ich liebe sie!", stimmte Rosalia ein, ihre strengen Züge wurden milde, ihr Blick versöhnlich. „Sie erinnert mich an warme Sonntage auf dem Land in Sizilien, meine Brüder und meine Eltern beim Mittagsmahl, dann der Tanz am Abend im Dorf."

Die unbeschwerten Klänge der Musik trugen Morat durch den Rest der Mahlzeit; es gelang ihm endlich, die Anspannung abzustreifen, die ihn anfänglich begleitet und ihm jeden Laut, jedes Bild überdeutlich eingehämmert hatte. Die südlichen Melodien, manchmal heiter, manchmal melancholisch, verwoben sich mit den Gerüchen der fremdartigen Blumen in DiNeros Garten zu einer anderen Wirklichkeit als jener, die ihn durch die letzten Tage gesteuert hatte. Einer der Harmonikaspieler begleitete seine Weisen mit einfachen Liedern, den zeitlosen Rezitaten von Sonne, Mond und Liebe; Rosalia und andere sangen mit, sobald sie in einer Melodie ein altes Volkslied erkannten, und Claude Morat fand sich in der Erinnerung an das Winzerdorf am Genfersee wieder, wo er unbeschwert manchen Jugendsommer zugebracht hatte. Er roch die trockene Erde zwischen den Hunderten von schnurgeraden Rebzeilen, die seinem Vater gehörten, weidete sich an den ausladenden Hüften der Winzerinnen, die sich vornüberbeugten, um die frisch gepflückten Trauben aus den hölzernen Tragbottichen auf ihren Rücken ins große Fass zu entleeren. Auch dort hatte man abends musiziert und gesungen. Morat wusste nicht, ob es die Musik oder während des Essens der rubinrote Brunello di Montalcino waren, die ihn unmerklich den anderen Gästen nahebrachten. Er verstand den rotblonden Engländer Larry Woodstein, der ihm anvertraute, dass er wie ein Missionar während fünf Monaten im Jahr klassische europäische Konzertkultur ins feuchtwarme Golfstromklima Südfloridas einzuführen trachtete. Er verstand die magere Rosalia in ihrem Heimweh nach Sizilien, und er verstand die Eheleute Labatz, die in ihrer ohnmächtigen Verzweiflung wegen des sinnlosen Todes ihres Sohnes nach Vergeltung riefen, wo immer Unheil sich abzeichnete.

Während einer Pause nach dem Essen holte Pasquale DiNero Tony und geleitete sie zum freien Platz zwischen den Tischen und den Musikanten. Der Klarinettenspieler hatte sein Instrument gegen dunkelbraune Kastagnetten vertauscht, und einer der anderen beiden schüttelte locker aus dem Handgelenk heraus eine Schellentrommel in feurigem Rhythmus über seinem Kopf, ohne seine Handharmonika abzulegen. DiNero fasste Tony und führte sie sicher, aufrecht und mit unerwarteter Eleganz über die kleine Tanzfläche.

„Eine Tarantella!", rief Rosalia Donatelli entzückt aus und klatschte in die Hände.

„Es ist ganz einfach", erklärte DiNero; er übertönte die Musiker mit Leichtigkeit. „Schaut her."

Die alten Tanzfiguren waren für seine kleinen Schritte wie geschaffen, und alle paar Takte wirbelten die beiden unter ihren hoch erhobenen Armen präzise im Kreis, um danach geschmeidig schwebend wieder zusammenzufinden. Dann trennten sie sich, DiNero trat zu Rosalia und forderte sie auf, ihm zu folgen, und Tony beugte sich gegen Claude Morat und bat ihn mit einer herausfordernden Armbewegung zu sich.

„Machen Sie es Vater nach", flüsterte sie ihm zu, als er behutsam versuchte, seine Bewegungen auf den wirbelnden Dreivierteltakt einzustimmen. „Es ist wirklich nicht schwierig."

„Mit Ihnen nicht", stimmte er zu. Ihre Blicke verfingen sich kurz ineinander, als er Tony zu sich heranzog, nur um sie sogleich wieder in eine Pirouette zu entlassen. Seine Augen richteten sich auf DiNeros schwarz polierte Schuhe, um Tempo und Länge der Schritte zu messen, er fasste Tritt, fand Melodie und Rhythmus bald eingängig, und angefeuert von Kastagnetten und Glockenwirbel tat er es seinem Gastgeber gleich, der seine Landsmännin strahlend und temperamentvoll in eine bessere Zeit entführte.

Die anderen Gäste fingen an, anfeuernd zu klatschen. Pasquale DiNero hielt inne, mühelos aus dem schnellen Takt ausbrechend, und hob lachend die Arme. „So nicht! Jetzt wird nicht nur zugeschaut." Wie auf eine geheime Verabredung lockte seine sizilianische Tanzpartnerin ihren Mann vom Tisch und DiNero Janet, die blonde Tochter seines Nachbarn.

„Jetzt machen alle mit, die sich bewegen können."

Der Aufruf wirkte. Unter Gelächter ergaben sich vier weitere Paare dem Tanzritual, Claude Morat erblickte Oskar Huberti, der mit leicht geröteten Wangen seine schwergewichtige Frau an den Tischen vorbei zur Tanzfläche steuerte. Sie nickten sich zu, dann konzentrierte sich Morat wieder auf die Musik, die betörend und mitreißend zugleich alle in eine strenge Formation zwang, die von einem Feldwebel exakter nicht hätte einexerziert werden können. Tony lag leicht in seinem Arm, wann immer er sie an sich zog; sie hielt sich an seiner Hand fest, wenn sie auseinanderstrebten, und ihre Augen ließen ihn nicht los, wenn sie sich dem ungeschriebenen Szenarium folgend für einige Sekunden ganz trennten. Mit der Zeit verschwamm die Melodie der Handharmonika atemlos im schneller werdenden Klappern der Kastagnetten, die Glockenwirbel steigerten sich zu tosendem Crescendo, die Musiker hatten die Kontrolle über die zuckenden Körper der Tanzenden übernommen.

Mitten in dieses südländische Feuerwerk hinein schob sich eine braunhäutige Hausangestellte. Zaghaft suchte sie mit verlorenen Handbewegungen DiNeros Aufmerksamkeit zu gewinnen und gleichzeitig den stampfenden Tänzerinnen und Tänzern auszuweichen. Morat sah, wie DiNero sie zur Seite schob, weg von der Tanzfläche, sich den Schweiß von der Stirne wischte und ihr zuhörte. Auch Tony sah alles, sie entschuldigte sich bei Claude Morat, eilte leichtfüßig zu ihrem Vater; Morat sah sie miteinander gestikulieren, dann kam Tony zurück. Das Intermezzo hatte keine zwei Minuten gedauert.

Sie legte Morat die Hände auf die Schultern, suchte wippend den Takt, wartete, bis er sie wieder führte, zog ihn zurück in den Rhythmus der Tarantella.

„Was war?“, fragte er.

„Eigenartig“, sagte sie leise, mehr zu sich als zu ihrem Partner. Und bevor sie weitersprach, fiel unaufhaltsam die Verzauberung des fröhlichen Tanzes von ihnen ab, die Bewegungen wurden mechanisch, und statt der Hitze der Anstrengung spürte Morat unvermittelt die Kühle der Nachtluft. „Vaters Bruder ist aufgetaucht, mein Onkel Vico aus Zürich.“

Der Jurist verstand sofort. „Was will er?“

„Mit Vater reden“, erwiderte Tony flach. „Helfen Sie mir, bitte.“

„Gerne. Wie?“

„Indem wir weitertanzen und dann wieder zu Tisch gehen. Vater will, dass das Fest weitergeht. Unsere Gäste sollen sich amüsieren. Er will es so. Er hat sich so darauf gefreut.“

16

Pasquale DiNero fand seinen Bruder in einem Sessel im Wohnzimmer gegenüber der Eingangshalle. Der Bankier war nicht entspannt, seine Finger trommelten unablässig auf die Armlehne. Er hatte die Krawatte gelockert und den obersten Hemdenknopf geöffnet. Schwarze Bartstoppeln verdunkelten sein faltiges Gesicht, sein Anzug war zerknautscht, und man sah ihm an, dass er viele Stunden Reise hinter sich hatte.

Er sagte: „Ihr habt es offensichtlich lustig. Man hört die Musik bis auf die Straße. Es ist wie zu Hause."

„Wo kommst du her?" Pasquale schwitzte noch immer; der altmodische Ventilator, der an der Zimmerdecke rotierte, verschaffte ihm mit seinem Luftzug keine Linderung.

„Wo komme ich her? Aus der Schweiz, um meinen lieben Bruder zu besuchen. Was stehst du da wie vom Donner gerührt? Erschrecke ich dich so?"

„Was willst du, *fratello*?" Pasquale setzte sich bedächtig und musterte seinen Bruder. „Ich weiß nicht mehr, wie du aussiehst, so lange habe ich dich nicht gesehen. Du bist nur zwei Jahre jünger, aber du hast noch fast alle Haare, und zu deiner Linie trägst du auch Sorge. Gratuliere. *Vita maladetta*, was willst du? Ohne Grund kommst du nicht her."

„Nein, da hast du recht." Vico beugte sich vor und erwiderte den kritischen Blick seines Bruders. „Was geht da für eine Schweinerei vor – mit deinen Aktien, meine ich. Und mit Delarive, der Basis-Aktien aufkauft, so viel er kriegen kann. Wollt ihr Basis Chemie übernehmen?"

Pasquale lehnte sich zurück und schloss die Augen. Er hatte sich dem Jüngeren gegenüber stets unterlegen gefühlt, hatte ihn beneidet wegen seiner Leichtigkeit im Umgang mit Mädchen und später wegen seiner Sicherheit auf dem gesellschaftlichen Parkett. Vico waren immer wieder Erfolge in den Schoss gefallen, von denen er nur träumen konnte. Pasquale horchte in sich hinein und stellte fest, dass die Vergangenheit von ihm abgefallen war. Vico erreichte ihn nicht mehr. Er öffnete die Augen wieder und betrachtete das Gesicht seines Bruders; es war ebenso zerknittert wie sein Anzug. Die Augen standen vor, darunter quollen Tränensäcke, aus den Nasenlöchern ragten drahtige Büschel; die Mundwinkel waren müde nach unten gezogen – kein Zweifel, sein jüngerer Bruder war alt geworden.

„Schulde ich dir auf diese Frage eine Antwort?", sagte Pasquale endlich. „Du platzt hier herein, mitten in meine Party, nachdem ich seit über zehn Jahren außer den gedruckten Scheißweihnachtskarten deiner Scheißbank kein Lebenszeichen von dir erhalten habe. Du greifst nicht zum Telefon, um deinen Besuch anzukündigen. Du führst dich auf, als hätten wir ein nettes kleines Gespräch vor einer halben Stunde unterbrochen – aber dieses Recht hast du verwirkt, *caro mio*! Unser Gespräch endete vor vielen Jahren. Ich soll dir Erklärungen abgeben über meine Aktien? Ich soll dir Antworten geben? Glaubst du wirklich, das stehe dir zu?"

Der Bankier stützte die Ellbogen auf seine Knie und vergrub das Gesicht in seinen Händen. „Ich weiß nicht, was mir zusteht", erwiderte er. „Darum geht es nicht. Ich sorge mich um dich."

„So – seit wann denn?"

Seit Barbaras Tod, gab er sich selber die Antwort. Gräme dich nicht, hatte ihm Vico zugeredet, nach der Beisetzung am kalten Februarmorgen auf dem Friedhof in Zürich-Fluntern vor 28 Jahren. Du erbst ein Vermögen. Das bleibt, über das andere kommst du hinweg. Es gibt so viele Frauen, und wir sind noch jung. Und vor 22 Jahren, als er nach Florida auswanderte, im Schlepptau Tony, siebenjährig, die nicht verstand, was geschah: Mach's gut, Alter. Als wäre Vico froh, dass er ging. Schon damals ganz der aufstrebende Bankier: Ich schaue auf deine Aktien, sorge dich nicht. Immer die Aktien seiner Frau. Sie waren der Fötus, den er jung verwitwet seinem Bruder zur Sorge und Aufsicht anvertraute hatte, um die Bande der Verwandtschaft aufrechtzuerhalten wie mit einer künstlichen Nabelschnur. Aber das Band war dünn geworden, schlaff, die Frucht ausgewachsen, reif, und jetzt – vor zwei Tagen endlich – hatte er die Nabelschnur durchgeschnitten.

Vico sagte: „Ich sorge mich, dass man dich zu Maßnahmen verleitet, die deiner Kontrolle entgleiten."

„Das ist neu", sagte Pasquale eisig. „Bisher hat sich deine Sorge darauf beschränkt, Dividendenbriefträger zu spielen und Depotgebühren zu kassieren, die in keinem Verhältnis zur Gegenleistung deiner Bank standen." Pasquale DiNero schüttelte ungläubig den Kopf. „Sag bloß nicht, dass du hierher gereist bist, nur um mit mir über meine Aktien Basis Chemie zu streiten!"

„Doch", erwiderte Vico. „Aber nicht um zu streiten. Um dir zu helfen."

„Bruder", sagte Pasquale, „du tönst falsch wie ein Pfaffe im Bordell. Die Million Depotgebühren im Jahr, die ihr nicht mehr bekommt, bedrückt dich, *canaglia*."

Vico seufzte und richtete sich auf. „Ich verzeihe dir, dass du mich beschimpfst. Ich sehe ein, dass ich dein Fest störe. Tut mir leid. Aber weißt du, was du anrichten kannst, wenn du mit einer Beteiligung von zwölf Prozent an einem Weltkonzern eine falsche Bewegung unternimmst?"

„Nein", sagte Pasquale, „aber ich bin sicher, du wirst es mir gleich sagen."

„Heilige Mutter Gottes! Liest du denn keine Zeitung? Weißt du nicht, dass Basis Chemie in einen Übernahmekampf um einen amerikanischen Pharmakonzern verwickelt ist?"

Pasquale lächelte fein. „Doch", antwortete er. „Aber was geht das mich an?"

„In einer solchen Phase braucht ein Unternehmen die Unterstützung seiner Großaktionäre. Hast du deine Aktien etwa verkauft?"

„Du Scheißkerl", sagte Pasquale kalt. Sein Bruder war ihm so fern wie stets in den letzten Jahren. „Hat dich Unschalk hergeschickt?"

„Ach, geh zum Teufel", sagte Vico. Er lehnte sich zurück und sackte noch mehr in sich zusammen. „Mit dir kann man nicht reden."

„Wir sind aus der Übung gekommen, mein Lieber. Wundert dich das?"

„Warum hasst du mich? Was habe ich dir angetan, Pasquale?"

Nichts, dachte Pasquale DiNero. Das ist das Problem. Nichts Schlechtes und nichts Gutes. Das ist die traurigste Variante. Nichts. Er sagte: „Ich hasse dich nicht, Bruder. Wir haben uns nur auseinandergelebt, das ist alles. Du bist mir, entschuldige die Offenheit, gleichgültig geworden." Er stand auf, reckte sich, sein Jackett gespannt bis zum Platzen. Er durchmaß das Wohnzimmer mit präzisen Schritten, den mächtigen Kopf geradeaus gerichtet. Das neue Gefühl der Unabhängigkeit vom Bruder verlieh ihm Kraft und Sicherheit. Er blieb stehen und fuhr fort: „Entschuldige, ich vergesse die elementarsten Pflichten des Anstands. Du bist gereist, du bist müde. Darf ich dir etwas zu trinken anbieten?"

„Nein danke." Vico schüttelte den Kopf. Seine Augen, entzündet und mit roten Rändern, blickten glanzlos an seinem Bruder vorbei. „Ich muss weiter."

„Oh – ich verstehe", sagte Pasquale. „Kann ich etwas für dich tun? Brauchst du ein Taxi?"

„Ich habe ein Taxi", erwiderte Vico. „Draußen. Der Fahrer wartet." Er stand auch auf.

Die Zeit zerrann lautlos. Die beiden Brüder hatten sich nichts mehr zu sagen. Während langer Sekunden standen sie unter dem rauschenden Ventilator, als gäbe es doch noch etwas festzuhalten. Pasquale verlor sich in einer Erinnerung an das Dorf nördlich von Mailand, die hässliche Fabrik mit den qualmenden Kaminen und den vom Ruß geschwärzten Backsteinmauern. Er versuchte sich an das Bild seines Vaters zu erinnern, wie er ihm liebevoll die stampfenden Maschinen erklärte, die dampfgetrieben und mit breiten Lederriemen ineinander übergreifend Stahlteile verformten, die ihrerseits zu geheimnisvollen Maschinen zusammengefügt wurden. Aber es erschien ihm das Gesicht der Mutter, die ihm traurig, doch in stolzer Haltung eröffnete, das Geschäft sei am Ende, die Fabrik geschlossen, der Vater beim Konkursgericht.

Vico bewegte sich langsam zur Tür hin. „Ich gehe", sagte er.

„Ich begleite dich hinaus", sagte Pasquale, ging zum Eingang, öffnete und trat zur Seite.

Vico ging wortlos. Das Taxi stand rechts in der stattlichen halbrunden Zufahrt, noch unter dem breit auskragenden Vordach. In der Dunkelheit vermochte Pasquale trotz des Mondlichts nicht auszumachen, ob sich jemand im Fahrzeug befand. Aber als Vico sich näherte, ging wie von selber die rechte Vordertür auf.

„Scheißkerl", sagte Pasquale nochmals leise, während sein Bruder einstieg. In seinen Augen standen Tränen. Dann rief er laut hinter Vicos Rücken her: „Ich habe die Aktien verkauft! Morgen steht es in der Zeitung."

*

Kurz nach Mitternacht stand Claude Morat auf dem Balkon seines Hotelzimmers, in der rechten Hand ein Glas Whisky. Ein Fetzchen Mond machte am sternenlosen Himmel die Umrisse zweier Wolkenkissen sichtbar; unten auf dem Ozean zauberte es ein versöhnliches, silbriges Lichtband auf die spiegelglatte Wasserfläche. Morat sah es, aber er empfand es als kalt und abweisend. Das kurze Gefühl der Zugehörigkeit zur kleinen Menschengruppe in DiNeros Garten bei Musik und Unterhaltung war beklemmender Einsamkeit gewichen. Der Alkohol, der Hauch von Fremdheit in der Nacht und die unechte Eleganz des beleuchteten Hotelgartens weit unter ihm hielten seine Gemütslage in labilem Gleichgewicht. Er wünschte sich, im Flugzeug nach Hause zu sitzen. Dann fiel ihm ein, dass zu Hause Spannungen und Ärger auf ihn warteten.

Er verscheuchte die Erinnerung und trat ins Zimmer zurück. Aufs Geratewohl schaltete er den Fernseher ein und setzte sich auf das Sofa. Ein spanischsprachiger Sender verbreitete Nachrichten. Morat verstand kein Wort; er trank von seinem Whisky und gab sich dem Stakkato der fremden Laute hin; sie hinderten ihn daran, länger als während Sekundenbruchteilen an Florianne, Pasquale DiNero, Basis Chemie und Delarive zu denken; der Sprecher beeilte sich mit seinen Mitteilungen, als sei ihm jemand auf den Fersen. Es folgten im gleichen Tempo das Wetter und dann Werbespots, und als ein braunhäutiger 14-Jähriger in ein saftiges Hühnersandwich mit knackigen Salatblättern biss, klopfte es.

Morat stand auf, stellte das Fernsehgerät leiser und ging zur Tür.

„Wer ist da?“, fragte er.

Niemand antwortete. Er horchte sekundenlang, blickte durch den Türspion, dann drehte er den Türknopf und öffnete. Draußen stand Tony, in flachen Stoffschuhen, Jeans, T-Shirt, darüber eine gebrochen weiße Strickjacke, am linken Arm eine Tasche aus Segeltuch. Ihr Haar war wieder offen, nur hinten von einer Spange zusammengehalten. Claude Morat starrte, reglos. In ihm tauchte ungebeten ein Bild Floriannes auf, wie sie vor Enttäuschung über seine verschobene Rückkehr verständnislos ins Telefon keifte. Er verglich es mit der schwarzhaarigen Erscheinung, die vor ihm im leeren Hotelkorridor stand. Sie blühte. Sie atmete. Ihre Augen fragten, und ihre Mundwinkel versuchten zu lächeln.

„Darf ich eintreten?“, fragte sie im kehligen Zürcher Dialekt, der die Muttersprache ihrer Kindheit war.

„Ja“, sagte er. „Komm.“

17

Tony schob sich an Morat vorbei ins Zimmer, stellte ihre Tasche neben den Fernseher, trat auf den Balkon, blieb beim Geländer stehen. Er folgte ihr schweigend, stand dann neben ihr; das weiße Lichtband floss noch immer zartfingrig über den Ozean. Weit unten schimmerte der Swimmingpool, an dem sie noch am Nachmittag zusammen gelegen hatten, jetzt tiefblau und leer in der zwischen den Palmen angebrachten Gartenbeleuchtung. Nichts hatte sich verändert, aber die Luft roch anders als zuvor; ein Hauch von Tonys Rosenparfum lag darin, etwas Erinnerung, und unvermittelt eine Spur Erwartung.

„Ich musste herkommen", sagte Tony leise.

„Ja", sagte Morat. „Wie geht es deinem Vater?"

„Miserabel. Onkel Vicos Besuch hat ihm sehr zugesetzt."

„Das verstehe ich. Wird er damit fertig?"

„Ja", erwiderte sie, „Vater wird mit allem fertig. Er ist glücklich über eure Transaktion und über die Aussicht auf Zusammenarbeit mit Delarive und dir. Und er freut sich darauf, wieder in die Schweiz zu reisen. Aber Onkel Vico war das letzte Bindeglied zu unserer Familie in Europa. Sein kleiner Bruder, verstehst du?"

Morat nickte. Tony tastete nach dem Whiskyglas in seiner linken Hand. „Gibst du mir einen Schluck?"

„Hier – nimm", sagte er.

Sie nahm das Glas. Ihre Augen schimmerten. „Wie flüssiges Gold, findest du nicht?"

Dann hob sie den Kopf und trank. Im Lichtschein, der von innen durch die Balkontüre fiel, sah er wieder die Rundung ihres Halses, die kleine Vertiefung neben dem Schlüsselbein, die einzelne Haarsträhne über ihrem Ohr, die ebenmäßige Nase, deren Spitze jetzt beim Trinken im Whiskyglas verschwand. Er sah, wie sie schluckte und wie sich dabei ihr Adamsapfel nach oben bewegte, und ihm schien, er müsse jedes Detail ihres Antlitzes und ihrer Bewegungen für alle Zeiten in sich festhalten. Er registrierte Gänsehaut oberhalb ihres Ausschnittes, und plötzlich spürte er selber einen kühlen Wind vom Meer her wehen.

Tony stellte das Glas auf die Balkonbrüstung. Eine Weile standen sie schweigend. Sie legte den Kopf auf seine Schulter, ganz leicht, wie versuchsweise; er roch ihr Parfum und er verstand den zarten Druck wie eine Bestätigung der Gegenwart, in die sie sich beide geflüchtet hatten, um der Vergangenheit und der Zukunft zu entgehen. Er legte den Arm um sie, und sie lehnte sich an ihn, als habe sie es so erwartet. Wieder verharrten sie, reglos, in der neuen Nähe zueinander; Morat senkte seinen Kopf, bis er auf der Wange ihr Haar verspürte, und Tony antwortete, indem sie ihre Rechte über die seine schob und seinen Druck sanft verstärkte.

Sie sagte: „Heute sprechen wir zum ersten Mal deutsch, seit wir uns kennen."

„Ja, es ist mir aufgefallen", erwiderte er. „Was bedeutet es für dich?"

„Alles. Schöne Erinnerungen an früher. Als kleines Kind in Zürich sprach ich oft deutsch. Alles stimmte."

„Und jetzt?"

„Jetzt stimmt auch alles. Und für dich?"

„Auch."

Aus dem Zimmer in ihrem Rücken erklangen zarte Flötentöne, zuerst leise, dann anschwellend, an Rhythmus gewinnend, bis schließlich ein kräftiges Saiteninstrument einsetzte, der kleinen Melodie Struktur und Halt verlieh und einen Klangteppich in die Nacht wob. Jetzt ertönte eine reine, knabenhaft helle Stimme, die Wörter fielen wie absichtslos ins wabernde Netz der Akkorde und formten sich zu Sätzen, die Morat vertraut klangen, obwohl er sie nicht verstand. Das Lied weckte namenlose Empfindungen, er schloss die Augen und vergaß den Mond über dem Meer; er fühlte Tonys Haar an seiner Wange, und es roch nach Weihnachten und Lebkuchen und Rosenparfum.

„Mein Lieblingslied aus Kuba", sagte Tony leise. „*En la tarde de la vida* – ‚Am Nachmittag des Lebens'."

„Ja", sagte Morat. „Rede jetzt nicht. Dein Lied gefällt mir. Es ist gut, dass du hier bist."

Er spürte, wie sie seine rechte Hand losließ und sich sachte nach links drehte, ihm entgegen. Er stimmte in die Bewegung ein, mühelos wie früher am Abend beim stürmischen Diktat der Tarantella; ihre Rechte und seine Linke fanden sich, fassten sich kurz, lösten sich wieder. Ihre Arme umschlossen seinen Nacken, seine Hände fanden Halt an ihren Schulterblättern; unter seiner Berührung drängte sich Tony ihm entgegen; mit wachsendem Druck, langsam wie in Zeitlupe schufen sie Tuchfühlung. Sie küssten sich, endlich, und es war berauschend wie das Aroma von Bittermandeln und unabwendbar wie die ersten schweren Tropfen eines Sommerregens. Während er Tony ertastete, ihre Lippen, ihren Mund kostete, durchzuckte ihn die Frage, ob er sich schuldig mache, jetzt, da eine unsichtbare Grenze überschritten, der Schritt in einen Irrgarten neuer Gefühle nicht mehr rückgängig zu machen war. Tonys schwarze Augen, weit offen und suchend, enthielten keine Antwort; er schob die Frage beiseite und tauchte ein in die Illusion der Zeitlosigkeit.

Als sie sich voneinander lösten, sagte Tony: „Mich friert ein wenig. Können wir hineingehen?"

„Natürlich", erwiderte er.Sie gingen ins Zimmer, umschlungen wie Sechzehnjährige, das Whiskyglas blieb auf der Balkonbrüstung zurück. Er stieß die Tür hinter sich zu, sie setzten sich schweigend aufs Sofa, küssten sich erneut. Auf dem Bildschirm beklagte ein schwarzer Sänger trotzig die Geschichte der Liebe zweier Kinder, die kein anderes Recht besaßen als jenes, von einer Polizeistreife aufgegriffen, verprügelt und aufs nächste Revier zum Verhör geführt zu werden. Tony und Claude sahen nichts und hörten nichts. Claude spürte, wie ihre Hände über seinen Rücken, über sein Hemd glitten, ihn zu sich herunterzogen; er spürte die Spitze ihrer Zunge an seinen Zähnen, in seinem Mund, und es elektrisierte ihn bis in die Zehenspitzen.

Nach einer Ewigkeit gab sie ihn frei, um Atem zu holen. „Ich mag es, wenn du mich küsst", sagte sie.

„Ich auch."

„Ich habe es mir gewünscht, seit wir zusammen Boot gefahren sind."

„Ich auch", sagte er, „aber ich habe es verdrängt."

„Ich verstehe." Sie zupfte spielerisch an seinem Ehering, bis er den Kopf zu ihr wandte. Ihre Augen sprühten, und ihr Mund lächelte, herausfordernd und spöttisch, wie ihm schien. „Du armer Ehemann! Habe ich dich in Bedrängnis gebracht?"

„Nein. Noch nicht."

„Hättest du gerne, dass ich dich in Bedrängnis bringe?"

„Du?"

„Ja, unbedingt", sagte sie und schmiegte sich an ihn. „Ist es ein Problem?"

„Ich will, dass es keines ist", antwortete er und wusste nicht, ob es stimmte.

Tony drehte sich von ihm weg, ließ sich auf den Rücken sinken und legte den Kopf in seinen Schoß. Ihre Beine baumelten über die Seitenlehne des Hotelsofas, die Stoffschuhe hatte sie abgestreift. Ihr Gesicht glühte, sie streckte ihm beide Arme entgegen, umfing seinen Nacken und zog seinen Kopf auf ihre Brust hinab. Claude entsann sich, wie er als Gymnasiast vor vielen Jahren zum ersten Mal die Brust eines Mädchens geküsst hatte im Städtchen am Genfersee, wo er seine Jugendjahre verbracht hatte. Sie war ihm gefolgt ins leere Elternhaus, willig, wie ihm schien, gierig und neugierig auf Dinge, die sie vielleicht erst vom Hörensagen kannte. Der Abend hatte jedoch abrupt und mit einem Fiasko geendet: Sobald seine Zärtlichkeit in handfestes Interesse nach mehr überging, schlug ihre Empfänglichkeit für seine Aufmerksamkeiten in Angst um, sie schimpfte ihn einen Wüstling, knöpfte ihre Bluse zu und verließ fluchtartig das verschwiegene Haus am See.

„Siehst du, es ist kein Problem", flüsterte Tony.

Claude Morat richtete sich langsam auf. Mit seiner Rechten fuhr er über ihr Haar; es lag wellig, schwarz und zerzaust auf seinen Schenkeln ausgebreitet; die Spange hatte sich gelöst. „Vor über zwanzig Jahren befand ich mich mit einem siebzehnjährigen Mädchen in einer sehr ähnlichen Situation", sagte er, entschlossen, ihr die Geschichte zu erzählen, neugierig, ob sie sich wiederholen würde.

„Und?", fragte sie. „Was geschah?"

„Sie trug kein Hemd", sagte er.

Tony musterte ihn sekundenlang schweigend. Mit einem Ruck setzte sie sich auf, sehr senkrecht, ohne ihre Füße von der Sofalehne wegzubewegen. Auf dem Fernsehbildschirm rückte eine runde Uhr ins Blickfeld, in unbeirrbarem Taktschritt eilte der Sekundenzeiger einer kurzen Vollendung entgegen: ein Uhr früh. Mit knappen Bewegungen entledigte sich Tony ihrer Strickjacke, mit gekreuzten Armen fasste sie nach ihrem T-Shirt und zog es sich über den Kopf. Sie trug nichts darunter. Im Fernseher begrüßte ein Sprecher einen Studiogast, eine weißhaarige, füllige Dame, zu einem späten Interview. Claude sah Tonys hellbraune

Haut, ein feiner weißer Strich deutete das Band eines Trägers an, dann lehnte sie sich zurück und machte es sich wieder in der früheren Stellung bequem.

„War es so?“, fragte sie. Ihr Mund lächelte, ihre Augen blickten erwartungsvoll, fast ein wenig ängstlich.

„Nein“, sagte Claude. „Völlig anders.“ Fassungslos und überrumpelt von ihrer Direktheit betrachtete er ihren noch jungen Leib, registrierte ungläubig ihre schnellen Atembewegungen, das weiche Weiß ihrer Brüste. Für eine Sekunde zweifelte er an der Echtheit seiner Wahrnehmung. Ein Teil seines Verstandes wähnte sich in einem Traum und wartete aufs Erwachen, ein anderer Teil wünschte sich endloses Fortdauern der süßen Vision. Erschreckt von der Folgerichtigkeit des Geschehens seit ihrer ersten Begegnung vor vier Tagen drehte sich Claudes Gedankenspirale rückwärts zu DiNeros Party, zum Aktienkauf in Miami, zu Delarives Instruktionen auf dem verwilderten Privatgolfplatz und immer wieder zu Floriannes eigentümlicher Zurückhaltung in letzter Zeit und zu ihrem Streit übers Telefon.

Tony holte ihn in die Wirklichkeit zurück. „Ich bin nicht mehr siebzehn.“

„Gott sei Dank. Ich bin nicht mehr neunzehn.“

„Wie war es?“, wollte sie wissen. „Mit dem anderen Mädchen?“

„Ich weiß es nicht mehr“, erwiderte Claude. „Meine Erinnerung ist ausgelöscht, seit ich dich so sehe. Ich will keine andere Erinnerung.“

Er beugte sich über sie, küsste sie, streichelte sie. Im Fernseher steigerte sich das Gemurmel der beiden Stimmen zu harmonischem Lachen: Der Interviewer und sein Objekt schienen sich einig zu sein.

„Was willst du denn?“, fragte Tony.

Den verdammten Apparat abschalten, dachte Claude irritiert, und dann dich. „Nur dich“, sagte er, wie zu sich selber. „Nur dich.“

*

Es war nicht gänzlich dunkel geworden im kleinen Zimmer. Durch die Fensterscheiben sah man einige Sterne am Mondhimmel und darunter, dort, wo der Ozean unsichtbar über den Horizont kippte, bewegte sich ein kleines Licht, der Positionsscheinwerfer eines fernen Frachters. Tony war um das Bett herumgehuscht; Morat hatte ihre Silhouette beobachtet, wie sie mit geübtem Schwung den Bettüberzug aufdeckte, wie sie ihre Jeans öffnete und abstreifte, wie sie diese Bewegung am Slip wiederholte, ihr kurzes Vornüberbeugen, das Anheben erst des linken, dann des rechten Fußes, und wie sie sich schließlich unter die hell schimmernde Decke gelegt hatte.

Er war fasziniert gewesen von der Anmut ihres Schattenspiels, hatte zugeschaut, bis sie schüchtern sagte: „Komm doch, es ist frisch, so allein. Komm."

Er war ihr gefolgt, hatte eine Ewigkeit gebraucht, um sich seiner Kleider zu entledigen; aber die Zeit war barmherzig gewesen, stand wieder still; er hatte ihr Gesicht entdeckt auf dem Kissen, die schwarze Flut ihres Haares, hatte zu ihr gefunden, war eingetaucht in den Mahlstrom des Vergessens, hatte sich ihr genähert; sie berührten sich. Sie wurden zu Molekülen, geleitet von der ewigen Physik der Anziehung; sie wurden zu Kindern, getrieben von der unerprobten Fantasie reiner Gemüter; sie kamen sich sehr nahe, und während der langen Momente ihrer Begegnungen im neuen Paradies erinnerten sie sich weder an die Schlange noch an ihren Apfel.

Später ruhten sie. Rückblickend schien es Claude, alles in den vergangenen vier Tagen habe sich auf diesen Augenblick zubewegt. Die Aktientransaktion verkam zur belanglosen Nebensache, zur Rahmengeschichte, die junge Frau neben ihm wurde zur Hauptfigur. Wieder fuhren sie im offenen Sportwagen durch die Straßen, im Boot auf dem Middle River durch Fort Lauderdale, wieder drehten sie sich endlos zu den Harmonikaklängen im Garten; erneut absolvierte er sämtliche Stationen der kurzen Geschichte ihrer Gemeinsamkeit, jeder Augenblick haftete in ihm als unauslöschliche, kostbare Erinnerung, aber er traute sich nicht, seinem Gefühl einen Namen zu geben. Dann hörte er, dass Tony leise weinte.

„Warum weinst du?"

„Ich denke an morgen. Du reist zurück, und alles wird sein wie vorher."

„Nichts wird sein wie vorher." Er wich hilflos ihrer unausgesprochenen Frage aus. „Versuche, nichts zu denken."

Sie drängte sich nahe an ihn. „Hast du mich ein wenig lieb?"

„Ja", sagte er.

„War es nicht unangenehm für dich?"

„Nein. Warum?"

„War es wie mit deiner siebzehnjährigen Freundin vor vielen Jahren?"

„Nein. Mit ihr war nichts", erwiderte Claude. „Sie rannte vorher vor mir weg. Sie hatte Angst vor dem, was sonst geschehen wäre."

Tony fasste nach seiner Hand und drückte sie fest. „Ich hatte auch Angst vorhin", sagte sie ruhig. „Aber jetzt nicht mehr. Und ich bin nicht weggerannt. Es war das erste Mal. Hast du es nicht bemerkt?"

Claude Morat erschrak. Ein Regen von Gedankenfetzen und Gefühlssplittern setzte ein: Es war erst sein zweites erstes Mal – wenn es stimmte. Nicht Florianne; sie hatte bereits eine erste Verlobung hinter sich, wie sie sich ausdrückte, als sie sich kennenlernten. Sondern gleich zu Beginn seines Studiums eine junge Balletttänzerin mit nymphomanischen Zügen. Es musste stimmen; er entsann sich eines winzigen, fast lautlosen Schreis, der aber statt aus Schmerz ebenso gut aus Lust hätte geboren sein können. Sie hat es gewollt, dachte er. Claude beugte sich über Tony und küsste sie liebevoll auf ihre Stirne, ihre Nasenspitze, ihren Mund.

„Es tut mir leid", sagte er endlich.

„Warum denn?", fragte sie. „Ich wollte, dass du es seiest. Ich wäre betrübt, wenn es dir leidtäte. Ich hoffe, es tut dir nicht leid."

„Es tut mir nicht leid, nicht wirklich", sagte Claude, erleichtert. „Ich würde es genau so gleich wieder wollen. Ich empfinde Gefühle, die ich verloren glaubte." An Tonys Hals haftete noch immer ein Hauch ihres Rosenparfums. Er atmete ihn tief ein, als ließe sich damit der Zauber des Augenblicks einfangen. „Aber ich bin überrascht."

Tony sagte: „Ich fühle mich leicht wie eine Feder. Ich bin glücklich. Darf ich Licht machen?"

„Natürlich."

Sie drehte sich zur Seite, fand den Lichtschalter neben ihrem Bett; Helligkeit brach aus und ließ den schützenden Kokon ihrer ganz privaten Zeitlosigkeit aufbrechen. Claude sah ihre Nacktheit, ein braunes Muttermal rechts von ihrem Schamhaar, die zerwühlten Laken darunter, den Beweis ihres intimen Geständnisses. Er sah seine eigene Nacktheit und empfand fassungslos, dass der Augenblick ihrer ersten Vereinigung endgültig und unwiederbringlich der Vergangenheit angehörte. Für eine kurze Sekunde zweifelte Claude, ob er überhaupt stattgefunden hatte.

Tony richtete sich auf und streichelte die Narbe über seiner rechten Schläfe. „Was ist denn hier passiert?", fragte sie leise. „Ein Muttermal?"

„Nein, die Quittung für eine Jugendtorheit. Ich wollte besser sein als die anderen, im Militär, bei einem Kopfsprung in eine Kiesgrube. Aber da war ein sehr zackiger Stein, der nicht weichen wollte. Man brachte mich ins Krankenrevier, die Wunde wurde genäht, und jetzt habe ich das Andenken daran – für alle Zeiten."

„Plagt es dich sehr?"

„Manchmal. Jetzt nicht."

Sie küsste die Narbe; Claude spürte ihre Lippen wie einen sanften Hauch.

„Es stört überhaupt nicht", sagte Tony. „Es zeichnet dich aus."

Sie schwiegen. Tony strich mit ihrer Hand über sein dunkles Brusthaar. Dann sagte sie: „Jetzt würde ich gerne eine Zigarette rauchen."

„Dann tue es."

Sie lachte. „Ich habe vor zwei Monaten aufgehört zu rauchen. Ich habe keine Zigaretten mehr."

„Das tut mir leid. Ich habe auch keine. Soll ich welche bestellen?"

„Nein, lass nur", erklärte sie. „Es wäre bloß irgendwie natürlich, jetzt eine Zigarette! Ich habe immer geraucht, wenn ich unglücklich und wenn ich glücklich war. Ich stelle mir vor, wie es wäre, zu rauchen, zu dir zu sprechen und dir zuzuhören. Verstehst du?"

„Ein wenig", sagte Claude bekümmert. Er hatte nie geraucht. „Ist es sehr schlimm für dich, jetzt, ohne Zigarette?"

„Nein. Du bist bei mir, das ist wichtiger. Richtige Kringel habe ich nie zustande gebracht. Mein Vater macht perfekte Rauchringe mit seinen Zigarren. Aber ich rede Unsinn. Das ist, weil ich glücklich bin." Ihre Augen glänzten wieder feucht. „Darf ich Unsinn reden?"

„Ja", erwiderte Claude. „Ich liebe deine Stimme. Es spielt keine Rolle, was du sagst. Ich möchte auch Unsinn reden und alles andere vergessen."

Ihre Hand glitt langsam über seinen Bauchnabel hinweg und berührte seinen Penis, zärtlich und ein wenig scheu. „Du bist mein erster Mann. Ich danke dir."

„Warum?"

Tony legte den Kopf auf seine Schulter und ließ ihre Hand, wo sie war. „Wir sind Italiener, und mein Vater ist reich; das ergibt bereits eine schwierige Kombination. Und er hatte ein schlechtes Gewissen, als er sich wieder verheiratete, hier in Amerika, fern von zu Hause. Er glaubte, mich deswegen zu vernachlässigen. Er machte es wett, indem er besonders streng über mich wachte."

„Das kann ich verstehen", sagte Claude. „Ich hätte nicht anders gehandelt."

„Die ersten Burschen, die sich für mich interessierten, verscheuchte er wie Fliegen", fuhr Tony fort. „Bis ich sechzehn war, durfte ich mich nicht ausführen lassen. Später witterte er hinter jedem Verehrer einen Mitgiftjäger. Er befragte sie über ihre Herkunft, über Stellung, Vermögen und Einkommen ihrer Väter, bis es ihnen zu dumm wurde. Ich glaubte ihm, denn er meinte es gut, sorgte sich um meine Zukunft. Mit der Zeit nahm ich keine Einladungen mehr an, hielt junge Männer auf Distanz, bevor er sie vertreiben konnte. Aber durch meine Freundinnen bekam ich mit, wie es ist, einen Freund zu haben – aus zweiter Hand sozusagen. Dann folgte eine dritte Phase." Tony hielt inne, holte tief Atem.

„Sprich nicht darüber, wenn es dich bedrückt", sagte Claude. Er spürte ihre Wärme, ihre Hand, er hörte wieder die aufpeitschende Melodie der Tarantella, stand wieder mit ihr an der Balkonbrüstung. Er hatte vergessen, wie die Gegenwart ohne Tony sich anfühlte.

„Ich will darüber sprechen", erklärte sie bestimmt. „Wenn es dich nicht langweilt. Ich möchte es dir gerne erzählen. Es saß zu lange in mir fest."

„Dann erzähle. Ich möchte alles von dir wissen. Ich bin verrückt nach dir."

Sie richtete sich auf, schob sich halb über ihn und küsste ihn auf den Mund. „Danke. Ich bin auch verrückt nach dir. Es ist schön. Und ich rede wieder Unsinn."

„Rede weiter. Unsinn hin oder her."

„Als ich etwa 25 Jahre alt war, entdeckte mein Vater plötzlich, dass andere junge Frauen meines Alters bereits verheiratet waren, Kinder hatten. Immer öfter tauchte der Begriff Schwiegersohn in unseren Gesprächen auf, fragte er mich, ob ich diesen oder jenen Mann kenne, der diese oder jene Ausbildung abgeschlossen habe. Die meisten kannte ich. Aber ich hielt Abstand aus Angst vor einer näheren Beziehung, fürchtete mich, meine Unerfahrenheit bloßzulegen. In Italien erwartet ein Mann noch heute, dass die Frau, die er heiratet, unberührt ist. Hier erwarten die Männer Erfahrung; eine Jungfrau bedeutet Schwierigkeiten, ist langweilig. Zumindest klang es so, wenn ich meinen Freundinnen zuhörte. Es wurde mit jedem Jahr schlimmer." Sie schluchzte ein wenig an seiner Seite. „Es war wie ein Gefängnis. Aber jetzt ist es vorbei. Ich bin glücklich." Sie machte eine Pause, dann fragte sie: „Sag, war ich sehr ungeschickt?"

„Nein. Außerdem spielt es keine Rolle."

„Gut. Vater würde sich freuen."

„Worüber? Weiß er, dass du hier bist?"

„Nein." Tony schüttelte den Kopf. „Aber ich weiß, dass er dich mag."

Claude Morat schwieg, um nicht eine falsche Antwort zu geben. Tony hatte die Augen geschlossen und atmete gleichmäßig. Er realisierte, dass er noch nie nach einer Alternative gesucht hatte. Florianne hatte ihm genügt, obgleich ihren Vereinigungen seit einiger Zeit eine gewisse Routine, eine Spur von Diszipliniertheit anhaftete. Tony aber war offen, spontan, herzlich, neugierig. Das Bessere als Feind des Guten. Aber seiner Tochter Julia, die eben erst ins Gymnasium eingetreten war, seinem pummeligen, stets lachbereiten Sohn Robert den beruhigenden Boden des stabilen Elternhauses unter den Füßen wegziehen? Jedoch: Auch in der Schweiz wurde mittlerweile bald jede zweite Ehe geschieden. Kinder mussten mit den Realitäten ihrer Welt zu leben lernen; ihnen zwanzig, dreißig Jahre lang unechte Harmonie in erlöschender Glut vorzugaukeln, war verderblicher als ein sauberer, rascher Schnitt, der neue Anfänge, neue Wege freilegte.

Tonys Stimme drang endlich durch den Morast seiner fruchtlosen Spekulationen. „Du bist weit weg, Liebster. Habe ich dich verletzt?"

„Nein, überhaupt nicht. Ich bin bloß ins Grübeln geraten", antwortete er.

„Darf ich teilhaben daran? Oder ist es sehr privat?"

Ja, dachte er. „Nein", sagte er. „Du weckst in mir Gefühle, die unteilbar, und Gelüste, die profan, aber teilbar sind."

„Dann lass uns wenigstens deine Gelüste teilen, mein erster Mann", erwiderte sie lachend. „Was willst du?"

„Ein kaltes Bier an der Hotelbar."

„Ich mache mit. Lass uns gehen."

Claude schüttelte den Kopf. „Geht nicht. Wir sind im puritanischen Amerika. Die Hotelbar ist seit Mitternacht geschlossen."

„Würdest du auch ein Bier aus der Minibar des Zimmers, drei Meter von hier, mit mir teilen? Das hätte den Vorteil, dass wir uns nicht anzuziehen brauchten."

„Ja", erwiderte er.

„Gut, ich hol's uns", sagte sie und stand auf.

Claude schaute ihr nach, sah ihren Rücken, ihre Beine, dann, als sie sich bückte, eine Brust. „Warte", sagte er. „Ich möchte das Bier erst nachher."

18

Paris empfing Claude Morat freundlich an diesem Sonntagmorgen. Er war früh angekommen im Flughafen Charles de Gaulle im Osten der Stadt. Vor der Landung, nach einigen Stunden oberflächlichen Schlummers, hatte er sich in einer der engen Toilettenkabinen behelfsmäßig erfrischt. Ohne Blick für die kraftvolle Hässlichkeit der *banlieue* ließ er sich in die Stadt fahren. Seine Gedanken waren nach rückwärts gerichtet. Bei der Ile de la Cité stieg er aus; noch fehlten zweieinhalb Stunden bis zum Treffen mit Jean Delarive. Er fand ein Bistro am Rande einer kleinen Anlage. Es war praktisch leer; Touristen waren noch nicht unterwegs, und die Einheimischen schienen ihren *café au lait* zu Hause einzunehmen.

Claude Morat genoss die Momente des friedlichen Nichtstuns. Er schlürfte seinen Kaffee, knabberte an einem *croissant* und wünschte sich, die Zeit stünde still. Die Erinnerung an die letzte Nacht mit Tony erfüllte ihn, ebenso ihr Bild, wie sie gestern am Spätnachmittag plötzlich in der Abflughalle des Flughafens von Miami aufgetaucht war, um nochmals Abschied zu nehmen. Sie hatte einen roten Rock getragen, flache Turnschuhe, und ihr Gesicht hatte alles ausgedrückt, was auszusprechen er sich nicht getraut hatte.

Er blätterte in einer Sonntagszeitung. Eine Woche Rückstand war aufzuholen; in Florida war er jeweils nicht über die Lokalmeldungen hinausgekommen beim Frühstück im ‚Harbor Beach'. Unterdessen war Europa in Bewegung: Aufbruchstimmung in Osteuropa, das Chaos im Irak, das Palästinenserproblem, das Wohlstandsgefälle zwischen den beiden wiedervereinigten deutschen Staaten. Beim Stichwort Wiedervereinigung glitten seine Gedanken ab zu Florianne. Morat realisierte, dass er seine Frau weitgehend ausgegrenzt hatte aus seinen Empfindungen und Überlegungen der letzten 24 Stunden, dass er so getan hatte, als sei sie kein Faktor im Puzzle seiner Träume und neu aufgeflammten Triebe. Jetzt meldete sie sich zurück als starke Abwesende, benutzte die erste Gelegenheit, die Sicherheit, die ihm Tony vermittelt hatte, aus den Angeln zu heben und ihn daran zu erinnern, dass ihm die Begegnung mit ihrer Verstimmung erst noch bevorstand.

War es wichtig, Florianne zu besänftigen und zu trösten? War es überhaupt möglich einen Tag nach Tony? Wollte er es?

Eine Stunde später begriff er, dass er ein Problem hatte, das sich einer Lösung mit dem Verstand entzog. Er verließ sein Bistro und spazierte am linken Seineufer am Musée d'Orsay vorbei; auf dem großen Platz davor bildete sich bereits eine Besucherschlange. Eine milde Frühlingssonne zauberte Urlaubsstimmung über den Fluss; die trägen Wassermassen trugen kleine Ausflugsdampfer in beide Richtungen. Der sonntägliche Morgenfrieden fand keinen Widerhall in Claude Morats Gemüt. Beim Pont de la Concorde schlug sein Herz für Tony, aber bereits zwei Brücken weiter anerkannte er mit dem Kopf das bessere Recht Floriannes. Während er einigen unbeschwert hüpfenden Kindern auswich, gestand er sich jedoch ein, dass er im Grunde bloß vor der Auseinandersetzung mit ihr zurückscheute.

Als er beim Pont d'Iéna nach links zum Eiffelturm hin einschwenkte, verschob er die Suche nach einem Ausweg auf später; er war bereit, die Lösung dem Zufall zu überlassen.

Er fand den südlichen Fuß des Turms ohne Mühe. Von Weitem wirkte die kühne Skelettstruktur aus der Eisenzeit der Jahrhundertwende eleganter als aus der Nähe. Die wetterfeste Farbe des letzten Anstrichs, die Winkelträger mit ihren Stahlbolzen und Nieten und die altertümlichen Kabelstränge im Antriebsmechanismus des Personenlifts für die Gäste des eleganten Lokals erinnerten ihn an eine überdimensionierte Jahrmarktsattraktion.

Claude Morat verließ den Lift auf der ersten Plattform, es war fünf vor zwölf. Im Eingang zum ‚Jules Verne' umfing ihn, 80 Meter über dem Erdboden, die gediegene Stille eines Erstklasslokals. Delarive erwartete ihn bereits.

„Willkommen zurück in Europa, Herr Morat." Delarive kam seinem Chefjuristen einen Schritt entgegen. „Ich frage Sie nicht, ob Sie gut gereist sind. Sie wirken frisch wie nach einer Dusche. Setzen Sie sich. Wie haben Sie die Zeit seit Ihrer Ankunft vergebracht?"

„Auf der Ile de la Cité bei Kaffee, *croissants* und Sonntagszeitung."

„Gut. Hier ist alles unter Kontrolle. Pasquale hat mich gestern angerufen. Der Besuch seines Bruders hat ihn aufgewühlt. Aber umso zufriedener ist er mit unserer Transaktion."

„Damit sind Sie über alles Wichtige informiert. Pasquale ist ein netter Kerl."

„Sie haben seine Sympathie gewonnen", erwiderte Delarive. Er machte eine Pause, dann fügte er hinzu: „Und die von Tony, wie es scheint."

Morat schwieg. Ein Kellner stellte zwei Gläser mit Champagner vor sie hin. Claude Morat musterte die Sauerstoffbläschen, die in geschlossener Formation endlos zur Oberfläche strebten. Er dachte an das Bier im Bett mit Tony. Sie hatten aus einem Glas getrunken. „Ein Dom Verigan, ohne Zweifel", sagte er.

„Natürlich." Delarive lachte, aber die dunkelbraunen Augen im schmalen Gesicht blieben ernst. „Auf Ihren Erfolg, Herr Morat, und auf Ihr Wohl!"

„Auf das Ihre. Und auf Basis Chemie!"

Sie tranken. „Es berührt mich merkwürdig, dass wir auf unseren Hauptkonkurrenten anstoßen", erklärte Jean Delarive. „Aber Sie haben recht. Ich bin neugierig, worauf Unschalk anstoßen würde, wenn er wüsste, was ihm bevorsteht."

„Sind Sie sicher, dass er es nicht weiß?"

„Ich habe unsere Käufe von Basis-Aktien mit Anlagezwecken begründet."

„Und das soll er glauben?"

Delarive lehnte sich entspannt zurück. „Keine Ahnung", sagte er. „Es ist mir auch völlig egal."

Die Einrichtung des Lokals war ganz in Schwarz und Weiß gehalten. Auf schwarzen Tischen lagen weiße Gedecke, in der Mitte standen weiße Salz- und schwarze Pfefferstreuer; der Kontrast setzte sich fort bei den Speisekarten, und auch die Weingläser ruhten auf rauchschwarzen Stielen und Füßen. Elegante Leuchten mit vielen kleinen Glühlampen zauberten Lichtreflexe auf jeden Löffel, jedes Messer, jedes Glas und selbst auf die Silberrahmen der Kunstdrucke an der einen festen Wand, die den Raum unterteilte; und wenn ein Kellner vorbeischritt, vibrierte das ganze sternenreiche Universum des ‚Jules Verne'. Claude Morat versank im glitzernden Reigen, und in der Wärme des Raumes holte ihn die aufgestaute Müdigkeit mit unsichtbaren Samtfingern ein. Ohne den Blick durch das breite Fenster auf die Dächer eines benachbarten Straßenzuges hätte er sich im hypnotisierenden Geflimmer verloren wie in den unberechenbaren Winkeln eines Spiegelkabinetts.

Während des Essens fing er sich wieder und berichtete Jean Delarive über die Einzelheiten seiner Verhandlungen mit Pasquale DiNero und die Abwicklung der Transaktion in Hubertis Büro. Delarive registrierte aufmerksam jedes Detail. Er informierte Morat darüber, dass ihr Unternehmen in der vergangenen Woche über die Börse etwas mehr als 20 Millionen Aktien von Basis Chemie erworben habe. Außerdem besäßen sein Vater und ihr Pensionsfonds je eine bedeutende Position an Basis-Aktien.

„Das bringt uns mit Pasquales Paket bereits auf über 15 Prozent", erklärte Jean Delarive. „Wenn wir die Helvetische Bank mit ihren Depotstimmen und ihrem Anlagefonds auf unsere Seite bringen, liegen wir bei 31. Ein paar weitere Prozente werden wir in den nächsten Wochen noch zukaufen können. – Ich bin zuversichtlich!"

„Ich auch", sagte Morat. „Aus Hubertis Bemerkungen war viel Wohlwollen herauszuhören. Mir schien, die Helvetische Bank wünsche sich, dass unser Vorhaben gelinge."

„Das ist so", bestätigte Delarive. „Unschalks Gegenangriff auf unsere Übernahmeofferte an Porter ist nicht gut aufgenommen worden. Es ist eine feine Linie, die unternehmerische Kühnheit von Piratentum trennt. Übermorgen treffe ich die Präsidenten des Verwaltungsrates und der Generaldirektion der Bank in Zürich. Man hat mich zu einem Gespräch eingeladen."

„Ich gratuliere."

„Es gibt nichts zu gratulieren. Noch nicht. Ich möchte, dass Sie mich begleiten. – Aber jetzt will ich Ihnen die unvergleichliche Aussicht auf die Champs de Mars zeigen, die man von hier oben genießt. Kommen Sie – danach trinken wir Kaffee."

Ihr restlicher Gedankenaustausch verlief in vollendeter Harmonie. Am frühen Nachmittag, bei auserlesenem Cognac, eröffnete Jean Delarive Morat den Plan, zum übernächsten Wochenende sein Beraterteam nach Jarnac zu rufen, um eine Standortbestimmung vorzunehmen und weitere Schritte zu planen.

„Mario de Benedanti hat bereits zugesagt, Pasquale bei unserem gestrigen Telefongespräch ebenfalls – er freut sich darauf, Sie wiederzusehen.

Es ist seine erste Reise nach Europa seit vielen Jahren. Wir werden wichtige Entscheidungen einleiten."

Florianne auch, dachte der Jurist. Ein weiteres verpfuschtes Wochenende wird sie nicht hinnehmen. Laut sagte er: „Ich freue mich ebenfalls."

Jean Delarive nickte und griff nach einer Zigarette. „Gut", erklärte er zufrieden. „Kommen Sie, ich bringe Sie zum Flughafen zurück. Übrigens – Tony wird Pasquale begleiten."

*

Unschalk parkte seinen Wagen an der Straße am Fluss und ging die paar Schritte zurück. Er fühlte sich wohl an diesem Montagabend, vier Tage nach seiner eiligen Rückkehr von New York. Aber im Hintergrund seines Gedächtnisses lauerte die Erinnerung an die schrecklichen Momente des Vergessens, an Verwechslungen von Personen und Orten in Raum und Zeit. Der Boden hatte gewankt unter seinen Füßen, und machtlos war er durch Korridore getaumelt, die ihm fremd waren und die er nicht selber gewählt hatte. Er hatte Olivia Schmerz zugefügt, ohne es zu wollen. Er beschleunigte seinen Schritt, als ließe sich die Angst, die ganz leise nach ihm griff, so verscheuchen.

In der Ferne schlug eine Turmuhr sechs. Die Galerie war bis sieben Uhr geöffnet. Er hatte seinem Sohn zugesagt, die Ausstellung an einem anderen Abend zu besuchen, nachdem er am Eröffnungsabend in sein Büro geeilt war. „Ich bin jeden Abend dort", hatte Thomas erwidert. Und: „Ich freue mich, wenn du kommen kannst."

Er fand die kleine Gruppe renovierter alter Häuser zwischen den verwinkelten Gässchen. Die Galerie Rozzo war nur mit einem Messingschild neben der Tür gekennzeichnet. Unschalk blieb vor der Tür stehen, zögerte, spähte durch ein Fenster ins Innere. Er sah nichts außer ein paar Bildern an der Wand im Hintergrund und einer Eisenplastik auf einem Sockel in der Mitte des großen Raumes.

Wann habe ich zuletzt eine Bilderausstellung betrachtet?, fragte er sich. In London vermutlich. British Museum. Vor vielen Jahren. Alte Schwarten. Gainsborough. Turner. Die Namen stellten sich nur zögernd ein, als hätten sie bei Unschalk nichts verloren. Ein Schimmer von Themselandschaft, vielleicht eine Fuchsjagd. Zu Hause hing einiges, teils ererbt, teils von Olivia angeschafft. Und hier war er im Begriff, eine Ausstellung mit Bildern seines Sohnes zu betreten. *Ob etwas dahintersteckt?* Das Gebäude machte einen respektablen Eindruck. *Ob er seine Werke mit ‚Unschalk' signiert?*

Er trat ein. Der Raum war leer, der Parkettboden knarrte unter seinen Schritten. Als Kind hatte er stets eine Abneigung gegen verlassene Räume gehabt. Heute liebte er die Ruhe seines Büros, die Gelegenheit zur inneren Sammlung, bevor er es verließ, um zu einer Sitzung zu eilen, neuen Zielen, neuen Gelegenheiten entgegen. Wirkte ein leerer Raum auf Thomas ähnlich, oder brauchte er Bewegung, Anreize, um sich zu entfalten?

„Hallo, Vater."

Aus einem Durchgang im Hintergrund des Raumes trat ihm sein Sohn entgegen; er war sauber gekämmt, in eine helle Hose und einen weiten dunkelgrauen Pullover gekleidet.

„Guten Abend, Thomas."

„Es ist schön, dass du Zeit gefunden hast herzukommen."

Die Stimme klang fest. Sie reichten sich die Hand. Thomas zitterte nicht. Er passte in diesen Raum. Unschalk fragte: „Wie geht es dir?" Und: „Was macht diese Eisenplastik in einer Bilderausstellung?"

„Sie gehört dem Eigentümer, Herrn Rozzo. Er ist auch hier. Ich möchte dich mit ihm bekannt machen."

„Gerne. Aber ich möchte deine Bilder sehen."

„Klar."

Das Gespräch verebbte wieder, zu schwindsüchtig, um sich selber zu erhalten. Unschalk versuchte, über sich und diesen Raum die Kontrolle zu erlangen, und Thomas empfand unvermittelt ein wenig Angst vor dem Ausgang dieser ersten Konfrontation seines Vaters mit seinem Werk.

In diesem Augenblick tauchte Manuel Rozzo auf. Er trug ein offenes Hemd und eine graue Tweedjacke mit Lederschonern an den Ellbogen und ähnelte mehr einem Golfspieler als einem empfindsamen Kenner der Künste. Thomas stellte ihn seinem Vater vor. Rozzo fasste Unschalk am Arm und führte ihn nach hinten.

„Kommen Sie, Herr Unschalk. Ich zeige Ihnen das Werk Ihres Sohnes. Wir fangen mit den frühen Skizzen an, dann haben wir die Serie ‚Depression', dann den ‚Aufbruch'. Für die Einzelobjekte lasse ich Sie wieder allein. Es ist ruhig heute. Bei der Eröffnung am vergangenen Freitag hatten wir ein volles Haus."

Die Führung geriet zum Erfolg. Unschalk fand sich vor einer Reihe von Zeichnungen mit starken farbigen Konturen, überlagert von feinen schwarzen Filigranstrukturen. „Ölkreide mit Tusche", erläuterte der Galeriebesitzer. „Eine kraftvolle Technik. Achten Sie auf die Tiefenwirkung."

Die Motive faszinierten Unschalk: eine Brücke, die das andere Ufer nicht erreichte; eine Lokomotive ohne Räder; eine Familie, von leeren Tellern essend; ein schmalgesichtiges Mädchen mit einer Leine ohne Hund. Das waren Herausforderungen, mit denen man sich zu messen hatte, Aufgaben, die bewältigt werden wollten. Die Zeichnungen trugen alle den Namen ‚Unschalk' und die Jahreszahl ihrer Entstehung. Unschalk fand sie gut. Ihre Fragestellung gefiel ihm. Er wandte sich an seinen Sohn, der hinter ihnen stand.

„Was bedeuten diese Bilder? Was willst du damit aussagen?"

Die Antwort kam ohne Zögern: „Eine kaputte Welt, in der sich die Menschen nicht zurechtfinden. Dinge sind stärker als Personen. Ziele lassen sich nicht erreichen."

„Kann man das nicht ändern? Mit Arbeit und mit Disziplin?"

Thomas zuckte die Achseln. „Ich will nichts bewegen. Das müssen andere tun. Ich will nur etwas zeigen."

„Wollen Künstler nicht immer etwas bewegen mit ihrem Werk?"

„Ich weiß es nicht. Manche vielleicht schon."

Mit einem Mal begann Unschalk zu verstehen, dass Thomas sich selber ausdrückte. Seine Welt stimmte offenbar nicht, seine Ziele blieben unerreichbar fern. Konnte das sein? Was für Ziele waren das, die Thomas Unschalk vergeblich anstrebte? Warum wusste er als Vater nichts davon?

„Ich bin beeindruckt", erklärte er. „Sehr sogar."

Manuel Rozzo breitete seine Arme aus. „Thomas kommt gut an beim Publikum." Er deutete auf den kleinen roten Punkt beim Bild vor ihnen und auf den grünen Punkt beim daneben hängenden. „Seit der Eröffnung vor drei Tagen sieben Werke verkauft und vier weitere reserviert. Er ist auf dem Weg nach vorne!"

Thomas Unschalk wirkte entspannt, als sie von Bild zu Bild weiterschritten. Sein Vater überraschte ihn. Er hatte nicht mit Anerkennung gerechnet; schon das Ausbleiben von Kritik hätte ihn motiviert. Ein einziges Mal während seiner Gymnasialzeit hatte er es geschafft, ein Zeugnis ohne ungenügende Noten heimzubringen. Na also, hatte sein Vater gesagt, zuerst das Zeugnis musternd, dann ihn, recht so. Nicht ‚gut', nur ‚recht'. Gut existierte damals nicht in seinem Wortschatz.

Unschalk räusperte sich, nahm irgendwie Anlauf. „Ein schöner Erfolg. Ich gratuliere."

„Danke, Vater."

„Ich – ich hätte Zeit heute Abend", fuhr Unschalk fort. „Darf ich dich zum Essen einladen, Thomas? Und Sie auch, Herr Rozzo?" Dann fügte er hinzu: „Ich habe keine Verpflichtungen heute."

„Zu einem Glas Wein begleite ich Sie beide gerne", erklärte Manuel Rozzo, „aber zum Essen reicht mir die Zeit nicht. Leider."

„Schade. Und du, Thomas?"

„Danke, ja. Nur – Heidi holt mich ab, meine Freundin. Darf sie mitkommen?"

„Klar. Dann lernen wir uns kennen."

Unschalk fühlte sich auf fremdem Territorium. Er hatte nicht vorgehabt, heute Abend mit einem Galeriebesitzer zu speisen oder Wein zu trinken, und der Gedanke an die Begegnung mit der persönlichen Sekretärin seines Konkurrenten Delarive irritierte ihn. Eigentlich hatte er sich vorgenommen, mit Thomas allein zu sein, als hätte er ein Recht darauf.

Dennoch fand er sich wenig später in Begleitung seines Sohnes, von dessen Freundin Heidi B. und Manuel Rozzos in einem behäbigen Gasthaus am Fluss, nahe bei der Galerie. Heidi hatte ihm die Hand gereicht und Thomas und Rozzo zur Begrüßung geküsst und strahlend dazu gelächelt. Sie trug eine rostbraune Regenjacke und hellgraue Hosen.

Ihr Tisch stand in der entfernten Ecke der Gaststube. Der Kellner brachte eine Flasche Merlot Villa Jelmini, auf Empfehlung von Manuel Rozzo. Sie stießen an, und Unschalk gratulierte seinem Sohn nochmals zur Ausstellung; es geriet schon flüssiger als vorhin in der Galerie. Ob er derzeit an etwas Bestimmtem arbeite, wollte er wissen. Ja, aber es sei eine Frage der Stimmung, erklärte Thomas. Manches werde monatelang liegen gelassen oder übermalt oder vernichtet, wenn sich die richtige Eingebung nicht einstelle oder ein starkes Gefühl sich nicht befriedigend in Form und Farbe einfangen lasse. Darin erblickte Unschalk einen bedeutenden

Unterschied zum Geschäftsleben, dort könne man es sich nicht leisten, den Stimmungen nachzugeben, da müssten die anstehenden Aufgaben nach Maßgabe ihrer Dringlichkeit erledigt werden.

„Das mag stimmen", räumte Thomas ein. „Aber stell dir vor, du willst etwas leisten, etwas aussagen, und es gelingt dir nicht. Tag für Tag kein Ergebnis, nichts. Jeder Strich steht am falschen Ort, die Farben stimmen nicht, das macht dich fertig. Es ist, als wenn du umsonst gelebt hättest."

Er hielt inne und trank von seinem Merlot. Heidi legte über die Tischecke hinweg ihre Hand auf die seine. „Manchmal stimmen die Striche und die Farben aber", sagte sie sanft. „Nicht wahr, Manuel?"

Rozzo nickte. „Ich muss mich leider verabschieden."

Unschalk lehnte sich zurück und öffnete seinen Jackenknopf. Er fühlte sich wohl und fremd zugleich. Das Aroma des Weines weckte Erinnerungen an längst überwundene Gefühle. Umsonst gelebt! Die Bemerkung von Thomas ließ ihn wieder an die Bilder denken, die unfertige Brücke, die leeren Teller. Sie unterschieden sich in nichts von seinen unternehmerischen Projekten. Er kämpfte gegen Konkurrenten und Bankiers, Thomas gegen sich selbst. Umsonst gelebt. Sollte die Übernahme von United Chemical misslingen, hätte er auch ein Stück weit umsonst gelebt. Aber es gab keinen Misserfolg, durfte ihn nicht geben. Er musterte Heidi B., als hielte sie den Schlüssel dazu in der Hand. Sie erwiderte seinen Blick, ihr Mund lachte unmerklich, aber ihre Augen blieben unergründlich.

19

Später speisten Unschalk und Thomas allein an ihrem Ecktisch. Kurz nach Rozzo hatte sich auch Heidi B. verabschiedet, unter einem Vorwand, wie es Unschalk schien. *Vielleicht hat sie Gewissensbisse, seit sie gesehen hat, was ihre Indiskretion ausgelöst hat.* Thomas reagierte auf ihren Aufbruch mit einem Stirnrunzeln, sagte aber nichts.

„Wie lange kennt ihr euch?“, fragte Unschalk.

„Seit einigen Monaten.“ Thomas griff nach der Weinflasche und goss seinem Vater und sich selber nach. „Sie hat mir sehr viel geholfen. Ich …“ Er verstummte, blickte Unschalk ins Gesicht, fand keine Ablehnung darin, nahm einen neuen Anlauf. „Ich war rauschgiftsüchtig. Habe zweimal aufgehört damit. Das zweite Mal wäre ich nicht losgekommen ohne sie und ohne eure großzügige Finanzierung meines Lebensunterhalts. – So, jetzt weißt du es.“

Unschalk hörte auf zu kauen. Viele Gedanken entstanden gleichzeitig, ungeordnet und unkontrollierbar. *Wie leichthin er das sagt. Wie wird man süchtig? Wie kommt man los davon? An unserer Erziehung kann es nicht gelegen haben. In schlechte Gesellschaft geraten. Die Malerei.* Unschalk fing wieder an zu zweifeln. Dann entsann er sich der kräftigen Signaturen auf den Bildern. Der roten und grünen Punkte.

„Weiß Mutter davon?“

„Ja.“

„Mir hat sie nichts davon gesagt.“ Unschalk fühlte sich zurückgesetzt.

„Ich weiß“, erwiderte Thomas. „Ich habe sie gebeten zu schweigen. Wenn du nicht heute in meine Ausstellung gekommen wärst, hätte ich es nicht über mich gebracht, darüber zu sprechen. Ich wollte allein damit fertig werden.“

„Das kann ich verstehen.“

„Ich habe auch aufgehört, Alkohol zu trinken, am selben Tage“, fügte Thomas hinzu. Dann sah er Unschalks Blick auf sein Weinglas fallen. Er lachte. „Diesen Entscheid habe ich jedoch wieder aufgehoben“, erklärte er. „Heute Abend.“

Jetzt lachte auch Unschalk. „Wäre zu schade gewesen.“ Er hob sein Glas. Zum ersten Mal seit Langem empfand er Verständnis für seinen Sohn.

Unschalk lernte, dass es sehr leicht war, an Rauschgift zu gelangen. Haschisch-Zigaretten wurden bei Partys herumgereicht wie früher Pralinen zum Kaffee. Sie waren harmlos. Aber die Hochstimmung, die sie vermittelten, weckte den Wunsch nach mehr. Kokain, dann Heroin, Thomas wollte alles kennenlernen. Dem Hoch folgte das Tief. Den Träumen die Albträume, dann der blanke Horror, Abgründe ohne Boden, Tunnels ohne Ausgänge. Thomas erzählte flüssig, schnell, als hätte sich die Geschichte in ihm eigens für seinen Vater aufgestaut. Von den lebenden Toten und ihrer doppelten Abhängigkeit: vom Stoff, den sie brauchten, und vom miesen Händler, der ihn verschaffte. Von der trostlosen Apathie nach der Euphorie, die selbst den Gedanken an Selbstmord, den allgegenwärtigen, ins Land der unerreichbaren Illusionen verbannte.

„Ich hätte gerne allem ein Ende bereitet, vor allem mir selber. Aber da ist gar nichts übrig, kein Quäntchen Energie, nur gerade so viel, wie es braucht, um dich durch die Straßen zum vereinbarten Treffpunkt zu schleppen, um wieder Stoff zu holen.“

Thomas unterbrach sich und trank von seinem Wein. Unschalk begriff nicht, worum es ging. Sein Sohn eröffnete ihm eine fremde Welt.

„Warum ein Ende bereiten? Für jedes Problem gibt es eine Lösung. Ärzte, Spitäler …“

Thomas schüttelte langsam den Kopf. „Vater, dieser Zustand lässt sich fast nicht beschreiben und überhaupt nicht nachempfinden. Wenn die Wirkung des Stoffs aufhört, wird die Welt grau und tot. Du befindest dich in einem anderen Universum als der Rest der Welt. Du siehst Menschen, die du kennst, und sie bedeuten dir nichts. Du hörst Wörter, die gesprochen werden, und du verstehst sie nicht. Du liest einen geschriebenen Satz und weißt am Ende nicht mehr, wie er angefangen hat. Personen, die dir nahestehen, reden dir gut zu, aber du könntest sie umbringen, weil sie dir unerreichbar sind. Verstehst du das?“

„Ich …“

„Nein, du verstehst es nicht. Ich hätte dich das nicht fragen sollen, tut mir leid.“ Er unterbrach sich, zögerte, dachte an die problemvolle Heimkehr seines Vaters vor wenigen Tagen, sagte: „Vielleicht verstehst du es doch. Weißt du, man ist ausgeschlossen, und man kann nichts dagegen tun – außer auf den nächsten Schuss warten. Man taumelt von Abgrund zu Abgrund, das Leben wird zu einer unendlichen Last, die man abschütteln möchte. Aber man weiß nicht wie. Kein Gedanke lässt sich mehr zu Ende denken, das Gehirn versteinert irgendwie, lässt nur noch ein paar Empfindungen durch. Stoff, Schuss, schön – Ende."

Unschalk griff entsetzt nach seinem Glas. Ihn schauderte plötzlich. Aber sein Sohn saß gelassen am Tisch, fast heiter und freundlich wie ein nachsichtiger Lehrer. „Man darf sich nicht umbringen", widersprach Unschalk beschwörend. „Man muss doch leben."

„Ich bin da nicht so sicher", erklärte Thomas. „Was nennst du denn leben? Du sitzt in deinem Büro, hast Macht über Tausende von Mitarbeitern, hältst Konferenzen und Sitzungen ab. In deinem Verwaltungsrat beschließt ihr Maßnahmen, erklärt anderen Unternehmen den Krieg wie römische Feldherren ihren Nachbarn. Gewinnt ihr – weitere Sitzungen. Verliert ihr – erst recht Sitzungen! Warum tust du alles, was du da tust?"

„Aus Pflichtbewusstsein. Man darf seinen Aufgaben nicht ausweichen."

„Unsinn. Du weichst dem Leben aus. Und du versuchst gleichzeitig dem Tod zu entrinnen. Wenn du den Tod vor Augen hättest, würdest du das Leben mehr achten, bewusster erleben, dankbarer empfinden, selbst Schmerz, Verlust und Niederlage. Glück ist Schmerz, hinter dem Gewinn lauert Verlust, im Duft des Sommerregens im Wald schwingt Zerfall, Untergang."

„Wo ist das Leben?", wollte Unschalk wissen.

„Überall", erklärte Thomas ernst. „Schau dich nur um! Bei den Kindern, wenn sie spielen oder streiten. Bei den Kranken, wenn sie ein freundliches Wort hören. Bei den Italienern, wenn sie essen. Bei den Jugoslawen, wenn sie trinken. Überall ist das Leben."

Unschalk fand zu keiner Antwort. Das war nicht mehr der Sohn, der ihn aufgesucht hatte, um ihm mit unsicherer Stimme den Schachzug seines Konkurrenten Delarive zu melden. Das war ein neuer Sohn, der aus einem Reservoir schöpfte, dessen Existenz ihm, dem Vater, bisher verborgen geblieben war. Sein Blick schweifte ab, fiel auf die hintere Wand der Gaststube. An einem kleinen Tisch saß ein eng umschlungenes Paar.

Die ungenierte Offenheit der beiden verwirrte Unschalk, aber es schien hier niemanden zu stören.

Vielleicht hast du recht, dachte er. *Wann habe ich das letztmals erlebt? Mich freudig zur Sinnlichkeit bekannt, ohne Gewissensbisse?* Er sah, dass Thomas schmunzelte, und fühlte sich durchschaut. Aber die Fröhlichkeit seines Sohns steckte an. Er fasste sein Glas.

„Lass uns anstoßen – auf dein Leben."

„Und auf deines!", sagte Thomas.

Sie tranken und fühlten sich einander nahe wie nie zuvor. Unschalk freute sich über den Erfolg der Ausstellung und war stolz, als sei alles sein Verdienst. Thomas war glücklich über die Anerkennung seines Vaters. Er wünschte sich sehr, dass dessen Gedächtnisstörungen bloß auf Überanstrengung zurückzuführen seien. Aber seine Seele fror vor Beklemmung und Angst, der Vater könnte ihm wieder entgleiten.

*

Am folgenden Morgen, kurz nach acht Uhr, versuchte Claude Morat seinen Arbeitstag und seine Gedanken zu ordnen. Die Verrichtungen der ersten halben Stunde hatten eine Fassade der Normalität um ihn aufgebaut: Ein japanischer Konzern hatte zwei Lizenzverträge endlich unterzeichnet und zurückgesandt. In Italien war die Fusion zweier Tochtergesellschaften abgeschlossen, und aus Südkorea lag die Meldung über eine Schadenersatzklage in Millionenhöhe vor; die Erben eines an Krebs verstorbenen Kettenrauchers behaupteten, das neue Antinikotinmittel von Delarive AG habe den Krebs des teuren Angehörigen gefördert, statt ihm das Rauchen abzugewöhnen.

Auf elf Uhr war das Gespräch bei der Helvetischen Bank in Zürich angesetzt. Unternehmensschach sei es, was Unschalk betreibe, hatte Jean Delarive in Jarnac festgestellt. Nichts anderes stand ihnen an diesem Morgen bevor. Die Spieler an der Bahnhofstraße führten die Figuren, vornehm wie Könige und unerbittlich wie Karatekämpfer.

Das Telefon auf Morats Schreibtisch summte diskret und zerriss das Gewebe seiner Vorahnungen.

„Die Bank Panther in Zürich", meldete seine Sekretärin. „Herr Direktor DiNero."

Die gediegene Privatbank, ein elegantes Gebäude, ebenfalls an der Bahnhofstraße. Legendäre Solidität. Pasquales Bruder. Ein Vorstoß aus dem gegnerischen Lager. Tony war sehr aufgewühlt gewesen, als sie ihm am Fest ihres Vaters über die herbe Begegnung der beiden Brüder berichtet hatte.

„Claude Morat", sagte er ins Telefon.

„DiNero, Bank Panther. Guten Tag."

„Guten Tag."

Der Jurist wartete. DiNero sagte: „Ich habe versucht, Herrn Delarive zu erreichen. Man hat mich an Sie verwiesen."

„Was kann ich für Sie tun, Herr DiNero?"

Claude Morat hörte den Atem seines unsichtbaren Gesprächspartners im Telefon. Draußen regnete es aus aprilgrauem Himmel.

„Unsere Bank berät von Zeit zu Zeit Ihren Konkurrenten Basis Chemie und Herrn Dr. Unschalk in Börsenangelegenheiten und bei gewissen Finanztransaktionen", sagte DiNero. „In dieser Eigenschaft rufe ich an."

„Ja?"

„Wir haben natürlich die Aktienkäufe von Delarive verfolgt. Gemeldet haben Sie bis jetzt eine Beteiligung von über drei Prozent. Was haben Sie im Sinn?"

„Im Augenblick steht bei uns United Chemical im Vordergrund. Wir beobachten amüsiert, wie man versucht, uns dort in die Suppe zu spucken."

Der Bankier aus Zürich ließ sich nicht herausfordern. „Außerdem hat der größte Einzelaktionär von Basis Chemie seine Beteiligung – über zehn Prozent – in andere Hände gelegt. Ich nehme an, das waren auch die Hände von Delarive."

Claude Morat schmunzelte. Kanaille, dachte er, ich hätte dich in Florida kennenlernen wollen. „Und?", fragte er.

„Wollen Sie Basis Chemie übernehmen?" DiNero machte eine Pause. Als der Jurist nicht reagierte, fuhr er fort: „Darüber ließe sich unter Umständen reden – natürlich nicht am Telefon."

„Interessant", sagte Morat.

Die Zeiger auf seiner Pultuhr standen auf halb neun. DiNero fing ihn an zu irritieren. Am Morgen hatte ihn Florianne gereizt mit der kühlen Distanz, die sie seit seiner Rückkehr am Sonntagabend an den Tag legte.

Sie gab sich verletzt-abweisend, ohne einen konkreten Vorwurf zu artikulieren. Und indem sie hartnäckig schwieg, machte sie es ihm schwer, sie zu beschwichtigen, Erklärungen abzugeben. Er verdrängte die lästige Erinnerung, entschlossen, DiNero so rasch als möglich loszuwerden. „Was schlagen Sie vor?"

„Wie ich schon darlegte", erwiderte der Bankier, „besteht bei Basis Chemie unter Umständen Bereitschaft, über einen Zusammenschluss zu reden. Das ist alles."

Claude Morat stutzte. Der Bankier redete verschleiert wie das Orakel zu Delphi. Versuchte er, Gespräche über eine freundschaftliche Annäherung der beiden Konzerne einzuleiten, um einen feindseligen Übernahmekampf in letzter Minute zu verhindern?

„Dieses Thema sollte zwischen den Herren Unschalk und Delarive erörtert werden, finden Sie nicht auch?", gab der Jurist zurück. Er fuhr fort, ohne eine Antwort abzuwarten: „Ich unterrichte Herrn Delarive über unser Gespräch. Wenn er mich dazu ermächtigt, rufe ich Sie wieder an."

*

Bis zur Abfahrt nach Zürich mit Delarive blieb noch eine Stunde. Claude Morat brachte es nicht fertig, sie mit sinnvoller Arbeit auszufüllen. Sein Blick wanderte vom Pult mit dem Rest der Morgenpost zum Fenster, das – von Regentropfen rinnsalweise zum Leben erweckt – den Blick über den Fluss mehr verwischte als freigab. Wie durch eine Hintertür kehrte die Erinnerung an Tonys Lied zurück. Auch dort war, kurz und ungebeten, ein Bild von Regen in einer Nebellandschaft in ihm aufgestiegen, einer Vorstufe zu alles eindeckender, gleichmachender Nacht. Aber Tony hatte ihn zurückgeholt aus den Fängen einer schwermütig entfliehenden Melodie, zurück in eine Gegenwart warmer Vertrautheit, die keine Grenzen kannte, in eine Landschaft reiner Liebe.

Aus einer Schublade nahm er zwei Bogen weißen Papiers, breitete sie vor sich aus und schrieb einen Brief an Tony.

Meine Liebe,

seit wir uns vergangene Woche begegnet sind, habe ich gelernt, dass die Dinge nicht so sind, wie sie scheinen. Und du hast mich gelehrt, dass ich nicht so bin, wie ich mir selber erschien. Auch weiß ich nicht mehr, was Ursache ist und was Wirkung. Haben wir zueinandergefunden, weil ich auf dich wartete, oder bin ich heute bereit, meinen Alltag infrage zu stellen, weil es dich gibt?

Du bereitest mir Probleme, meine schwarzhaarige Liebe, Probleme, die mir teuer sind. Der Gedanke an dich lässt mich in meiner Arbeit innehalten, mein Blick wandert über den Fluss unter meinem Fenster, und es ist der Middle River. Vorgestern in Paris spazierte ich an der Seine, und es war Fort Lauderdale mit seinen Kanälen. Eine Sekretärin steckt den Kopf in mein Büro, und ihr Gesicht verwandelt sich in deines.

Ich warte ungeduldig darauf, dich wiederzusehen, festzustellen, ob alles noch stimmt, wie es letzten Freitag gestimmt hat. Ich warte darauf, mit dir zusammen zu sein – unbeschwert und glücklich. Ich möchte mit dir wieder Whisky trinken – wie flüssiges Gold, sagtest du und freutest dich darüber.

Übernächstes Wochenende trifft sich das Beraterteam von Jean Delarive in Jarnac. Ich habe vernommen, dass du deinen Vater begleitest – ich freue mich darauf.

Dein Claude.

Morat unterbrach sich, um das Geschriebene durchzulesen. Es erschien ihm fremd wie der Inhalt einer zufällig aufgeschlagenen Seite eines Buches. Aber seine Handschrift identifizierte ihn als Urheber. Dann fiel ihm ein, dass er mit der Niederschrift seine Gefühle und Gedanken offenbarte, sie der Umwelt preisgab, noch bevor sie bei Tony eintrafen. Er griff nach einem neuen Blatt Papier und schrieb die letzten zwei Absätze nochmals ab; die Wörter ‚Jean Delarive in Jarnac' ersetzte er durch „J. D. in J.". Danach zerriss er die erste Version des zweiten Blattes in kleine Schnitzel und warf sie in den Papierkorb.

Er schrieb Tonys Adresse auf einen Briefumschlag und faltete den Brief zusammen. Er machte den Umweg zum hausinternen Postbüro, um den Brief aufzugeben, bevor er Delarive für die Fahrt nach Zürich abholte.

20

Die Fahrt auf der Autobahn nach Zürich verlief geruhsam, fast monoton. Während sie durch den Belchentunnel ins Mittelland, dann im Aprildauerregen ostwärts Richtung Zürich rollten, erörterten Jean Delarive und Claude Morat das Ziel, das sie im Gespräch mit den Spitzen der Helvetischen Bank zu erreichen beabsichtigten: Unterstützung von Delarive AG im Übernahmekampf.

Jean Delarive griff auch den Vorschlag auf, mit Unschalk über eine Annäherung der beiden Konzerne zu verhandeln. „Nur um Maß zu nehmen für unsere Auseinandersetzung", erklärte er. „Unschalk ist ein Gegner von Format. Aber diesmal ist er zu weit gegangen. Er hat alles aufs Spiel gesetzt, er riskiert, alles zu verlieren."

Sie überholten einen holländischen Lastwagen, der ihnen die Vorderscheibe vollspritzte.

Claude Morat sagte: „Dann sind Sie damit einverstanden, dass ich Vico DiNero zurückrufe und Bereitschaft zu einem unverbindlichen Gespräch signalisiere?"

„Ja. Unschalk soll das Thema bestimmen. Ich bestimme den Ort."

„Und der Zeitpunkt?"

„Vor dem Treffen unseres Beraterteams in Jarnac", sagte Delarive ohne zu zögern. „Dann wissen wir bereits, wie viel Unterstützung wir von der Bank zu erwarten haben; wir werden weitere Aktien von Basis erworben haben, und wir können danach unsere Politik gegenüber United Chemical festlegen."

Ihre Limousine hielt um zwei Minuten vor elf vor der Helvetischen Bank in der Bahnhofstraße. Sie betraten den mächtigen Sandsteinbau. Links und rechts vom gläsernen Zugang zur Schalterhalle wurden von zwei Kommandopulten aus die Korridore bewacht, die ins sakrosankte Innenleben der Bank führten. Der Hauptportier sprang auf, als er sie gewahrte. Er erkannte Morat von früheren Besuchen bei seiner Generaldirektion und Delarive aus den Wirtschaftsmagazinen.

„Guten Tag, die Herren. Willkommen, Herr Delarive, Herr Morat. Folgen Sie mir, bitte."

Claude Morat nickte ihm freundlich zu. „Guten Tag, Herr Sommerhalder. Alles in Ordnung?"

„Danke." Der Hauptportier seufzte illusionslos; seit über zwanzig Jahren empfing er sechssprachig Kunden aus allen Erdteilen. Er begleitete sie zum Lift. „Die Leute sind nicht mehr, was sie mal waren. Jeans und Turnschuhe, keine Manieren. Und bringt ein Geschäftsmann aus Übersee einen stattlichen Betrag in bar, so ist er ein Geldwäscher, und wir kriegen Ärger! Ich bitte Sie, wozu gibt es denn Banknoten, wenn nicht, um sie zur Bank zu tragen? Im täglichen Leben braucht man sie ja kaum mehr, da genügen Kreditkarten." Er unterbrach sich, um ihnen die Lifttür zu öffnen.

„Es ist ein Jammer", bestätigte der Jurist. „Wird immer schlimmer."

Im obersten Stock wurden sie von Dr. Wilhelm Steinach, dem Präsidenten des Verwaltungsrates, und Konrad Tanner, dem blonden, hünenhaften Chef der Generaldirektion, empfangen. Steinach war ein Seigneur alter Schule; in seinem anthrazitfarbenen Anzug mit Weste und mit seiner hohen, von viel Einsicht und Erfahrung zerfurchten Stirn verbreitete er Sicherheit und Vertrauen in die Instinkte des redlichen Maklers der Begüterten. Konrad Tanners blaue Augen hingegen versprühten Kampfeslust und Ungeduld; während seiner Ausbildung zum Obersten im Generalstab hatte er die Technik der Organisation und das Handwerk der Menschenführung gelernt, auf seinem Weg an die Spitze einer Großbank die Kunst der Manipulation und die Gabe der Intrige zur Vollkommenheit entwickelt.

Steinach bat sie zu sich. Die Sitzgruppe aus hellbraunem Ziegenleder verführte mehr zum Ausruhen als zum Denken. Ein Landschaftsbild von Ferdinand Hodler an der weiß getünchten Wand dahinter verkündete lautlos Harmonie und Milde.

„Herr Delarive, ich danke Ihnen, dass Sie unsere Einladung angenommen haben", eröffnete Steinach das Gespräch. „Und es war eine gute Idee, Herrn Morat mitzubringen."

„Ihr Interesse an meinem Unternehmen freut mich", erwiderte Jean Delarive. „Wir sind gerne gekommen."

Steinach fuhr fort, langsam und bedächtig: „Wir haben Ihnen auch zu danken, dass Sie Ihre bedeutenden Transaktionen der letzten Tage über unsere Bank abgewickelt haben."

„Unsere lange Geschäftsbeziehung hat sich ein weiteres Mal bewährt."

Die Tür ging auf. „Da kommt Frau Egger", sagte der Bankier strahlend. „Sie wird uns gleich Getränke anbieten. Was möchten Sie gerne trinken? Es steht fast alles zur Verfügung."

„Alles", berichtigte Frau Egger ihren Chef mit nachsichtigem Lächeln.

„Für mich einen Kaffee, bitte", sagte Delarive.

Claude Morat schloss sich an. „Für mich auch."

„Einen *jus d'orange*", erklärte Karl Tanner.

„Sehr wohl."

Steinach blinzelte verschwörerisch. „Um diese Zeit gönne ich mir gerne einen kleinen Sherry – natürlich nur, wenn ich Gesellschaft habe. Ich hoffe, er ist schön kühl."

„Natürlich." Frau Egger zog sich zurück.

„Also, meine Herren!" Steinach lehnte sich zurück, behaglich, als wäre Sonntagnachmittag. „Sie haben das größte Einzelpaket von Basis-Aktien erworben, Herr Delarive. Sie kaufen seit Tagen über die Börse alles auf, was zu haben ist. Ich habe mich gefragt, ob diese Maßnahmen das bedeuten, was ich daraus herauszulesen meine?"

„Was lesen Sie, Herr Dr. Steinach?", fragte Delarive.

„Sie wollen Basis übernehmen."

„Ja."

„Weiß Unschalk davon?"

Auf dem Marmortisch stand ein Aschenbecher. „Darf ich rauchen?", fragte Delarive. Als Steinach nickte, zündete er sich eine Zigarette an und fuhr fort: „Wir haben heute früh der Börsenaufsicht und Basis Chemie gemeldet, dass wir das Paket von Pasquale DiNero erworben haben und dass unsere Beteiligung die 10-Prozent-Grenze überschritten hat. Aber wir haben ihm noch nicht offiziell den Krieg erklärt."

„Könnte es sein, dass Sie ein wenig Hilfe brauchen?", erkundigte sich Steinach freundlich.

Delarive lachte. „Könnte es denn sein, dass ein wenig Hilfe verfügbar wäre?"

„Unter Umständen, Herr Delarive. Unter Umständen." Steinach wiegte bedächtig seinen markanten Kopf hin und her. „Ich glaube nicht, dass Sie es allein schaffen."

„Wir wollten eigentlich United Chemical übernehmen, wie Sie wissen. Unschalk ist uns in die Quere gekommen. So hat ein Schritt zum nächsten geführt.“ Delarive sog an seiner Zigarette, inhalierte langsam, stieß den Rauch wieder aus. „Unschalk hat es sich selber zuzuschreiben, dass wir ihm eine Quittung präsentieren.“

„Ich verstehe. Wie viele Basis-Aktien haben Sie beisammen?“

„Gut fünfzehn Prozent, Stand von gestern Abend.“

Der Verwaltungsratspräsident der Helvetischen Bank nickte anerkennend. „Beachtlich, Herr Delarive, höchst beachtlich. Wie sieht Ihr Szenario aus?“

Claude Morat sah, wie Jean Delarive unmerklich zögerte. Er zweifelte, wie gut das Bankgeheimnis in der obersten Etage der Bank gehütet wurde. Wenn die Schachpartie es erforderte, wurde es zuweilen geopfert wie ein exponierter Läufer. Delarive sagte: „Zunächst kaufen wir weiter, was an Basis-Aktien am freien Markt erhältlich ist. Der endgültige Entscheid, ob den Publikumsaktionären ein Übernahmeangebot unterbreitet wird, fällt am übernächsten Wochenende. Natürlich müssen wir ein Angebot veröffentlichen, wenn wir die Grenze von 33 Prozent überschreiten. Falls es nicht dazu kommen sollte, finden wir Mittel und Wege, als größter Aktionär von Basis Chemie unseren Einfluss geltend zu machen.“

Dr. Steinach schmunzelte. „Das bezweifle ich nicht, Herr Delarive.“ Er blickte wohlwollend wie ein Pastor. „Brauchen Sie Geld?“

Frau Egger kam zurück, ehe Delarive antworten konnte. Sie verteilte die Getränke. „Brauchen Sie Geld?“, wiederholte Steinach. Es klang nun wie eine Examensfrage.

„Im Augenblick nicht“, erwiderte Jean Delarive. „Für Basis Chemie sollten unsere derzeit verfügbaren Mittel ausreichen. Kommt United Chemical dazu, benötigen wir einige Milliarden als Überbrückungskredit. Für die endgültige Finanzierung würden wir den Kapitalmarkt beanspruchen.“

„Also brauchen Sie Geld“, stellte Steinach fest. Er griff nach seinem Sherry. „Auf gutes Gelingen!“ Er trank und fuhr sich mit der Zunge genießerisch über die Lippen. Konrad Tanner saß entspannt neben ihm und schwieg.

Delarive drückte seine Zigarette aus und tat Zucker in den Kaffee. „Als wir vorhin von Hilfe sprachen, dachte ich an die Stimmrechte, über die

Ihre Bank verfügt", sagte er. „An Ihren Aktienanlagefonds, der – wenn ich mich nicht irre – mehr als 50 Millionen eingetragene Namenaktien besitzt, und an die Aktien Ihrer Kunden, für die Sie das Depotstimmrecht ausüben. Wir werden an der Generalversammlung von Basis am 25. Mai Antrag auf Zuwahl von Verwaltungsräten unseres Vertrauens stellen. Dann wäre uns Ihre Unterstützung willkommen."

Dr. Steinach nickte. „Das ist offensichtlich. Herr Tanner hat einige Überlegungen angestellt, wie wir Ihren und unseren Interessen dienen könnten."

Tanner griff das Stichwort für seinen Einsatz auf. „Sie brauchen Hilfe, Herr Delarive", stellte er fest. „Wir sind bereit mitzumachen, weil Sie ein bedeutender Kunde unseres Hauses sind."

„Außerdem hat Dr. Unschalk die Regeln des Anstands im Geschäftsleben verletzt", fügte Dr. Steinach versöhnlich hinzu. „Schweizer Unternehmen sollen sich im Wettbewerb um den Absatz ihrer Produkte bekämpfen, nicht bei Firmenkäufen im Ausland."

„Diese Haltung ehrt Ihre Bank", warf Delarive ein. „Ich danke Ihnen dafür."

Konrad Tanner nippte an seinem Orangensaft. „Wir wollen auch etwas von Ihnen", sagte er kühl.

„Das kann ich mir vorstellen."

Tanner fuhr fort: „Mit dem Aktienbestand unseres Anlagefonds und den Depotstimmrechten unserer Kunden bringen wir schätzungsweise weitere 16 Prozent aller Basis-Aktien auf Ihre Seite. In London stehen wir in Verbindung mit einem großen Anleger, einem Pensionsfonds, der über 20 Millionen Aktien hält. Er wäre bereit, sie auf unsere Empfehlung hin zu verkaufen – macht weitere dreieinhalb Prozent. Wir offerieren Ihnen das Paket, Abrechnung morgen, zum heutigen Tagesschlusskurs."

„Einverstanden", sagte Delarive nach kurzem Zögern.

Tanner fuhr fort: „Wir erwarten, dass Sie – ungeachtet, ob es zu einer Übernahme kommt oder nicht – Ihre sämtlichen Basis-Titel während mindestens eines Jahres bei uns im Depot verwahren. Wenn die Übernahme gelingt, werden Sie die beiden Konzerne wohl gelegentlich fusionieren. In diesem Fall schlagen wir für die Abwicklung die Bildung eines Bankenkonsortiums unter unserer Führung vor, zusammen mit dem Schweizerischen Kreditverein. Schließlich übernehmen wir gerne die

Führung bei den Finanzierungsoperationen, die aktuell werden, falls auch United bei Ihnen landen sollte. – Können Sie sich diesen Vorstellungen anschließen, Herr Delarive?"

Jean Delarive ließ eine Pause eintreten. Er trank von seinem Kaffee, dann stellte er die Porzellantasse behutsam zurück. *Tanner durfte ruhig ein paar Augenblicke warten; sein Kommandoton gefiel ihm nicht.* „Meißener Porzellan, nicht wahr, Herr Dr. Steinach?", sagte er zum Bankpräsidenten.

„Ja." Steinach nickte anerkennend. „Sie haben ein gutes Auge, Herr Delarive."

„Ich liebe die Kombination mehrerer Farben bei diesen zarten Mustern. Man sieht nicht mehr oft echtes altes Geschirr im Gebrauch."

„Es gehört mir, nicht der Bank", sagte Steinach. Ein Anflug von Besitzerstolz stahl sich in sein Gesicht. „Freut mich, dass es Ihnen gefällt."

Erst jetzt wandte sich Delarive dem Direktionspräsidenten der Bank zu. „Entschuldigen Sie, dass ich abgeschweift bin, Herr Tanner. Aber auserlesene Kunstgegenstände sind meine große Schwäche. Nun zu Ihren Vorschlägen. Mir erscheinen sie annehmbar, aber ich möchte auch hören, was Herr Morat dazu zu sagen hat."

„Bitte sehr." Tanner schien irritiert. „Zwei Meinungen sind oft besser als eine."

Der Jurist richtete seinen Blick auf den strengen Scheitel des Bankiers, dann auf seinen Chef. In Delarives Augen las er dessen Verachtung für den blonden Streber. Tanner erinnerte ihn an einen Pfadfinderführer aus seiner Jugendzeit, der, allzeit bereit, Ordnung und Disziplin gefordert und dafür, im Unterschied zu anderen, Freundschaft und Zusammengehörigkeit vernachlässigt hatte. Er mochte Tanner ebenfalls nicht.

„Wenn es zu einem förmlichen Übernahmeangebot kommt, so verläuft es in zwei Phasen", erklärte Claude Morat. „In der ersten Phase offerieren wir allen Aktionären den Kauf ihrer Aktien zu einem bestimmten Preis gegen Barzahlung. Diese Offerte ist befristet bis zehn Tage nach der Generalversammlung von Basis vom 25. Mai. Wenn eine ausreichende Mehrheit zusammenkommt, bereiten wir in der zweiten Phase die Fusion der beiden Unternehmen vor. Außerdem beantragen wir der Generalversammlung die Wahl einiger neuer Verwaltungsräte. Ich rege an, dass in der ersten Phase Ihr Anlagefonds seine Basis-Aktien noch behält und lediglich das Stimmrecht zu unseren Gunsten ausübt. Im Übrigen kann ich mich Ihren Vorschlägen anschließen."

„Ihr Punkt ist gut gewählt, Herr Morat", äußerte sich Steinach beifällig. „Man soll nie mehr Geld ausgeben als unbedingt nötig. So sind die alten Vermögen unseres Landes entstanden."

Tanner räusperte sich. „Da wäre noch etwas, Herr Delarive."

„Ja?"

„Angesichts der bedeutenden Leistungen, die unsere Bank erbringen soll, würde man eine Vertretung unseres Hauses in Ihrem Verwaltungsrat als angemessen erachten."

Jean Delarive lachte. „Kein Problem, Herr Tanner. Es wird in jedem Fall Veränderungen geben. Herr Dr. Steinach ist mir hochwillkommen – oder wen immer er allenfalls delegiert, falls er selber unabkömmlich sein sollte."

Steinach streckte in einer spontanen Geste beide Arme aus, als sei genug geredet worden. Man sah ihm an, dass er zufrieden war. „Meine Herren, ich schätze mich glücklich, dass in allen wesentlichen Punkten Übereinstimmung besteht. Wenn Sie mir einen Blick auf die Uhr gestatten – ich habe im ‚Dolder' zum Essen reservieren lassen."

Beim Hinausgehen wandte sich Konrad Tanner an Morat. „Was haben Sie eigentlich mit Unschalk im Sinn?"

21

An diesem Dienstag hatte Unschalk beinahe wieder zu seiner alten Routine zurückgefunden. Methodisch befasste er sich mit allen Aspekten der Übernahme von United Chemical. Am Wochenende war auch Diggelmann aus New York zurückgekehrt. Er hatte sich mit John Porter gut verstanden. Wie eine kleine Wolke ging Unschalk allerdings der Eindruck einer undefinierbaren Verstimmung durch den Kopf; an seine düsteren Gefühle auf dem Rückflug von New York vermochte er sich indessen nicht zu erinnern. Die Tatsache, dass Delarive in großem Stil Basis-Aktien aufkaufte, verdrängte er; die Warnungen Vico DiNeros schlug er in den Wind. Es passte nicht in sein Weltbild, dass jemand versuchte, Basis Chemie zu übernehmen.

Vor einer Stunde hatte er mit Porter telefoniert. Der Amerikaner hatte ihm bestätigt, dass bisher von Delarive AG kein höheres Angebot eingetroffen sei und dass er seinem Verwaltungsrat das Angebot von Basis Chemie zur Annahme empfehlen werde.

Vera Keller fand ihren Chef zufrieden schmunzelnd an seinem Schreibtisch sitzen, als sie sich nach fünf Uhr von ihm verabschiedete.

„Sie scheinen zufrieden zu sein. Klappt alles?", fragte sie.

Unschalk nickte. Er mochte die kleinen Feierabendgespräche mit seiner Sekretärin. „Ja", sagte er. „Porter spurt. Er unterstützt unser Angebot – wenn uns Delarive nicht überbietet."

„Fein." Sie strahlte, als hätte Porter seine Unterstützung ihr zugesagt. Dann wechselte sie das Thema. „Wie hat Ihnen eigentlich gestern die Ausstellung Ihres Sohnes gefallen?"

Unschalk antwortete nicht gleich. Er lehnte sich zurück, und sein Blick verlor sich irgendwo zwischen Vera Keller und dem großen Fenster, das einen trüben Apriltag von ihm fernhielt. Er war nicht bereit, vor seiner Mitarbeiterin die Gefühle auszubreiten, die ihn angesichts des Werkes seines einzigen Sohnes erfüllt hatten. Noch ließ sich – wie bei einem neuen Medikament – nicht beurteilen, ob Thomas den Durchbruch wirklich schaffen würde. „Gut", erwiderte er endlich. „Ich war beeindruckt."

„Ich auch", erklärte Vera Keller. „Ich war am Sonntag dort. Er hat mich nicht gesehen."

Unschalk fuhr fort: „Ich habe seine Freundin kennengelernt, Heidi B. Wir haben nach der Ausstellung zusammen Wein getrunken." Es klang wie eine Entschuldigung. „Wenn bekannt würde, dass ich mich mit Delarives Assistentin traf. Unvorstellbar!"

„Das muss ein denkwürdiger Moment gewesen sein!"

„In der Tat." Unschalk lachte leise. „Die beiden scheinen sehr verliebt zu sein. Zumindest erweckten sie diesen Eindruck."

„Das ist schön", sagte Vera Keller.

„Warum?", fragte Unschalk.

„Ist es nicht die Liebe, die uns am Leben hält?"

„Ich weiß es nicht", erwiderte Unschalk unbehaglich. Das Gespräch nahm eine Wendung ins Schwierige. In seiner Welt herrschten heute Fakten, nicht Launen und Stimmungen. „Ich verstehe nichts von Liebe."

„Das ist schade. Sind Sie sicher?"

Er fühlte sich herausgefordert von ihrer sanften Hartnäckigkeit. Er dachte nach. „Liebe ist aktive Zufriedenheit einer anderen Person gegenüber", erklärte er. „Man fühlt sich besser in ihrer Gegenwart als ohne sie. Ist es das, was Sie erwartet haben?"

Vera Keller schüttelte den Kopf. „Ich habe nichts erwartet. Jedenfalls nichts Bestimmtes. Aber Liebe geht doch viel tiefer. Ihre Definition ist intellektuell. Liebe wühlt doch auf. Ihr Magen dreht sich, wenn Sie die bestimmte Frau, den bestimmten Mann von Weitem erblicken. Liebe raubt Ihnen den Schlaf, wenn Sie an die geliebte Person denken. Und die Liebe gibt Ihnen den Schlaf zurück, der Ihnen aus Sorge und Kummer abhandengekommen ist. Liebe macht uns milde und nachsichtig und lässt uns gute Dinge tun. – Entschuldigen Sie!" Sie hielt inne. „Ich hätte nicht so direkt sein dürfen. Aber ich verstehe Ihren Sohn recht gut."

Unschalk schloss die Augen. Der Misserfolg mit Andrea. Dann versuchte er sich zu erinnern, was für Gefühle ihn erfüllt hatten, als er Olivia bat, ihn zu heiraten. Sie hatte ihm gefallen, kein Zweifel. Aber sein Magen hatte sich nicht gedreht, wenn er sich mit ihr traf. „Sie bringen mich in Verlegenheit", sagte er zu Vera Keller. „Das ist wahrscheinlich nicht bei allen Menschen gleich."

*

Als seine Sekretärin gegangen war, schickte sich Unschalk ebenfalls an, nach Hause zu fahren. Ihren Vorstoß in die steppenähnliche Welt seiner Gefühle hatte er vergessen. Auf seinem Schreibtisch gab es nichts zu ordnen; die notwendigen Informationen über United Chemical ruhten abrufbereit in seinem Gedächtnis. Die Ungewissheit über den Fortgang des Übernahmekampfes belastete ihn. Die Information des Bankiers Vico DiNero über den Verkauf der Basis-Aktien seines Bruders Pasquale an Delarive hatte er zur Kenntnis genommen, aber sogleich beiseitegeschoben. Zurück blieb nur eine kleine Wolke der Unzufriedenheit, die jedoch immer größer wurde, je weniger er sie zu identifizieren vermochte. Mit dem Gefühl, dass ihm etwas Wichtiges entgleite, machte er sich auf den Weg in die unterirdische Garage. In einer Stunde erwartete er DiNero zusammen mit Werner Diggelmann und Paul Kern bei sich zu Hause zur Berichterstattung über DiNeros Begegnung mit seinem Bruder Pasquale in Fort Lauderdale. Einer seltenen Regung folgend hatte er sie zum Abendessen eingeladen.

Während er in die Ausfahrtsrampe einschwenkte, fielen ihm Thomas' Zeichnungen ein und sein lakonischer Kommentar dazu: Eine kaputte Welt, in der sich die Menschen nicht zurechtfinden. Fand er sich denn in seiner Welt noch zurecht? Die Erinnerung an den Koffer, den er am Flugplatz vergessen hatte, beschämte ihn. Unter Olivias peinvollen Fragen am Morgen danach, in Gegenwart von Thomas, war er sich hilflos und nackt vorgekommen. Das war die Angst seines Lebens: sich unschicklich zu benehmen, zu spät zu kommen, etwas Wichtiges zu verpassen, etwas falsch zu machen. Schmachvoll fiel ihm ein, wie er Belleville mit New York, die Fahrt nach Hause mit dem Weg zu John Porter verwechselt hatte. So etwas durfte nicht wieder geschehen; es war unerträglich, sich vor Olivia so bloßzustellen, oder gar vor Thomas, jetzt, da sein Sohn anfing, sich zu einer Persönlichkeit zu entwickeln.

Unschalk fing sich wieder, als er sich in den Verkehrsstrom des Vorfeierabends einreihte. Hinter einem nervösen Sportwagenfahrer, aber vor einem ungeduldig schnaubenden Lastwagen fand er Platz in der Fahrspur. Es regnete in Strömen, die Stadt verschwamm vor seiner Windschutzscheibe, doch er dachte nicht daran, die Scheibenwischer einzuschalten. Seine Gedanken wanderten zurück in die Vergangenheit, als seine Eltern umsichtig und mit Zielstrebigkeit daran arbeiteten, ihn zu umsichtiger und zielstrebiger Lebensführung zu erziehen. Noch als achtjähriger Schüler hatte er an regnerischen Frühlingstagen wie dem heutigen lange graubraune Wollstrümpfe zu tragen. Der Hinweis auf die forschen Kniesocken seiner Mitschüler mit farbigen Ringen unterhalb des Randes verfing nie. „Wir sind für deine Gesundheit verantwortlich, nicht für die deiner Kameraden", lautete die nicht widerlegbare Begründung. Seine Eltern wollten stets nur das Beste für ihn, wie sie ihm immer wieder versichert hatten. Er hatte es wohl oder übel hinnehmen müssen.

Zufrieden, dass er nun selber über seine Strümpfe zu bestimmen vermochte, folgte er dem Sportwagen vor ihm durch den Regen. Er nahm ihn nur als undeutliche Kontur wahr im ungehindert fließenden Wasserschleier vor seinen Augen. Vieles, was man ihm in seiner Jugend gegen seinen Willen eingetrichtert hatte, erwies sich im Nachhinein durchaus als brauchbar. War ein Ziel einmal als richtig erkannt, nach gründlicher Abwägung aller Faktoren, so gebot die natürliche Pflicht, alle verfügbaren Kräfte auf seine Erreichung einzusetzen.

Mit roten Schlusslichtern entschwand der andere Fahrer in den abendlichen Mahlstrom der weiten Kreuzung vor ihnen. Die Verkehrsampel wechselte von Grün auf Rot. Unschalk wunderte sich kurz darüber, ließ sich aber nicht stören, sondern fuhr weiter. Er sah nicht die Ungetüme, die von links und rechts auf ihn losstürmten, ihm den Weg abzuschneiden versuchten. Er hörte jedoch lautes Bremsen und Hupen, aber es war hinter ihm und brauchte ihn nicht zu scheren. Er konzentrierte sich wieder auf die verschwimmenden Umrisse des anderen Wagens, der ihm als Lotse im Wassernebel diente, obwohl sich der Abstand vergrößert hatte.

*

Zu Hause hatte Olivia das Tischchen im Wintergarten für Unschalks Besprechung mit seinen Mitarbeitern und Vico DiNero hergerichtet. Im silbernen Eiskühler ruhte eine Flasche Chablis. Kurz nach halb sechs trafen Diggelmann, Kern und DiNero in Abständen von kaum drei Minuten ein. Olivia empfing die Gäste; der Bankier küsste sie laut schmatzend auf beide Wangen.

„Olivia, meine Liebe! Du siehst strahlend aus wie die Mittagssonne am Himmel der Toskana. Geht es dir gut?"

„Ja." Sie spielte mit. „Wenn ich dich sehe, Vico, vergesse ich, dass es draußen schüttet wie aus Kübeln. Komm herein."

„Es schüttet nicht. *Il cielo piange* – der Himmel weint, weil wir uns so selten sehen!"

Als alle sich im Wintergarten niedergelassen hatten, tischte sie selbst gebackene Blätterteigplätzchen auf und zog sich zurück. Unschalk, nun perfekter Gastgeber, reichte den Weißwein und erlaubte Paul Kern, seine Pfeife zu rauchen. Durch die Glasscheiben sah man den Regen niedergehen, so heftig und gleichförmig wie während des größten Teils des Tages.

Niemand hatte viel Lust auf kleine Konversation. Unschalk, die Eroberung von United Chemical als Lebensaufgabe vor Augen, behandelte die Zusammenkunft sogleich als geschäftlichen Anlass.

„Meine Herren, erster Zweck dieser Sitzung ist, uns alle auf denselben Informationsstand zu bringen. Von verschiedenen Seiten droht Sand ins Getriebe unserer Strategie zu geraten. Wir müssen deshalb, zweitens, unsere nächsten Schritte und Maßnahmen festlegen. Vorweg jedoch: John Porter hat mir heute, vor einer guten Stunde, bestätigt, dass er unser Angebot unterstützt und seinem Verwaltungsrat zur Annahme empfiehlt. Das nützt uns allerdings nur so lange, als nicht von Delarive ein höherer Preis geboten wird. Nun hat aber Vico DiNero einige Informationen, die wir bei unserer Planung einbeziehen müssen. Vico, bitte!"

Der Bankier rückte nach vorne und sagte: „Ursprünglich war beabsichtigt, Sie über meinen Kurzbesuch in Florida bei meinem Bruder zu unterrichten. Das werde ich auch tun. Aber seither sind Dinge geschehen, die mich alarmieren. Die amerikanische Tochtergesellschaft unserer Bank ist von der Wertschriftenbehörde aufgefordert worden, über alle Transaktionen der Bank Panther mit United-Aktien Auskunft zu erteilen."

„Also gab es solche Transaktionen in Ihrer Bank?", erkundigte sich Diggelmann.

Der Bankier setzte zu einer Antwort an, aber Paul Kern hinderte ihn daran. „Halt!" Er stellte sein Weinglas klirrend auf den Glastisch. „Ich weiß nicht, was Sie uns sagen wollen. Aus rechtlichen Gründen sollten Sie es für sich behalten. Am 2. Mai erscheint Herr Diggelmann vor einer Federal Grand Jury in New York. Je weniger er weiß, desto weniger kann er aussagen."

Werner Diggelmann, der Vorsitzende der Konzernleitung von Basis Chemie, lehnte sich zurück und holte tief Atem. „Ich verstehe Herrn Kern“, sagte er. Die Bartstoppeln hatten einen schwarzen Schimmer über sein schmales Gesicht gelegt. „Kommt hinzu, dass Tom Alexander nun dringend dazu rät, Dr. Unschalk solle sich am selben Tag freiwillig ebenfalls für eine Zeugenaussage zur Verfügung stellen.“

„Das gefällt mir überhaupt nicht“, intervenierte der Chefjurist erneut. „Ich möchte Dr. Unschalk so lange als möglich heraushalten. Umso mehr, als Delarive anfängt, sich bei uns einzunisten. – Wie denken Sie selber darüber?“, wandte er sich an seinen Konzernherrn.

„Noch gar nicht“, erklärte Unschalk flach. „Ich höre Ihnen zu.“

Er hatte plötzlich Mühe, sich auf das Gespräch zu konzentrieren, das er so schwungvoll eingeleitet hatte. Er sah das Gesicht Diggelmanns mit dem wachen Blick, die Glatze seines Chefjuristen Kern und die ausdrucksvoll gerunzelte Stirn darunter sowie den Bankier Vico DiNero, seinen Freund mit dem silbrigen Schnurrbart. Alle blickten auf ihn, erwarteten etwas von ihm, und sie erschienen ihm wie die körperlosen Gesichter von Pappfiguren in einer Jahrmarktsbude, auf die man mit Stoffbällen warf und die nach hinten kippten, wenn man sie traf. Er blickte zu ihnen zurück, der Reihe nach, als könne er sie so zum Verschwinden bringen und mit ihnen das Ungemach seiner eigenen United-Aktien.

Vico DiNero räusperte sich. „Mein Problem ist leider noch etwas schwieriger, *signori*. Heute ist Dienstag. Man hat uns eine Frist gesetzt bis zum Freitag, um die verlangten Auskünfte über United-Transaktionen zu geben. Wenn wir nicht gehorchen, wird die Bank Panther USA vom nächsten Montag an für jeden Tag Weigerung mit 100.000 Dollar gebüßt.“

„Wir haben doch ein Bankgeheimnis!“ Diggelmann war empört.

„Nur in der Schweiz“, erklärte Paul Kern bedächtig. „In den USA ist es wertlos. Herrn DiNeros Sorge ist berechtigt. Man hat es auf unsere Banken abgesehen, und die amerikanischen Staatsanwälte wetteifern um Erfolgsmeldungen.“

„Unsere Anwälte sind beauftragt, alles vorzukehren, damit diese Verfügung aufgehoben wird“, sagte DiNero. „Mehr können wir im Augenblick nicht unternehmen. Ich halte Sie auf dem Laufenden.“ Zu Unschalk gewandt, fügte er hinzu: „Sobald ich mehr weiß, setze ich mich nochmals mit dir in Verbindung.“

„Ja, tue das. Danke“, sagte Unschalk aufs Geratewohl.

Er verlor den Überblick über die Zusammenhänge um DiNeros Bank, die vor ihm ausgebreitet wurden. Nur die Erinnerung an seinen spontanen Kauf und den nachfolgenden Verkauf von 100.000 United-Aktien blieb deutlich zurück. Er verstand, dass ihm der Kauf schaden konnte, aber er sah keine Lösung. DiNeros Anstrengung, davon nichts preiszugeben, entging ihm ebenso wie die mittlerweile leer getrunkenen Gläser seiner Gäste.

Vico DiNeros Bericht über die Begegnung mit seinem Bruder in Fort Lauderdale holte Unschalk in die Gegenwart zurück. In der Schilderung des Bankiers wuchs Pasquales Fest zu einer mittleren Orgie heran, vielleicht gerade, weil er im Haus seines Bruders nur die Wirbel der Tarantella und das Stampfen der tanzenden Füße auf dem Steinboden vernommen hatte. Pasquale, der Sonderling, hatte sich über ihn lustig gemacht. Das schmerzte noch mehr als der Verlust des größten Wertschriftendepots seiner Bank. Dass das Fest zu Ehren eines Geschäftsmannes aus der Schweiz gegeben worden war, wie ihm die Hausangestellte gedankenlos verraten hatte, beunruhigte ihn. Und dass sein Bruder ihm die Information über seinen Aktienverkauf in die Nacht hinein nachgeschleudert hatte wie eine Handvoll Unrat, erboste ihn mehr als der Vorwurf, er habe die Bande der Familie missachtet. Unschalk spürte den Zorn und den Kummer seines Freundes, und er teilte dessen Sorge um das Schicksal des größten Einzelpakets an Aktien Basis Chemie. Dass Delarive dessen Käufer war, blendete er ein weiteres Mal aus. Er versank in seinen eigenen Betrachtungen, ohne darauf zu achten, was am Tisch geredet wurde.

„Dass Delarive Pasquale DiNeros Aktien übernommen hat, kann uns ja nicht gleichgültig bleiben“, sagte Werner Diggelmann. „Das muss ja gegen zwei Milliarden gekostet haben.“

Der Jurist Kern klopfte bedächtig seine Pfeife aus, in einen grün-weißen Aschenbecher aus afrikanischem Seifenstein in der Form eines Flusspferds. „Delarive hat offensichtlich starke Verbündete.“

„Was können wir dagegen unternehmen?“, fragte Diggelmann leise.

„Nicht viel.“ Paul Kern schmunzelte amüsiert. Er griff nach der Weinflasche und schickte sich an, stellvertretend für Unschalk, die Gläser nachzufüllen. „Wenn es uns gelingt, United zu übernehmen, werden wir zu schwer für Delarive.“

„Natürlich!“, rief Unschalk abrupt. „Uns kann sich niemand leisten. Wir sind zu groß.“ Kerns Einmischung in seine Gastgeberpflichten schien ihn nicht zu stören.

„Wir reden zunächst nur von einem Aktienpaket von gut elf Prozent“, widersprach der Jurist. „Das konnte sich Delarive offensichtlich leisten.“

Vico DiNero griff nach seinem Glas und trank es in einem Zug leer. „Irgendetwas stimmt hier nicht. Wir wissen, dass mein Bruder seinerzeit mit Jean Delarive befreundet war. Wir wissen, dass er ihm seine Aktien verkauft hat. Ich habe bei Delarive die Fühler ausgestreckt. Man hat mich mit Dr. Morat, dem Chef der Rechtsabteilung, verbunden. Er antwortete distanziert auf meine Andeutung, man könne unter Umständen über eine Annäherung unserer beider Unternehmen reden. An der Börse steigen die Kurse. Das Interesse der Anleger – oder eben eines systematisch vorgehenden Aufkäufers – an Basis Chemie hat merklich zugenommen.“

„Claude Morat ist ein ausgezeichneter Mann“, sagte Paul Kern.

„Er ließ durchblicken, dieses Thema müsste zwischen den Herren Unschalk und Delarive besprochen werden“, fuhr DiNero fort. „Er versprach, sich wieder bei mir zu melden, falls er dazu ermächtigt werde.“

„Das lässt so ziemlich alles offen“, sagte Werner Diggelmann. „Finden Sie nicht auch?“

„In der Tat“, bestätigte der Bankier.

„Meine Herren“, meldete sich Unschalk. „Diese Mutmaßungen bringen uns nicht weiter.“ Er spürte wieder Boden unter den Füßen. Kampfstimmung zog auf, zumindest bei ihm. Es galt, die eigenen Truppen diszipliniert an kurzer Leine zu führen, wohl ihre Meinungen einzuholen, dann aber zu entscheiden. Die Nebelschleier zermürbender Unsicherheit waren weggeweht, hatten einer klaren, alles näher rückenden Föhnstimmung Platz gemacht. Mit Festigkeit fuhr er fort: „Ich bleibe dabei: Basis Chemie ist zu groß für eine feindselige Übernahme. Aber Herr DiNero hat als weitere Möglichkeit angedeutet, dass Delarive an einem Gespräch über eine Annäherung unserer Konzerne interessiert sein könnte. Angenommen, es kommt dazu, zu welcher Haltung würden Sie uns raten?“

„Ich würde in ein solches Gespräch eintreten“, sagte Paul Kern, „die Vorstellungen Delarives anhören, den Rahmen abstecken. Vielleicht kommen Gemeinsamkeiten zum Vorschein.“

„Ein Zusammenschluss mit Delarive wäre noch besser als eine Übernahme von United", sagte Diggelmann. „Aber die Integration der beiden Konzerne würde Jahre dauern. Personelle Opfer wären auf beiden Seiten unvermeidlich. Dennoch, wenn Sie das zustande bringen, Herr Dr. Unschalk …"

Unschalk musterte den Vorsitzenden seiner Konzernleitung erstaunt. So viel Zustimmung hatte er nicht erwartet. Vorbehalte und eine gewisse Skepsis hätten Diggelmanns kritischem Wesen eher entsprochen. So jedoch, ohne Widerspruch, stieß sein kantiger Vortrag nahezu ins Leere. Seine Gäste nickten in stummem Einverständnis, als er ihnen darlegte, er werde ein Gespräch mit Delarive nicht ablehnen, als er ausführte, ein Konzern Basis-Delarive sei denkbar, mit ihm für fünf Jahre an der Spitze, wohlverstanden, und Jean Delarive als Vizepräsident. Während der Frühlingsregen in unverminderter Heftigkeit auf das Glasdach des Wintergartens prasselte, erging sich Unschalk in kühnen Strategien für den Fall eines Zusammenschlusses, eroberte weit vorausschauend neue Märkte und besetzte wichtige Führungspositionen mit bewährten Mitarbeitern von Basis Chemie. Kern und Diggelmann tauschten vorsichtige Blicke der Befremdung, Vico DiNero strich immer wieder mit Daumen und Zeigefinger über seinen Schnurrbart, während Unschalk in flüssiger Rede grandiose Szenarien entwarf wie ein römischer Feldherr in seinem Kommandozelt am Vorabend der entscheidenden Schlacht.

Es dauerte lange Minuten, bis er die Gegenwart Olivias hinter seinem Sessel zur Kenntnis nahm.

„Ja, meine Liebe?", fragte er.

„Das Essen ist angerichtet", sagte sie. „Darf ich die Herren zu Tisch bitten?"

22

Olivia war gerne Gastgeberin. Wenn sie Besuch hatten, vergaß sie für ein paar Stunden, dass sie neben Unschalk nicht mehr war als eine Nebenfigur, bedeutungslos und verzichtbar. Die seltenen Abende, die sie mit ihm allein zu Hause verbrachte, hatten nichts mehr gemein mit jenen frühen Abenden vor dreißig Jahren, als sie über ihre Zukunft sprachen, Reisen planten, gelegentlich für Freunde Gulaschsuppe kochten, Spaziergänge am Fluss unternahmen und sich liebten, nicht häufig, aber stets in Achtung und Harmonie. Heute zog sich Unschalk jeweils sofort zurück und brütete über Berichten, während sie einem Konzert lauschte. Und wenn sie so einen Abend lang schwiegen, erschrak Olivia angesichts des Abgrunds gemeinsamer Interesselosigkeit, der sich zwischen ihnen auftat. Sie kam sich vor wie auf einem Floß, das statt ans Ufer immer weiter aufs offene Meer getrieben wurde.

Und seit drei Tagen stellte sich, ungebeten, jedes Mal wenn sie Unschalk erblickte, die Erinnerung an seine Gedächtnislücken ein.

Die vier Männer folgten ihr ins Esszimmer, Unschalk als Letzter. Sie wies ihnen die Plätze am runden, weiß gedeckten Tisch zu. Die große Jugendstillampe darüber aus farbigem Glas und drei dunkelblaue brennende Kerzen in silbernen Ständern verbreiteten einen Moment lang sakrale Ruhe, bis alle saßen. Draußen waren inzwischen heftige Windböen aufgekommen; manchmal peitschten sie den Regen in fast waagrechten Salven an die große Fensterfläche, und der Haselbusch am fernen Ende des Gartens duckte sich kläglich zerzaust gegen den Stamm einer wetterfesten Kiefer. Olivia sah ihren Mann, wie er zwischen Vico DiNero und Paul Kern in aufrechter Haltung das Gespräch wieder aufnahm. Sein rechter Arm stieß energisch vor und zurück, den Zeigefinger ausgestreckt, um seinem Argument Gewicht zu verleihen. Kein Zweifel, er kontrollierte die Situation.

Gestern Abend war er nach elf Uhr in aufgeräumter Stimmung nach Hause gekommen. Er hatte sich einen Gin Tonic bereitet, sich zu ihr gesetzt und ihr von seinem Besuch in der Ausstellung berichtet. Auf den Schwingen seiner Begeisterung ließ sie sich in die Vergangenheit davontragen, als sie noch zusammen gelacht und sich selber genügt hatten. Fasziniert erlebte sie mit, wie Thomas mit seinen Bildern vor den Augen seines strengen Vaters an Statur gewann, Geltung erlangte. Es klang ihr wie eine Liebeserklärung, als Unschalk danach vom erfolgreichen Kampf ihres Sohnes gegen seine Rauschgiftsucht sprach, vergessend, dass Olivia schon vor ihm in diese düsteren Winkel von Thomas' Persönlichkeit eingeweiht worden war. Aber sie verstand auch, dass seine Heiterkeit seinem Sohn galt, nicht ihr, dass er im Begriff war, Thomas zum ersten Mal ernst zu nehmen.

Heute hatte er zerstreut gewirkt, fahrig, als vermisse er etwas. Den Wagen hatte er sehr schwungvoll in die Garage gefahren. Er übersah die Pfützen aus abtropfendem Regenwasser; mit kräftigen Schritten zertrat er die Lachen, die sich rund um sein Auto bildeten, und legte eine klare Spur nasser Fußabdrücke ins Haus hinein. Erst als die Gäste eintrafen, war er aufgeblüht, hatte seine Krawatte zurechtgerückt, die dunkelblaue Jacke zugeknöpft und Olivia gefragt, ob der Weißwein kalt gestellt sei.

Olivia setzte sich links neben Vico DiNero, zierlich und in sehr aufrechter Haltung. Es war lange her, seit sie das letzte Mal Gäste bewirtet hatte. Unschalk zog es seit einiger Zeit vor, sich zu Hause zu entspannen. Olivias Blick glitt über den Tisch. Die fünf Gedecke lagen in makelloser Ausrichtung bereit. Die Flämmchen der drei Kerzen flackerten leicht in ihrer eigenen Wärme und spiegelten sich hundertfach in den Kristallgläsern, dem Essbesteck und den silbernen Telleruntersetzern. Eine Hausangestellte in weißer Schürze reichte jedem eine Schale luftiger Spargelcremesuppe und goss dann einen zinnoberrot funkelnden Wein in die großen Gläser.

„Wir haben einen leichten Schlipfer aus der Gegend gewählt", erläuterte Olivia.

Unschalk nickte bekräftigend, als sei alles sein Verdienst.

„Ich freue mich darauf", sagte Vico DiNero. „Das Bouquet eurer Weine wird nur noch durch den Charme der Gastgeberin übertroffen."

„Danke, Vico", sagte Olivia und hob ihr Glas. „Zum Wohl!"

Man griff nach den Gläsern und nickte sich gegenseitig zu.

„Danke für die Einladung", sagte Paul Kern zu Olivia.

Werner Diggelmann wandte sich an Unschalk: „Auf Basis Chemie und auf den Erfolg unserer Strategien!" Er trank einen Schluck.

„Ich danke Ihnen", sagte Unschalk. Er griff nach dem Kerzenständer, der vor ihm stand, hob ihn hoch. „Auf gutes Gelingen!" Er bewegte die Kerze zu seinem Mund und kippte sie leicht, wie um zu trinken. Heißes Wachs tropfte auf seine Hand.

„Nein!"

Olivias Schrei ließ ihn innehalten. Die Kerze schwebte mit zuckender Flamme auf halber Höhe über dem Tisch. „Was ist, meine Liebe?"

„Nein, nein, nein!" Das Glas entglitt ihrer Rechten, sie hielt sich den Mund zu, wie um Schlimmeres zu verhüten. Klirrend schlug das Kristall auf den Rand der Suppenschale, der Wein ergoss sich übers Tischtuch, ein krebsig roter Fleck fraß sich lautlos zu Vico DiNero hinüber. „Nicht schon wieder!"

Unschalk stellte die Kerze behutsam auf den Tisch zurück. „Habe ich dich erschreckt, meine Liebe? Das tut mir leid. Es war nicht meine Absicht." Seine Stimme klang besorgt, und er blickte verwirrt zu seiner Frau.

„Eine Kerze!" Olivia lehnte sich mit ratlos hängenden Schultern zurück. Sie lachte schrill. „Warum tust du das?"

Paul Kern rettete die Situation. „Das war ein kräftiger Scherz, nicht wahr, Dr. Unschalk", sagte er ruhig. „Um uns alle auf die Probe zu stellen. Nun sollten wir vielleicht wirklich einen Schluck Rotwein trinken, finden Sie nicht auch? Ihre Frau erhält sicher ein neues Glas."

Er lachte freundlich und brachte es fertig, dass Unschalk sein Weinglas ergriff. „Sie haben recht, Herr Kern. Zum Wohl!"

Olivia schwieg und atmete tief. Mit ihrem kurz geschnittenen schwarzen Haar sah sie würdevoll aus, selbst im Kummer. Niemand sprach, das Schweigen kroch wie flüssiges Blei in jeden Winkel des eleganten Raumes, und das Trommeln des Regens auf den Scheiben dröhnte ungehindert wie Gewehrfeuer. Die Hausangestellte legte eine saubere Serviette auf den Weinfleck und ersetzte das zerbrochene Glas. Vico DiNero tätschelte Olivias Hand, und die kleine Geste des Trostes löste die Spannung, die sich mit eisigen Klauen der Herzen von Unschalks Gästen bemächtigt hatte.

„*Un scherzo*, meine Liebe, ein Spaß, wie Dr. Kern gesagt hat, sonst nichts", erklärte der Bankier leichthin und liebenswürdig. „Lass uns anstoßen darauf, dass wir uns nach so langer Zeit wieder begegnen. Du siehst bezaubernd aus."

„Ja, ein Spaß", bestätigte Olivia. „Sicher nur ein Spaß." Sie hob ihr Glas und trank.

„Nur ein Spaß", sagte nun auch Unschalk in die Runde. Olivia sah ihn an, er wirkte entspannt, und sie zweifelte, ob er sich erinnerte, wovon die Rede war.

Olivia fasste ihren Silberlöffel und fing an, die Suppe zu essen, die anderen folgten ihrem Beispiel. Vico DiNero und Paul Kern begannen eine Unterhaltung und verhinderten, dass die schmächtigen Gesprächsfetzen ganz erstarben. Olivia ertappte sich dabei, wie ihr Blick alle paar Sekunden zu Unschalk wanderte. Er aß unbeschwert. Es wird wiederkommen, hatte Thomas letzten Freitag erklärt, dann aber, als sie erschrak, seine Befürchtung abgeschwächt und in den Bereich bloßer Spekulation verwiesen. Heute begriff sie, dass er recht gehabt hatte. Sie entsann sich ihrer letzten Sommerferien in Sils-Maria in einem der führenden Hotels, wo man Bekannte traf und unter sich war. Sie hatten Spaziergänge unternommen auf dem Uferweg des Silsersees, dessen kaltes Kristallwasser sich in der Nähe schwarz kräuselte und in der Ferne Berggipfel und tiefblauen Himmel getreulich spiegelte, als gelte es, die Postkartenwelt des Engadins zum ewigen Gedenken zu kopieren und aufzubewahren. Eines Abends, nach einer entspannenden Flasche Rotwein, hatte sie versucht, Unschalk nach langer Pause zu verführen. Er hatte mitgemacht, sie hatten ein wenig gelacht miteinander, er war ihr entgegengekommen, sie hatten sich geküsst im breiten, altmodischen Hotelbett; doch dann, nach mehreren Anläufen, hatte er aufgeben. Sie hatte ihn geliebt an jenem Abend und sein Versagen eigenem Unvermögen zugeschrieben.

Aber heute zweifelte sie plötzlich, ob sie ihn noch liebte. Oder ob es Gewohnheit war, oder gar Bequemlichkeit, die ihren Alltag, ihren Umgang mit Unschalk bestimmte. Während sie zusah, wie er den Suppenlöffel zum Mund führte, mit Diggelmann Gedanken über den Pharmamarkt in Nordamerika austauschte und DiNero über den Zustand der Börse befragte, entstand ihr eine Vorahnung künftigen Ungemachs. Kein Zweifel, ihr Mann war krank. Befallen von einem Dämon, der in seinem Kopf mitritt, ihn meistenteils normal funktionieren ließ, dann aber ohne Vorwarnung Stecker herauszog und Verbindungen kappte, ihr einen Quasi-Unschalk zurückließ, der eine Fußbreite neben dem Weg, drei Sekunden vor oder hinter ihrer Zeit in einem unsichtbaren Privatuniversum vor sich hin lebte.

Das Mahl verlief eine Zeit lang ereignislos. Die Hausangestellte räumte die Suppenschalen weg. Olivia verschwand in die Küche und überzeugte sich, dass die Rotweinsauce genauso sämig war, wie sie zu sein hatte. Wieder zurück bei Tisch kündigte sie den Hauptgang an.

„Ein *coq au vin* mit schmalen Nudeln. Dazu gibt es Salat von jungen Spinatblättern."

Vico DiNero klatschte in die Hände, heiter und erwartungsfroh. „Eine Freude, Olivia, von dir verwöhnt zu werden. Selber zubereitet, wie ich dich kenne."

„Ja", sagte Olivia. „Es macht Spaß, für Gäste zu kochen."

Spaß. Das Wort blieb ihr im Mund hängen, kaum dass sie es ausgesprochen hatte, und es brannte wie eine zerbissene Pfefferschote. Spaß.

„Gäste!", wiederholte Unschalk flach. „Ja, Gäste."

„Danke für Ihre Einladung", sagte Diggelmann, und Paul Kern nickte zustimmend.

Hinten gab die Hausangestellte auf einem Beistelltischchen erst den *coq au vin*, dann die Nudeln auf die weißen Porzellanteller. Danach schöpfte sie den Jungspinat auf kleinere Salatteller und fing an, die Teller einzeln zum runden Tisch zu tragen, zuerst zu den Gästen, dann zu Unschalk und zuletzt zu Olivia. Sie reichte kleine Brötchen aus dunklem Mehl, goss Wein nach und zog sich lautlos wieder zurück. Die Teller waren heiß, und die Weinsauce roch kräftig und würzig.

„Guten Appetit", sagte Olivia.

„Ja, guten Appetit", stimmte Unschalk ein.

Alle begannen zu essen, man hörte die Bestecke auf dem Porzellan kratzen. Unschalk hatte plötzlich seine Füllfeder in der linken Hand, er schraubte die Kappe ab und legte sie zur Seite. Er stocherte im Teller herum, stach zu. Unterstützt vom Messer in seiner Rechten löste sich das Fleisch des gekochten Hahns leicht von den Knochen. Er führte den handlichen Bissen zum Mund, gewahrte nicht, dass außer ihm niemand mehr aß. Erst Olivias lauter Schrei erreichte ihn.

„Unschalk!"

Sie schlug beide Hände vors Gesicht, ihre Schultern zuckten hilflos, als sie nochmals schrie, leiser diesmal. „Ich halte das nicht mehr aus!"

Unschalk hörte auf zu kauen, blickte sie an. „Habe ich wieder etwas falsch gemacht, meine Liebe?"

„Ja, verdammt noch mal, das hast du!" Ihre Beherrschung, seit Tagen mühsam zusammengehalten, war verpufft. Darunter war nichts, kein Boden, kein Sicherheitsnetz, kein eiserner Bestand. „Du trinkst mit der Kerze, isst mit der Füllfeder, sprichst kein vernünftiges Wort – was soll das alles? Wie viel muss ich mir noch gefallen lassen? Nimm dich doch zusammen – mir zuliebe." Der letzte Satz klang bereits wieder leise, bittend, ratlos. Tränen standen in ihren Augen.

„Das wollte ich nicht, Olivia", sagte Unschalk bestürzt. „Es tut mir leid. Bitte, weine nicht." Seine Worte, fast flehend, waren nur an sie gerichtet.

Er schluckte, schraubte die Kappe wieder auf seine Füllfeder, verstaute sie in seiner linken Brusttasche, schob seinen Stuhl zurück und erhob sich. Aufrecht, mit zugeknöpftem Jackett, verließ er das Esszimmer. Draußen von der Eingangshalle her hörte man seine Schritte auf dem Marmorboden. Dann wurde es still, aber Sekunden später ging eine Tür im Wohnraum nebenan, und ein lauter Windstoß fegte ins Haus.

„Er geht in den Garten! Bei diesem Wetter!" Olivia sprang auf, bleich, hinter ihr kippte ihr Stuhl auf den Teppich. „Was will er dort?"

Werner Diggelmann saß reglos und blickte betreten zur Tür, durch die Unschalk verschwunden war; in seiner Rechten hielt er das Messer, in der Linken die Gabel, mitten in der Bewegung eingefroren. Paul Kern schüttelte den Kopf und blickte auf seine Armbanduhr. Er sagte: „Das tut mir leid, Frau Unschalk."

Vico DiNero hatte ihren Stuhl wieder aufgestellt. „Setz dich hin, Olivia", sagte er. „Du solltest versuchen, dich zu fassen."

„Nein. Ich muss zu ihm, sehen, was er macht."

„Bleib hier. Ich gehe."

Er brachte es fertig, dass Olivia sich kraftlos wieder hinsetzte. Unter der Tür erschien die Hausangestellte. „Herr Dr. Unschalk ist im Garten, ohne Schirm", sagte sie tonlos in ihrem Elsässer Dialekt und fügte hinzu, fast ein wenig vorwurfsvoll: „Es regnet doch so stark."

DiNero ging zu ihr und bat sie, Olivia ein Glas Wasser zu bringen. Dann ging er ins Wohnzimmer und sah die Tür zum Garten offen stehen. Der Wind peitschte Regen herein. Sein Blick musste sich erst an die

Halbfinsternis draußen gewöhnen. Die Dämmerung, die Regenwolken, der Nebel und der Wind schufen eine Weltuntergangsstimmung, in der sich alle Konturen auflösten, Büsche und Sträucher zu wabernden Schemen zerflossen und nur die großen Bäume wie schwarze Riesentrolle dem Unwetter trotzten.

Endlich entdeckte er Unschalk hinten im Garten, im Biotop, das rechts vom Haselstrauch und links von einem kleinen Weiher begrenzt war. Er trat hinaus, auf den Weg aus Granitplatten, der Regen klatschte ihm kalt auf die Wangen und in die Augen. Unschalk zog eben umständlich seine Jacke aus und warf sie achtlos in den schwarz schimmernden Tümpel. Sein weißes Hemd hob sich jetzt leuchtend ab vom Graudämmer um ihn herum. Er griff sich mit beiden Händen an den Hals und fing an, an seiner Krawatte zu nesteln. Vico DiNero entfuhr ein derber Fluch.

„*Porca miseria*, Unschalk! Was soll das?“

Er bekam keine Antwort. Unschalk hielt kurz inne und blickte in DiNeros Richtung, dann fuhr er fort, seinen Krawattenknoten zu lösen. Der Bankier beschleunigte seinen Schritt, eilte auf Unschalk zu, hielt einen Arm in einer nutzlosen Geste vor sein Gesicht, aber der Wind steigerte sein Tosen zu triumphierendem Pfeifen. Innerhalb von Sekunden war er durchnässt, und er spürte, wie ihm Hose, Hemd und Jacke am Leib klebten.

„Unschalk!“

Jetzt reagierte der oberste Konzernherr von Basis Chemie, zeigte Erkennen.

„Vico! Du bist auch hier?“

„Natürlich bin ich hier. Ich bin dein Freund. Was tust du?“

Der Regen rann Unschalk übers Gesicht, sein schütteres graues Haar klebte in dünnen Strähnen an seiner Stirne. „Ich bin müde, Vico.“ Jetzt zog er die Krawatte unter dem Kragen hervor und warf sie ebenfalls in den Tümpel, seiner Jacke hinterher. „Ich muss mich schlafen legen.“ Mit klammen Fingern begann er sein Hemd aufzuknöpfen.

„Aber doch nicht hier, Unschalk!“ Vico DiNero trat an seine Seite und legte ihm den Arm um die Schulter. „Nicht hier im Garten. Komm zurück ins Haus.“

„Im Garten?“, fragte Unschalk. „Wieso Garten?“

Es gelang DiNero, ihn auf den Plattenweg zu lotsen und in Richtung des Hauses in Bewegung zu setzen. In der offenen Gartentür des Wohnzimmers stand mit ausgebreiteten Armen Olivia.

„Siehst du, Unschalk, Olivia wartet auf dich", sagte der Bankier.

Unschalk blieb stehen. „Ach ja, Olivia", sagte er. „Ich muss mich ausziehen, um schlafen zu gehen."

Er fing wieder an, an seinem Hemd zu zerren, und es gelang ihm, die Schöße aus der Hose zu ziehen.

„Erst im Schlafzimmer, nicht hier. Komm weiter."

Vico DiNero drängte seinen Freund weiter zum Haus hin. Unschalk sperrte sich dagegen, drehte sich um und versetzte DiNero einen heftigen Stoß. „Das kann ich allein. Lassen Sie mich in Ruhe. Wer sind Sie überhaupt? Ich kann mich selber ausziehen."

Der Bankier kam vom Plattenweg ab, taumelte und geriet mit dem linken Fuß in den völlig aufgeweichten Rasen. Er fiel vornüber, stützte sich mit beiden Händen auf den durchweichten Boden, spürte, wie Erde an seinen Händen und Handgelenken klebte. Unterdessen hatte sich Unschalk von seinem Hemd befreit. Er ließ es achtlos fallen und machte sich an seiner Gürtelschnalle zu schaffen. DiNero richtete sich umständlich auf, Regen geriet ihm ins rechte Auge, mit dem verschmierten Handrücken fuhr er darüber und versuchte seine Sicht zu klären. „*Dio buono*, Unschalk!", rief er aus, halb erschreckt, halb verärgert. „Was soll das? Es schüttet und tobt wie am Vorabend des Jüngsten Gerichts, und du vollführst einen Striptease im Garten! Hör auf mit dem Unsinn, komm zurück ins Haus."

Unschalk erwiderte nichts, aber er wandte sich langsam in die Richtung von DiNeros Stimme, der Bankier ruderte mit beiden Armen, um sein Gleichgewicht bemüht. Zusammen vollführten sie während langer Sekunden eine Pantomime des Irrsinns: zwei regennasse alte Männer, der eine halb nackt, die schütteren Haarsträhnen in die Stirne gepappt, der andere im eleganten Anzug mit dreckverschmiertem Gesicht und Händen.

Vom Haus her kam ihnen jetzt Olivia entgegen, ihr Gesicht eine bleiche Maske des Entsetzens. Sie hob Unschalks Hemd auf und legte es über ihren rechten Arm.

„Gut, dass du kommst, Olivia", sagte Vico DiNero erleichtert. „Unschalk möchte sich schlafen legen."

„Ja, das wäre gut. Nicht wahr, Lieber?“, sagte Olivia. Sie weinte, aber der Regen mischte sich mit den Tränen, und der Wind verwehte die Panik aus ihrer Stimme.

Unschalk nickte friedfertig, als wäre nichts. „Ja, ich möchte schlafen“, stimmte er zu.

Olivias Anwesenheit schien ihn zu beruhigen. Er ließ sich die paar Schritte zum Haus zurückführen, rechts flankiert von seiner Frau, links von Vico DiNero. Im Wohnzimmer umfing sie Wärme, Licht und Trockenheit. Sie blieben stehen, rund um ihre Füße bildeten sich auf dem hellgrauen Teppich schwarze Flecken vom hinabtropfenden Wasser. Olivia sah ungläubig ihren Mann mit vorstehendem Bauch über dem halb offenen Hosenbund, wie er an ihr vorbei in eine nur ihm zugängliche Ferne blickte, und seinen Freund, den Bankier, schmutztriefend und sichtlich bemüht, Fassung zu bewahren. Sie schüttelte hilflos den Kopf und schlug die Hände vors Gesicht.

„Das ist furchtbar“, stieß sie hervor. „Ich weiß nicht, wie das weitergeht.“

„Was ist furchtbar, meine Liebe?“, erkundigte sich Unschalk freundlich.

Hinten in der Tür zur Eingangshalle erschien die Hausangestellte.

„Holen Sie die blaue Strickjacke meines Mannes für Herrn DiNero, und zeigen Sie ihm das Badezimmer.“ Dann, als die Elsässerin verschwunden war, sagte Olivia zum Bankier: „Geh bitte nachher zu Kern und Diggelmann zurück, esst weiter, trinkt Wein, unterhaltet euch, entschuldige Unschalk. Ich bringe ihn jetzt nach oben.“ Ihre Stimme überschlug sich, endete in einem trockenen Schluchzen. „Es tut mir so leid.“

Vico DiNero fasste sie bei der Hand, und sein nasser Schnurrbart zuckte, als er sagte: „Nicht doch, Olivia. Das gibt sich alles wieder. Unschalk ist völlig überarbeitet. Ich gehe zu den anderen und spreche mit ihnen.“

Im Badezimmer zog er seine nasse Jacke aus, wusch sich Gesicht und Hände, kämmte sich und versuchte die Schmutzflecken an den Knien von seinem Sturz im Garten wegzureiben. Er zog Unschalks Wolljacke an und kehrte ins Esszimmer zurück. Werner Diggelmann und Paul Kern saßen am Esstisch, vor sich das unberührte Abendessen.

„Wie geht es?“, fragte der Jurist sachlich.

„Herr Dr. Unschalk hat einen Zusammenbruch erlitten, der ohne jeden Zweifel auf den starken Druck des Übernahmekampfes um United Chemical zurückzuführen ist." DiNero setzte sich und fuhr fort: „Er braucht Ruhe. Morgen wird alles besser sein. Übrigens – im Interesse unserer gemeinsamen Sache sollten wir über diesen bedauerlichen Zwischenfall Stillschweigen bewahren. Darf ich auf Ihr Einverständnis zählen?"

Die anderen beiden nickten. Vico DiNero griff nach seinem Weinglas, erklärte, Olivia werde sich ihnen bald wieder anschließen, trank, aber die beiden Mitglieder von Unschalks Konzernleitung blieben reserviert. Werner Diggelmann erhob sich.

„Ich glaube, Herr Kern und ich sollten uns zurückziehen. Empfehlen Sie uns bitte bei Frau Unschalk. Wir werden die Angelegenheit United im Sinne von Herrn Dr. Unschalk weiterverfolgen, bis er sich wieder persönlich darum kümmern kann."

„Ich hoffe, Sie tun das", sagte DiNero und erhob sich ebenfalls. „Ich begleite Sie."

Nachher, als er allein im Flur stand, hörte er, wie oben eine Tür geschlossen wurde. Dann hörte er Olivia weinen, verhalten und hoffnungslos. Die Erinnerung an Pasquales Beschimpfungen in Fort Lauderdale stieg in ihm hoch, und er hätte am liebsten ebenfalls geweint.

23

Am folgenden Morgen versuchte Olivia die Trümmer ihres Familiensinns zu ordnen. Sie hatte sich gestern auf die Gäste gefreut, ihnen liebevoll ein gepflegtes Essen bereitet. Aber als sie Unschalk zu Bett brachte, zum zweiten Mal innerhalb weniger Tage, und er es sich gefallen ließ wie ein kleines Kind, war der Rest ihrer Liebe ins Wanken geraten. Sie half ihm, seine Schuhe und die regentriefende Hose auszuziehen, und trocknete mit einem frischen Badetuch seinen nassen Kopf und Oberkörper. Sie sah den weißen Bauch und seine schlaffen Männerbrüste und suchte in ihrer Erinnerung, wie er vor dreißig Jahren ausgesehen haben mochte. „Jetzt fühlst du dich bestimmt wieder besser, nicht wahr?", fragte sie mit einer kleinen, unvernünftigen Hoffnung, er werde ihr vielleicht mit der Hand übers Haar streichen, sie auffordern, sich auch bald zur Ruhe zu begeben. – „Ich will jetzt schlafen", hatte er gemurmelt, und es war unklar geblieben, ob er überhaupt wahrnahm, dass sich außer ihm noch jemand im ehelichen Schlafzimmer aufhielt.

Sie hatte ihn ganz ausgezogen und war erschrocken, als sie feststellte, dass sein Anblick sie gleichgültig ließ. Neue Tränen verschleierten ihre Sicht; ihr war, als stünde ein Fremder vor ihr, hilflos, ein wenig lächerlich und fast ein wenig abstoßend. Traurig half sie ihm in den Schlafanzug. Unschalk legte sich gehorsam ins Bett und reagierte nicht, als sie den Raum verließ und das Licht löschte. Später, als auch Vico DiNero sich verabschiedet hatte, war sie mit Schirm und Regenmantel in den Garten hinausgegangen und hatte Unschalks Jacke und Krawatte aus dem Weiher gefischt und ins Haus zurückgebracht.

Am Morgen war Unschalk ruhig aufgestanden. Er frühstückte schweigsam und in sich gekehrt, benutzte Messer, Gabel und Löffel bestimmungsgemäß. Olivias verhaltene Spannung verflüchtigte sich, als sie sah, dass er auch das gekochte Ei, das sie ihm bereitet hatte, elegant köpfte und verspeiste. Wenn er sich an die Ereignisse des Vorabends überhaupt erinnerte, so ließ er sich nichts anmerken. Sie traute sich nicht, ihn darauf anzusprechen, aus Furcht vor neuen, schrecklichen Entgleisungen, die einen weiteren Keil zwischen sie und ihn treiben würden, bis er ihr vollends entglitt in eine Welt, die ihm kein Zurück und ihr keinen Zugang gewähren würde.

Er verabschiedete sich zu einem völlig normalen Arbeitstag, wie er sich ausdrückte, und Olivia wusste nicht, ob er sich darauf freute oder davor fürchtete.

*

Gegen neun Uhr erhielt sie einen Anruf von Othmar Spielberg. Er bat sie um ein vertrauliches Gespräch, aus Sorge um das Unternehmen Basis Chemie, dessen Vizepräsident er war. Olivia erschrak und fühlte sich wieder hilflos, zurückgeworfen in die klatschenden Regenböen des Vorabends. Sie kannte Spielberg nur flüchtig, aber seine spöttische Stimme hatte ihr stets Respekt abgefordert. Dennoch stimmte sie zu, ihn um vierzehn Uhr zum Kaffee bei sich zu empfangen. Aber sie rief Thomas an und bat ihn, beim Gespräch dabei zu sein.

Ihr Sohn traf vor Spielberg ein. Am Glastisch im Wintergarten ließ er sich über Unschalks Einladung und seine Missgriffe unterrichten. Bedrückt schweigend hörte er zu. Im Aschenbecher lagen noch Tabakkrümel und Asche aus Paul Kerns Pfeife. Draußen regnete es nicht mehr. Endlich sagte Thomas: „Er tut mir leid. Es kann die Anspannung sein wegen der Geschichte mit United. Dann hört es auf, wie es gekommen ist. Oder es kann der Anfang einer Gedächtnisstörung sein, dann wird es immer schlimmer."

Olivias Augen brannten wieder. Sie zwang sich, nicht von Neuem zu weinen. „Er war mir ein Fremder", sagte sie, „wie er seine Kleider in den Weiher warf, wie er sich abtrocknen ließ. Nicht der Mann, den ich geheiratet habe."

„Wir hatten ein gutes Gespräch vor zwei Tagen", erklärte Thomas. „Wir verstanden uns – zum ersten Mal. Er schien darunter zu leiden, so zu sein, wie er ist."

Widersprüchliche Empfindungen quälten Olivia; ihr erschöpftes Gesicht enthüllte, was sie für sich zu behalten suchte. Unschalk hatte sie erniedrigt, abgestoßen gestern Abend, und ihr schien, sie seien am Ende ihres gemeinsamen Weges angelangt. Dem finsteren Reich, in das er sich mehr und mehr zurückzog, fühlte sie sich nicht gewachsen; seit Langem schloss er sie aus, mochte er die letzte Strecke allein gehen. Aber Thomas erfuhr Verständnis und Anerkennung. Beides blieb ihr seit Jahren versagt. Das schmerzte. Sie dachte an die Wanderungen, die sie nicht unternommen, die Gespräche, die sie nicht geführt, die Freundschaften, die sie nicht gepflegt hatten.

„Er braucht einen Arzt", sagte Olivia. „Der erklärt ihm, was er zu tun hat." Damit wäre die Verantwortung in kompetente Hände gelegt.

„Vielleicht." Thomas zweifelte. „Wenn er nur überlastet ist, nützt ein Arzt nichts. Und wenn er wirklich einen braucht, wird es schwer sein, ihn davon zu überzeugen. Lass ihn gewähren, vielleicht geht der Spuk vorbei."

Olivia rang sich ein Lächeln ab. „Eine Probezeit also, während der er weiterhin seine Verrücktheiten ausleben kann. Vielleicht wirft er als Nächstes mein Geschirr in den Garten, oder er schneidet Löcher in die Vorhänge, oder er zündet das Haus an." Sie sprach immer hastiger, ihr Tonfall wurde höher, sie verhaspelte sich in den Grenzbezirken der Hysterie. „Dafür hat man schließlich eine Frau geheiratet, die alles schluckt, alles wieder einrenkt, alles verzeiht – ach, Thomas!" Sie schlug beide Hände vors Gesicht. „Ich kann nicht mehr."

Thomas wusste nicht, wie er mit der Verzweiflung seiner Mutter umgehen sollte. Er sagte: „Vater tut mir leid. Ich will mit ihm reden. Vielleicht bringe ich ihn dazu, einen Arzt aufzusuchen. Vielleicht hört er auf mich."

Von der Eingangshalle ertönte der Zweiklang der Haustür. Es war genau vierzehn Uhr.

„Unschalk hört nur auf sich selber", sagte Olivia und stand auf. Es klang endgültig. „Unser Besuch kommt."

Othmar Spielberg war groß und hager, sein Gesicht knorrig und zerfurcht. Er kam aus Winterthur. Er trug einen dunkelgrauen Anzug mit Fischgrätmuster, eine silbergraue Krawatte und ein dazu passendes Tüchlein in der Brusttasche seiner Jacke. Schon in der Halle überreichte er Olivia eine zartgrün eingeschlagene Schachtel mit goldener Kordel.

„Ich weiß, dass Ihnen mein Besuch keine Freude bereitet, Frau Unschalk. Danke, dass Sie mich dennoch empfangen. Hier, eine kleine Süßigkeit, von Sprüngli."

„Kommen Sie herein, Herr Spielberg", sagte Olivia gefasst, aber ohne Herzlichkeit. „Ich gehe voraus."

Im Wintergarten machte sie ihn mit Thomas bekannt und forderte ihn auf, sich zu setzen. Spielberg wählte einen Sessel mit Blick auf den Garten und ließ sich nieder. Thomas blieb stehen und sagte: „Ich hole den Kaffee. Mögen Sie Kaffee, Herr Spielberg?“

„Danke, gerne“, sagte der Mitinhaber des weltumspannenden Handelshauses Gebrüder Spielberg.

„Sind Sie mit der Bahn gekommen, Herr Spielberg?“, fragte Olivia, um den Beginn des Gesprächs hinauszuzögern.

„Ja. Und vom Bahnhof mit dem Taxi. Ihr Haus liegt prächtig, Frau Unschalk.“

Thomas kam zurück und reichte allen Kaffee. Spielberg sagte: „Ich bin unterrichtet über den bedauerlichen Vorfall, der sich gestern Abend in Ihrem Haus ereignet hat, ferner über ein ähnlich verwirrendes, aber harmloseres Ereignis mit Ihrem Mann in New York. Ich bitte um Ihr Verständnis dafür, dass ich dieses delikate Thema aufgreife.“

„Ja?“

„Das Unternehmen Basis Chemie, das Ihr Mann so maßgeblich geprägt hat, sieht sich derzeit einem erhöhten Interesse der Öffentlichkeit ausgesetzt. Ursache ist der Übernahmekampf um United Chemical, den Ihr Mann in die Wege geleitet hat. Aus guten Gründen übrigens, die ich vorbehaltlos unterstütze. Aber jetzt kommen noch Delarives Käufe von Basisaktien hinzu.“

„Oh! Will er Basis Chemie auch übernehmen?“

„Das wissen wir noch nicht. Aber es ist beunruhigend.“

„Vielleicht wäre es gut, wenn Basis Chemie in neue Hände käme.“

Spielberg schüttelte entsetzt den Kopf. „Ich bitte Sie, Frau Unschalk …“

„Ach, ich verstehe zu wenig von diesen Dingen.“ Olivia hatte sich wieder gefangen; ihre Spannung verflüchtigte sich. Abwesend öffnete sie Spielbergs Pralinenschachtel. Dass er Unschalk im Kriegsspiel um United unterstützte, machte es ihr leicht, ihn nicht zu mögen.

„Ich bin in Sorge“, fuhr Spielberg fort. „Die amerikanische Wertschriftenbehörde geht rücksichtslos gegen die Bank Panther vor, um vertrauliche Informationen zu erlangen. Gegen Herrn Diggelmann wurde eine *subpoena* ausgestellt, eine Art Vorladung vor eine Untersuchungsbehörde. Es ist eine Frage der Zeit, bis die Untersuchung auch auf Ihren Mann ausgedehnt wird. Ich frage mich, ob er in seinem gegenwärtigen Zustand allem gewachsen ist, was uns noch bevorsteht."

Olivia beugte sich vor, die Finger ihrer schmalen Hände ineinander verschränkt. „Wer hat eigentlich meinen Mann verraten, Herr Spielberg?"

Jetzt ließ sich der Handelsherr aus Winterthur Zeit. Er beugte sich ebenfalls vor, trank von seinem Kaffee. Olivia beobachtete ihn eindringlich. Sein faltiges Gesicht verriet seinen Zwiespalt zwischen Ehrlichkeit und diplomatischer Zurückhaltung. Ob man ihm in allen Einzelheiten geschildert hatte, wie Unschalk mit der Füllfeder das Fleisch aufspießte, sich im Regensturm der Kleider entledigte, Angehörige und Freunde behandelte wie Fremde? Ob er wusste, was es hieß, sich zum Narren zu machen, wie ein Gaukler auf dem Jahrmarkt, nur unfreiwillig und ohne Applaus?

Endlich sagte Spielberg: „Ich bin nicht gerne zu Ihnen gekommen, Frau Unschalk. Dies ist das schwierigste Gespräch, das ich in den siebzehn Jahren zu führen habe, seit denen ich dem Verwaltungsrat von Basis Chemie angehöre. Es dient der Sache nicht, wenn ich Namen nenne und Unfrieden stifte."

„Welcher Sache?"

„Dem Unternehmen, Frau Unschalk. Es droht unermesslicher Schaden, wenn Ihr Mann nicht durchhält. Sagen Sie, ist er krank?"

Ja, für mich ist er krank, dachte Olivia. Aber nicht erst seit seiner Reise nach New York, sondern länger, viel länger. Unschalk litt an chronischer Horizontverengung. Das Panoptikum seines Lebens war seit Jahren geschrumpft, bis es sich schließlich in einem eindimensionalen Blick auf Basis Chemie erschöpfte. Alles andere um ihn herum, seine Frau, gelegentliche Einladungen, die seltenen Besuche von Konzerten, verkam zur reinen Komparserie, ohne Bedeutung, ohne Wert. Unter dem Vorwand der Pflichterfüllung widmete er sich in zwanghafter Lust seinem Unternehmen, ordnete seine einzelnen Teile neu wie in einem ständig wechselnden Puzzle und trieb es unbarmherzig zu stets neuen Höchstleistungen an. Gelegentliche Erfolge bestärkten ihn in seiner Sicht der Dinge und vertieften die Kluft zur realen Welt.

Spielberg ahnte etwas von Olivias Dilemma. „Ich wollte Sie nicht verletzen mit meiner Frage, Frau Unschalk", sagte er behutsam. „Aber der Verwaltungsrat muss wissen, wie es seinem Präsidenten geht."

Olivia nickte. Dann hörte sie sich sagen: „Sie haben völlig recht, Herr Spielberg. Unschalk gehört seinem Unternehmen. Ich nehme Ihre Frage nicht übel. Aber ich weiß keine Antwort darauf."

„Wir haben keinerlei Anhaltspunkt dafür, dass mein Vater krank ist", schaltete sich Thomas ein. „Starke Überlastung – denkbar. Aber das geht vorbei."

Für Olivia klang das wie eine Entschuldigung. Er nimmt ihn in Schutz, weil Unschalk seine Ausstellung besucht hat. Dass er seinen Sohn fünfzehn, zwanzig Jahre lang verachtet hatte, schien vergessen. Nur sie hatte ihn vor Unschalks Spott beschützt, als er noch im Alter von zehn Jahren in kindlicher Zärtlichkeit seine Kuscheltiere liebkost hatte, statt mit Bauklötzen kühne Türme zu errichten und weite Brücken zu schlagen. Sie fühlte sich mit einem Mal unsäglich allein gelassen; wehrlos spürte sie, wie ein feiner Stachel der Eifersucht auf Thomas in ihr wuchs und selbst den Schmerz über die Entfremdung von ihrem Mann vergiftete.

Aber sie erschrak, als sie gewahrte, dass sie in ihren Gedanken und – schlimmer noch – vor einem Fremden wie Spielberg Unschalk nur noch als Unschalk bezeichnete.

Ein winziger Riss hatte sich zum Spalt geweitet und drohte als Abgrund zu enden, den zu überwinden ihre Loyalität zum einmal gegebenen Jawort längst nicht mehr ausreichte. Sie gab sich einen Ruck und begann zu schildern, wie sie Unschalks Heimkehr von New York erlebt hatte. Wieder wollte Unschalk nichts von seinem Koffer wissen, begehrte stattdessen, zu John Porter gebracht zu werden; Olivia geriet in Schwung; und als sie Unschalk erneut zu sonniger Mittagsstunde entkleidete und zu Bett brachte, verzog sich Spielbergs ironischer Mund ungewollt zu einem lüsternen Grinsen, als habe er seinen Präsidenten bei einer Obszönität ertappt. In ihrem einsamen Diskurs sah Olivia nicht, wie Thomas unter den Peinlichkeiten und der bloßgelegten Schwäche seines Vaters litt. Sie beendete ihren Ausbruch mit der nüchternen Frage, ob man den Übernahmekampf um United Chemical nicht einfach abbrechen könne.

Spielberg schüttelte den Kopf. „Wir haben letzten Donnerstag unser Angebot öffentlich auf 65 Dollar pro Aktie erhöht. Daran sind wir gebunden, bis entweder die Frist abläuft oder Delarive oder sonst wer uns nochmals überbietet. Erst dann können wir die Übung abbrechen. Persönlich meine ich allerdings, dass wir weitermachen sollten, notfalls um Ihren Mann herum."

„Was heißt das?"

„Wenn ich Ihnen so zuhöre", begann Spielberg nüchtern, „und wenn ich die Vorfälle von gestern Abend einbeziehe, so ist Ihr Mann einem Zusammenbruch gefährlich nahe. Aber glücklicherweise besteht der Verwaltungsrat aus mehreren Personen."

„Was heißt ‚um meinen Mann herum'?", beharrte Olivia, als habe sie vergessen, dass Unschalk im Begriff war, ihr gleichgültig zu werden.

Spielberg räusperte sich. „Falls der Verwaltungsrat die Fähigkeit Ihres Mannes zur erfolgreichen Beendigung des Übernahmekampfes als nicht mehr gesichert ansehen sollte, so muss er jemand anderen mit dessen Führung beauftragen. Im äußersten Falle, wenn alle Stricke reißen, muss er Herrn Dr. Unschalk sogar von seinen Pflichten als Präsident entlasten. In seinem eigenen Interesse, wohlverstanden!"

Damit war das Wichtigste gesagt. Das Gespräch verlor sich im Ungefähren, und nach einer weiteren Viertelstunde erhob sich Spielberg. „Ich hoffe, dass Ihr Mann bald wieder zu seiner alten Form zurückfindet", meinte er zu Olivia und unterstrich seinen Wunsch mit einem kräftigen Lachen. „Ich stehe jederzeit zu Ihrer Verfügung, wenn Sie glauben, dass ich Ihnen irgendwie behilflich sein kann. – Ihnen auch, Herr Unschalk", schloss er Thomas in sein Angebot ein. Er wirkte nicht bedrückt, als er ging, eher erleichtert, dass er seine Mission hinter sich hatte.

24

Thomas verließ das Haus kurz danach. Er hatte es nicht über sich gebracht, seiner Mutter gegenüber den Besuch beim Arzt zu erwähnen, der ihm bevorstand. Sie war bleich gewesen, als sie die Tür hinter Spielberg geschlossen hatte. Er hatte ihren Kummer fast körperlich wahrgenommen. „Noch einer mit krankhaften Ambitionen", hatte sie angewidert erklärt. „Der will nicht nur United Chemical, der will auch die Position deines Vaters. Im äußersten Falle."

Mit seinem Kleinwagen durchquerte Thomas den Waldgürtel, der sein Elternhaus von den Außenquartieren der Stadt trennte. Die Sorge um seinen Vater überlagerte noch das Mitleid mit der Mutter. Er fuhr durch eine lange, gerade Straße mit gepflegten Vorgärten in voller Blüte. Er hatte Angst, seinen Vater wieder zu verlieren, kaum war er ihm nahegekommen. Die monotone Anklage, zu der seiner Mutter die Schilderung der Ungeschicklichkeiten seines Vaters geraten war, erschreckte ihn. Sie war im Begriff, sich von ihrem Mann – Unschalk nannte sie ihn bereits – abzuwenden, jetzt, da er sie brauchte. Die Ahnung eines drohenden Unheils warf ihn zurück ins Höhlenwerk einer Verzweiflung, aus dem zu entkommen aus eigener Kraft kaum möglich war.

Bis er die alte Villa seines Arztes erreichte, hatte sich Thomas einigermaßen gefangen. Er hätte wieder umkehren können. Aber er wollte wissen, was mit seinem Vater geschah, welcher Dämon ihn von einer unsinnigen Handlung zur nächsten trieb. Der Vater brauchte Hilfe in seinem Labyrinth aus Verwirrung und Vergessen, aber er würde nicht aus eigenem Antrieb darum bitten. Thomas hatte seinen Vater nie um etwas bitten hören.

Im Wartezimmer saßen drei Personen. Eine alte Frau in einer Strickjacke mit schütterem weißem Haar. Aus milchigen Augen blickte sie an allem vorbei. Eine erschöpfte junge Frau, an der Hand ein kleines Mädchen mit einem schmutzigen Verband am linken Knie. Thomas fand nicht heraus, wer von den beiden zum Arzt bestellt war. Er setzte sich zum Fenster. Die paar Nummern der satirischen Wochenschrift ließ er auf dem Holztisch in der Mitte liegen, desgleichen die Illustrierten und die Traktate über die Bekämpfung der Lepra in Afrika. Die Luft in dem kleinen Raum stand. Das Schnaufen der alten Frau drang in die Stille. Die beiden Diplome neben der Tür erinnerten ihn an die Arztbesuche seiner Kindheit mit seiner Mutter. Er hatte sie seinerzeit endlos bestaunt, die Bubenaugen knapp auf der Höhe des unteren Bildrandes.

Die Tür ging auf, und Frau Angst, die Arztgehilfin, zerriss mit klirrender Kommandostimme seine Kindheitserinnerungen. „Herr Unschalk, kommen Sie mit mir." Kein ‚Bitte', kein ‚Guten Tag'. Die alte Frau regte sich nicht, die junge hob resigniert den Kopf, als Thomas aufgerufen wurde. Der Arzt begrüßte ihn freundlich.

„Ich freue mich, Sie wieder einmal zu sehen, Herr Unschalk. Ihre Ausstellung bei Rozzo hat Erfolg, war in der Zeitung zu lesen. Ich gratuliere Ihnen."

Dr. von Burg wies ihn zum altmodischen Besucherstuhl vor seinem Schreibtisch. Thomas sah einen Rezeptblock, einen Stapel dünner Mäppchen mit Krankengeschichten, eine gläserne Tischuhr, das Bild einer gütig blickenden Frau in einem silbernen Rahmen und an der Wand hinter dem Arzt eine Kinderzeichnung und daneben einen Kupferstich mit einer Ansicht der Stadt Belleville im Mittelalter. Er war nicht in der Stimmung, über seine Ausstellung zu reden. Der alte Praktiker schien es zu spüren und wechselte das Thema.

„Was fehlt Ihnen, Herr Unschalk?"

„Nichts", sagte Thomas. Er blickte zum Arzt, sah das ernste Gesicht; es war das Gesicht eines alten Richters, der alles bereits wusste. „Aber ich bin in großer Sorge um meinen Vater."

„Was ist geschehen?"

Thomas Unschalk erzählte, was er wusste. Von der Bewusstseinsveränderung seines Vaters bei der Rückkehr von New York, dem Intermezzo bei der Sitzung im ‚Drake', den schrecklichen Vorfällen am Dienstagabend mit den Gästen zu Hause, der fast fanatischen Besessenheit in allen Fragen der Übernahme von United Chemical und der zunehmenden ratlosen Gereiztheit seiner Mutter.

„Ist Ihr Vater in letzter Zeit vergesslich geworden – so vergesslich, dass es Ihnen und Ihrer Mutter auffiel?"

Thomas dachte an das Gespräch im Gasthaus am Fluss und zögerte. „Mein Vater kann sehr aufgeschlossen sein, zuhören und engagiert mitdiskutieren. Noch vor zwei Tagen hatten wir ein überaus anregendes Gespräch über ein schwieriges Thema. – Rauschgift", fügte er nach einer Pause hinzu, so als zieme es sich nicht, den Ausdruck im Zusammenhang mit seinem Vater zu verwenden. „Aber seine Gedanken, sein Bewusstsein werden immer mehr von seinem Unternehmen beherrscht, vom Kampf um die Übernahme in Amerika. In diesen Momenten – sie werden immer ausgedehnter – dringt nichts und niemand mit anderen Themen zu ihm durch. Es ist, als wäre dann alles andere ausradiert. Selbst dass Delarive immer mehr Basis-Aktien aufkauft, verdrängt er." Thomas verstummte. Peinigend meldete sich der Gedanke zurück, dass er selbst mit seiner Information über Delarives Übernahmeangebot die fatale Ereigniskette ausgelöst hatte.

Dr. von Burg beugte sich nach vorne, die braunen Hände locker, die Finger entspannt ausgestreckt. Thomas brachte es nicht fertig, dem Arzt ins Gesicht zu blicken. Bedrückt musterte er die dunklen Haarbüschel auf den hinteren Fingergliedern des Arztes. Die Zeit versickerte tropfenweise, stand fast still. Er dachte sich weit weg zu Heidi, wie sie sich umschlangen, wie ihr weißer Leib sich über den seinen schob, um die Führung zu übernehmen. Als er wieder hinsah, war es plötzlich sein Vater, der in ihren Rhythmus einstimmte, sein Gesicht entspannt und zufrieden. Es störte Thomas nicht. Sich hingeben können, völlig aufgehen in einem anderen Menschen, dachte er traurig, das ist ihm in langen Jahren abhandengekommen. Dann staunte er, dass ihn die Vorstellung von Heidi mit seinem Vater nicht störte.

„Sie werden verstehen, Herr Unschalk, dass ich Ihnen jetzt keine fertige Diagnose über Ihren Vater abgeben kann", sagte der Arzt leise, mitfühlend. „Dazu wäre eine gründliche Untersuchung durch einen Spezialisten – ich gebe Ihnen gerne eine Empfehlung – unerlässlich. Was Sie mir eben geschildert haben, lässt mehrere Deutungen zu."

„Ja. Ich verstehe. Welches sind diese mehreren Deutungen?"

Thomas hörte die Wörter, die ihm alle irgendwann einmal begegnet waren, die ihn nun umschwirrten und bedrängten wie ein blutgieriger Mückenschwarm. Teilweise Amnesie, vorübergehender Gedächtnisverlust, der jeden treffen kann. Der harmlose Fall des vergessenen Namens des neuen Bekannten. Die Ereignisse vor einem Unfall, über die sich mit dem Schock der berühmte Mantel des Vergessens breitet. Die etwas schwerwiegendere Lage von Herrn Dr. Unschalk, bei dem sich offenbar in kritischen Momenten falsche Erinnerungen eingeschlichen haben. Das Verwechseln von Orten, Zeiten, Personen und Dingen. Das kann, wenn es ganz vereinzelt auftritt, die Folge besonders intensiver psychischer Belastung sein. Oder Demenz, wenn die Ausfälle sich zu häufen beginnen; Altersschwachsinn; aber dafür ist Herr Dr. Unschalk mit seinen 60 Jahren noch zu jung. Oder Alzheimer, die besondere Form der Demenz, bei der gewisse Verbindungen zwischen den einzelnen Hirnzellen gleichsam durchbrennen und den Informationsfluss unterbrechen. Was das bewirkt? Zunächst Verwechslungen und Verwirrungen. Der Patient erkennt Personen nicht mehr, die eigenen Kinder, den Ehepartner. Er fängt an zu vergessen. Er sinkt ab in eine eigene Welt, die dem Außenstehenden verschlossen bleibt. Er kann aggressiv werden oder apathisch. Manchmal klinkt alles wieder ein, für längere oder kürzere Zeit. Nein, das ist keine Geisteskrankheit, lediglich eine Form der Geistesschwäche. Sie endet aber mit dem Tod. Man weiß sehr wenig darüber. Gewissheit über die Diagnose besteht erst nach einer Autopsie. Wir haben keine Ahnung, wie weit der Patient noch zu verstehen, erkennen, empfinden vermag, wenn einmal die Krankheit so weit fortgeschritten ist, dass er sich selber nicht mehr ausdrücken kann.

„Aber das ist Spekulation, Herr Unschalk“, schloss Dr. von Burg, „ein theoretischer, wahrscheinlich nicht vollständiger Katalog von Möglichkeiten. So wie Sie die Lage schildern, sollte sich Ihr Vater in kompetente Behandlung begeben. Es würde Ihnen allen helfen.“

Thomas spürte, wie sein Kopf anfing zu pochen. *Er soll nicht krank sein. Lieber Gott, lass ihn nicht krank sein. Nein, Gott darf ich nicht anrufen, ich bete sonst auch nicht zu ihm und ich höre ihn nicht. Aber vielleicht – lieber Gott, lass Vater gesund sein oder gesund werden. Er interessiert sich dafür, was ich tue. Wir hatten ein gutes Gespräch. Ich möchte wieder mit ihm Wein trinken im alten Gasthaus und reden. Reden. Und zuhören. Und reden.* Das Pochen im Kopf steigerte sich zum Dröhnen von Kirchenglocken, Erz auf Erz, bis seine Schläfen als natürliche Membranen dem Druck nicht mehr gewachsen schienen. Thomas umspannte den Kopf mit beiden Händen.

„Was kann ich tun, Herr Dr. von Burg? Ich kann doch nicht hingehen und ihn auffordern: ‚Vater, geh zum Arzt. Es besteht die Möglichkeit, dass du an einer tödlichen Form von Geistesschwäche leidest.‘ Er würde mich im besten Fall auslachen, im schlimmsten beschimpfen und auffordern, mich um meine eigenen Angelegenheiten zu kümmern.“

„Sie müssen es versuchen, Herr Unschalk, sehr behutsam und liebevoll.“ Thomas hörte die Stimme des Arztes, sie drang durch den Dom seines Entsetzens, hallte von den Wänden wider, ging unter im anschwellenden Strom seiner Panik. „Wenn Sie es schaffen, dass er mich hier aufsucht, bin ich zuversichtlich, ihn vom Nutzen einer gründlichen Untersuchung zu überzeugen.“

*

Am selben Mittwochnachmittag erwiderte Claude Morat Vico DiNeros Telefonanruf. Im Auftrag von Jean Delarive schlug er ein informelles Abendessen der beiden Präsidenten vor und offerierte dafür Montag, Dienstag oder Mittwoch der kommenden Woche. Herr Delarive begrüße die Initiative, wie sie in der Kontaktnahme durch Herrn DiNero zum Ausdruck gekommen sei. Er erachte es stets als nützlich, Fragen von gemeinsamem Interesse zu erörtern; im Übrigen möge Herr Dr. Unschalk den Gesprächsgegenstand bestimmen. Umgekehrt bitte Herr Delarive darum, ihm die Freude der Auswahl des Lokals zu überlassen. Er könne sich kaum etwas Ansprechenderes vorstellen als die rustikale Eleganz des Gasthofs Traube auf dem Hügelkamm im Markgräfler Rebland jenseits der Grenze.

Vico DiNero gab sich erfreut. Er versprach eine Antwort im Verlauf des folgenden Tages und legte auf.

Die rasche Reaktion Delarives löste jedoch zunächst einzig Besorgnis aus. Das bedrückende Erlebnis mit Unschalk vom Vorabend saß in Vico DiNero noch fest wie der letzte Akt eines Trauerspiels. Wenn die Begegnung zustande kam und Unschalk in Gegenwart Delarives in eine weitere Krise geriet, drohte Basis Chemie unabsehbarer Schaden. Sagte er sie ab, so blamierte er sich und rückte die Führung von Basis in ein schiefes Licht. Am meisten aber plagte DiNero der Streit mit seinem Bruder. Er verstand zwar nicht weshalb, aber er ahnte, dass Pasquale zu tief verletzt war, als dass er sich wie früher mit ein paar Scherzworten beschwichtigen ließe. Und jetzt sah es so aus, als gerate selbst Unschalk ins Wanken. Sollte er den Verstand verlieren, so war den Basis-Aktien ein Absturz an der Börse sicher. Zumindest vorübergehend. Das würde Delarive entgegenkommen. Umgekehrt boten solche Situationen immer wieder reizvolle Kaufgelegenheiten, gerade im Vorfeld einer möglichen Übernahme. Sowohl Delarive als auch Diggelmann waren fähig, den Konzern zu führen, auch ohne Unschalk. Und sobald das Börsenpublikum dies erkannte, würden sich die Aktienkurse von Basis Chemie wieder erholen.

Vico DiNero, der Börsenfachmann, strich sich erleichtert über den Schnurrbart. Es spielte keine Rolle, wie Unschalk sich bei der Begegnung mit Delarive benahm.

Nach kurzem Zögern griff er zum Telefon und wählte, aus Loyalität, die Nummer von Unschalks Haus. Olivia antwortete selber. DiNero erläuterte ihr das Konzept des vorgesehenen Treffens mit Delarive und fragte sie, ob sie glaube, Unschalk sei dieser Herausforderung gewachsen.

„Ich weiß es nicht", antwortete Olivia kühl und distanziert. Sie schien die Probleme ihres Mannes nur noch zu ertragen, indem sie sie nicht mehr an sich herankommen ließ. „Das muss er wohl selber entscheiden. Heute früh begab er sich gefasst und korrekt zur Arbeit, als hätte es den gestrigen Abend nie gegeben. Und zwischen den ersten beiden Vorfällen lagen immerhin mehrere normale Tage. – Das heißt Tage, an denen er war wie immer", korrigierte sie bitter. „Aber ich weiß, dass er sich an seine Ausfälle erinnert. – Frag ihn selber, Vico, zu dir hat er Vertrauen."

DiNero hörte durchs Telefon, wie Olivia flach und schnell atmete, als kämpfe sie um ihre Beherrschung. „Es geht dir nicht gut, *cara mia*?", fragte er.

„Nein, überhaupt nicht", gestand sie kläglich. „Ich halte es nicht mehr aus. Jetzt wollen sie ihm auch noch das Präsidium wegnehmen. Wenn alle Stricke reißen."

„Wer sagt das?"

„Spielberg, der Vizepräsident. Er hat mich heute besucht. Er wollte wissen, ob Unschalk krank ist. Er sorgt sich um Basis Chemie, sagt er. Der Zwischenfall von gestern Abend hat schnell die Runde gemacht."

Der Bankier räusperte sich bestürzt. „Du glaubst doch nicht etwa, dass ich …"

„Nein, Vico, ich glaube gar nichts", sagte Olivia. „Es ist mir auch egal. Jemand muss es wohl gewesen sein. Diggelmann oder Kern, Spielberg wollte es mir nicht sagen."

Vico DiNero wünschte sich, er hätte Olivia nicht angerufen. Eine Frühlingsfliege surrte um seinen Kopf. Olivias ausbrechende Krise verhieß noch mehr Unheil für Unschalk. Er verstand, dass sie genug hatte. Aber wenn sie ausfiel, fehlte die wichtigste Stütze in Unschalks Lager. Ihr selber mochte dies gar nicht bewusst sein. Behutsam sagte er: „So leicht kann man Unschalk nicht aus dem Präsidium entfernen. Das ist bloßes Säbelgerassel. Sorge dich nicht, Olivia."

„Oh, das kümmert mich überhaupt nicht. Im Grunde wäre es mir lieber, er hätte mit Basis Chemie nichts mehr zu tun." Ihre Stimme klang schon beim Gedanken an die herbeigesehnte Veränderung erleichtert.

„Basis Chemie ist Unschalks Leben, vergiss das nicht, Olivia", wandte DiNero ein. „Ohne das Unternehmen ist er nichts."

Darauf reagierte sie heftig. „Und was ist mein Leben, Vico? Was bin ich? Kannst du mir das auch sagen? Hat das je jemanden interessiert?" Sie unterbrach sich abrupt, als bedaure sie, sich vor DiNero den Luxus ihres Ausbruchs geleistet zu haben. „Lassen wir das. Thomas hat versprochen, mit ihm zu reden. Vielleicht bewirkt er irgendetwas. Sie verstehen sich ja jetzt besser, die beiden Unschalks."

Als Folge der Unterhaltung mit Olivia entschied Vico DiNero, weder mit Diggelmann noch mit Kern über das Problem der Begegnung der beiden Konzernpräsidenten zu reden. Und schon gar nicht mit Spielberg. Unschalk sollte allein entscheiden, ob er mit Delarive zusammentreffen wollte. Wenn es sich nicht vermeiden ließ, mochte er sich lieber selber ins Verderben stürzen, als von seinen Neidern dahin gehetzt zu werden. Olivia hatte natürlich recht. Für die Frauen bedeutender Männer interessierte sich niemand, außer sie waren hübsch und wesentlich jünger, oder die Nähe zu ihnen lohnte sich aus Karriereüberlegungen. Wie Schmuckstücke leuchteten sie nur, solange Licht auf sie fiel. Wenn der Glanz ihrer Herren verblasste, erloschen sie ebenso rasch und versanken in der Finsternis des Vergessens wie die Trabanten eines erkaltenden Gestirns.

Dabei zählte Olivia zu den Ausnahmen. Sie besaß die Gabe, aus eigener, innerer Kraft zu strahlen, selbst wenn ihre Welt in Düsternis unterzugehen drohte. Ihr Mann brauchte nicht bedeutend zu sein. Sie verteidigte Unschalk noch, während ihr Verstand sich bereits von ihm loszusagen begann.

25

Nach einer Woche ungestörten Alltags hatte sich Unschalk auf das Treffen mit Delarive gefreut. Er kannte den ländlichen Gasthof im Weindorf Blansingen. Die Fahrt von Belleville den Fluss entlang über die Autobahn, meist mit unbekümmert 160, hatte keine Viertelstunde gedauert. Die Abzweigung im bekannten Badekurort führte ihn über eine windungsreiche Nebenstraße den kleinen Hügel hinan und oben, auf dem flachen Kamm, zum Ort der Begegnung mit seinem Konkurrenten.

Der Gasthof leuchtete weiß in der sachte einbrechenden Dämmerung. Der Regen der letzten Tage hatte die Luft gereinigt. Das Stahlblau des Himmels, das Rostbraun des Ziegeldachs und das Blaugrün der Fensterläden traten satt hervor und markierten zeitlose Behäbigkeit und Ruhe. Delarive stand bereits im kleinen Nebensaal und unterhielt sich mit der Wirtin; mit seinem konzentrierten Blick und seiner schlanken Gestalt sah er eher wie ein Langstreckenläufer aus als wie ein Unternehmensführer.

„Es ist lange her, seit wir uns privat getroffen haben, Herr Dr. Unschalk“, sagte Delarive. In der Hand hielt er eine Zigarette. „Darf ich rauchen?“

Unschalk nickte. „Ja. Kein Titel, bitte. Unschalk genügt. Wir sind ja unter uns.“

„Danke.“

Die Kellnerin erschien und stellte zwei Gläser Weißwein auf den Tisch. „Von der Wirtin als Willkommensgruß offeriert.“ Dann legte sie jedem eine Speisekarte hin und zog sich zurück. Sie stießen an und vertieften sich ins kulinarische Angebot. Ein Dialog wollte noch nicht recht aufkommen; jeder überließ es dem anderen, zur Sache zu kommen.

Unbemerkt war die Wirtin an ihren Tisch getreten. Ob sie bei der Auswahl der Speisen helfen dürfe. Oder ob die Herren noch eine Weile ungestört zu bleiben wünschten. Nein, ganz und gar nicht, waren sich beide einig. Auf die Empfehlung der Gastwirtin entschieden sich beide für ein *feuilleté de saumon* auf einem *coulis d'épinard* als Vorspeise, für den Hauptgang trennten sich ihre Neigungen.

„Sind Sie mit der Entwicklung der Börsenkurse zufrieden, Herr Unschalk?“, nahm Delarive das Gespräch wieder auf.

„Wenn Sie Basis Chemie meinen – ja. Aber die Börse stößt allmählich an die Grenze der Vernunft und beginnt zu überschießen.“

„Unser Wettstreit in den USA beflügelt die Fantasie vieler Anleger. Man schaut auf uns.“

Unschalk zuckte die Achseln. „Mag sein. Vielleicht auch nicht. Ihre Käufe von unseren Aktien bleiben auch in der Öffentlichkeit nicht unbemerkt.“

„Ja, ja, die gesetzlichen Meldepflichten“, sagte Delarive. Er legte eine Pause ein, trank von seinem Weißwein. „Was bezweckte Herr DiNero eigentlich mit seinem Anruf, Herr Unschalk?“

Unschalk lehnte sich zurück und schmunzelte. Er sagte: „Genau das, was wir jetzt tun. Miteinander reden. Vielleicht wäre der Zeitpunkt geeignet, das Gespräch über eine Annäherung unserer Konzerne weiterzuführen, das wir vor einigen Jahren aufgenommen haben.“

Delarive beugte sich vor und musterte Unschalk eindringlich. „Was ist heute anders als damals?“

„Stellen Sie sich eine Kombination von Basis Chemie, Delarive und United Chemical vor, Herr Delarive!“ Unschalk geriet ins Schwärmen. „Ein Gesamtumsatz von weit über 50 Milliarden Franken. Das zweitgrößte Unternehmen der Schweiz. Der drittgrößte Pharmakonzern der Welt! Größe bedeutet Macht – heute noch mehr als damals.“

„Eine faszinierende Aussicht, in der Tat“, bestätigte Delarive nüchtern. „Welchen Nutzen würde es uns bringen?“

„Eine bessere Position im internationalen Wettbewerb, mehr Forschungskapazität.“ Unschalk fühlte sich in seinem Element. Große strategische Konzepte waren seine Domäne; er hatte jede Variante durchdacht und durchgerechnet. „Wir könnten gemeinsam die Ertragskraft um rund drei Prozentpunkte steigern.“

„Stimmt“, bestätigte Delarive. „Aber wir müssten einige tausend Mitarbeiter entlassen. Und wir würden uns jede Menge kartellrechtlicher Probleme einhandeln.“

„Ja, und?“ Unschalk verwarf den Einwand mit einer unwirschen Handbewegung. „Damit müssten wir leben. Dafür wären die restlichen Arbeitsplätze sicherer. Ein paar Tochtergesellschaften würden wir auch abstoßen müssen. Eine Flurbereinigung, mehr nicht. Unterdessen wachsen wir weiter."

Die Kellnerin servierte ihnen ein *amuse bouche*, ein kleines Nichts mit ein paar Schnipseln warmer Geflügelleber, drei Salatblättchen und einem Klecks scharfen Meerrettichschaums. Jean Delarive wechselte das Thema.

„Als Herr DiNero mit Claude Morat telefonierte, entstand der Eindruck, er sondiere, ob eine Übernahme von Basis Chemie durch uns ein Gesprächsthema sein könne, und nicht bloß, dass wir miteinander über eine Annäherung reden, wie Sie sich ausdrückten."

„Hat er das so gesagt?", wollte Unschalk wissen.

„Nein, nicht mit diesen Worten. Aber es klang so. Was sagen Sie dazu, Herr Unschalk?"

*

Unschalk antwortete nicht sogleich. Er blickte durch die Glastür in den kleinen Hofgarten, sah den schmiedeeisernen Zaun, dicht umrankt von wilden Reben, und dahinter, jenseits eines Gässchens, die Fassade eines stattlichen Bauernhauses mit den Reflexen der untergehenden Sonne in den Scheiben. Der Friede des einbrechenden Abends umfing sein Gemüt und glättete die Kanten und Ecken seines pausenlos arbeitenden Verstandes. Am Sonntagabend zu Hause hatte ihm Thomas nahegelegt, nach der Übernahme von United Chemical das Präsidium des Verwaltungsrates abzugeben. Bei näherer Betrachtung war dem Gedanken ein gewisser Reiz nicht abzusprechen. Mochten andere ernten, was er gesät hatte; sein Verdienst würde dadurch nicht geschmälert. Vielleicht verschwanden dann auch die Trugbilder, die ihn in den letzten Wochen heimgesucht und zu fatalen Fehlern verleitet hatten.

„Was sagen Sie dazu?", wiederholte Delarive seine Frage.

Unschalk nickte bedächtig. Das Gesicht seines Konkurrenten Delarive wies mit einem Mal eine gewisse Ähnlichkeit mit dem seines Sohnes auf. Auch die Augen von Thomas glühten, wenn er mit Nachdruck eine Position vertrat, und sein dunkles Haar war ebenso ungeduldig zurückgekämmt wie jenes von Delarive. Wo war letztlich der Unterschied zwischen erfolgreicher Malkunst und erfolgreicher Unternehmenskunst? Wieder erstand ihm das denkwürdige Bild mit der Brücke, die das Gegenufer nicht erreichte. Konnte er helfen, die Kluft zu überwinden, wenn er zu einem taktischen Rückzug Hand bot? Er hörte sich sagen: „Warum nicht? Wer wen übernimmt, ist doch eine Frage der Steuerbelastung, nichts anderes."

„Da kann ich Ihnen beipflichten." Delarive nickte lebhaft und zündete sich ein weitere Zigarette an. „Wenn nicht andere Überlegungen dazwischenkommen."

„Zum Beispiel?"

„Prestigefragen", erklärte Delarive ohne Umschweife. „Zwei zusammengelegte Unternehmen brauchen nur noch einen Namen, nur noch einen obersten Chef, nur noch eine Konzernleitung, und so weiter. Wer wird Leiter der vereinigten Rechtsabteilung – Ihr Herr Kern oder mein Herr Morat, beides ausgezeichnete Juristen? An solchen Fragen ist doch unser letztes Gespräch zu diesem Thema gescheitert, Herr Unschalk."

Unschalk verzog den Mund zu einem feinen Schmunzeln. „Stimmt", sagte er. „Aber heute sind wir beide vier Jahre älter." Es war ihm alles so selbstverständlich erschienen damals. Der Vorrang des Älteren in der Spitzenposition. Der Name des größeren der beiden Unternehmen. Sein Blick fiel auf ein breites Ölbild oberhalb der Schießscharte links neben der Glastüre. Fünf nackte Kinder trugen eine mächtige Blätterranke, aus der Äpfel, Ananas und andere Früchte wahllos hervorwuchsen.

„Und – könnte es sein, dass seither ein Gesinnungswandel eingetreten ist?", erkundigte sich Delarive.

„Ja, das könnte sein", bestätigte Unschalk.

Er fühlte sich in milder Laune wie beim Nachtessen mit Thomas vor gut einer Woche. Er empfand es als entspannend, seinem Gesprächspartner zuzustimmen. Unmerklich wandelte sich das Bild des Konkurrenten ihm gegenüber in jenes eines jüngeren Kollegen, der fähig war weiterzuführen, was er, Unschalk, aufgebaut hatte. Mit dem Gegenangriff auf United Chemical hatte er jenen Faktor in den Wettstreit eingebracht, der Delarive den Zusammenschluss schmackhaft machte. Heute konnte er es sich leisten, Delarive den Vortritt zu lassen. Er wäre in jedem Fall der Architekt der größten Unternehmensfusion im Lande, und United würde billiger zu haben sein, wenn sie sich vorher einigten.

Unterdessen hatte die Kellnerin die Vorspeise aufgetragen. Delarive drückte seine Zigarette wieder aus, halb geraucht. „Was schlagen Sie vor, damit wir weiterkommen?“, fragte er.

„Das vereinigte Unternehmen könnte Delarive Basis Chemie AG heißen. Wäre das eine Grundlage, Herr Delarive?“

„Ja.“

Unschalks Blick wanderte wieder ab zu den fünf Kindern. Es musste sich um eine Allegorie handeln. Das vorderste, ein blondlockiges Mädchen, schaute vorwurfsvoll zurück zu den übrigen. Zwei vielleicht zehnjährige Knaben schritten stramm einher wie muntere Turner. Das Mädchen zwischen den beiden und dasjenige am Ende der Reihe trugen lustlos mit an der gemeinsamen Last. Thomas hätte das besser gemalt. Da hätten vielleicht ein Bein oder der eine oder andere Arm gefehlt, oder die Früchte wären angefault gewesen. Er verstand es besser, große Herausforderungen sichtbar zu machen.

Unschalk wandte sich wieder zu Delarive. „Wären Sie auch bereit, das Präsidium zu übernehmen, Herr Delarive?“

*

Danach war das Abendessen der beiden Konzernherren zu einem vollen Erfolg geworden. Bei einem roten Blansinger Spätburgunder hatten sie die Umrisse eines Chemiegiganten von globaler Bedeutung gezimmert. Über den strategischen Nutzen der Verbindung waren sie sich schnell einig geworden, über die Probleme im Personalbereich gaben sie sich keinen Illusionen hin. Während eines Jahres würden sie beide als Co-Präsidenten auftreten, danach würde Delarive die Leitung allein übernehmen und Unschalk zum Ehrenpräsidenten auf Lebenszeit ernannt. Irgendwann erklärte Delarive, das nun gesprächsweise entwickelte Konzept natürlich noch seinem Strategieausschuss unterbreiten zu müssen. Der Ausschuss werde am kommenden Wochenende zusammentreten. Unschalk hatte zugestimmt und daran erinnert, dass beidseitig den Generalversammlungen der Aktionäre das letzte Wort zustehe. Zum ersten Mal in seinem Leben hatte er sich an der Herausforderung berauscht, auf jegliche Herausforderung zu verzichten. Aber gleichzeitig hatte er den Stachel des Zweifels gefühlt, ob es nicht wiederum der unberechenbare Kobold der letzten Tage und Wochen war, der ihm eingab, auf Delarives Vorstellungen einzugehen, der ihn narrte, um ihn alsdann von Neuem peinlicher Erniedrigung auszusetzen.

Während sie später zusammen das Lokal verließen, schlug Jean Delarive vor, die Verhandlungen auf seinem Landsitz in Jarnac fortzuführen. Er würde sich glücklich schätzen, Unschalk und seine Frau im Lande des Cognacs als Gäste zu empfangen. Neben dem Dorfbrunnen mit dem kleinen Obelisken aus rotem Sandstein in der Mitte hatte Unschalk die Einladung angenommen. Ein zunehmender Mond stand fast senkrecht über ihnen und bestrich die umliegenden Häuserzeilen mit seinem Licht. Unschalk blieb stehen und schaute zu, wie Delarives Fahrzeug aus dem Parkfeld zurücksetzte und lautlos in der kleinen Dorfstraße verschwand.

*

Der Mittwoch empfing Thomas kalt und abweisend, obwohl der klare Morgen einen heiteren Frühlingstag versprach. Er hatte schlecht geschlafen und endlos von einer langen Bergwanderung geträumt, die er und sein Vater zusammen unternahmen. Jedes Mal, wenn der Vater im Gespräch zu einer entscheidenden Mitteilung ansetzte, war er aus seinem leichten Schlummer aufgeschreckt. Er erwachte früh mit dem bedrückenden Gefühl, etwas Kostbares verloren zu haben. In der Küche machte er Wasser heiß und bereitete sich einen schwarzen Kaffee. Dann zog er sich in sein Atelier zurück, ohne etwas zu essen.

Sein neues Bild war Unschalk gewidmet. Seit drei Tagen kämpfte Thomas darum, der Krankheit, die seinen Vater vielleicht befallen hatte, auf der Leinwand mit Farbe, Form und Ausdruck beizukommen. Was da entstand, gefiel ihm noch nicht; das Bild war im Begriff, ein Eigenleben anzunehmen. Ein roter Ozean mit Wellen und Schaumkronen wogte im unteren Drittel der Leinwand. Darüber blendete eine weiße Sonne das Auge des Betrachters, eine lodernde, zerfließende Fratze aus Glut und Hass. Ein Strom kleiner schwarzer Partikel durchzog den Blutozean wie ein Schmutzteppich. Die noch unbemalten Stellen der grauen Leinwand stellten das aggressive Rot in Frage, machten die Komposition verletzlich wie ein frisch geschlüpftes Küken. *Viren, Vater*, sprach Thomas lautlos zu seinem fernen Erzeuger. *Das Bild heißt „Viren". Unser Blut ist voll von*

Viren, Bazillen, Bakterien, die uns vergiften, anfressen, verändern, zerstören. Schau sie dir an, Vater, sie sind wie kleine Messerchen, die von innen unser Gehirn aufschneiden und allmählich vernichten.

Und tatsächlich, aus der Nähe betrachtet hatten die schwarzen Punkte alle die Form von winzigen Messern, mit nach oben gerichteter Klinge.

Es tut mir leid, wenn mein neues Bild dich erschreckt, führte Thomas den einseitigen Dialog weiter. *Aber dein Leiden beschäftigt mich. Wir haben alle eine oder mehrere Schwachstellen. Solange sie uns nicht wehtun, wollen wir nichts davon wissen. Aber am Ende bringen sie uns um. Wenn du diese ganz schlimme Krankheit hast, bringt sie dich am Ende um. Wir wissen es, obwohl wir dieses Wissen mit allen Mitteln verdrängen. Wir pflegen ein kleines Quäntchen Hoffnung, dass wir uns vielleicht irren. Und dieses versteckte Wissen um unsere verborgenen Mängel, zusammen mit der Illusion, es stimme nicht, lässt uns die merkwürdigsten Dinge tun. Verstehst du, Vater? Das alles steckt in meinem neuen Bild, zumindest für mich.*

Thomas arbeitete verbissen bis weit in die zweite Nachmittagshälfte. Dann kehrte er dem Bild den Rücken, energisch, als ließe es sich so wieder aus der Welt schaffen. Rastlos trat er hinaus in den kleinen Eingang seiner Wohnung. Als er sich wieder umdrehte, verhöhnte ihn die halb offene Tür zu seinem Atelier mit dem Anblick der linken Hälfte seines wabernden Bildes. In seinem Bewusstsein wuchs der rote Fleck ins Unermessliche, wurde zum eingeätzten Brandmal, während alles andere zur Bedeutungslosigkeit wegschrumpfte: die Wohnung um ihn herum, seine Ausstellung in der Galerie Rozzo, das Fischerdorf Rosas, selbst seine Liebe zu Heidi B. und sein Stolz, zweimal den Drogen entronnen zu sein.

In der Küche holte er ein Glas, goss zwei Fingerbreit Whisky hinein und trug es ins Wohnzimmer. Er setzte sich in seinen alten Ohrensessel. Wenig später stand er wieder auf und schritt durchs Zimmer, ziellos und ratlos, auf der Suche nach einem unsichtbaren Gegner, der die Luft verpestete, ihm die Kehle zuschnürte, bis er fast erstickte vor lauter Ohnmacht und Hilflosigkeit.

Er griff zum Telefon und wählte Unschalks direkte Nummer.

„Vater, ich bin's, Thomas. Hast du einen Augenblick Zeit?"

„Ja, kurz. Ich habe in zehn Minuten eine Sitzung." Pause. Dann: „Ich habe mit Delarive über einen Zusammenschluss gesprochen. Ich habe ihm das Präsidium angeboten."

„Oh – das ist großartig, Vater. Ich gratuliere dir. Hat er angenommen?" *Wenn es bloß nicht zu spät ist. Du musst zum Arzt.*

„Wir müssen das Konzept jetzt unseren Verwaltungsräten unterbreiten", erwiderte Unschalk. „Aber du hast vermutlich nicht deswegen angerufen."

„Nein. Ich möchte dich sprechen, Vater." *Ich will, dass du Dr. von Burg aufsuchst.* „Ich kann zu dir kommen. Wenn du willst, können wir uns auch irgendwo treffen."

Unschalk schwieg einen Augenblick. Dann fragte er: „Worum geht es, Thomas?"

„Ich kann am Telefon nicht darüber sprechen." Thomas umklammerte den Hörer mit schweißnasser Hand und hoffte, sein Vater würde ihn verstehen.

Unschalk sagte: „Können wir nicht heute Abend zu Hause darüber reden?"

„Ich möchte mit dir allein sprechen, Vater", bat Thomas nochmals. Er hoffte sehr, sein Vater würde begreifen. „Es ist sehr wichtig", sagte er mit leiser werdender Stimme.

Unschalk räusperte sich. „Dann melde ich mich bei Mutter ab, und wir treffen uns zum Abendessen um acht Uhr in deinem Gasthaus am Fluss. In Ordnung?"

Thomas blickte auf seine Uhr. Zwei drei viertel Stunden. „In Ordnung", sagte er. „Bis dann." Eine Ewigkeit. Er legte auf.

Jetzt griff er zum Glas und ließ den ersten Schluck langsam über die Zunge und in die Kehle rinnen; dann schluckte er und genoss die Wohltat, wie dic Flüssigkeit auf jedem Zentimeter der Speiseröhre ihren sanft brennenden Abdruck hinterließ.

Der Alkohol beruhigte seine aufgebrachten Nerven und gab ihm die Perspektive zurück, die ihm seit der Eröffnung des Arztes über das mögliche Leiden seines Vaters abhandengekommen war. Er stand nochmals auf, um ein Klavierkonzert von Mozart aufzulegen, dann setzte er sich wieder in den breiten Ohrensessel. Die Musik erreichte seine Seele und lockte sie nachzugeben. Ihm schien mit einem Mal, das Unglück habe sich auf eine ferne Warteposition zurückgezogen, um dem *allegro ma non troppo* Mozarts den Vortritt zu gewähren. Vor vielen Jahren, während seiner ersten Ferienreise ans Meer mit den Eltern, hatte er sich mitten in einer klaren Nacht ohne Schlaf ins Freie begeben. Staunend hatte er die majestätischen Lichtmuster des Nachthimmels und das Rauschen des Wassers, das man nicht sehen konnte, in sich aufgesogen. Es war das schönste Konzert seines Lebens, und er hatte zum ersten Mal begriffen, dass Licht und Klang zusammengehörten wie Speise und Trank.

Langsam trank Thomas seinen Whisky aus. Er schloss die Augen, und die Klänge umhüllten ihn mit einem Mantel aus Sternenlicht. Es blieben ihm noch fast zwei Stunden, um am Bild weiterzuarbeiten. Schließlich kleidete er sich um, seine Hose hatte einen Farbklecks abbekommen. Er wählte einen schwarzen Pullover und eine blaue Leinenjacke, dann brach er auf, seinen Vater zu treffen.

26

Die Abenddämmerung war im Begriff, der einbrechenden Nacht zu weichen, als er in der Nebenstraße seinen kleinen Fiat aufschloss. Er ließ den Motor an und spurte mit einem engen Wendemanöver in die Gegenfahrbahn ein. Beim Rotlicht an der Kreuzung hielt er an. Eine Plakatwand schrankte rechts eine Baustelle ab. Coca-Cola in Großformat. Der einsame Reiter mit dem Duft der weiten Welt. An einem Sonntag in Rosas hatte eine der zahllosen Prozessionen ein ländliches Volksfest mit Musik, Gesang und Tanz eingeleitet. Am Abend, auf der *plaza*, umgeben von alten, sauberen Häusern mit eisernen Balkonen, hatten auf einer Holzbühne katalanische Trachtengruppen und auf dem Kopfsteinpflaster die restliche Bevölkerung getanzt. Es ergab sich, dass eine junge Ausländerin, erhitzt und ebenso allein wie er, ihn nach Hause begleitete. In verzweifelter Umklammerung hatten sie der Einsamkeit getrotzt, bei offenem Fenster, eingehüllt in die fernen Klangfäden der spanischen Volkslieder.

Eine schmucklose Uhr bei einer Haltestelle der Straßenbahn zeigte zehn vor acht. Die breite Straße ging über in eine lang gezogene Linkskurve. Schemenhaft glitten die Umrisse eines alten, unbeleuchteten Tramdepots vorbei, daneben wie vergessen einige Anhänger auf Gleisstummeln, die zu den Reparaturhallen führten.

Du brauchst ärztlichen Rat. Vielleicht kann dir noch geholfen werden. Ich will zu dir sprechen, als Sohn, als Freund, wenn du mich lässt. Vielleicht hörst du auf mich. Hoffentlich hast du nicht Alzheimer. Ich möchte, dass du wieder gesund wirst.

Am Ende der Linkskurve mündete eine breite Durchgangsstraße zur Landesgrenze nach Frankreich ein. Von rechts her irritierte ein Schatten für einen Augenblick seine Sicht. Thomas blinzelte, der Schatten wuchs. Er blinzelte wieder, und der Schatten gedieh unerbittlich zur mächtigen Kühlerfront eines Sattelschleppers. Thomas erschrak und reagierte falsch. Er schloss die Augen, riss gleichzeitig beide Arme vors Gesicht und gab Vollgas. Der Sattelschlepper bremste, knallte aber mit der rechten Vorderecke gegen den rechten Scheinwerfer des kleinen Fiat und schob diesen langsamer werdend in seiner ganzen Breite vor sich her. Nun grub sich die Stoßstange des Lastwagens mit eisernem Biss oberhalb der Türgriffe in die Seite des Fiat und zermalmte ihn unter sich. Kurz vor dem Mittelstreifen der Straße kam das schaurige Doppelgefährt zum Stillstand. Auf allen Seiten der Kreuzung kreischten die Bremsen anderer Fahrzeuge. Dann explodierte der Benzintank von Thomas' Wagen. Eine Stichflamme schoss unter dem Kühler des Sattelschleppers hervor.

Thomas verlor nicht sogleich das Bewusstsein. Er versuchte die Tür aufzustoßen, aber der Griff klemmte. Außerdem presste ihn der Sicherheitsgurt unerbittlich an seinen Sitz. *Vater, ich habe Mist gebaut. Ganz große Scheiße. Oh nein – das Auto brennt.* Es gelang ihm, den Kopf zu drehen, und er sah hinten die Flammen. *Diese Hitze! … Vater, ich wollte dir helfen … du und Mutter … Scheiße! – Lieber Vater …*"

Eineinhalb Minuten nach der Kollision hatte sich das Feuer durch den Kofferraum des Fiat ins Wageninnere durchgefressen. Es fand reiche Nahrung an den Stoffbezügen und der Polsterung der Sitze. Thomas Unschalk hing verkrümmt und eingeklemmt in seinem Gurt auf dem Fahrersitz. Die Flammen umloderten ihn blitzartig. Seine Kleider, Haare, Gesicht und Hände verglühten in der grauenhaften Hitze, noch ehe sie richtig brannten. Nur ein schmaler Freundschaftsring aus Silber blieb, wenn auch geschwärzt, an seinem verkohlten rechten Ringfinger zurück.

*

Um fünf nach acht betrat Unschalk das Gasthaus am Fluss. Er spähte umher, Thomas war nirgends auszumachen. Mit einem Mal befielen ihn Zweifel, ob es richtig war, dass er sich in diesem Lokal wiederfand. Thomas hatte ihn angerufen, kurz vor der Sitzung; aber was sie gesprochen hatten, war ihm entfallen. Und dennoch, ihm schien, sie hätten sich verabredet. Etwas Wichtiges, hatte Thomas erklärt. Aber er war nicht mehr sicher, ob sie sich für heute verabredet hatten.

Es wurde reichlich gegessen und getrunken im Gasthaus. Kellner in weißen Jacken schleppten silbern glänzende Pfannen an die Tische, andere in schwarzen Jacken präsentierten Weinflaschen wie kostbare Funde aus alter Zeit. Unschalk setzte sich unschlüssig an den letzten freien

Tisch; es war derselbe, an dem er vor etwas mehr als einer Woche Heidi B. kennengelernt und mit Thomas gespeist hatte.

Ein Kellner näherte sich. „Ist für Sie reserviert?"

„Ich bin mit meinem Sohn verabredet, Thomas Unschalk."

Der Kellner begann zu strahlen. „Oh, natürlich! Willkommen, Herr Unschalk. Möchten Sie vielleicht etwas trinken, bis er eintrifft?"

Unschalk runzelte die Stirn. War er tatsächlich mit Thomas verabredet, oder narrte ihn wieder eine falsche Erinnerung? Ihm war warm, er fühlte sich nicht wohl. „Ich möchte mir die Hände waschen."

„Gewiss." Der Kellner streckte den Arm aus. „Zur Toilette gehen Sie durch die Tür dort drüben."

„Ich will nicht auf die Toilette", protestierte Unschalk heftig. „Ich will mir die Hände waschen, haben Sie nicht gehört?"

Der Kellner blieb korrekt. „Es ist dieselbe Tür." Dann zog er sich zurück.

Unschalk stand auf und ging langsam in die angezeigte Richtung. Hinter der braunen Tür erstreckte sich ein hell gestrichener Gang nach links. Über hellgraue Klinkerplatten erreichte er zwei weitere, grüne Türen. Vor der ersten blieb er stehen und musterte den weißen Großbuchstaben *D*. Er streckte die Hand aus nach dem Türgriff. Da öffnete sich die zweite Tür, die mit dem Buchstaben *H*, und ein schlanker Mann mit einem schwarzen Bart trat in den Gang hinaus, an Unschalk vorbei, zurück zur Gaststube. Unschalk zog die Hand zurück und entschied sich für die andere Tür. Dahinter fand er einen blitzblanken Raum mit dezent grün gekachelten Wänden. Zögernd näherte er sich einem der drei Handwaschbecken. Links stand ein Behälter mit Kleenextüchlein, rechts lag in einer muschelförmigen Schale eine runde Glyzerinseife, sie sah aus wie Bernstein; daneben erhob sich ein Stapel mit kleinen Handtüchern aus weißem Frotteestoff.

Im glitzernden Spiegel nahm er sein Gesicht wahr, als ob es einem Fremden gehörte. Die Augen blickten wässrig aus geweiteten Pupillen, das schüttere Haar war straff nach hinten gekämmt. Wangen und Kinn zeigten einen grauschwarzen Schimmer; aus den Nasenlöchern ragten einige drahtige graue Haare. Er sah das Becken vor sich, seine rechte Hand bewegte sich zur Hose und öffnete den Reißverschluss. Die Hand verschwand im Schlitz, da sah er im Spiegel, wie sich hinter ihm die Tür öffnete. Ein junger Mann mit geröteten Wangen und Bürstenhaarschnitt und gelockerter Krawatte betrat schwungvoll den Raum. Er sah Unschalk fummeln und brach in schallendes Gelächter aus.

„Das ist aber das falsche Planschbecken, mein Lieber! Dort drüben wird gepisst!"

Unschalk hielt inne, zog die Hand zurück. „Danke", sagte er würdevoll. „Ich habe mich geirrt. Ich wollte mir die Hände waschen."

Der andere stellte sich am richtigen Ort auf. Er schüttelte den Kopf und kicherte vor sich hin. Dann hörte man ihn kräftig plätschern. „Hast dir aber einen schönen Affen aufgelesen, alle Achtung!"

Unschalk drehte das Wasser an, dann vergaß er, was er hatte tun wollen, und kehrte in die Gaststube zurück. Sein Tisch war noch immer leer, Thomas nicht zu sehen. Ich muss mich doch im Tag geirrt haben, dachte er. Verunsichert verließ er das Gasthaus, es war Viertel nach acht. Er fand seinen Wagen im Dunkeln auf der anderen Straßenseite und fuhr nach Hause, den Reißverschluss noch immer geöffnet.

*

Der Wohnraum, in dem Delarive am Samstagmorgen die Sitzung eröffnete, harmonierte mit dem Esszimmer auf der anderen Seite der Eingangshalle. Zwei große Kreidezeichnungen, ein Mariengesicht in zartem Orange und ein lila Christuskopf mit Dornenkrone, erzwangen Beachtung, weil der Rest der weißen Längswand provokativ leer geblieben war. Claude Morat hatte Mühe, sich zu konzentrieren. Freude und Furcht hatten ihn erfüllt vor dem Wiedersehen mit Tony am Vortag. Sie stand neben ihrem Vater im Eingang des Landhauses gegenüber der Statue von Charpentier. Sie trug halbhohe weiße Schuhe, ein hellblaues Kleid und – locker um die Schultern gelegt – einen weißen Pullover. Ihr Haar war hochgesteckt, er sah ihre hohe Stirn und die fein geschnittene Nase, den Hals und die kleinen Vertiefungen vor dem Ansatz der Schlüsselbeine, und er sah auch alles andere wieder. Er roch ihr Haar und ihren Schweiß, er fühlte ihre Tränen, er hörte ihr Lachen, und sein Magen drehte sich vor Schmerz. Er war in Panik geraten vor Angst, Pasquale und Jean Delarive müssten ihm ansehen, was er und Tony wussten. „Hallo, Claude, schön, dich wiederzusehen", hatte sie gesagt und dazu gelächelt;

sie bot ihm die Wange zum Kuss und sie schien ihm ferner als am Tag ihrer ersten Begegnung in Fort Lauderdale. Jean Delarive jedoch hatte sie umarmt, als wäre sie seine Tochter.

Pasquale DiNero füllte seinen Polstersessel so prall aus, dass der weiße Segeltuchbezug unter seiner Leibesmasse verschwand. Die beiden obersten Knöpfe seines Hemdes standen offen, darunter kringelte sich schwarzgraues Brusthaar. Auf dem Stoffsofa neben ihm saßen Delarive und Claude Morat. Gegenüber duckte sich der Bankangestellte Jacques Baguette mit hochgezogenen Schultern und verschränkten Armen in seinen Sessel. Er trug als Einziger eine Krawatte und einen Anzug. Man sah ihm an, dass er litt. Neben ihm hörte DiNeros Landsmann Mario de Benedanti, der Unternehmer, entspannt zu, wie Jean Delarive auf Englisch seine Einleitung beendete. Er war deutlich jünger als DiNero; hinter einer Brille mit glänzendem Stahlrahmen blickten tiefblaue Augen.

Delarive erläuterte seinem Beraterteam, wie er als Reaktion auf Unschalks Gegenangriff auf United, und aus einer gewissen Verärgerung, vor drei Wochen das Konzept zu einer Übernahmeattacke auf Basis Chemie entwickelt hatte. Er informierte ausführlich über das Treffen mit Unschalk und den Stand der Aktienkäufe; bei Basis Chemie war man bereits bei 39 Prozent der Stimmrechte angelangt. Er zündete sich eine Zigarette an und zog ein zusammengefaltetes Blatt aus der Brusttasche.

„Eine Zeitungsmeldung. Vor zehn Minuten per Fax gekommen: *Wie bereits kurz berichtet, ist am Mittwochabend auf der Kreuzung Lindenallee/Ackerstraße ein Sattelschlepper mit einem Personenwagen kollidiert. Der Personenwagen ging in Flammen auf, und sein Fahrer starb an der Unfallstelle. Die Schuldfrage ist noch unklar. Beim Unfallopfer handelt es sich um Thomas Unschalk (29), den Sohn des Verwaltungsratspräsidenten von Basis Chemie. Der Verstorbene hat sich trotz seiner Jugend bereits einen Namen als Maler gemacht; ein Ausschnitt seines Werkes wird zur Zeit in der Galerie Rozzo ausgestellt.*

Aus der Familie des Opfers nahestehenden Kreisen ist zu vernehmen, dass der Vater von Thomas Unschalk einen Zusammenbruch erlitten haben soll. Der Pressesprecher von Basis Chemie, Herbert Keller, hat für nächste Woche weitere Informationen in Aussicht gestellt.

So viel an Neuigkeiten!“ Delarive steckte den Zeitungsartikel weg. „Ich habe veranlasst, dass Herrn und Frau Dr. Unschalk meine Anteilnahme übermittelt wird."

Claude Morat registrierte Betroffenheit, die sich wie ein kleiner Frost über die Gesprächsrunde gesenkt hatte. An de Benedanti und Baguette vorbei sah er durchs Fenster bis zur Pappelzeile am fernen Ende des Grundstücks. Thomas Unschalk. 29 – wie Tony. Ob er eine Freundin gehabt hatte? Oder eine Ehefrau? Oder beides?

„Armer Kerl." Pasquale DiNero brach als Erster das Schweigen. „*Povero ragazzo*."

Jacques Baguette rührte sich nicht. Der ferne Tod des unbekannten Malers erschien ihm unabänderlich wie das Hinwelken einer Apfelblüte.

Der Jurist fragte: „Wer kennt Dr. Unschalk eigentlich noch außer Herrn Delarive?"

„Ich kannte ihn vor vielen Jahren", sagte DiNero. „Über meinen Bruder Vico. Er war stets ein Streber."

„Das ist *die* Untertreibung, mein Lieber!" De Benedanti lachte verächtlich. „Unschalk kommt aus dem Nichts. Er ist besessen. Wäre er ein Spieler, würde man ihn in allen Kasinos Europas kennen."

„Haben Sie mit ihm Geschäfte gemacht?"

„Ich? – Nein, nie!"

„Er ist milder geworden." Jean Delarive streifte die Asche seiner Zigarette ab. „Und sein Sohn hatte Talent, ich habe die Ausstellung gesehen." Er lehnte sich zurück, fuhr mit der Zunge über die Lippen. „Eine Tragödie. Aber das ist höhere Fügung. Wir haben anderes zu bereden. Sollen wir eine Übernahme von Basis Chemie und United Chemical anstreben?"

„Haben Sie genug Geld für beides?", wollte de Benedanti wissen.

„Unsere Liquidität beträgt gut fünf Milliarden. Die Helvetische Bank hat uns die Finanzierung des Restes zugesagt."

Auf de Benedantis braun gebrannter Stirn bildeten sich feine Falten. Seine Augen versprühten Kampfeslust. „Dann sollte man aufs Ganze gehen. Sofern Ihre Organisation zwei Übernahmen gleichzeitig zu bewältigen vermag. Wenn das gelingt ..." In einer impulsiven Bewegung streckte er beide Arme weit aus, als wolle er die kleine Menschengruppe segnen. „Dann kennt man Sie schlagartig auf der ganzen Welt!"

„Pasquale?"

„Weitermachen", sagte der Unternehmer aus Florida, „sonst will ich meine Basis-Aktien zurück."

„Herr Morat?"

Der Jurist nickte, er war nicht bei der Sache. Nach ihm stimmte auch der Bankangestellte Jacques Baguette zu. „*Bien sûr*", sagte er, ein wenig spitz, „warum auch nicht. Wenn Delarive AG allein stark genug ist, andere Unternehmen zu verschlucken – ich bin nur für Ihr Privatvermögen zuständig."

„Danke. Dann sind wir uns einig."

Delarive erläuterte, dass er auf den kommenden Montagmorgen den Verwaltungsrat von Delarive AG zur endgültigen Beschlussfassung einberufen habe. Er glaube seine Mitglieder gut genug zu kennen, um zu wissen, dass sie einer Übernahme von Basis Chemie mit Begeisterung zustimmen würden. Zu tief sitze der Stachel der Beleidigung wegen des Gegenangriffs auf United Chemical. Da immerhin die Möglichkeit bestehe, dass dem öffentlichen Übernahmeangebot der Erfolg versagt bleibe, sei es richtig, auch den Kampf um United fortzusetzen. Am Ende stellte er die Frage, auf die Claude Morat gewartet hatte.

„Ich möchte Ihre Meinung kennenlernen, in welcher Form wir die Verbindung mit Basis anstreben sollen. Zusammenschluss im Rahmen einer Vereinbarung, wie sie zwischen Unschalk und mir erörtert wurde, oder Übernahmekampf mit öffentlichem Angebot?"

„Kampf!", erklärte Pasquale DiNero ohne Zögern. „Mein Bruder Vico berät Unschalk. Ich traue ihm nicht, also traue ich Unschalk erst recht nicht."

De Benedanti wandte sich an Delarive. „Ich schließe mich Pasquale an – Kampf! Ich bezweifle, dass Unschalk in nächster Zeit überhaupt fähig sein wird, Verhandlungen zu führen. Den einzigen Sohn verloren. Und krank im Kopf – wenn der Zeitungsartikel nicht übertreibt."

Durchs Fenster erblickte Claude Morat die Köchin Marie-Claire, wie sie am Gartentisch kleine Gedecke auflegte, zartes Kaffeegeschirr. Er fragte: „Ist es unter den gegebenen Umständen überhaupt denkbar, dass wir eine feindselige Übernahmeofferte veröffentlichen? Wäre das nicht unfair?"

„Nein", widersprach de Benedanti. „Wir haben die Interessen von Delarive AG zu wahren, nicht jene von Unschalk."

„Die Helvetische Bank unterstützt uns unter anderem gerade deshalb, weil sie Unschalks Gegenangriff auf United als unfair erachtet hat."

Der Unternehmer aus Mailand verwarf die Hände. „Hören Sie auf. Die Bank unterstützt Delarive, weil sie es als opportun erachtet. Punkt."

Pasquale DiNero legte seine Zigarre in den Glasaschenbecher neben Delarives Zigarette und sagte langsam: „Claude, Ihr Sinn für Fairness zeichnet Sie aus. Deswegen sind wir uns vor zwei Wochen handelseinig geworden. Aber Fairness braucht zwei, sonst ist sie verschwendet. Gehen Sie in einen Hundezwinger. Halten Sie dem ersten Hund einen Knochen hin. Glauben Sie, er verschmäht ihn, bloß weil sein Nachbarhund keinen Knochen erhält? Niemals! Die Zeit war nie so gut wie jetzt. Basis Chemie gerät vielleicht in eine Führungskrise. Das müssen wir ausnützen. Unschalk tut mir leid als Vater. Aber er war nie freundlich als Unternehmer. Wir schulden ihm nichts, und wir schulden Basis nichts."

„Richtig." Mario de Benedantis klirrende Zustimmung klang endgültig wie ein Urteil.

„Ich höre aufmerksam zu, was ihr sagt." Jean Delarive suchte erst Pasquales Blick, dann jenen von de Benedanti. „Ich weiche einer Auseinandersetzung nicht aus. Ich war so weit, dass ich Unschalk vernichten wollte. Aber er hat eine elegante Variante vorgeschlagen. Wenn der Zusammenschluss einvernehmlich erfolgt, sparen wir Geld, und beide Seiten wahren das Gesicht. Ich bin geneigt, es zu versuchen."

„Er wird dich erneut hintergehen; er hat schlechte Berater." Pasquale DiNero schüttelte den Kopf. „Nimm deine Chance wahr."

Mario de Benedanti schloss sich seinem Landsmann an. „Mein lieber Jean, es schmerzt mich zu sehen, wie Sie Ihren Vorteil aufs Spiel setzen. Denken Sie daran, dass Ihre Organisation ein Leck hat. Andernfalls hätte Unschalk von Ihren Plänen mit United nicht Wind bekommen. Er weiß, dass Sie Basis-Aktien aufkaufen. Unterstellen wir ruhig, dass er auch auf einen Übernahmeversuch gefasst ist. Er hält Sie also hin mit Gesprächen, um seine Generalversammlung unbehelligt hinter sich zu bringen. Danach findet er einen Vorwand, die Verhandlungen platzen zu lassen. Sie verlieren Zeit, und er gewinnt Zeit, um ein Abwehrdispositiv aufzubauen."

„Meine konkreten Pläne mit Basis sind nur uns bekannt."

„Und der Helvetischen Bank", warf Claude Morat ein.

„Zweifeln Sie an der Wahrung des Bankgeheimnisses?“

Der Jurist zögerte. „Ich verlasse mich nur ungern darauf.“

„Wie lautet denn Ihre Meinung, Herr Morat? Verhandlung oder Kampf?“

„Ich würde gerne Herrn Dr. Unschalk kennenlernen und mir meine Meinung danach bilden. Wenn ich mich jetzt entscheiden muss, neige ich zur Variante Kampf.“

27

Jean Delarive lud sein Beraterteam zum Kaffee in die Gartenlaube ein. Es war mittlerweile elf Uhr. Die Sonne war über die Dachziegel emporgeklettert und fing an, den Schatten der alten Mauern von den roten Bodenplatten des Sitzplatzes zu vertreiben. Sie verbreitete milde Frühlingswärme. Die Köchin Marie-Claire reichte den Kaffee. Beim Hinausgehen hielt Pasquale DiNero Delarive und Morat zurück. Er sagte: „Ich hoffe, du bist mir nicht böse, Jean. Aber ich konnte mich deinem Vertrauen in Unschalk nicht anschließen."

„Nein, ich bin dir nicht böse. Ich wollte ein Gespräch mit Beratern, nicht mit Jasagern."

„Gut. Können wir uns irgendwann, heute oder morgen, über die Wiederanlage meines Verkaufserlöses unterhalten? Ich möchte Tony dabeihaben."

„Ja. Am liebsten morgen Vormittag. Herr Morat und ich haben erste Überlegungen angestellt. Aber wir müssen mehr über deine Ziele und Neigungen erfahren."

Der Italiener fuhr mit beiden Händen über seinen schwarzsilbrigen Haarkranz. „Klar." Zum Juristen gewandt, setzte er hinzu: „Übrigens, Claude, ich habe den Hammerhai verkauft, von dem Ihnen Tony erzählt hat."

Sie lachten und spürten die Harmonie des Frühlingstages. In der Ferne, an den verwilderten Garten angrenzend, sah man die endlosen Zeilen von Rebstöcken. Sie würden dem Getränkekonzern Chamot-Durand im kommenden Jahr neue Ehre einbringen; die langfristige Wettervorhersage weckte Hoffnung auf einen Spitzenjahrgang.

Beim Kaffee gab Delarive seinen Entscheid bekannt. Er höre auf den Rat seiner Freunde und werde das Gespräch mit Unschalk nicht weiterführen. Er hoffe, er habe damit nicht das Todesurteil über seinen Konkurrenten ausgesprochen. Das Ableben des einzigen Sohnes habe ihn zweifellos schwer genug getroffen. Claude Morat trank Kaffee und wünschte sich weit weg. Florianne hatte die Mitteilung seiner neuerlichen Abwesenheit übers Wochenende mit derselben verletzten Kühle quittiert wie seine Rückkehr von Florida am Sonntag vor zwei Wochen. Einen halbherzigen Versuch, sie zu verführen, hatte sie reglos und mit geschlossenen Augen hingenommen. Hundertmal hatte er sich seither gefragt, ob sie seinen Ausbruch in die bessere Welt von Tonys Wärme ahnte, vielleicht darauf wartete, dass er sich selber verriet.

Bis zum Mittagessen erarbeiteten sie den Zeitplan für den Übernahmekampf. Der Übernahmepreis wurde festgelegt. Zu den Bedingungen des Angebotes gehörte, dass es nur gültig war, sofern die Aktionäre an der Generalversammlung die von Delarive AG bezeichneten Personen in den Verwaltungsrat von Basis wählten: Jean Delarive, Pasquale DiNero, Mario de Benedanti und Claude Morat. Das Angebot war am kommenden Dienstag in den großen Zeitungen der Schweiz und drei führenden internationalen Blättern zu veröffentlichen. Ebenfalls am Dienstag sollte John Porter schriftlich die Erhöhung des Angebots an die Aktionäre von United auf 69 Dollar pro Aktie mitgeteilt werden.

Kurz vor ein Uhr bedankte sich Delarive und beendete die Aussprache. Pasquale DiNero watschelte schwerfällig an den Rand der Gartenlaube. Man sah dunkle Schweißspuren in den Achselhöhlen seines blauen Hemdes. Ein schwacher Wind war aufgekommen und kühlte seine Hitze. Einzelne hochgeschossene Rispen im ungeschnittenen Gras des Gartens neigten sich in stummem Einverständnis vor dem Luftzug. „Es gefällt mir, wieder in Europa zu sein. Unschalk wird toben, mein Bruder Vico auch."

„Unschalk wird zerstört sein", sagte de Benedanti, „sofern er noch wahrnimmt, was geschieht. Er ist ein Fanatiker."

„Er war ein Fanatiker", erwiderte Delarive. „Aber lassen wir das. Im Haus wird ein leichter Imbiss angerichtet. Und im Salon hat Marie-Claire Getränke bereitgestellt. Jacqueline und Tony warten schon auf uns. Lassen Sie uns auf die wesentlichen Dinge des Lebens anstoßen. Am Nachmittag möchte ich Ihnen unsere Reben zeigen. Danach erläutert uns der Rebmeister, wie unser Cognac gewonnen, gelagert, abgefüllt und in alle Welt versandt wird."

Mit Tony kehrte Claude Morats Problem zurück. Sie unterhielt sich mit Jacqueline Delarive, und er hörte ihr Lachen, an dem er sie in jeder Menschenmenge, in jedem Gedränge für den Rest seines Lebens wiedererkennen würde. Aber das Lachen galt nicht ihm. Sie trug Jeans, ein grünes T-Shirt und die Strickjacke, genau wie vor zwei Wochen. Jean Delarive eilte auf die beiden Frauen zu, begrüßte sie mit einem Scherzwort. Der Jurist litt, weil er sich Tony nicht in gleicher Vertraulichkeit nähern konnte, aber mehr noch, weil er keinerlei Zeichen ausmachte, wie viel Vertraulichkeit sie von ihm erwarten mochte. Sie winkte ihm zu, als er eintrat, und sie schien ihm ferner, als wenn sie in Florida geblieben wäre. Er war außerstande, ihr Gefühl für ihn zu bestimmen. Ihre Augen blieben beherrscht, wenn sie mit ihm sprach; ihre Freundlichkeit erschien ihm oberflächlich, und ihre sprühende Herzlichkeit war verflogen wie die Erinnerung an einen Traum.

Sie wandte sich ihrem Vater zu. Dieser legte ihr sofort den Arm um die Schultern und fing an, auf Italienisch auf sie einzureden. Jacqueline Delarive trat zu Morat und fragte ihn, was er trinken wolle. Gerne einen *jus d'orange*.

„Pasquale und Tony haben eine hohe Meinung von Ihnen."

Claude Morat nahm sich zusammen. Das Kompliment verwirrte ihn. Aber seine Verwirrung gehörte ihm; er war außerstande, sie mit der schönen Frau seines Konzernherrn zu teilen. „Wir haben schwierige und anregende Momente miteinander erlebt."

„Ohne Sie wären beide heute nicht bei uns. Sie haben ihrem Leben eine neue Ausrichtung gegeben. Die beiden waren im Begriff, in ihrem selber errichteten Glaskäfig zu verkümmern."

„Sie sind zu liebenswürdig. Pasquales Mitwirkung im Beraterteam Ihres Mannes stand lange vor meinem Besuch in Florida fest."

Jacqueline Delarive schwieg einige Sekunden. Dann sagte sie: „Glauben Sie, dieses Team hätte je getagt, wenn Sie sich nicht mit Pasquale einig geworden wären?"

Weitere zehn Minuten später bat Jean Delarive zu Tisch. Der Schweizer überhörte die Aufforderung; er stand sinnierend vor zwei Kreidezeichnungen. Die eine zeigte einen leidenden Christus, die andere die Jungfrau Maria. Trotz der Dornenkrone strahlte das Christusgesicht überirdische Milde aus. Sein Leiden fand seinen Ausdruck nur im diszipliniert geschlossenen Mund, dem erhobenen Kopf und dem leuchtenden Blick des Verratenen. Die Jungfrau Maria auf dem Bild daneben verbreitete reine Liebe; auch ihr vermochten die Geschehnisse der Welt nichts anzuhaben.

„Wunderhübsch, nicht wahr?“

Claude Morat drehte sich langsam um. Der Zürcher Dialekt. Die kehlige Stimme.

„Ja“, sagte er.

Bevor sie in sein Blickfeld rückte, fühlte er, wie ihre Hand sich über seine Linke schob.

„Wir sollten zum Essen gehen“, sagte sie.

„Ja.“

Sie standen allein im Salon von Delarives Landgut. Ihre Augen fanden sich für einen kurzen Moment.

Er beseitigte die Zweifel und brachte alles zurück: das Fest in Pasquales Garten, das kleine Lied, ihr Vertrauen, das Bier danach aus der Minibar, den herben Abschied im belebten Flughafen von Miami am Samstagnachmittag.

Tony zog leicht an seiner Hand. „Komm, sie warten wahrscheinlich auf uns.“

„Ja“, sagte Claude erneut. Von ihr geleitet, bewegte er sich langsam zur Tür.

Sie blieb stehen, er sah die lose Haarsträhne, ihr Zutrauen. „Es gefällt mir hier“, erklärte sie. Dann ließ sie seine Hand los, behutsam, und eilte ihm voraus zu den anderen.

*

Die Köchin Marie-Claire reichte ein luftiges Käsesoufflé als Vorspeise. Dazu schenkte Delarive einen kühlen weißen Burgunder ein. Pasquale DiNero hob das Glas zu einem Trinkspruch auf Jean und Jacqueline Delarive und ihre Freunde, die ihm und seiner Tochter Tony nach so vielen Jahren zur Rückkehr nach Europa verholfen hätten.

„Und auf unsere gemeinsamen Feinde“, doppelte de Benedanti nach, „dank denen dieser illustre Kreis erst zusammengefügt wurde.“

Sie lachten, und wie auf eine geheime Verabredung hin erwähnte niemand das Unglück, das den Hauptgegner Unschalk und seine Familie getroffen hatte.

Wie bei seinem ersten Besuch wurde Claude Morats Blick vom Utrillo an der Wand hinter dem Esstisch gefangen. Im Schutze der Umarmung des Bajazzos zupfte der Mandolinespieler hingebungsvoll an den Saiten seines Instruments. Zu seiner Linken saß Tony.

Claude sah ihr Lächeln, sie legte ihre Gabel nieder und sagte: „Die beiden sind traurig, nicht wahr? Er spielt Mandoline, um es zu vergessen."

Wir alle spielen, um zu vergessen, dachte Claude, aber er schwieg. „Hat man dir gesagt, dass Unschalk schwer krank ist und dass er vor drei Tagen seinen Sohn durch einen Verkehrsunfall verloren hat?", fragte er.

Claude Morat erfuhr die Antwort nicht. Von Pasquales Platz erklang ein Laut, ein heiseres Röhren, dann ein Röcheln. Das Gespräch erstarb, ein Teller klirrte überlaut unter einem fallenden Messer. Claude sah, wie der Italiener sich mit beiden Händen an den Hals griff. Sein Gesicht war grau, der Mund öffnete sich zu einem großen Schrei, aber kein Ton entstand. Der mächtige Kopf kippte erst nach hinten, dann klappte der Oberkörper langsam, gebremst von der Fülle des Bauches, nach vorne. Bevor sein Kopf die Marmorplatte erreichte, sackte Pasquale DiNero nach rechts, sein Stuhl verlieh ihm keinen Halt mehr.

„Vater!"

Während Tony aufsprang, rutschte DiNero auf den Boden. Man hörte kaum, wie sein Kopf auf den Steinfliesen aufschlug. Der rechte Arm war nach innen angewinkelt, der linke nach hinten ausgestreckt, als suche er irgendwo Halt. Die Augen standen weit offen, und aus dem offenen Mund entwich pfeifender Atem. Die Finger von Pasquales linker Hand bewegten sich kraftlos, die rechte Hand fand wie in Zeitlupe den Weg hinauf zur Brust.

„Vater!" Tony kniete neben ihm nieder. „Sag etwas, bitte – bitte, sag etwas!"

„Schmerzen!"

Die anderen waren aufgestanden. Erschreckt vernahmen sie das einsame Wort. Dann sahen sie, wie Pasquale DiNero die Augen schloss. Das Gesicht entspannte sich, und die Wangen sanken nach innen. Jetzt beugten sich auch Morat und Delarive über DiNero. Im hellen Esszimmer herrschte plötzlich Stille. Der Jurist dachte Undenkbares. *Jetzt haben auch wir unseren Unglücksfall. Wenn er tot ist, erbt Tony ein Riesenvermögen. Aber hoffentlich ist er nicht tot.*

Jean Delarive legte eine Hand auf die Brust Pasquales und hielt sein rechtes Ohr dicht über Nase und Mund des Italieners.

„Er lebt", erklärte er nach langen Augenblicken. „Ich rufe einen Arzt."

Die erlösenden Worte wirkten wie ein Freispruch. De Benedanti zog seine Jacke aus und reichte sie Claude Morat. „Man muss ihn bequemer hinlegen." Claude faltete die Jacke zusammen; aber dann gelang es ihm fast nicht, den großen, leblosen Kopf anzuheben. Mario de Benedanti half ihm, und endlich ruhte Pasquales Haupt auf der weichen Unterlage. Tony war wieder aufgestanden, Jacqueline Delarive hatte ihr den Arm um die Schultern gelegt und zog sie tröstend an sich wie der Bajazzo im Bild seinen Weggefährten. Jacques Baguette trat verlegen von einem Fuß auf den anderen. Er litt unter dem Ungemach, das sich ohne sein Zutun ausbreitete, und hätte sich am liebsten aus dem Staub gemacht. Der dicke Italiener, den er seit weniger als einem Tag kannte, bedeutete ihm nichts.

*

Der Arzt, ein bleicher junger Mann mit langem Haar, und das Ambulanzfahrzeug aus Jarnac erschienen fast gleichzeitig. Nach kurzer Untersuchung am Boden, wo Pasquale DiNero hingefallen war, lautete die Diagnose: Herzinfarkt. Sofort ins Spital. Hôpital de Girac in Angoulême.

Der Ambulanzfahrer und ein Pfleger hoben Pasquale auf die Bahre. Routiniert wie Möbelpacker fassten sie die Griffe an und trugen ihre Last wortlos aus dem Esszimmer zur Eingangshalle und von dort ins Freie.

Tony löste sich aus der kleinen Gruppe. „Ich fahre mit", erklärte sie und schickte sich an, den Sanitätern zu folgen.

„Selbstverständlich", sagte Jean Delarive. „Man wird dich auf dem Laufenden halten. Aber du wirst lange Wartezeiten hinnehmen müssen. Ich schlage vor, dass Herr Morat dich begleitet – sofern er einverstanden ist."

Claude Morat nickte. „Klar", sagte er, noch immer benommen wie nach einer Fahrt auf der Achterbahn.

„Nehmt meinen Wagen, den Porsche." Delarive suchte in seiner Hosentasche. „Hier sind die Schlüssel."

Sie sprachen beide nichts, als sie das Haus verließen. Die Ambulanz wendete bereits mit eingeschaltetem Blaulicht, als der Jurist den Porsche anließ. Seit Pasquales Sturz waren zwanzig Minuten vergangen. Aber niemand hatte auf die Uhr geschaut.

28

Am selben Samstagnachmittag war Olivia im Begriff, einem wirren Geflecht von Alpträumen allmählich zu entrinnen. Unschalk hatte sich in sein Büro zu einer Besprechung mit Werner Diggelmann begeben, um sich über die Ereignisse der letzten beiden Tage unterrichten zu lassen. Als er ging, wusste sie nicht, ob ihr der alte Unschalk den Rücken kehrte, der allen Menschen, auch sich selber, mit Strenge und Härte begegnete, oder der neue, der Wichtiges vergaß, unsinnige Handlungen beging und sich allmählich zum Kind zurückentwickelte. Seine jüngste Annäherung an Delarive nahm sie nicht ernst, sie schrieb sie dem neuen, unverständlichen Unschalk zu. Es war ihr auch gleichgültig geworden.

Während mehr als zwei Tagen hatte Unschalk sie daran gehindert, um ihren einzigen Sohn zu trauern.

Am Mittwochabend war er um Viertel vor neun nach Hause gekommen, mit verwirrtem Blick. Im geöffneten Reißverschluss seiner Hose war der Zipfel seines Hemdes sichtbar gewesen. „Ich muss mich im Tag geirrt haben, Thomas ist nicht gekommen; ich dachte, wir hätten uns für heute verabredet", hatte er erklärt. – „Habt ihr auch. Du hast mich vor deiner Sitzung angerufen und gesagt, Thomas wolle dich dringend sprechen, ihr würdet euch um acht Uhr im Gasthaus bei der Galerie treffen." – Er hatte ihren Worten schweigend gelauscht und an ihr vorbei in die Ferne geblickt. Es war ihr so vorgekommen, als entschwinde er wieder mit jeder Sekunde mehr in sein Reich eigener Gesetze und eigener Zwänge, wie an jenem Abend, da er sich im Regensturm seiner Kleider entledigt hatte. Auch ihr nächster Versuch, ihn zurückzuholen, war erfolglos geblieben: „Du solltest deinen Reißverschluss zuziehen, dann versuchen wir herauszufinden, was schiefgelaufen ist." – „Ja, meine Liebe, du hast recht", hatte er geantwortet und folgsam seine Hose geschlossen. Dann war er verstummt.

Gegen neun Uhr, sie hatte Unschalk eben dazu gebracht, seine Jacke auszuziehen, hörte sie ein Auto vorfahren. Kurz danach ertönte der Zweiklang der Haustüre.

Als sie öffnete, sah sie sich zwei uniformierten Polizisten gegenüber.
„Frau Unschalk?"
„Ja."
„Haben Sie einen Sohn, der Thomas heißt?"
„Ja. Ist etwas geschehen?"
„Ja."
„Kommen Sie herein."
Von da an hatte sie ihren Alltag, der keiner mehr war, wie in einem Film erlebt. Zuerst glaubte sie, dann zweifelte sie und zuletzt hoffte sie nur noch, dass das Licht wieder angehen möge. Unschalk war aufgestanden, als sie die beiden Beamten ins Wohnzimmer führte.
„Polizei? Was verschafft uns die Ehre?"
„Mein Mann", stellte sie vor. „Es ist etwas geschehen. Mit Thomas."
„Ach ja, Thomas. Ich muss ihn treffen. Wahrscheinlich morgen."
Die beiden Polizisten waren nahe beim Eingang stehen geblieben. Sie hatten ihre Dienstmützen abgenommen. Der ältere, größere von ihnen redete endlich: „Fährt Ihr Sohn einen dunkelblauen Fiat Tipo?"
Unschalk wusste es nicht. Olivia nickte.
„Es hat einen Unfall gegeben, kurz vor acht Uhr. An der Kreuzung Lindenallee/Ackerstraße. Ein Lastwagen ist mit dem Fiat kollidiert. Wissen Sie, ob Ihr Sohn seinen Wagen immer selber gefahren hat oder ob er ihn gelegentlich anderen Personen überließ?"
„Ich glaube nicht. Aber – Sie müssen doch wissen, wer am Steuer saß! Thomas war mit meinem Mann verabredet heute Abend, ist aber nicht erschienen."
Während sie sprach, begriff Olivia, dass sie mit jedem Wort selber dem Unheil deutlichere Konturen verlieh. Das „Lebt er?" brachte sie kaum über die Lippen. Unschalk stand reglos dabei wie seine eigene Wachsfigur, den Blick über die Widrigkeiten des Tagesgeschehens hinaus gerichtet.
Der Polizist schüttelte unmerklich den Kopf, als könne er durch Zurückhaltung das Ausmaß des Unglücks verkleinern. Es habe Probleme mit der Identifikation gegeben, äußerte er schließlich, wegen eines Feuers, das am Unfallort ausgebrochen sei. Wer der Zahnarzt ihres Sohnes sei, ob sie sich daran erinnerten?
„Dr. Wegener." Es war Unschalk, der mit fester Stimme den Namen

in die Stille hineinsetzte, als wolle er damit den unheimlichen Dialog beenden. Olivia warf sich in einen Sessel und barg den Kopf in den Armen. Der jüngere Polizist notierte den Namen, der ältere händigte Unschalk eine Karte aus und erkundigte sich, ob sie im Augenblick Hilfe benötigten.

„Ich will ihn sehen!“, rief Olivia. Panik klang aus ihrer Stimme. „Ich kann ihn doch sehen, oder nicht?“

„Unmöglich“, sagte der Polizist. „Aber wir berichten Ihnen, sobald die Identifikation abgeschlossen ist.“

Unschalk nickte würdevoll und begleitete die Beamten zur Haustür. Erleichtert zogen sie sich zurück. Wieder im Wohnzimmer, stellte sich Unschalk still neben Olivias Sessel. Sie war zusammengesunken, den Kopf auf den Knien, und weinte lautlos. Mit dem Zeigefinger der rechten Hand berührte er sie zaghaft an der zuckenden Schulter, als wisse er nicht, ob sich das schicke. Sie hatte sich aufgerichtet, ihr Kleid war verrutscht, ihr schmales Gesicht unsäglich zerknittert; mit toten, trockenen Augen blickte sie zu ihrem Mann.

„Weine nicht“, hatte er gesagt, „es wird alles wieder gut.“

Es war unklar geblieben, ob er Thomas meinte, seinen Gesundheitszustand oder ihre verdorrte Ehe.

„Ich gehe jetzt schlafen“, hatte er dann hinzugefügt und sich zurückgezogen.

Der Donnerstag hatte keine Besserung gebracht. Unschalk war sauber gekleidet zum Frühstück erschienen und hatte alles vergessen. Am Vorabend hatte Olivia noch die Kraft gefunden, Vico DiNero anzurufen; danach fand sie dank einer Schlaftablette einige Stunden Vergessen in halber Bewusstlosigkeit. Während des Frühstücks saß Unschalk mit dem Rücken zum Fenster und versperrte der Frühlingssonne den Zutritt zur Essküche. Sein breiter Schatten fiel über Teller, Tassen, Kaffeekrug, Marmeladeschale, Brot und Eierbecher bis zu Olivia. Dass seine Frau zehn Jahre älter aussah als am Vortag, entging ihm; er fing an, energisch sein Tagesprogramm herzusagen, auf mögliche Konflikte hinzuweisen und darauf, wie er sie zu beseitigen gedachte.

„Hör auf!“, fiel sie ihm ins Wort. „Um Himmels willen, hör auf mit dem Unsinn! Weißt du denn wirklich nicht mehr, was geschehen ist?“ Ihre Augen füllten sich mit Tränen.

Unschalk legte sein Messer nieder und blickte Olivia an, zum ersten Mal an diesem Morgen. „Nein, meine Liebe. Warum weinst du?"

Olivia stellte ihre Tasse hart zurück. Kaffee schwappte über. Sie schrie ihn an: „Thomas ist tot, unser Sohn. Darum weine ich. Hast du das vielleicht vergessen? Den Besuch der Polizei gestern Abend? Ein Lastwagen ist mit seinem Auto zusammengestoßen. Feuer brach aus, und Thomas verbrannte lebendigen Leibes. Hast du das vergessen?" Sie unterbrach sich kurz, holte Atem. Dann fuhr sie fort, schleuderte ihm ihre ganze Wut und Ohnmacht entgegen, die sich über Jahre aufgestaut und in den letzten drei Wochen zur Unerträglichkeit verdichtet hatten: „Führst du dich eigentlich nur auf wie ein Idiot, oder bist du wirklich einer geworden? Wir müssen anfangen, uns um all die Dinge zu kümmern, die es bei einem Todesfall zu regeln gilt. Arzt, Behörden, Pfarrer, Beisetzung, Todesanzeigen."

„Ich verstehe nicht, wieso du die Beherrschung verlierst, meine Liebe." Unschalk war sichtlich indigniert. „Dafür ist Frau Keller da. Sie wird sich um alles kümmern."

Olivia begriff, dass ihr Mann wieder außer Reichweite geraten war. Sie fühlte sich ausgenützt und weggelegt. In den ersten Ehejahren, vor mehr als einem Vierteljahrhundert, gab es keine Glaswand. Unschalk war zwar ehrgeizig wie hundert andere junge Chemiker, aber sie teilten ihre Lust; sie fanden zueinander in Sorge und in Freude; sie waren gemeinsam bei ihrem Sohn, wenn er im Garten Schmetterlinge haschte, sie jagten miteinander ins Spital, wenn er sich so verletzte, dass sie vor lauter Blut die Wunde nicht sahen. Doch irgendwann in den letzten Jahren war die Glut kleiner und kleiner geworden und schließlich ganz erloschen.

Nach dem Frühstück unterzog sich Olivia dem Ritual, Angehörige und andere wichtige Personen über den Tod ihres Sohnes zu unterrichten. Sie rief Unschalks Bruder in Deutschland an, den sie einmal im Jahr zu sehen bekamen, ihre Mutter im nahe gelegenen Altersheim mit Blick über die Stadt, ihre ältere Stiefschwester, den Galeristen Rozzo, Vera Keller, den Hausarzt Dr. von Burg, ihren Notar, der den Erbvertrag mit Unschalk ausgefertigt hatte, und Heidi B. In der Wiederholung wurde die Geschichte vom Unglück ihres Sohnes immer unwirklicher, verblasste zum Vorgang, der abgewickelt werden musste. Auf die Ausrufe des Schreckens reagierte sie mit präzisen Bestätigungen der wenigen

Fakten, die die Polizei ihnen mitgeteilt hatte, bedauerte, dass der Termin für die Beisetzung noch nicht feststand, und versprach weiteren Bericht. Am Ende ihrer Telefonserie stellte sie fest, dass ihr Schmerz sich in einen fernen Winkel ihrer Seele zurückgezogen hatte. Vom Fenster ihres Arbeitszimmers blickte sie hinaus. Auf den Blättern des Haselstrauches und im Wasser des kleinen Teichs glitzerte die Morgensonne, einige Schilfhalme bildeten den Übergang zu den vielen Grasarten, mit denen sie ihrem Garten die Langeweile eines Kunstrasens ersparte. Unschalk hatte dafür nie Gefühl aufgebracht.

Und jetzt wurde ihr deutlich, dass ihr Gefühl für Unschalk von Kummer erstickt zu werden drohte. Ihre Fähigkeit zu geben schien verbraucht, erschöpft mit dem Opfer, das ihr in der vergangenen Nacht abgefordert worden war. *Ich sollte ihm helfen, aber ich weiß nicht wie. Er lässt mich nicht mehr an sich heran. Es ist, als ob er mich nicht mehr erkennen würde. Was geschieht, wenn ich ihn ganz verliere? Muss ich darauf warten? Mit jedem seiner Anfälle ein weiteres Stück von mir preisgeben? Bis nichts mehr übrig bleibt von mir als eine leere Hülle, ein aufgeweichtes Stück Holz?*

Um ein Uhr erschien Vico DiNero und half an Einzelheiten denken. Schlichte Abdankungsfeier in der Jakobskapelle. Pfarrer Huldreich Gerber für den Gottesdienst, sofern er abkömmlich war. Unschalk stand mit umwölktem Blick dabei und sagte nichts. Sie baten ihn, sich in sein Zimmer zurückzuziehen. Er gehorchte widerstandslos. Im Verlauf des Nachmittags tauchte er plötzlich wieder auf, mit festem Tritt und wachen Augen. Er begrüßte DiNero und dankte ihm für seine Freundschaft und Anteilnahme. Dann schloss er Olivia in die Arme; sie erschrak so sehr darüber, dass sie steif wie ein Klotz wartete, bis er sie wieder freigab.

„Verzeih mir, Olivia. Ich bin dir keine Stütze. Du hast recht gehabt heute früh, ich bin ein Idiot geworden. Aber glaube mir: Ich kann es nicht steuern, ich kann mich nicht mehr steuern. Ich höre Wörter und Sätze, und sie bedeuten nichts. Manchmal öffnet sich ein Fenster, wie jetzt, und alles ist wieder da, aber auch die Angst, es könne wieder verschwinden. Ich traue mir nicht mehr, und ich glaube nicht mehr, was ich sehe und höre. Man hat uns mitgeteilt, unser Sohn sei ums Leben gekommen. Aber ebenso gut könnte jetzt die Tür gehen und Thomas eintreten. Ich weiß nicht mehr, welche Wirklichkeit die richtige ist.

Es ist die Hölle!“ Er fasste sich mit beiden Händen an den Kopf und warf sich in den Sessel, denselben, in dem Olivia am Vortag die Schreckensnachricht zu realisieren begonnen hatte. „Vor wenigen Tagen hat er mich durch seine Ausstellung geführt. Nachher unterhielten wir uns im Gasthaus. Es war ein Erlebnis, eine Art Anfang. Und gestern hat er mich angerufen. Er wollte mich dringend sprechen. Und dann ist er nicht gekommen. Ich glaube, er ist tatsächlich tot. – Thomas, Thomas – wie wenig haben wir einander gesagt.“

Olivia stand neben dem Sessel. Es drängte sie, den linken Arm auszustrecken und Unschalk über den Kopf zu streichen. Aber dann sah sie zur Rechten die Tür zum Garten, sah wieder Unschalk, wie er klatschnass mit nacktem Oberkörper hereintaumelte, und ihr Arm blieb ihr schwer hängen, und sie regte sich nicht. Sie sah das Fenster in Unschalks Augen, aber sie wagte nicht hineinzusehen aus Angst, es würde ihr vor der Nase wieder zugeschlagen. Sie sagte: „Ja, und jetzt können wir nicht mehr mit ihm reden. Vico und ich waren eben daran, die Liste für die Todesanzeigen zu kontrollieren. Willst du sie auch sehen?“

„Ja, gerne.“

Am Abend hatte der große Polizeibeamte angerufen und bestätigt, dass es sich beim Verunfallten um Thomas Unschalk gehandelt habe. Der Verstorbene befinde sich beim gerichtsmedizinischen Institut, und er sei zur Bestattung freigegeben.

Der Freitag war wirr verlaufen. Am Morgen war Werner Diggelmann erschienen, um sein Beileid auszusprechen und herauszufinden, wann mit Unschalk wieder zu rechnen war. Sie vereinbarten ein Orientierungsgespräch für Samstagnachmittag. Ein Journalist bat telefonisch um ein paar Angaben zur künstlerischen Laufbahn von Thomas; Olivia vertröstete ihn auf später. Dann erschien unangemeldet und verweint Heidi B. zu einem Kondolenzbesuch.

Unschalk hatte klare Stunden, aber er sprach wenig. Mit rot geränderten Augen, im offenen Hemd und einer blauen Hausjacke sah er alt und hilflos aus; das Bewusstsein des Todes seines Sohnes hatte ihn endlich eingeholt. Schwermut umwob sein Gemüt mit klebrigen Fäden, schweigsam saß er in seinem Zimmer und versuchte das letzte Gespräch mit Thomas in seine Erinnerung zurückzuholen.

Am Samstag, als Unschalk zu seiner Besprechung mit Diggelmann aufgebrochen war, telefonierte Olivia Vico DiNero und eröffnete ihm ihren Entschluss, Unschalk nach der Beisetzung von Thomas am kommenden Dienstag zu verlassen.

29

Die ersten paar Minuten forderten Claude Morats Konzentration, um die klapprige Ambulanz nicht aus den Augen zu verlieren. Das Sanitätsfahrzeug, ein alter Citroën, raste bereits mit achtzig in die nächste Ortschaft und störte mit Blaulicht und heulender Sirene die samstägliche Mittagsruhe.

„Ich habe oft Angst gehabt, dass so etwas geschehen könnte", sagte Tony endlich. „Vater lebt so ungesund. Beim Essen kombiniert er die italienische Unvernunft mit der amerikanischen. Wenn auf einer Packung Dessertkäse ‚kalorienarm' steht, meint er, ein Kilo abzunehmen, wenn er nur alles aufisst! – Aber es ist seine einzige Freude, was soll ich sie ihm vergällen? Nachts schläft er schlecht, liegt stundenlang wach und grübelt, was er alles falsch gemacht hat." Tony unterbrach ihren Monolog und wandte ihren Kopf zu Claude. „Du bist genau im richtigen Augenblick zu ihm gekommen. Die Verhandlungen mit dir, sein Aktienverkauf, die Aussicht auf die Zusammenarbeit mit dir und Delarive, diese Reise nach Europa – all das hat ihm endlich neuen Auftrieb gegeben. Er freut sich wieder auf den folgenden Tag. Aber vielleicht hat er sich zu sehr gefreut."

Claude fühlte plötzlich ihre Hand auf seinem rechten Schenkel, er spürte ihre Wärme, und draußen leuchteten die einfach getünchten Häuser des Weindorfes in der Sonnenwärme des Frühlings.

„Du bist auch für mich im richtigen Augenblick gekommen", fuhr sie fort. Sie legte kurz ihren Kopf auf seine Schulter. „Danke für deinen Brief."

„Dein Vater wird leben, Tony." Ihr Haar auf seiner Wange brachte das Rosenparfum zurück. „Wir haben keine Zeit verloren, der Arzt war rasch zur Stelle. Und Pasquale ist kräftig."

„Er ist 63. Er war so voller Begeisterung auf dem Flug nach Paris. Ich hoffe, dass er nicht stirbt." Sie richtete sich wieder auf.

„Er wird nicht sterben."

„Ich wäre glücklich für ihn, wenn er noch ein wenig leben dürfte. Nach dem Treffen hier wollte er sich Paris ansehen. Und dann, nach Jahrzehnten, die Rückkehr nach Italien."

„Er wird es schaffen. Pasquale wird überleben. Die meisten Herzinfarkte werden heutzutage überwunden."

„Es ist lieb von dir, mich zu trösten", sagte Tony. „Aber Vater hat so viel Übergewicht. Vielleicht muss man ihn operieren. Vielleicht stirbt er an der Operation."

„Ich glaube daran, dass er es schafft."

„Ja. Ich auch. Ich hoffe es einfach."

Sie tauchten wieder ein in die satte, bereits etwas staubüberzogene Landschaft der Charente. Links säumte ein lichtes Gehölz aus Eichen, Espen und Akazien die Landstraße, rechts öffnete sich eine Ebene mit schnurgerade angeordneten Rebstöcken, gelegentlich unterbrochen von einem Feldweg, der sich irgendwo im Grün des Reblaubs wieder verlor. Tony saß angespannt auf dem Beifahrersitz. Ihr Gesicht verriet Furcht und Ratlosigkeit. Die unbeschwerte Fröhlichkeit ihrer ersten gemeinsamen Autofahrt in Fort Lauderdale war verschwunden, weggewischt von der Sorge um ihren Vater. Die Panik ließ sie jung und hilflos aussehen.

Claude Morat versuchte sie abzulenken. „Es ist schön, dass du hier bist."

Ihre Augen füllten sich mit Tränen. „Ich habe mich so sehr darauf gefreut, dich wiederzusehen. Und ich hatte solche Angst, Delarive und seine Gäste könnten es mir ansehen."

„Und ich hatte Angst, es wäre alles aus." Er löste die rechte Hand vom Steuer und strich ihr über die Wange. Vor ihnen bog ein mächtiger Traktor in die Landstraße ein. Die Kette mit dem Metallstöpsel zur Sicherung des Anhängerhakens baumelte lose, der Stöpsel schleifte tanzend über den Asphalt. Morat bremste. „Du wirktest so distanziert und unnahbar."

Über Hiersac näherten sie sich rasch dem Provinzhauptort Angoulême. Während er den Abstand hielt, konzentrierte Claude Morat seinen Blick auf die milchglasbesetzten Flügeltüren der Ambulanz, die vor ihnen herfuhr. Manchmal drehte er den Kopf, dann sah er Tonys hohe Stirne, ihr aufgestecktes Haar, das ziemlich in Unordnung geraten war, ihren Mund mit letzten Spuren von Lippenstift. Sie sah sehr verletzlich aus, wie sie in ihren Kummer in sich hineinschwieg. Es drängte ihn, sie an sich zu ziehen, zu trösten, aber ihr Schmerz schuf eine neue Distanz zwischen ihnen, die zu überbrücken ihm unmöglich vorkam.

Draußen ging die sanft gewellte Weinlandschaft unversehens in locker bebautes Siedlungsgebiet über. In der Ebene vor ihnen wuchs der Hügel mit der Altstadt von Angoulême in den mittäglichen Sonnenglast. Allmählich wurden Teile der hohen Stadtmauer sichtbar, die den oberen Teil der Stadt umsäumte. Vor der Einfahrt zur Stadt bog die Ambulanz nach rechts ab. Die Wegweiser zeigten *St. Michel* und *Hôpital de Girac*.

Nach wenigen Minuten passierten sie ein Einkaufszentrum für Gartenbedarf und Bauzubehör. Jenseits der Kreuzung vor ihnen erstand der ganze Spitalkomplex wie ein Erlebnispark. Eine leicht ansteigende Straße führte zu einem gesichtslosen Neubau. Irgendwo dahinter erhob sich ein rechteckiger Kamin aus grauen Backsteinen. Rechts öffnete sich eine Holzschranke vor der Ambulanz; sie schloss sich wieder, bevor Claude Morat ebenfalls hindurchschlüpfen konnte. Er hielt an und begab sich zum Wärterhäuschen.

„Besucherparkplätze dort drüben", erklärte ein Alter mit ledrigem Gesicht, bevor Claude sprechen konnte.

„In der Ambulanz liegt der Vater meiner Begleiterin."

Die Erklärung bewegte den Alten nicht sichtbar. In seinem kleinen Reich ging das Schicksal täglich ein und aus. „Parken Sie links und gehen Sie dann den Fußweg hier rechts zur Notfallstation im neuen Spital. Dort wird man Ihnen sagen, was geschieht."

*

Sie betraten das Spital durch den Besuchereingang. Man wies sie an hohen Glastüren vorbei zur Notfallstation. Durch eine Tür in abweisendem Hellgrau gelangten sie in einen Raum, in dem sich eine rundliche Stationsschwester an einem Tisch zu schaffen machte. Links daneben führte eine halb offene Tür in einen Gang. Die Schwester ließ sich Zeit, bis sie die Störung zur Kenntnis nahm. Sie trug eine Brille mit Hornrahmen; dahinter wirkten ihre Augen kugelig. Das Namensschild über ihrem Busen wies sie als Annette aus.

„Sie können hier nicht einfach eintreten, dies ist die Notfallstation."

„Schwester Annette, dies ist Tony DiNero aus Amerika", sagte Claude Morat leise. „Sie versteht kein Französisch. Ihr Vater ist hier eben als Notfall eingeliefert worden. Wir möchten wissen, wie es ihm geht und was mit ihm geschieht."

„Einen Augenblick." Sie stand auf und bewegte sich flink zur inneren Tür. „Aber einfach so hier eindringen können Sie trotzdem nicht."

Schwester Annette verschwand im Gang und ließ einen kleinen Hauch von Empörung zurück.

„Ich hoffe, sie behandeln ihre Patienten nicht so wie ihre Besucher", sagte Tony, als sie allein waren.

„Sie behandeln die Patienten wie ihr persönliches Eigentum", erwiderte Claude. „Das ist meine Erfahrung mit Krankenhäusern."

Schwester Annette kam zurück. Sie blickte streng zu Tony. Ihr schmaler Mund war fest geschlossen, er machte ihr Mausgesicht noch kleiner, als es war. Dann erklärte sie: „Herzinfarkt. Ihr Vater wird noch untersucht und dann wahrscheinlich operiert und auf die Herzintensivstation verlegt."

Claude übersetzte.

„Wie geht es ihm?", fragte Tony kläglich. „Kann ich ihn sehen?"

„Er ist bewusstlos", sagte die Schwester, als Claude Tonys Fragen zurückübersetzt hatte. „Sehen können Sie ihn frühestens nach der Operation, und dann nur kurz."

„Kann ich einen Arzt sprechen?"

Die Stationsschwester wandte sich an Claude. „Erklären Sie Ihrer Begleiterin, dass ein Arzt ihr auch nicht mehr sagen kann als ich. Sie sollte jetzt alle hier ihre Arbeit tun lassen. Bei Herzpatienten zählt jede Minute. Kommen Sie am Abend wieder."

„Sie haben recht", sagte Claude Morat. „Aber versuchen Sie es dennoch, bitte. Ihr Vater ist Tonys einziger Angehöriger. Ihre Mutter starb, als sie ein Kind war. Geschwister hat sie keine. Wenn ihr Vater stirbt, hat sie niemanden mehr. Versuchen Sie es. Es ist wichtig."

Schwester Annette seufzte, und die menschliche Regung zauberte einen warmen Schimmer auf ihr Gesicht. Ihr Blick signalisierte Verständnis, als sie fortfuhr: „Ich habe keine Eltern mehr. Aber ich denke, ich würde genauso handeln an ihrer Stelle. Hier sind zwei Stühle. Ich rede mit dem Arzt."

Tony setzte sich, ohne dass Claude zu übersetzen brauchte. „Danke, Claude. Ich habe verstanden, dass du für mich plädiert hast." Sie fasste nach ihm, als er sich auf dem zweiten Stuhl niederließ. Claude drückte ihre Hand. Er sah Angst, Trauer und Hoffnung in ihrem Gesicht, und die kleine Vertraulichkeit am sterilen Arbeitstisch der Krankenschwester versetzte sein Blut mehr in Aufruhr als ein langer Kuss.

„Ich möchte viel mehr für dich tun als nur plädieren."
„Du hast viel mehr für mich getan, das weißt du. Es war schön."
Nach einer Ewigkeit, während der sie zusammen schwiegen, kehrte Schwester Annette zurück, begleitet von einem grauhaarigen Arzt mit tiefen Furchen auf der Stirn. „Dr. Grandjean. – Das ist die Tochter von Herrn DiNero. Sie kommt aus Amerika."
Sie standen auf. „Morat", stellte sich Claude selber vor.
Der Arzt gab ihnen die Hand; Zeigefinger und Mittelfinger waren samt den Nägeln dunkelgelb von Nikotin. Er sprach Englisch, nicht gut, aber verständlich. „Es tut mir leid für Ihren Vater. Er hat einen sehr schweren Infarkt erlitten. Wir werden eine Bypass-Operation durchführen müssen." Er sagte *bipasse.* „Erhöhte Sauerstoffzufuhr, Medikamente, Schonung und Krankengymnastik genügen hier nicht. Ihr Vater hat keinen gut trainierten Körper."
„Ich weiß, er hat starkes Übergewicht", sagte Tony. „Ist das eine schwere Operation?"
„Ja. Und Ihr Vater ist nicht mehr jung. Aber der Bypass gehört zu den klassischen Techniken der Herzmedizin. Eine Stelle der Herzarterie ist verstopft; wir setzen ein Stück künstlicher Arterie ein, und das Blut kann wieder ungehindert fließen. Unser Spital ist berühmt für seine kardiologische Abteilung."
„Wird er wieder gesund?"
„Die wichtigste Frage von allen!", antwortete Dr. Grandjean ausweichend. Seine Stimme klang ein wenig traurig, und mit seinen eingefallen Schultern wirkte er alt. „Mit der Operation können wir seinen Gesundheitszustand erheblich verbessern. Aber Komplikationen sind nie auszuschließen."
„Wann darf ich ihn sehen?"
„Heute Abend, wenn alles gut geht. Kommen Sie um halb sieben in die Herzintensivstation im ersten Stock."

30

Sie fanden ohne Mühe die steile Straße, die zur oberen Stadt führte. Claude Morat parkte den Porsche in einem öffentlichen Parkhaus. Sie überquerten einen großen Platz vor einem stattlichen Prunkgebäude. Auf niedrigen Steinbänken ruhten Alte und Junge, lasen, tranken Cola, lachten, küssten sich. Tony hatte ihre Strickjacke ausgezogen und über den rechten Arm gelegt; mit der linken Hand hängte sie sich bei Claude ein. Ziellos umrundeten sie das große Gebäude, *Hôtel de Ville*, bis sie wieder am Ausgangspunkt anlangten. Tony blieb stehen. Claude wandte sich ihr zu. In ihren Augenwinkeln entdeckte er den Schalk und das Lachen ihrer ersten Begegnung.

„Ich komme mir vor wie eine Touristin", sagte sie, „und ich habe ein schlechtes Gewissen, weil ich es genieße, obwohl es Vater schlecht geht."

„Ich genieße es auch, und ich sollte auch ein schlechtes Gewissen haben."

„Nein, das sollst du nicht. Vater wäre zufrieden, wenn er es wüsste."

Claude blinzelte kurz, weil ihn die Sonne blendete. Er zog Tony an sich. „Ich habe kein schlechtes Gewissen."

Sie kam ihm mit geöffnetem Mund entgegen, und es spielte keine Rolle, dass sie vor dem Rathaus von Angoulême in der Sonne standen, während links und rechts andere Fußgänger vorbeihuschten, ohne von ihnen Notiz zu nehmen. Er fühlte ihren Leib, und es bedeutete nichts, dass gerade jetzt ihr Vater operiert wurde. Tony schloss die Augen, und es war egal, ob Delarive Basis übernahm, ob Unschalk den Verstand verlor, ob zu Hause Florianne mit dem Schicksal haderte.

„Jetzt glaube ich, dass wir in Frankreich sind", sagte Tony, als sie sich voneinander gelöst hatten. „Ich bin noch nie so mitten in einer Stadt geküsst worden. Läge Angoulême in Florida, so würden wir wegen unsittlichen Benehmens angezeigt werden. Vor allem bei unserem Alter!"

„Nicht hier. Es gehört zum Alltag wie frisches Brot und ein Glas Wein."

„Das richtige Stichwort." Tony lachte hell. „Ist dir bewusst, wie spät es ist? Ich sterbe vor Hunger!"

„Lieber nicht!" Es war nach vier Uhr. Sie hatten seit dem Frühstück nichts zu sich genommen.

„Dann brauche ich etwas zu essen. Und du?"

„Ich auch."

„Meinst du, man serviert uns in Frankreich um diese Tageszeit etwas?"

„Lass es uns herausfinden."

Auf der anderen Seite des Platzes entdeckten sie eine *Bar-Brasserie*. Sechs runde Tische mit gusseisernen Füßen füllten den schmalen Raum entlang einer Theke. Um die Tischchen standen zierliche Stühle mit geflochtenen Sitzflächen und schwarz gebeizten Rücklehnen aus dicken, gebogenen Holzruten. Hinter der Theke hantierten ein freundlicher Bursche und ein flinkes Mädchen mit einem engen Rock. Aus einem unsichtbaren Lautsprecher plapperte Reklame, unterbrochen von hämmernder Konservenmusik.

Claude und Tony setzten sich an einen Tisch gleich links neben dem Eingang. An die Wand über der Tür waren Dutzende von großen Bleistiftkarikaturen nebeneinander geheftet. Die Kellnerin erschien und erkundigte sich nach ihren Wünschen.

„Wir haben Hunger."

„Kein Problem." Sie verschwand und legte Sekunden später zwei abgegriffene Karten auf den Tisch. Dann warf sie den Kopf zurück in Richtung der Zeichnungen. „Alles Gäste unseres Lokals. Der Künstler ist ein Stammgast."

Sie bestellten beide *Omelette au Gruyère*, Salat und Bier. Claude folgte der Kellnerin mit den Augen. Er sah ihr zu, wie sie aus dem reich verzierten Schankaufbau das Bier abfüllte, die Schaumkronen maßgerecht wachsen ließ und zuletzt routiniert abstrich, und dachte an Florianne. Ihr Körper war gertenschlank, ihre Brustwarzen waren trotz der zwei Kinder noch jung und rosig. Aber sie trat ihm außer im Badezimmer nie nackt gegenüber, und ihr dreieckiges Gesicht lächelte stets kühl und unverbindlich. So nachsichtig, als verzeihe sie ihm ständig, was immer er gerade tat oder dachte.

„Habe ich dich verloren?", fragte Tony mit einem kleinen Lachen.

Claude blickte langsam zu ihr. „Nein“, sagte er.

„Woran hast du gedacht?“

„An Florianne.“

„Wer ist Florianne?“

„Meine Frau.“

„Merkwürdig. Du hast zu mir nie über sie gesprochen.“

Die junge Kellnerin brachte das Bier, die Gläser waren außen feucht.

„Warum sollte ich?“, erwiderte Claude. „Florianne ist die Vergangenheit. Du bist die Gegenwart. So einfach ist das.“

„Ist es so einfach? Gibt es auch eine Zukunft?“

Claude überlegte. Was für eine Zukunft? Mit welcher Frau? Florianne, deren Nachteile er eigentlich erst bewusst registrierte, seit es Tony in seinem Leben gab? Tony, die ihn in eine neue Welt von Wärme und Lebensfreude entführte, die ihn umfing wie ein Tag voller Sonne, wie eine Nacht voller guter Träume? Claude verstand den Ernst, der in Tonys Frage eingewoben war. Sein Herz klopfte rascher, als ihn plötzlich ein kleiner Schmerz möglichen Verlustes anrührte wie eine vorsichtige Warnung. Der Zauber durfte nicht brechen. Er griff über den Tisch nach Tonys Hand.

„Ja“, sagte er. „Ich werde mit Florianne sprechen.“

„Was willst du ihr sagen?“

„Dass ich … dass …“ Claude stockte. Er realisierte, dass er sich die Frage nach der Zukunft zwar gestellt, die Antwort darauf aber vor sich hergeschoben hatte. In Tonys Gesicht entdeckte er Ruhe, Vertrauen und ein wenig Angst. Er verspürte fast unwiderstehliche Lust, einen Schluck Bier zu trinken, auszubrechen, dem Entscheid auszuweichen. Stattdessen sagte er: „Ich werde Florianne sagen, dass es aus ist. Dass ich eine andere Frau liebe.“

„Oh, Claude!“ In einer fließenden Bewegung, die er mehr ahnte als sah, stand Tony auf, ging zu ihm hin und küsste ihn auf die linke Wange. An ihr vorbei trat die Kellnerin an den Tisch und stellte ihre Teller hin. „*Bon appétit*“, sagte sie fröhlich und zog sich zurück.

Tony setzte sich wieder. Claude sah die hohe Stirne und die schwarzen Augen, die sich ihm hinzugeben schienen. Er prägte sich ihr ovales Gesicht ein, die glatte Haut, aber auch die zwei Grübchen an den Mundwinkeln, die sich mit der Zeit zu ersten Falten verfestigen mochten. Der

Abdruck ihrer Lippen haftete sanft auf seiner Wange; er war so wirklich wie die Tischplatte vor ihm mit ihrem Bier, ihrem Essen und einigen Brandspuren sorglos verglühter Zigaretten.

„Danke, Tony", sagte Claude.

„Ich habe Hunger", flüsterte sie. „Auch nach meinem Omelett."

„Ich auch", bestätigte Claude. „Aber hier sollten wir uns wirklich aufs Essen konzentrieren. *Bon appétit*!"

„*Bon appétit*."

Sie aßen schweigend. Claude fühlte sich eins mit seiner neuen Gegenwart. Die Entscheidung war in den letzten paar Minuten herangereift wie von selber; vielleicht hatte Tony ein wenig nachgeholfen; es spielte keine Rolle, er hatte die Nachhilfe gesucht. Er würde morgen Abend nach seiner Rückkehr mit Florianne reden. Vermutlich würde sie sofort die Scheidung verlangen; ihr Stolz verbot ihr, um ihn zu kämpfen. Das alte Bürgerhaus auf dem Hügel südlich der Stadt mochte sie behalten, ihm lag nichts an aufgestauten Erinnerungen. Auch die Kinder – sie würde darauf beharren, dass die Kinder bei ihr blieben; sie waren die Rechtfertigung für eine steril geführte Ehe.

Die Kinder. Maria hielt gewiss bedingungslos zu ihrer Mutter. Aber sein Sohn Benjamin würde sich ins Zimmer zurückziehen und mit der Ohnmacht seiner zehn Jahre den Tränen freien Lauf lassen, wenn er erfuhr, dass sein Vater beabsichtigte wegzuziehen.

*

Später spazierten sie entlang den Stadtmauern durch den Spätnachmittag. Von einem schmalen Gehsteig aus blickten sie über eine Mauer in die Ebene der Charente mit den glitzernden Windungen des gleichnamigen Flusses. Eine Kolonne eng parkender Fahrzeuge riegelte sie vom Kopfsteinbelag und vom fahrenden Verkehr ab. Dahinter folgte eine Zeile eng aneinandergelehnter alter Häuser den flachen Kurven des Sträßchens. An ihren Mauern trat brüchiges Gestein hervor, verwahrlost wie alte Flickenteppiche. Hinter ihren Fenstern war keine Bewegung auszumachen. Nur von der Dachterrasse eines Eckhauses blickte ein Mann zu ihnen herüber.

„Noch nie habe ich so viele so kleine Autos gesehen", sagte Tony entzückt. „Und die kleinen Häuser! Es ist zauberhaft." Sie schmiegte sich an Claude. „Nur als Kind in Zürich habe ich solche Spaziergänge unternommen."

Die *Promenade des Remparts* ging über in einen kiesbedeckten Platz mit alten Bäumen und Ruhebänken aus verwittertem Holz. Ein brauner Köter beschnupperte jeden Baum und hinterließ seine Duftmarke. Vor ihnen zerrte ein kleiner Junge an der Hand seiner Mutter, bis sie ihm eine Ohrfeige versetzte. Claude dachte an seinen Sohn Benjamin. Er hatte ihn nie geschlagen, Florianne auch nicht. Ihn jetzt seiner Mutter und der älteren Schwester auszuliefern, kam ihm vor wie Verrat. Aber Tony an seiner Seite wog sein Unbehagen auf.

Der Kiesweg beschrieb einen Bogen nach links, und die Brüstungsmauer gab die Sicht frei nach Westen. Schon tief zwischen Dunstwolken stehend, gewann die Sonne den Glanz des frühen Abends. Claude blieb stehen und küsste Tonys schwarzes Haar. Er horchte in sich hinein und suchte nach der kubanischen Melodie ihrer ersten Nacht. *En la tarde de la vida*. Sie ging über in die Aussicht auf seine Zukunft: die Gewissheit einer eisigen Auseinandersetzung mit Florianne und die Ungewissheit eines neuen Lebens mit Tony.

Sie schlenderten weiter, nun mit der Sonne im Rücken, schweigend, beide im vergeblichen Streben, die herbe Süße des Augenblicks festzuhalten. Rechts unter ihnen breitete sich die neue Stadt aus, ein gesichtsloses Mosaik, dahinter wand sich ein kleiner Zufluss zur Charente, und wieder dahinter wucherte kräftig grüner Uferwald. Vor ihnen öffnete sich die Straße unvermittelt in einen Platz, dessen fernes Ende von der Frontseite einer mächtigen Kathedrale eingenommen wurde. Feinkörniger Sandstein glühte im Abendlicht wie eine Offenbarung. Schlanke Säulen trugen die Struktur des Gotteshauses hoch zum Himmel empor; ein Rundbogen je Säulenpaar umrahmte von Stufe zu Stufe die liebevoll gemeißelte Wahrheit der biblischen Geschichte. Zwei Ecktürme mit spitzen Dächern beschützten das alte Bauwerk in alle Ewigkeit.

„Wunderschön!", rief Tony aus. „Lass uns hineingehen."

Der Platz war menschenleer, aber zwei Frauen huschten eben winzig und bedeutungslos durch das offen stehende Kirchentor; es hätte auch Titanen Einlass geboten.

„Ja, gehen wir."

Im Innern umfing sie sogleich die erhabene Stille aller Andachtsstätten. Tony bekreuzigte sich. Die Kraft der hohen Sandsteinsäulen gestaltete ein majestätisches Längsschiff, das Hunderten von Gläubigen Platz und Zuflucht bot. Sie blieben im Mittelgang stehen und gewöhnten sich ans Halbdunkel. Weit vor ihnen, hinter einem Eisengitter, erhob sich ein Altar mit zwei silbernen Kerzenständern und einem Holzkreuz. Eine Apsis mit sieben steinernen Rundbögen und einem hohen, blau funkelnden Fenster in der Mitte beschloss den gewaltigen Raum.

„Ich möchte beten", flüsterte Tony. „Für meinen Vater."

Sie trat in eine der hölzernen Bankreihen, bekreuzigte sich erneut und kniete nieder. Claude blieb stehen. Eine Gedenkinschrift in der Steinplatte vor seinen Füßen lautete: Hier ruht …, ermordet 1585 im Alter von 51 Jahren in Paris, hier zur Ruhe gebettet im Jahre 1586 und dann erneut 1886. Der Jurist aus der Schweiz fand sich plötzlich eins mit dem zu Tode gebrachten Unbekannten. Hatte ihm eine eifersüchtige Frau den Schierlingsbecher gereicht, ein Wegelagerer den Schädel eingeschlagen, hatte ein beleidigter Kontrahent im Duell die Pistole schneller gezogen? Zweimal beigesetzt werden. Immer wieder beigesetzt werden. *Kann man auch zweimal zur Welt kommen? Kann man so falsche Entwicklungen korrigieren? Durch immerwährende Wiedergeburt?* Rechts in einer Nische betrat ein Priester in weißer Robe durch ein Holztürlein einen zerbrechlichen Beichtstuhl. Eine schmale Hakennase definierte unvorteilhaft sein Gesicht, eine fliehende Stirn ging in einen wirren Haarschopf über. Keinen der wenigen Gläubigen in der Kirche zog es zu ihm hin. *Was hätte ich zu beichten, wenn ich daran glaubte?* Ehebruch mit Tony. Zu offensichtlich, zu einfach. *Dass ich Florianne geheiratet habe, ohne sicher zu sein, ob ich sie genügend liebe?* Ungewiss. *Ich habe sie geliebt, damals.* Gab es eine Sünde verblassender Liebe? Gab es eine Pflicht auszuharren? Wie viel galt das heilige Sakrament der Ehe, wenn das Geschenk der Liebe aufgebraucht war? Wahrscheinlich bestand hier eine Lücke im Kirchenrecht. Unter besonderen Umständen müsste ein Recht auf Ehebruch gewährt werden. Claude Morat wunderte sich, wie viel Aufschluss vom Priester erwartet werden durfte, dem aufgegeben war, Frauen nicht zu lieben, dem Bund der Ehe zu entsagen, sein Fleisch zu unterdrücken.

Claude verscheuchte die drängenden Fragen. Er nahm Abschied vom unbekannten Mordopfer und setzte sich zwei Reihen hinter Tony. Er sah ihren nach vorn gebeugten Kopf, ihren schlanken Nacken, das grüne T-Shirt, die angewinkelten Ellbogen, ihren Rücken, die Hüften. In der Kühle der Kirche kehrten der Duft ihres Rosenparfums und die Melodie ihres Liedes zu ihm zurück.

Später erhob sich Tony und setzte sich neben ihn. Sie strahlte glücklich wie ein Kind.

Sie schwiegen, während draußen der Tag anfing, sich zurückzuziehen. Im Glasfenster weit vor ihnen trat dunkelblau leuchtend eine Engelsfigur hervor; ihr Gesicht erstrahlte weiß, umgeben von einer goldenen Aureole. Links vor ihnen kniete, reglos im Gebet versunken, ein junger Mann in der hintersten Bankreihe eines Seitenschiffs. Er trug einen schwarzen Umhang, darunter Blue Jeans. *Wie Gott Menschen dazu bringt, sich ihm anzuvertrauen. Erst Tony, dann den jungen Mann.* Die beiden einsamen Gebete, deren Zeuge er geworden war, wühlten Claude auf, mehr als wenn die Kirche voll von Gläubigen gewesen wäre. *Er übt Macht aus, erfolgreicher als sein Diener im verlassenen Beichtstuhl.* Claude sah Tonys Hände in ihrem Schoß, die langen Finger ineinander gefaltet. *Ist das ein Beweis seiner Existenz?*

Claude Morat beugte seinen Kopf zu Tony und flüsterte ihr zu: „Ich habe dir gesagt, ich würde Florianne mitteilen, dass ich eine andere Frau liebe. Aber du hast mir nicht gesagt, ob du bereit bist, dein Leben mit mir zu teilen."

„Du hast mich nicht gefragt", flüsterte sie zurück.

„Ich frage dich jetzt."

„Ja." Ihre Hände entfalteten sich und ergriffen die seinen. „Mein Geliebter." Nach einer Pause fuhr sie fort. „Ich habe zu Gott gebetet, dass Vater wieder gesund werde. Und dann habe ich noch seine Hilfe angerufen, dass er uns nicht wieder in Ungewissheit auseinandergehen lasse wie in Florida."

Claude zog sie an sich und suchte ihre Lippen. Eine Ewigkeit später blickte er zum Beichtstuhl hinüber, ein wenig schuldbewusst. Durch das halb offene Türlein sah er einen Zipfel der weißen Soutane. Mehr war vom einsamen Gottesmann nicht auszumachen.

*

Um halb sieben trafen sie wieder im Spital ein. Durch lange Gänge im Untergeschoß gelangten sie zum Lift. Im ersten Stock waren die Gänge hellgrün, hellbraun, hellrot. Eine verschlossene Tür führte zum Operationssaal der Herzintensivstation. Wenige Schritte weiter fanden sie einen Besucherraum. Besuchszeit von 17 bis 18 Uhr. Jeweils nur eine Person. Höchstens fünf bis zehn Minuten.

„Wir sind zu spät."

„Ich glaube nicht."

Eine freundliche Schwester empfing sie, nicht Annette. Wenig später, nach der Anmeldung, erschien auch der Arzt Dr. Grandjean. Er bot ihnen zwei Stühle im nüchternen Vorraum an und blinzelte wie ein Verschwörer.

„Ihr Vater lebt, junge Dame. Der Bypass sitzt."

„Großartig!" Tony sprang wieder auf. „Kann ich ihn sehen?"

Der Arzt nickte, geduldig und müde. „Ja. Aber Sie können nicht mit ihm sprechen. Er ist zwar bei Bewusstsein, doch die Narkose wirkt noch nach. Kommen Sie." Er ging voraus durch eine Tür in einen weiteren Gang. „Und erschrecken Sie nicht."

Er blieb stehen vor einem Raum, dessen Wand zum Gang hin aus einem Glasfenster und einer Glastüre bestand. Links stand, in Neonlicht getaucht, ein hohes Bett auf Rollen. Darauf lag auf dem Rücken unter einem weißen Laken Pasquale DiNero; die Arme ruhten schlaff und fleischig auf der Decke. Das Bett schien schmal unter der massigen Gestalt; der Kopf stand grau mit eingefallenen Wangen und schlaffen Mundwinkeln vom Kissen ab. Die Augen waren halb offen, aber zwischen den Lidern sah man nur das Weiß der Augäpfel. Claude Morat starrte betroffen auf die menschliche Ruine. Sie hatte nichts mehr gemein mit dem hitzigen Diskussionspartner vom Vormittag. *Fast mein Schwiegervater. Lieber Gott, lass ihn leben. Für Tony. Für uns. Und für Delarive.* Er verscheuchte seine Gedanken; im Raum hinter der Glaswand regte sich nichts. Rechts neben dem Bett hing an einem Arm aus Chromstahl ein Plastikbeutel mit einer klaren Flüssigkeit. Vom Boden des Beutels wand sich ein dünner Schlauch nach unten und endete mit einer Kanüle in Pasquales linkem Handrücken. Ein zweiter Schlauch, eine Art Kabel, kroch unter dem Laken hervor und verschwand in einem Messgerät neben dem Ständer mit der Flüssigkeit. Auf einer rechteckigen Anzeige erschienen ununterbrochen grüne Zahlen in rascher Folge.

„Vater!“, sagte Tony leise. „Er atmet nicht. Er sieht aus wie tot.“

„Er lebt“, sagte Dr. Grandjean. „Achten Sie auf die Augen.“

Claude Morat konzentrierte sich auf Pasquale DiNeros Gesicht. Die Augen standen weiter offen als zuvor, und er sah das Schwarz der Pupillen. In einer unwillkürlichen Geste hob er die linke Hand und winkte. Und da, unmerklich, verzogen sich die Mundwinkel des Italieners leicht nach oben zum einzigen, kraftlosen Gruß, zu dem er im Überlebenskampf fähig war.

„Er lächelt!“, jubelte Tony und winkte ebenfalls. „Er hat uns erkannt. Das stimmt doch – oder, Doktor?“

„Ja, *Mademoiselle*, Ihr Vater hat Sie erkannt. Eine kleine Bewegung, die keine Energie kostet. Die Natur findet immer wieder Wege, sich bemerkbar zu machen.“

„Sagen Sie, Doktor – wird er überleben?“

„Die Chancen dafür stehen besser als vor der Operation.“ Der Arzt hatte sich ihr zugewandt. Er blickte kummervoll unter seinen Stirnrunzeln hervor, als hafte er auch für alle Zufallswege des Schicksals. „Mehr kann ich Ihnen jetzt nicht sagen. Wir tun, was wir können.“

*

Es war dunkel, als sie wieder nach Jarnac aufbrachen. Auf dem Parkplatz, als Claude Tony die Tür öffnete, hatte sie unvermittelt die Arme um ihn gelegt und sich schweigend an ihn gepresst. „Danke, Claude“, hatte sie geflüstert, „danke für alles. Vater hat gelächelt, weil er glücklich war, uns zusammen zu sehen.“

Später setzte ein leichter Nieselregen ein. Im Landgut warteten alle auf ihren Bericht. Es ging gegen halb neun. Tony fing endlich an zu weinen. Claude unterdrückte die Regung, sie an sich zu ziehen; aber Jacqueline Delarive eilte, sie zu trösten. Sie lud Tony ein, so lange bei ihr auf dem Gut zu bleiben, bis Pasquale transportfähig war. So konnte sie ihren Vater jederzeit besuchen und an seiner Genesung teilhaben.

Beim Kaffee wurden die nächsten Schritte festgelegt. Am folgenden Tag, Sonntag, würden Delarive und Morat nach Belleville zurückreisen.

Dann war der Verwaltungsrat von Delarive AG einzuberufen, um über die Übernahmeofferte an die Aktionäre von Basis Chemie und die Erhöhung des Angebots für United Chemical zu befinden. Pasquale DiNero würde, sobald die Ärzte es gestatteten, begleitet von Tony zur Rekonvaleszenz nach Belleville überführt. Jean Delarive versprach, für ihn einen Platz in der St. Anna-Klinik zu organisieren.

Als sich Claude Morat in sein Zimmer zurückzog, waren seine Sinne überreizt. Ein Holzkruzifix in einer Nische erinnerte ihn an die Kathedrale. Die erhabene Stille hatte ihn mehr aufgewühlt als jedes noch so mächtige Orgelspiel. Tonys Liebe, seine Versprechungen, das Bild seiner Kinder, Floriannes abweisende Hingabe, Pasquales graues Antlitz mit den zuckenden Mundwinkeln, seine Mitverantwortung für den zweifachen Übernahmekampf: Alles mündete in einen Fluss unbewältigter Gefühle, in dem er dahinglitt, orientierungslos wie ein Stück Treibholz zwischen Wirbeln und Stromschnellen. Er legte sich in den Kleidern aufs Bett und ließ seinen Gedanken freien Lauf. Allmählich verwischte sich der Zusammenhang zwischen Ursache und Wirkung. Hatte ihn seine leise Verstimmung über Floriannes Unnahbarkeit in Tonys Arme getrieben? Oder hatte erst Tonys Lebenslust ihm nahegebracht, wie Gewöhnung und Abstumpfung durch die Hintertüre in seiner Ehe Einzug hielten? Fühlte er sich Tony verpflichtet, weil sie sich ihm hingegeben hatte? Oder hatte sie ihn verführt, um ihn zu binden? Er stand wieder auf, zog sich aus und legte sich erneut zu Bett. Er nickte ein, ohne das Licht zu löschen, ohne Antwort auf seine Fragen, und im Traum erschien ihm Tony; sie war ihm nahe, und die Nähe war so absolut und allumfassend, dass seine Identität schmolz wie ein Stück Eis im Wasser. Aber später erwachte er, und Tony war immer noch bei ihm. Sie hatte wieder den Weg zu ihm gefunden, sie legte sich zu ihm, sie liebten sich, und von Neuem brachten sie die Zeit zum Stillstand.

31

Die Konferenzblöcke ruhten sauber ausgerichtet und noch unbenutzt auf ihren Lederunterlagen. Auf dem Tisch lagen in zwei Stapeln die beiden führenden Tageszeitungen des Landes. Die zehn Mitglieder des Verwaltungsrates von Basis Chemie waren pünktlich, nur Unschalk fehlte. Der Bankier Bethmann musste niesen, er zückte ein rot gerändertes Taschentuch und schnäuzte sich laut und lange. Spielberg schwieg, während er am Platz des Vorsitzenden seine Akten ausbreitete. Zwei Minuten vor neun erschien Paul Kern Pfeife rauchend im dunkelblauen Anzug. Ihm oblag die Führung des Protokolls.

Der hagere Handelsmann mit dem wetterfesten Gesicht eines Bauern setzte sich, lehnte sich zurück und wartete, bis alle saßen. Er holte Atem und fingerte an seiner Krawatte.

„Meine Herren, ich begrüße Sie und eröffne als Vizepräsident unsere Sitzung. Herr Dr. Unschalk ist verhindert – seit vielen Jahren das erste Mal. Heute Nachmittag um drei Uhr wird, wie Sie wissen, sein Sohn beigesetzt. Ich darf hoffen, dass einige von uns die Zeit finden, an der Trauerfeier teilzunehmen und Herrn Unschalk und seiner Frau unser Mitgefühl auszudrücken. Fahrzeuge für den Transport stehen zur Verfügung.

Zur Sache. Wir haben zwei Geschäfte auf der Tagesordnung: die Übernahme von United Chemical und die Frage einer Annäherung an Delarive AG. Zu beidem hat Delarive in der heutigen Tagespresse eine Erklärung veröffentlicht.“ Er wies auf die Zeitungen auf dem Konferenztisch. „Bedienen Sie sich bitte. Herr Delarive erhöht sein Angebot für United auf 69 Dollar und will gleichzeitig uns übernehmen!“

Sie hatten alle die Neuigkeiten schon vor der Sitzung erfahren. Aber Othmar Spielberg gab ihnen nun Gelegenheit, sich offiziell zu entrüsten. Übergeschnappt. Größenwahnsinnig geworden. Schadet sich und uns. Keine Chance. Die heftigen Kommentare flogen zwischen den Verwaltungsräten hin und her wie Tennisbälle in einem Finalspiel.

Nach einer Weile bat der Vizepräsident aus Winterthur um Ruhe.

„Es gibt noch mehr schlechte Nachrichten. Leider.“ Spielberg hielt erneut inne, bis alle Augen auf ihn gerichtet waren. „Herr Dr. Unschalk ist krank, sehr krank, meine Herren. Ich habe vor knapp zwei Wochen ein Gespräch mit seiner Frau geführt, in dessen Verlauf sie mir seinen Gesundheitszustand in aller Offenheit schilderte. Diese Informationen sind natürlich streng vertraulich. Aber im Interesse des Unternehmens muss der Verwaltungsrat wissen, wie es um seinen Präsidenten steht. Meine Herren, es besteht Grund zur Annahme, dass Herr Dr. Unschalk nicht mehr uneingeschränkt Herr seiner Sinne ist."

Spielberg holte aus und breitete präzise und schonungslos die Stationen von Unschalks Ungemach vor seinen Verwaltungsräten aus. Niemand sprach ein Wort. Paul Kern hatte aufgehört, Protokollnotizen zu machen; er zeichnete ein Schwein mit steil aufragendem Ringelschwanz auf seinen Block. Spielberg schloss: „Das sind die traurigen Fakten. Der Präsident von Basis Chemie ist handlungsunfähig zu einer Zeit, da das Unternehmen in seiner Existenz bedroht ist."

Der Bankier Bethmann meldete sich, bleich und erkältet. „Was schlagen Sie vor? Über die Führung des Unternehmens in der unmittelbaren Zukunft? Herr Dr. Unschalk hat uns die Gegenofferte für United Chemical schmackhaft gemacht. Er hat vehement und kräftig argumentiert. Sie haben ihn dabei unterstützt. Aber jetzt schlägt Delarive zurück mit seiner Übernahmeattacke auf uns. Wie reagieren wir darauf? Wer tritt als Sprecher von Basis Chemie auf?"

„Nicht ich, Herr Dr. Bethmann, der Verwaltungsrat hat Dr. Unschalks Anträge nach gründlicher Diskussion gutgeheißen", erwiderte Spielberg. „Ich bitte Sie! Aber es ist nicht auszuschließen, dass wir einseitig informiert worden sind. Vielleicht hat sein bekannter Expansionsdrang Herrn Unschalk zu weit getragen. Wir haben heute die Gelegenheit, die Operation United abzubrechen, indem wir auf ein nochmals höheres Angebot verzichten. Ist das Ihr Antrag?"

Der Bankier schnäuzte sich erneut. „Ich habe immer davor gewarnt, meine Herren. Jetzt haben wir die Bescherung. Aber ich glaube, wir brauchen mehr Informationen, bevor Anträge gestellt werden können."

Die Diskussion fing an, sich zu verzetteln, Vorwürfe wurden ausgeteilt, Beschimpfungen zurückgegeben, und mehr als einmal entglitt Spielberg die Führung. Mehr zufällig erfuhr der Verwaltungsrat, dass am Vortag Werner Diggelmann in New York vor der Federal Grand Jury seine Aussage deponiert hatte und dass über die Bank Panther eine Dauerbuße verhängt worden war. Die Schlinge um Unschalks Hals zog sich immer enger zusammen. Die SEC forderte mit zunehmender Ungeduld Auskunft über alle Transaktionen von Basis Chemie, Unschalk und der Bank Panther in United-Aktien vor dem ersten öffentlichen Gegenangebot. Bethmann beanstandete die undurchsichtige Rolle der Bank Panther. Ein anderer Verwaltungsrat wollte wissen, ob es persönliche Käufe Unschalks von United-Aktien gegeben habe. Paul Kern informierte über die Zustimmung der Konzernleitung zu einer Verbindung von Basis Chemie und Delarive AG in der Weise, wie sie zwischen Unschalk und Jean Delarive erörtert worden war. Weshalb stattdessen ein öffentliches Übernahmeangebot eingeleitet wurde, wusste er nicht.

Schließlich ernannte der Verwaltungsrat Othmar Spielberg zu seinem amtierenden Präsidenten, ohne jedoch Unschalk den Titel als gewählter Präsident abzusprechen. Der Attacke Delarives werde man sich mit aller Kraft widersetzen. Bethmann versicherte, ein Erfolg Delarives sei ohnehin undenkbar, die Schweizer Großbanken stimmten mit den ihnen anvertrauten Depotstimmen ihrer Kunden stets für die Anträge der Verwaltungsräte. Und der Verkauf des Aktienpakets von Pasquale DiNero sei wirkungslos, da bis jetzt kein Antrag auf Eintragung eines neuen Eigentümers im Aktionärsverzeichnis vorliege.

Paul Kern klopfte seine Pfeife aus. Dann meldete er sich zu Wort. „Wir wissen immerhin, dass Pasquale DiNero seine Aktien von der Bank Panther an die Helvetische Bank ausliefern ließ. Und er war seinerzeit mit Jean Delarive befreundet."

Bethmann fühlte sich herausgefordert. „Herr Dr. Kern, als Generaldirektor eines Konkurrenzinstituts kann ich Ihnen sagen, dass die Großbanken sich an ihre ungeschriebenen Spielregeln halten. Wie Herr Pasquale DiNero stimmen wird, weiß ich nicht. Aber die Helvetische Bank wird unsere Anträge unterstützen."

„Dann ist ja gut. In etwa zwei Wochen wissen wir mehr."

*

Um fünf vor drei war die Jakobskapelle bis auf den letzten Platz besetzt. Hinten bei der Eingangstür und auf den Seiten vor den grob getünchten weißen Wänden zwischen den schlanken Fenstern standen die Trauergäste, die erst spät gekommen waren. Unschalk saß in der vordersten Reihe, gleich links vom Mittelgang. Neben ihm saß Olivia, gefasst und aufrecht im schwarzen Jackenkleid, aber ihr Gesicht schimmerte aschfahl und zeugte von der Beherrschung, die sie sich auferlegte. Zu ihrer Linken folgten Vico DiNero, dann seine Frau Raffaela und schließlich Unschalks Bruder, der aus Hannover angereist war. Insgesamt hatten sich fünfzehn Familienangehörige eingefunden.

Unschalk blickte gedankenverloren auf den Altar fünf Meter vor ihm; auf der schlichten Platte aus hellem Holz stand eine hohe Vase mit frischen Osterglocken, daneben lag aufgeschlagen auf einem weißen Tuch eine große Bibel. Er wusste, weshalb er sich hier befand. Olivia hatte es ihm nochmals erklärt. Thomas hatte am vergangenen Mittwochabend ihre Verabredung nicht eingehalten; jetzt galt es, von ihm Abschied zu nehmen. So verstand er auch das Rauschen der Orgelklänge, die um ihn waren: als erste Botschaft seines Sohnes seit ihrer letzten Begegnung vor einer Woche, als Ankündigung einer gefestigten Persönlichkeit, die zwar im Augenblick unabkömmlich war, mit der aber gerechnet werden musste.

Punkt drei Uhr verebbte das Orgelspiel, und von rechts trat Pfarrer Huldreich Gerber vor den Altar. Mit seiner schwarzen Mähne und dem ebenso schwarzen Vollbart blickte er aus feurigen Augen über die Trauergemeinde.

„Im Namen des Herrn, Amen."

Er eröffnete die Trauerfeier mit einem Wort des Trostes an die Eltern des Verstorbenen und mit einer Schilderung der wichtigsten Marksteine aus dem Leben von Thomas Unschalk. Ein starker Wille war Thomas erwachsen als Folge wiederholter Begegnungen mit den Abgründen des Lasters und des Verderbens. Sein Wille war es gewesen, mit seiner Kunst zu zeigen, was er erfahren hatte in den schlimmsten Augenblicken seelischer Pein. Er hatte ihr Ausdruck gegeben in seinen Bildern; Not und Verzweiflung hatte er sichtbar gemacht und ihnen damit ihre Schrecken genommen. Hat ein Unheil einmal Farbe und Gestalt angenommen, kann man ihm trotzen; bleibt es verborgen im Schlamm der Einbildung, so gewinnt es Macht über uns und kann uns zerstören.

„Und dennoch: Unser Wille, sei er noch so hehr, hat keinen Bestand.

Das will ich Ihnen zeigen mit einer Betrachtung zum Römerbrief des Apostels Paulus, Kapitel 8. Vorher aber hören wir, vorgetragen von drei nahen Freunden von Thomas Unschalk, besinnliche und aufrüttelnde Klänge, die dieselbe Botschaft vermitteln wie der Verstorbene mit seinen Bildern: Hoffnung, dass Leiden enden möge, und Glaube, dass Unmögliches möglich werde."

Ein starker Wille, hallte es in Unschalk nach. Sein Sohn Thomas hatte einen starken Willen wie er selber. Seine Bilder – und der Erfolg, den sie ihm brachten – bewiesen, was in ihm steckte. Schade, dass er heute nicht dabei sein konnte. Vorne, rechts neben dem Altar, stellten sich drei junge Männer in weißen Hemden auf. Der mittlere, fest und untersetzt, hielt eine Trompete, die anderen beiden setzten probeweise die Mundstücke ihrer Posaunen an die Lippen. Sie spielten, ohne erkennbares Kommando, erst leise, fast zaghaft, dann in anschwellender Fülle. Die Trompete sang ihr eigenes Lied, laut und triumphierend, aber auch klagend und hinhaltend, und sie brachte verborgene Saiten in allen Trauergästen zum Schwingen. Unschalk hörte gelassen hin; er hatte *Hey Jude* von John Lennon und Paul McCartney noch nie gehört. Die Melodie bedeutete ihm nichts, aber er vernahm vereinzeltes Schnäuzen in den Bankreihen hinter sich, und er spürte, wie Olivia neben ihm schluchzte. Links neben dem Altar wiegte der Pfarrer sachte, fast unmerklich den Kopf im Takt der aufwühlenden Klänge.

„Weine nicht, meine Liebe", sagte Unschalk zu Olivia. „Es ist schön, wieder einmal mit dir Musik zu hören."

„Sei doch still!"

Sie rückte von ihm weg auf der schmalen Holzbank. Unschalk verstand nicht, was er falsch gemacht hatte. Er wollte ihr helfen, ihr zeigen, dass sie nicht traurig zu sein brauchte. Warum sie unglücklich war, hatte er vergessen. Die weiche Melodie schmolz über ihn hinweg, verwob Sorge mit Zuversicht, Hoffnung mit Erfüllung, aber selbst ihr versöhnlicher Ausklang brachte keinen Trost, ihm nicht und Olivia nicht.

Pfarrer Huldreich Gerber trat hinter die aufgeschlagene Bibel.

„Paulus schrieb den Römern: Die eigenen Wünsche führen zum Tod. Der Geist Gottes dagegen schenkt Leben und Frieden.

Der Mensch, so wie er von sich aus ist, lehnt sich gegen Gott auf. Er gehorcht nicht dem Gesetz Gottes, ja er kann es gar nicht. Denn es ist völlig ausgeschlossen, dass einer den Willen Gottes erfüllt, wenn er seinem eigenen Willen folgt."

Unschalk vernahm die feste Botschaft. Die energische Stimme des Pfarrers ließ keinen Zweifel aufkommen. Der Wille Gottes. Ein interessanter Gedanke. Er verkroch sich in das Geflecht seiner Pläne und Unternehmensziele, das allein seinem schwindenden Verstand noch einen Rest an Halt und Struktur verlieh. *Es muss Gottes Wille sein, dass Basis Chemie und Delarive zusammenkommen.* Es war im Grunde einfach. *Ich muss mit Delarive reden. Er wartet auf ein Zeichen von mir.*

„Wenn ihr nach eurem eigenen Willen lebt, werdet ihr sterben. Leben werdet ihr nur, wenn ihr den Geist Gottes in euch wirken lasst, damit er euren selbstsüchtigen Willen tötet.

Er hat aber seinen Geschöpfen die Hoffnung gegeben, dass sie eines Tages vom Fluch der Vergänglichkeit erlöst werden. Sie sollen dann nicht mehr Sklaven des Todes sein, sondern am befreiten Leben der Kinder Gottes teilhaben."

Hoffnung – dieses Prinzip begriff Unschalk selbst jetzt in seinem abbröckelnden Geisteszustand, aber Vergänglichkeit bedeutete ihm nichts. Er sah, wie Pfarrer Gerber kraftvoll weiterpredigte, doch er brauchte nicht mehr zuzuhören. Seine Hoffnung stand fest, war zur Gewissheit geworden. Die Vollendung seines letzten großen Planes. Er sah, wie sich die Falten des schwarzen Talars strafften, wenn der Prediger die Arme weit ausstreckte, und wie das weiche Tuch sich wieder wellte, wenn er die Arme senkte. Er sah sich selber dort vorne stehen am Tage seiner Generalversammlung und seinen Aktionären den Nutzen des Zusammenschlusses mit dem ehemaligen Feind überzeugend dartun. Es war still geworden im Saal, und Unschalk wusste, dass jetzt der Augenblick gekommen war, das Wort zu ergreifen. Er stand auf, knöpfte seine schwarze Jacke zu und machte zwei Schritte auf den Altar zu.

„Paulus zeigt uns in schlichten Sätzen das ganze Elend unseres Lebens und das ganze Elend unseres Todes", dröhnte die Stimme Huldreich Gerbers bis in die letzten Winkel der Kapelle.

„Unschalk!" Olivia war aufgesprungen, sie fasste ihren Mann am Ärmel. „Nicht hier, bitte. Setz dich wieder hin."

„Lass mich!", erwiderte Unschalk ungehalten. „Ich muss den Antrag des Verwaltungsrates begründen." Er riss sich los und taumelte die paar

Schritte bis zum Altar. Dort blieb er stehen und blickte verwirrt zum Pfarrer hinauf. Dieser unterbrach die Predigt und erwiderte seinen Blick ruhig und nachdenklich.

Mit drei geschmeidigen Sätzen eilte Vico DiNero ebenfalls nach vorne. Er legte Unschalk freundschaftlich den Arm um die Schultern. „Noch nicht, Unschalk. Wir sollten den Pfarrer fertig reden lassen. Verstehst du?“

„Ja, ja, ich verstehe.“ Unschalk ließ sich wieder an seinen Platz führen.

Die Trauergäste hatten den Zwischenfall von Weitem beobachtet. Die meisten taten ihn ab als begreiflichen Gefühlsausbruch des leidgeprüften Vaters.

Der Pfarrer nahm seine Betrachtung wieder auf, schwungvoll und sicher: „Und im selben Atemzug weist uns Paulus den Weg aus der Sackgasse, öffnet er uns die Augen für den Blick auf das wirkliche Leben. Keine Angst mehr haben vor dem Tod! Das ist die großartige Botschaft des Apostels. Das Leben wird uns geschenkt, der Fluch der Vergänglichkeit von uns genommen. Um welchen Preis? Um den Preis unserer eigenen Wünsche. Auf sie müssen wir verzichten, damit Raum wird in uns für den Willen Gottes. Der Preis ist gering, denn unsere Wünsche führen uns in den Tod. Sein Wunsch und Wille aber ist es, uns das Leben zu schenken, das ewige Leben. Aber wir müssen mittun …“

Wie durch ein Wunder fanden wieder ein paar Worte des Predigers Eingang in Unschalks verlöschendes Bewusstsein. *Das Leben wird uns geschenkt.* Ein kleines Fenster tat sich auf, ließ seine Erinnerung kurz zurückkehren wie eine Schwalbe am Ende eines langen Winters. *Aber welches Leben?* Nicht dasjenige seines Sohnes. Thomas war das Leben genommen worden, unsinnig, grausam, als er sich aufmachte, ihn, seinen Vater, zu treffen, um ihm einen Kummer anzuvertrauen. *Lieber Gott, welches Leben denn? Was hat ihn bedrückt? War er krank? Wie ich? Ich bin krank, tue unsinnige Dinge, erschrecke Olivia. Warum kommt gerade jetzt mein Gedächtnis zurück? Damit ich Abschied nehmen kann von Thomas. Zum letzten Mal Abschied.*

Unschalk litt, durchlitt sein ganzes Leben voll Pflichterfüllung, komprimiert auf ein paar Sekunden einer unerbittlichen Gegenwart. Es bereitete ihm keine Genugtuung, daran erinnert zu werden, wie er gekämpft hatte für die Aufgaben, die aus seiner Sicht bewältigt werden mussten. Er hatte stets die Pflicht vor die Familie gestellt, die Familie vor die Freude, bis er vergessen hatte, was Freude war. Damit hatte er letztlich auch seine Familie verloren, seinen Sohn, und nun auch Olivia, die sich von ihm abwandte, ihn nicht mehr verstand, noch weniger als er sich selber verstand, wenn die trüben Schleier des anderen Bewusstseins in einem anderen Zeitgefüge seinen Kopf durchwehten.

Er wandte den Kopf nach links, um Olivia anzusehen. Ihre Augen blickten starr nach vorne zum Pfarrer, er sah die Tränensäcke, die sich erst in den letzten Tagen gebildet hatten. Er sah die zierliche Nase, darunter angestrengt zusammengepresste Lippen, den Hals mit den ersten Falten unterhalb des Kinns; er entsann sich, dass er diesen Hals geküsst hatte, aber zwischen jenen Tagen sanfter Begierde und diesem Tag des Abschiednehmens lagen Jahrhunderte. Und vorne forderte Huldreich Gerber Verzicht, überzeugt und unerbittlich wie ein Armeeinstrukteur. Unschalk wünschte sich, Olivia würde sich ihm zuwenden und erkennen, dass er zurückgekehrt war zu ihr und mit ihr um den verstorbenen Sohn trauerte. Aber sie saß wie versteinert, nur ihre Brust hob und senkte sich im Einklang mit ihren Atemzügen. Kurz dachte er an die Unterhaltung mit Thomas nach dem Besuch in der Ausstellung. Ihr einziges wirkliches Gespräch seit Langem. Am Ende hatte zwischen ihnen ein wortloses Einvernehmen geherrscht, tief und kristallklar, wie es nur zwischen Männern möglich war.

Unschalk atmete tief ein. Er drehte den Kopf nach hinten und sah die volle Kapelle und die Menschen an den Seitenwänden, die keinen Sitzplatz mehr gefunden hatten. Es galt jetzt, Haltung zu bewahren, Thomas zuliebe. Er setzte sich gerade hin und rückte seine Krawatte zurecht. Er faltete die Hände in seinem Schoß und konzentrierte sich auf die Worte des Pfarrers. Die volle Stimme, das Klanggefälle trugen ihn davon, enthoben ihn der Pflicht, die einzelnen Wörter zu verstehen. Eine angenehme Wärme durchflutete ihn und verscheuchte die Erinnerung an die Fülle trauriger Augenblicke der letzten Tage. Was blieb, war ein beruhigendes Gefühl, dass alles seine Richtigkeit hatte. Der Druck, der ihn noch vor Kurzem belastet hatte, schwand, und er entspannte sich, jeden einzelnen Muskel, und er ging auf in der feuchten Wärme, die ihn zurückführte in die Tage seiner Kindheit, und er war frei von jeder Last, leicht und bereit für Neues, was immer kommen mochte.

Er fühlte nichts von der Lache, die sich unter der harten Holzbank bildete, dort wo er saß. Und der Hose, da sie schwarz war, sah man nichts an vom kleinen Unglück.

Der Einzige, der wahrnahm, was geschah, war Pfarrer Huldreich Gerber. Er verstand alles und redete weiter, für Unschalk und die anderen Trauergäste.

32

Am Ende der Trauerfeier verließ Olivia mit Unschalk als Erste die Kapelle. Zusammen mit Vico DiNero war es ihr gelungen, ihn in Bewegung zu setzen. Dabei war ihnen sein Missgeschick nicht verborgen geblieben. Sie sagten nichts, Unschalk war weit weg. In der hintersten Bankreihe saß Heidi B., begleitet vom Galeristen Manuel Rozzo. Olivia nickte ihnen zu.

Draußen auf dem von Pappeln gesäumten Kiesweg stellten sie sich auf, um die Kondolenzen entgegenzunehmen. Zuerst Olivia, dann Unschalk, dann sein Bruder. Ein leichter Aprilwind bewegte aus verhangenem Himmel die Baumwipfel. *In einer Viertelstunde ist alles vorbei.* Unschalk schuldete sie nichts mehr. Sie hatte ihren Treueschwur erfüllt, ihre Ehepflicht abverdient. Ihre Sorge um das Schicksal ihres Sohnes erübrigte sich nun auch. Die kleine Wohnung ihrer Freunde, die für zwei Jahre ins Ausland verreist waren, stand für sie bereit, auf der anderen Seite des Flusses. Es gab ein Leben nach Unschalk, es hatte soeben begonnen. Tief im Innern machte sie ihn auch für den Tod von Thomas verantwortlich.

Unbewegt schüttelte sie Dutzende von Händen, nahm die gemurmelten Bezeugungen von Anteilnahme entgegen. Es war ein Spießrutenlauf mit umgekehrten Vorzeichen: Die Opfer standen, die Plagegeister bewegten sich an ihnen vorbei. Unschalk hielt sich erstaunlich gut. Er stand aufrecht; würdevoll schweigend, mit entschlossen vorgerecktem Kinn schaute er den Teilnehmern der endlosen Prozession in die Augen. Aber sein Blick war nach innen gerichtet, signalisierte kein Erkennen; man nahm es hin als äußerstes Zeichen beherrschter Trauer.

Als alles vorbei war und der Siegrist bereits das Tor der Jakobskapelle schloss, bemerkte Unschalk: „So viele nette Menschen. Ich hätte das nie gedacht." Damit drehte er sich um und schritt davon. Der Kies knirschte unter seinem festen Tritt.

„Warte, Unschalk! Wohin gehst du?", rief Vico DiNero hinter ihm her.

Unschalk hielt an und blickte zurück. „Zu Delarive. Er wartet auf mich. Ich muss ihm dringend meine Stellungnahme mitteilen."

„Was soll das? Hast du denn die Zeitung heute früh nicht gesehen? Das stimmt doch alles nicht mehr."

Aber Unschalk reagierte nicht, sondern entfernte sich entschlossen in Richtung Stadt.

Von hinten näherte sich ein Mann mit zurückgekämmtem weißem Haar im dunklen Regenmantel. „Frau Unschalk, haben Sie einen Augenblick Zeit?"

Sie blickte auf. „Herr Dr. von Burg!"

Der Arzt streckte ihr die Hand entgegen. Olivia ergriff sie, dankbar, dass sie einen Grund hatte, die Sorge um Unschalks verwirrten Abgang anderen zu überlassen. Sie wollte nichts damit zu tun haben.

„Es tut mir unendlich leid, Frau Unschalk." Sie traten einige Schritte zur Seite. „Mein aufrichtiges Beileid."

„Danke. Sie kannten Thomas seit seiner Geburt. Gleich lang wie mein Mann und ich." *Mein Mann*. Damit hatte sie abgeschlossen. Sie spürte, wie gegen ihren Willen plötzlich zwei Tränen über ihre Wangen rollten.

„Ich höre, dass es Ihrem Mann nicht gut geht."

„Ja, allerdings", erwiderte sie schrill. „Das kann man so sagen." Olivia fühlte machtlos, wie weitere Tränen flossen. „Wahrscheinlich hat er den Verstand verloren. Er vergisst alles, tut unsinnige Dinge und verwechselt Personen, Orte und Begebenheiten."

Der Hausarzt schüttelte traurig den Kopf. „Das klingt sehr nach Alzheimer, Frau Unschalk. Keine Geisteskrankheit, aber eine unheilbare Form von Geistesschwäche. Es ist nicht mein Fachgebiet. Ihr Mann sollte dringend von einem Spezialisten untersucht werden. Ich stelle gerne den Kontakt für Sie her."

„Ja."

„Wenn meine Befürchtung stimmt, dann brauchen Sie viel Kraft für seine Betreuung. Alzheimer-Patienten sind häufig nicht ansprechbar, mit fortschreitendem Krankheitsverlauf immer weniger. Aber man weiß heute, dass sie Fürsorge und Zuneigung genauso wahrnehmen wie gesunde Menschen. Sie brauchen viel Zuneigung."

„Ja."

„Übrigens ..."

„Ja?"

„Übrigens, ich stehe jederzeit zu Ihrer Verfügung, Frau Unschalk. Jederzeit. Das wollte ich Ihnen noch sagen.“

„Ja. Danke, danke sehr.“

Olivia blieb stehen, hilflos und aufgewühlt. Unschalks eigene Schilderung seines Zustandes vom vergangenen Donnerstag erstand in ihr, ungerufen, wie der letzte Ausspruch eines Verurteilten. Ich traue mir nicht mehr, und ich glaube nicht mehr, was ich sehe und höre. Ich weiß nicht mehr, welche Wirklichkeit die richtige ist. Es ist die Hölle. *Es ist auch meine Hölle, dafür hast du gesorgt. Seit vielen Jahren.*

Vico DiNero und seine Frau Raffaela hatten auf Olivia gewartet. Vorne strebte jetzt Dr. von Burg dem Ausgang des kleinen Parkes zu, man sah noch seine weiße Mähne. Unschalk hingegen war verschwunden.

„Du bist sehr traurig, meine Liebe. Verständlich. Wir stehen zu dir. Und zu Unschalk.“

„Danke.“

Olivia fühlte jetzt nichts mehr. Die Wohnung auf der anderen Seite des Flusses. Unschalk war vielleicht im Begriff, Thomas nachzufolgen. Und wenn sie ihn jetzt verließ, wen gab es dann noch zu umsorgen?

*

Pasquale DiNero ruhte auf dem Balkon seines Zimmers in der St. Anna-Klinik in Belleville. Gestern hatte er die Rückkehr ins Leben vollzogen. Nicht so, wie er es sich vorgestellt hatte, sondern in einer Privatambulanz, begleitet von Tony und einem Pfleger. Die Verständigung war schlecht gewesen: Er und Tony sprachen kein Französisch, der Pfleger nichts anderes. Die endlose Fahrt, auf dem Rücken auf einer bequemen Liege absolviert, hatte ihn erschöpft. Milchglasscheiben hatten diffuses Licht eingelassen, aber ganz Frankreich von seinem Gesichtsfeld ferngehalten. Er sah nichts vom sonnigen Frühlingstag, nichts von den Kleinstädten des Südwestens, und an Verpflegung gab es heißen Tee aus einer Thermosflasche und einen kalten Imbiss, abgepackt wie ein Lunchpaket eines Mittelklassehotels. „Tony, so macht das Leben keine Freude“, hatte er erklärt. „Ich hätte meinen Infarkt, oder zumindest die Operation, nicht überleben sollen, dann wärst du jetzt frei, dir dein Leben einzurichten. So falle ich dir zur Last, degradiere dich zur Krankenpflegerin, es ist ein Jammer.“

Sie hatten sich ein wenig gezankt danach, leise auf Italienisch, dann war er eingenickt. Tony hatte versucht zu lesen. Aber die Vorstellung, Claude nun in Belleville zu begegnen, erfüllte sie mit Beklemmung. Die zauberhaften Momente in Angoulême, ihre erste Umarmung in Fort Lauderdale, die Party im Garten am Middle River verblassten in ihrer Erinnerung wie die Höhepunkte einer Ferienreise. Der Gedanke an einen Alltag mit Claude jedoch gewann noch keine Kontur. Und wieder in der Schweiz zu leben, konnte sie sich nicht recht vorstellen.

Nach der ersten Nacht in Belleville blickte Pasquale ausgeruht, aber missmutig in den Garten. Auf den kleinen Wegen mit Naturbelag, zwischen Rosenbeeten, blühenden Feuerbüschen, Akazien und überhängenden Eichenästen spazierten Patienten an Krücken, alte Damen in Begleitung von Krankenschwestern, neben einem Springbrunnen unterhielten sich zwei Männer ohne Beine in ihren Rollstühlen.

Im Zimmer läutete das Telefon. DiNero hörte Tony antworten. Er stand auf. „Wer ist es?"

„Claude. Für dich."

Langsam watschelte er zurück, kurzatmig und kraftlos. Er fühlte sich alt. „Hallo, Claude!"

„Pasquale, willkommen in Belleville! Hat alles geklappt?"

„Ja. Ich bin lebend hier angekommen."

„Wie fühlen Sie sich, Pasquale?"

Der Italiener seufzte und lockerte den Gurt seines Morgenmantels. „Ich bin von Schwerkranken, Invaliden und Halbtoten umgeben. Und der Kaffee ist noch lausiger als in Amerika. Aber ich lebe. Und ich habe sieben Kilo abgenommen. Mein Bauch sieht aus wie ein halb leerer Sack. Wie läuft unsere Operation Basis Chemie?"

„27 Prozent der Aktien gehören uns bereits. Die Helvetische Bank wird auch mit ihren eigenen 16 Prozent unseren Anträgen zustimmen. Damit kommen wir auf 43. Wir sind zuversichtlich, die paar Stimmen, die noch fehlen, an der Generalversammlung zu erhalten. Dann werden unsere Kandidaten in den Verwaltungsrat von Basis gewählt. Unschalk geht es schlecht, man sieht ihn kaum mehr im Unternehmen. Spielberg, der Vizepräsident, hat dort das Kommando übernommen, zusammen mit Diggelmann."

„Und ich kann nicht dabei sein. Eine Schande!"

Durchs Telefon vernahm er leises Lachen. „Wir kommen Sie gleich anschließend besuchen, Pasquale. Herr Delarive übermittelt seine besten Grüße."

„Die erste erfreuliche Nachricht, seit ich hier bin!" DiNero strahlte. „Bringen Sie Champagner mit, Claude. Ich lechze nach einer anständigen Erfrischung."

*

Später am Vormittag kam Besuch. Pasquale DiNero stand vor dem Spiegel und besichtigte sein Doppelkinn, das faltiger und weniger füllig wirkte als vor der Operation. Tony machte sich zum Aufbruch bereit, als es klopfte. Es war Vico DiNero.

„Ich komme, weil ich gehört habe, dass es dir schlecht geht", sagte Vico, bevor Pasquale seine Stimme fand. „Ah, Tony! Wir haben uns seit einer Ewigkeit nicht gesehen. Du siehst blendend aus."

„Guten Tag, Onkel Vico." Sie reichte ihm die Hand, ohne ihn an sich herankommen zu lassen. „Ich war eben am Weggehen."

„Bitte bleibe, *carissima*", sagte Pasquale. Und zu seinem Bruder: „Wie, zum Teufel, hast du mich gefunden?" Er deutete zum Tisch am Fenster. „Bei unserer letzten Begegnung hast du ausgesehen wie durch die Mangel gedreht, heute ich. Was willst du?"

Der Bankier setzte sich. „Ich habe meine Beziehungen, genau wie du. Ich fand dich mit Leichtigkeit. Zu deiner zweiten Frage: Ich will nichts von dir."

„Das ist alarmierend", erwiderte Pasquale. „Ich glaube dir nicht." Er blieb stehen und schüttelte zweifelnd den mächtigen Kopf.

Vico sagte: „Gut, ich will etwas von dir. Ich will, dass wir uns nicht mehr streiten. Wenn ich dich gekränkt habe, tut es mir leid. Ich entschuldige mich in aller Form."

Pasquale bewegte sich langsam zum Tisch, umständlich ließ er sich zwischen seinem Bruder und seiner Tochter nieder. Vicos Gewandtheit, die Leichtigkeit, mit der er seine Entschuldigung über die Lippen brachte, irritierte ihn. Vielleicht suchte er wieder den Anschluss an seine Familie, weil er endlich begriffen hatte, dass er mit Unschalk aufs falsche Pferd gesetzt hatte. Sein Instinkt für Erfolg und Reichtum war so ausgeprägt, dass er vielleicht einfach auf der Seite der Sieger stehen wollte. Dennoch zerstob Pasquales lange gehegter Zorn wie eine Seifenblase.

„Du brauchst dich nicht zu entschuldigen. Ich bin nicht nachtragend. Ich habe nur einen Bruder. Die große Distanz zwischen Amerika und Europa hat uns auseinandergebracht. Wie geht es Raffaela?“

„Ich danke dir, gut. Aber lass uns über dich reden. Du hast abgenommen. Steht dir gut. Läuft dein Motor wieder einwandfrei?“

„Holprig, *fratello*, holprig. Und ich weiß nicht, ob es mir gefällt. Seit zwei Wochen keinen Tropfen Wein. Keine einzige Zigarre. Und fliegen darf ich auch nicht mehr, zu gefährlich, wegen des Sauerstoffs. Wahrscheinlich muss ich nach Florida zurückschwimmen.“

„Oder hierbleiben“, sagte Tony. „Unsere Europareise hat erst begonnen, Vater!“

„Ja, du hast recht. Und Mario de Benedanti hat uns nach Mailand eingeladen, zurück in die alte Heimat. Florenz, die Toskana, Siena. Aber es ist traurig, wenn man nur zuschauen darf. Nur wässriges Gemüse, salzfrei essen, mageres Fleisch, keine *pasta*, kein Alkohol, keine Freude. Ich würde gerne ein wenig meiner restlichen Zeit tauschen gegen eine Flasche italienischen Rotweins.“ Zu seinem Bruder sagte er: „Lassen wir das. Was macht Unschalk? Seid ihr gerüstet für die Generalversammlung?“

Vico DiNeros Blick verdüsterte sich, sein Gesicht sah wieder älter aus. „Unter uns, Unschalk ist krank. Er hat Ausfälle, im Kopf. Er vergisst, verwechselt Personen und Begebenheiten. Es fällt mir schwer, das zu sagen, denn er ist mein Freund. Und um das Maß des Unglücks voll zu machen, haben die Amerikaner soeben eine Strafuntersuchung gegen ihn eingeleitet. Morgen steht es in allen Zeitungen. Insiderdelikte. Jemand hat ihn verpfiffen, dass er für eigene Rechnung 100.000 United-Aktien gekauft und mit großem Gewinn wieder verkauft hat. Wenn er je wieder einen Fuß auf amerikanischen Boden setzt, wird er verhaftet.“

„Dann sollte er das besser bleiben lassen“, sagte Pasquale. „So ein Schlaumeier!“

Sein Bruder nickte. „Wahrscheinlich hast du recht gehabt, deine Aktien zu verkaufen. Ich habe eine Begegnung zwischen Unschalk und Delarive arrangiert – das weißt du vermutlich –, mit der eine Annäherung der beiden Konzerne eingeleitet werden sollte. Aber dann ist alles schiefgelaufen. Jetzt wird darum gekämpft. Wahrscheinlich landen wir am Ende tatsächlich bei Delarive. Und United gleich ebenfalls. Ich mag gar nicht mehr darüber reden."

Sie schwiegen eine Weile. Die Tür zum Balkon stand offen. Ein Windhauch bewegte den Vorhang. Seit ihm der Tod in Angoulême sein Antlitz gezeigt hatte, wenn auch nur kurz, unterlag Pasquale noch heftigeren Gemütsschwankungen als zuvor. Der Besuch seines Bruders gab ihm ein wenig von jener Wärme zurück, die ihm mit dem Ableben seiner ersten Frau abhandengekommen war und die ihm selbst Tony nur zeitweise zu ersetzen vermochte. Aber er zweifelte am Bestand der neuen Bruderliebe. Vico würde verletzt reagieren, wenn er, Pasquale, in den Verwaltungsrat von Basis Chemie gewählt werden sollte.

Später lud Vico sie nach Zürich ein.

„Mitte des Monats bekomme ich den Besuch eines Industriellen aus Brasilien. Er ist 35, unverheiratet, besitzt mehrere Kraftwerke im Süden des Landes, die größte Flotte von Kühllastwagen, Lagerhäuser und jede Menge weiterer Liegenschaften. Ich gebe ein Abendessen für ihn. Es wäre mir eine Freude, euch beide dabei zu haben. Tony – ich weiß nicht, wie deine Pläne aussehen, aber Kennenlernen kann nichts schaden." Er lachte und setzte hinzu: „Geld muss zu Geld!"

33

Als Vico wieder gegangen war, sagte Pasquale unvermittelt: „Tony, du solltest den Brasilianer kennenlernen."
„Vater! Claude und ich lieben uns."
„Wird er dich heiraten?"
„Er hat sich von seiner Frau getrennt – wie er es mir versprochen hat."
„Lässt er sich scheiden?"
Tony zögerte. „Darüber haben wir noch nicht geredet."
Pasquale schwieg und überlegte lange, ehe er fortfuhr. Im Gesicht seiner Tochter las er Verwirrung, Scham und Niedergeschlagenheit. Er sah das kleine Mädchen, das ihm nach dem Tod der Mutter in stillem Kummer nach Amerika gefolgt war. Er sah die erblühende Jungfrau, umschwärmt von den Söhnen seiner reichen amerikanischen Freunde. Was er sich aber verbot, was seine väterliche Liebe verletzte und erniedrigte, war die Vorstellung Tonys in den Armen eines Mannes, irgendeines Mannes, in ekstatischer Verbindung, ausgeliefert reiner Gier und Wollust.
„Meine liebe Tony", begann er endlich. „Claude ist ein feiner Kerl. Ich liebe ihn wie einen Sohn. Aber er ist ein verheirateter Familienvater. Es ist Sünde, eine Familie zu zerstören."
„Von solchen Bedenken habe ich nichts gehört zu Hause, als wir uns kennenlernten. Auch nicht an unserem Fest."
Pasquale seufzte. „Ich war abgelenkt durch unsere Verhandlungen. Und dann durch den Besuch Vicos."
„Vater, Jean und Jacqueline haben ebenfalls eine hohe Meinung von Claude. Für sie ist unsere Verbindung eine feststehende Tatsache. Und Jacqueline hat mir verraten, dass Jean große Pläne hat mit Claude. Wenn die Sache mit Basis Chemie vorbei ist, will er sich zurückziehen. Er will seine Beteiligung am Konzern an de Benedanti verkaufen. Claude soll für ihn die Verhandlungen führen."
„Das Spiel geht weiter! Das gefällt mir." Pasquale DiNero lachte. „Ohne Anfang und Ende, nur die Mitspieler ändern von Zeit zu Zeit.

Jetzt kommt Claude groß ins Geschäft." Er unterbrach sich und fixierte seine Tochter mit gerunzelter Stirn. „Aber das eine hat nichts mit dem anderen zu tun, mein Liebling. Unsere Wertschätzung für Claude steht fest. Doch was für dich richtig ist, steht auf einem anderen Blatt. Hast du je eine echte Wahl gehabt? Man sollte sich nicht auf die erstbeste Möglichkeit festlegen. Sofern Alternativen überhaupt bestehen, sollte man sie prüfen."

Tony stand auf, ihre weiße Tasche unter dem linken Arm. Hilflos sah Pasquale zu, wie sich ihre Augen mit Tränen verschleierten. Sie sagte: „Vater, ich hatte viel Zeit zum Nachdenken in den letzten zwei Wochen. Ich kenne Claudes Probleme. Ich kenne auch meine eigenen Probleme. Aber ich ging davon aus, mit bald dreißig über meine höchstpersönlichen Angelegenheiten selber zu entscheiden. Nun plädierst du, gestützt auf eine hingeworfene Bemerkung deines Bruders, für Alternativen! Ich bitte dich, mich zu entschuldigen. Ich gehe jetzt in den Garten, um nachzudenken."

Fünf Minuten später überblickte er von seinem Balkon aus den Spitalgarten. Die Maisonne wärmte, aber sie war nicht zu vergleichen mit der subtropischen Hitze Südfloridas, die den Schweiß aus den Poren trieb und herrlichen Durst bereitete. Er fühlte sich fremd und allein. Seit Wochen wusste er nicht, wie sich seine Autos verkauften. Ob der junge Alligator, den er vor der Abreise nach Europa erstanden hatte, sich an die Lebensbedingungen in seinem Privatzoo in Homestead gewöhnte. Er sah Tony auf einem der Spazierwege auftauchen, groß gewachsen, schlank, das schwarze Haar von einem Tennisband zusammengehalten. Die einzige Gesunde zwischen Kranken.

Ich mische mich zu sehr in ihr Leben ein. Pasquale spürte den lauen Frühlingswind im Gesicht; er war in nichts mit der würzigen Salzluft zu vergleichen, die vom Golfstrom her aufs Festland zog, über den Middle River in seinen Garten wehte und den Hibiskus sanft zum Schwingen brachte.

Was soll ich im Verwaltungsrat von Basis Chemie? Mit Leuten wie de Benedanti. Man braucht mich nicht. Vor ihm stob eine Schar Spatzen aus einer Akazie auf und zerflatterte laut schimpfend in alle Himmelsrichtungen. Seit Angoulême war ihm klar, dass es kein Ausbrechen gab. Er fühlte, wie die Illusion, die er all die Jahre in Amerika genährt hatte wie ein Glaubensbekenntnis, dahinschmolz, an Gewicht und Gültigkeit verlor, sich in Luft auflöste.

Als die indische Pflegerin ihm das Mittagessen auftischte, kam Tony zurück. Sie sagte: „Ich glaube, wir sollten Onkel Vicos Einladung annehmen. Kennenlernen kann nichts schaden."

*

Der Mann ging eilig auf dem sauberen Gehsteig flussaufwärts, nahe beim Geländer aus schwarzen Eisenstäben. Aber alle paar Schritte blieb er kurz stehen, schaute wie verloren um sich, ging weiter. Das gab seinem Gang etwas sehr Unregelmäßiges, es passte auch nicht zum gepflegten perlgrauen Anzug des vielleicht Sechzigjährigen, dem weißen Hemd, der bordeauxroten Krawatte, dem alten Aktenkoffer aus Schweinsleder. Die Sonne wärmte alles auf an diesem Mainachmittag, der Fluss wand sich träge durch die Stadt.

Der ältere Herr näherte sich der Stelle, wo sich der Gehsteig zu einer kleinen Kanzel verbreiterte, die mit acht mächtigen Kastanienbäumen und einigen Sitzbänken mit Blick zum Fluss zum Verweilen einlud. Auf der vordersten Bank im Schatten saß ein junges Paar in Jeans, das Mädchen hatte die Sandalen abgestreift. Sie waren mit Armen und Oberkörpern ineinander verschränkt und nahmen nichts wahr um sich herum.

Diese Dunkelheit in meinem Kopf ist furchtbar, dachte der Mann, ich hoffe, sie geht bald vorbei. Um mich ist alles hell, aber in mir ist alles finster. Alles ist da, aber ich kann es nicht finden. Ich muss mich erinnern, ich muss. Er sah den Fluss und wusste, dass er voll Wasser war. Er sah die Bäume und wusste, es waren Bäume. Aber er hatte vergessen, weshalb er sich hier aufhielt, wie er hergekommen war. Vor der Sitzbank des jungen Paars blieb er stehen.

„Entschuldigung, wissen Sie, wo die Generalversammlung stattfindet?", fragte er.

Die beiden Oberkörper trennten sich. „Welche Generalversammlung?", fragte der junge Mann, leicht indigniert, aber nicht unfreundlich. Sein Gesicht war voll Bartstoppeln, doch seine blauen Augen blickten klar und neugierig auf den sauberen, hilflosen Mann, der vor ihm stand.

„Meine", sagte der ältere Herr. „Sie ist außerordentlich wichtig. Ich muss sie präsidieren, aber ich habe vergessen, wo sie abgehalten wird." Seine Stimme klang jetzt bestimmt. „Ich muss meine Gegner abwehren."

Nun wurde das Mädchen ungeduldig. „Völlig verrückt", sagte sie, aber so leise, dass nur der junge Mann es hörte. Er schüttelte den Kopf. „Reden Sie von der Generalversammlung eines Unternehmens oder eines Vereins?"

„Ja, natürlich."

„Wie heißt das Unternehmen oder der Verein?"

Der hilflose ältere Mann zögerte, seine Gesichtszüge erstarrten, sein Blick wandte sich nach innen. Er suchte sichtbar, lange, erfolglos.

„Ich – ich habe es vergessen", sagte er, fast tonlos, so als schäme er sich.

Ratlosigkeit breitete sich über alle drei, die Sekunden zerrannen in lautloser Endgültigkeit, im Einklang mit dem stillen Ziehen des Flusses. Da fiel dem jungen Mann ein: „Ihr Aktenkoffer! Haben Sie darin vielleicht Unterlagen über Ihre Generalversammlung?"

Da strahlte der Mann im Schatten des Kastanienbaums. „Natürlich. Eine gute Idee! Vielen Dank. Ich habe ja alles eingepackt in meinem Büro. Vielen Dank."

Er ging die fünf Schritte bis zur nächsten Sitzbank, setzte sich und legte seinen Aktenkoffer neben sich. Nachdem er den Deckel hochgeklappt hatte, breitete er den Inhalt systematisch auf den beiden Holzplanken der Bank aus: eine Zeitung, den Flugplan der Swiss, einen Aktenlocher, eine Füllfeder, einen Kugelschreiber, eine Lesebrille – die setzte er sogleich auf –, eine angebrochene Packung Papiertaschentücher, noch eine Zeitung, eine Schere, einen Brieföffner, ein Paar Lederhandschuhe, einen Taschenrechner, eine Pultagenda, einen leeren Notizblock und einen Schlüsselbund. Jetzt war der Aktenkoffer leer. Der Mann musterte seine Auslegeordnung mit gerunzelter Stirne, er nahm jeden Gegenstand in die Hand – seine Bewegungen wurden dabei langsamer – und legte ihn schließlich in den Koffer zurück. Nur die eine Zeitung wurde von einem Windstoß weggeweht.

„Es ist nicht dabei", sagte er und klappte den Deckel zu. „Ich habe das Falsche eingepackt."

Kopfschüttelnd stand er auf, ergriff seinen Aktenkoffer und entfernte sich. Die beiden jungen Leute hatte er vergessen.

Das Mädchen zeigte hinter seinem Rücken den ausgestreckten Mittelfinger der rechten Hand. „Bringt keine Stimmung“, sagte sie mit jugendlicher Verständnislosigkeit. „Total bekifft.“
„Nein“, erklärte der junge Mann ruhig. „Krank. Sehr krank.“

*

Unschalk fühlte, wie sein Kopf leichter, seine Schritte elastischer wurden, je mehr er aufhörte zu denken. Bald hörte er auf zu gehen: Er flog. Nur einzelne Stichwörter meldeten sich noch als kleine Brücken zur Welt um ihn. *Wasser.* Fluss. Er verstand den Fluss. Immer wieder zog er ihn an. Er kam ihm vertraut vor, wichtig, wenn er hier über dem Gehsteig kreiste, gleich in welcher Richtung. *Basis Chemie.* Ein Ort, geschaffen für ihn. Dort gehörte er hin; ohne ihn geschah dort nichts. Wo – dort? Egal. Dort, seine Welt. *Olivia.* Schwieriger. Ein Mensch, für ihn da. Sehr wichtig. Mensch? Frau. Ruhe und Ordnung im Haus. Sprach zu ihm, schwer zu verstehen. Egal. *Musik.* Olivia hörte mit ihm Musik. Immer wieder. *Haus?* Leer, ohne Menschen. Sein Haus war leer. Immer leerer. *Ich?* Was ist ich? Ist Ich etwas für Haus, Olivia, Musik, Wasser? Ich ist nichts mehr. Nichts in der Zeit, nichts an einem Ort, nichts als Person. *Zeit, Ort, Person:* unvorstellbar. Lange Stille. Ein Licht, ein Blitz: *Thomas.* Thomas war Ichs Sohn, mit seinen Bildern. Thomas wollte zu Ich, aber Ich hat ihn verpasst. Umkehren, finden. Finden. *Bitte – finden!*

So bewegte sich Unschalk inmitten seiner Fixpunkte, wie eine Sternschnuppe zwischen den Planeten. Und wie eine Sternschnuppe erlosch er ganz langsam. Seine Substanz war allmählich verglüht, zusammen mit den schwindenden Kennzeichen seiner Persönlichkeit. Übrig blieb ein kleiner fester Kern, fast unkenntlich, nahezu konturlos, aber doch unverrückbar, doch noch Unschalk. Er kehrte um, ging wieder, flussabwärts. Er war glücklich auf eine unauffällige Art. Seine Welt war einfach geworden, lastenfrei. Wenn er sich verlor, fand man ihn wieder, brachte ihn zurück zu Olivia. Nur wenn er etwas brauchte, fiel es schwer, das verständlich zu machen. Aber was brauchte er schon? Was hieß brauchen?

Er blickte frohgemut über den Fluss, fühlte sich eins mit der kräftigen Strömung, die einem fernen Ort zustrebte. Sein Blick fiel auf den Aktenkoffer in seiner rechten Hand. Unschalk holte aus und warf ihn mit einem schönen Schwung über das Geländer aus Eisenstäben. Jetzt war er frei, endlich ganz frei.

*

„Da kommt er wieder, dein kranker Spinner", sagte das Mädchen.

„Tatsächlich", erwiderte ihr Freund. Einem Impuls folgend stand er auf und holte die Zeitung, die der Wind vorhin weggeblasen hatte. Es war der Teil mit den Wirtschaftsnachrichten. Er las die Überschrift *Ohne Unschalk: Delarive hält Einzug bei Basis Chemie.* Darunter hieß es:

Unter dem Vorsitz des Vizepräsidenten Othmar Spielberg fand gestern die 81. ordentliche Generalversammlung von Basis Chemie AG statt. Dr. Unschalk, Verwaltungsratspräsident seit 1990, war an der Teilnahme verhindert infolge einer Erkrankung, die ernsthafte Züge anzunehmen scheint.

Beim Punkt Wahlen gelang es Jean Delarive, dem Präsidenten und größten Aktionär von Delarive AG, nach einem Feuerwerk von hitzigen Voten und Gegenvoten, eine Stimmenmehrheit für vier von ihm zur Wahl vorgeschlagene Verwaltungsräte zu gewinnen. Trotz entschlossenen Widerstandes des amtierenden Verwaltungsrates wählten die Aktionäre den italienischen Industriellen Mario de Bendanti, Pasquale DiNero, einen amerikanischen Unternehmer, Claude Morat, den Leiter des Bereichs Recht und Administration von Delarive AG, und Jean Delarive selber in ihr oberstes Leitungsgremium. Damit ist der Erfolg des seit gut zwei Wochen laufenden Übernahmeangebotes von Delarive an die Aktionäre von Basis Chemie vorgezeichnet.

Besondere Bedeutung kommt bei diesem für viele unerwarteten Ausgang des Wahlgeschäfts dem Stimmverhalten der Banken zu. Ein führendes Institut, dem Vernehmen nach handelt es sich um die Helvetische Bank, hat mit seinen eigenen Stimmen und mit den Depotstimmen seiner Kunden nicht für die Anträge des Verwaltungsrates, sondern für die Gruppe um Jean Delarive gestimmt. Aus gesamtwirtschaftlicher Sicht ist gegen den sich abzeichnenden Zusammenschluss wenig einzuwenden. Das vereinigte Unternehmen gewinnt im harten internationalen Wettbewerb an Statur und Schlagkraft. Noch offen ist der Ausgang des Übernahmekampfes um den amerikanischen Konzern United Chemical. In den amerikanischen Medien herrscht Einigkeit darüber, dass United nicht selbstständig bleibt. …

„Vielleicht hat er diese Generalversammlung gesucht und sich im Tag geirrt", sagte der junge Mann.

„Ist doch scheißegal, was er gesucht hat. Lass uns gehen."